ANNA BASENER

Die juten Sitten

W0393036

GOLDMANN
Lesen erleben

Anna Basener

Die juten Sitten

Goldene Zwanziger. Dreckige Wahrheiten

Roman

GOLDMANN

Sollte diese Publikation Links auf Webseiten Dritter enthalten,
so übernehmen wir für deren Inhalte keine Haftung,
da wir uns diese nicht zu eigen machen, sondern lediglich
auf deren Stand zum Zeitpunkt der Erstveröffentlichung verweisen.

Dieser Roman basiert auf dem gleichnamigen Hörspiel,
das bei Audible erschienen ist.

Dieses Buch ist auch als E-Book erhältlich.

MIX
Papier aus verantwortungsvollen Quellen
FSC® C014496
www.fsc.org

Verlagsgruppe Random House FSC® N001967

1. Auflage
Originalausgabe November 2020
Copyright © 2020 by Anna Basener
Copyright © 2020 dieser Ausgabe
by Wilhelm Goldmann Verlag, München,
in der Verlagsgruppe Random House GmbH,
Neumarkter Str. 28, 81673 München
Umschlaggestaltung: UNO Werbeagentur, München
Umschlagmotive: Grafischer Rahmen: FinePic®, München;
Frau: Sylwia Makris/Trevillion Images
Redaktion: Bärbel Brands
LS · Herstellung: kw
Satz: KompetenzCenter, Mönchengladbach
Druck und Bindung: GGP Media GmbH, Pößneck
Printed in Germany
ISBN: 978-3-442-49098-1
www.goldmann-verlag.de

Besuchen Sie den Goldmann Verlag im Netz

Denkste denn, denkste denn,
Du Berliner Pflanze,
Denkste denn, ick liebe dir,
Nur weil ick mit dir tanze?

Denkste denn, denkste denn,
Det ick um dir weene?
Wenn de mir nicht lieben tust,
Denn lieb ick mir alleene.

Berliner Volkslied

DIE RITZE

Los Angeles, 1954

Hedi war selten im Besucherraum. Auf dem Weg dorthin öffnet sich eine Tür nur, wenn sich eine andere zuvor geschlossen hat. Das ist der Deal. Tür um Tür, Auge um Auge, Zahn um Zahn – und Leben um Leben. Es ist ein langer Weg, viele Gänge, Treppe hoch, Treppe runter. Die Wände sind eierschalfarben, es zieht. Denn die Luft ist frei. Sie kann rein und raus und braucht keine Türen, selbst hier nicht. Im Königreich der Ritzen, die keiner abdichtet. Ist ja kein Palast. Die Frauen hier haben keinen Palast verdient. Jede Tür quietscht. Erbärmlich.

Türen, die klagen … gibt es auch nur hier. *Hör auf zu jammern*, denkt Hedi. *Siehst du mich jammern? Eben.*

Hedi jammert nicht, sie schweigt und schreitet. Trotz Handschellen. Ihr grauer Gefängniskittel schlackert um die schmalen Schultern. Sie ist blass, das Rot ihrer Haare wächst raus, aber sie hält den Kopf hoch erhoben, wie der Filmstar, der sie war. Sie ist kein Star mehr, alles, was je an ihr geglänzt hat, ist stumpf geworden. Dennoch: Du kriegst die Frau vielleicht aus Hollywood raus – aber Hollywood nicht aus der Frau. Sie mag nur noch ein Schatten ihres großen

Ruhms sein, aber solange etwas einen Schatten wirft, ist es noch da.

Durch das Gitterfenster erblickt Hedi ihn zum ersten Mal. Er hat dunkle Haare und dunkle Augen, sein Jackett hängt über der Rückenlehne des Stuhls, sein Hut liegt vor ihm auf dem Tisch. Die Manschettenknöpfe sind golden, sie reflektieren die kalifornische Sonne, die durch die Oberlichter scheint. Es sind teure Knöpfe, nicht die allerbeste Qualität, aber gut genug für die New Yorker Society.

Hier drin sind sie gar nichts wert.

Bert schließt Hedi auf und lächelt. Er lächelt meistens, denn er mag sie. Weil er das Kino mag. Sie zwinkert ihm zu, tritt ein – und die Tür hinter ihr schließt sich, ohne dass sich eine andere öffnet. Hedi ist am Ziel. Weiter kommt sie nicht. Nie mehr.

»Hedi Belle …«, sagt der Besucher. »Guten Tag.«

Er spricht Deutsch. Hat er Hedi auf Deutsch angeschrieben? Sie weiß es gar nicht mehr. Wie lange hat sie diese Sprache nicht mehr gehört?

»Ich hab, was Sie verlangt haben«, sagt er jetzt und holt Geschenke aus seiner Tasche. »Zigaretten, Puder von Chanel …«

»Sie sind Deutscher.«

Er nickt und dreht die Puderdose um, sodass Hedi das Markenlogo lesen kann. *CC Powder.* »Ich war es mal«, sagt er. »So wie Sie.«

»Sie sind nicht wie ich.«

»Offensichtlich nicht.«

Er ist kein Star, will er damit sagen. Seine Augen betrachten Hedi, wie Filmstars immer betrachtet werden, wie sie betrachtet werden wollen. Auch Hedi. Scheiß auf das Sonnenlicht, das durch das schmale Oberlicht gleißt. Wenn sie etwas wiederhaben könnte, dann die Scheinwerfer. Dieses Licht will sie zurück, dieses Strahlen. Wer will schon ein Schatten sein? Niemand, der zum Film geht jedenfalls. Hedi schon gar nicht. Das wollte sie nie. Und doch ist sie hier gelandet, ohne Scheinwerfer. Ohne die unzähligen Blicke wie der von ihm. Aber erstens kriegt sie nichts zurück, gar nichts, und zweitens meinte sie nicht ihren Ruhm, der sie von ihm unterscheidet. Dieser junge Mann von der Ostküste ist aus ganz anderen Gründen nicht wie Hedi. Das sieht sie auf den ersten Blick. Seit sie acht war, kann sie das binnen Sekunden erkennen.

Er kramt noch einmal in der Tasche. »Und ich hab natürlich auch die Lösungsmittel.«

Er stellt zwei Glasfläschchen auf den Tisch. Hedi starrt sie an, die alten Freunde, die Erinnerung, die Vergangenheit, die Lösungsmittel.

»Und die Rosen«, sagt er.

Hinter seinem Stuhl steht ein großer Korb, aus dem er die Blumen holt. Es muss ihn ein Vermögen gekostet haben, das alles hier reinzubekommen. Aber was interessiert das Hedi? Sie interessiert sich allein für die Fläschchen mit der klaren Flüssigkeit. Die hübschen kleinen Flaschen, die hin und her schwappende Flüssigkeit, die Wellen des Damals, die Gezeiten des Rauschs … Ihr Mund wird trocken, die Handflächen werden feucht, ihr Herz rast …

Er stemmt die Hände in die Hüften, betrachtet die Lösungsmittel und schüttelt leicht den Kopf. »Sie müssen Ihre ganze Zelle desinfizieren wollen, wenn Sie für jedes Treffen je eine Flasche Äther und eine Flasche Chloroform verlangen.«

Hedi antwortet nicht und setzt sich an den Tisch. Sie zieht

sein leeres Wasserglas zu sich und öffnet beide Flaschen. Sie schüttet aus jeder etwas in das Glas, gleichzeitig, keine Zeit mehr verschwenden, aber auch keinen Tropfen. Vorsichtig. Schnell und vorsichtig.

»Wollen Sie den Besucherraum auch desin…«, beginnt er und hält inne. Er betrachtet sie, scheint auszurechnen, wie viel Fläche man mit dem Inhalt eines Glases desinfizieren könnte. Offensichtlich kommt er auf kein befriedigendes Ergebnis. »Was machen Sie denn da?«

Sie stellt die Flaschen ab und streckt die Hand aus. »Die Rosen!«

Er reicht ihr den Strauß. Sein Blick wird immer verständnisloser, aber sie schaut ihn nicht an. Sie will es mehr, als sie dachte. Sie braucht es. Seit einem Jahr ist sie clean. Seit zwölf Monaten. Zwölfeinhalb eigentlich. Das hier sollte nur eine Kleinigkeit sein. Nur das Tüpfelchen auf dem i. Aber es ist der ganze Buchstabe, es ist ein Wort, das einzige, das Hedi noch aussprechen will.

»Ich dachte, pfirsichfarben könnte Ihnen gefallen.« Seine Stimme lächelt.

»Sie müssen weiß sein.« Sie streicht über die Blüten, umfasst sie mit der ganzen Hand und reißt sie vom Stängel. Sie lässt sie auf den Tisch rieseln. Blüte für Blüte, ein kleiner Rosenberg.

»Das tut mir leid, das hatten Sie nicht geschrieben, ich … Was machen Sie denn da?«

»Ich brauche nur die Blüten«, sagt sie, als wäre das eine Antwort.

»Wollen Sie die Blüten desinfizieren?«

»Sie müssen die Welt für sehr schmutzig halten«, murmelt Hedi.

»Natürlich tue ich das.« Er zeigt aus dem Fenster. »Der Dreck in den Städten, die Fabriken *vor* den Städten, überall rauchende Schlote … Haben Sie sich diese Welt in letzter Zeit mal angesehen?«

»Ich sitze im Gefängnis«, antwortet sie.

»Richtig. Verzeihung. Dann vertrauen Sie mir, wenn ich Ihnen sage, dass die Welt ein Saustall ist.«

»Ich vertraue niemandem.«

Es ist wie Fahrradfahren. Äther und Chloroform mischen, dann das Blütenblatt mit spitzen Fingern halten und eintauchen, bis es sich zur Hälfte vollgesogen hat. Hedis Körper erinnert sich an alles. Jede Bewegung liegt ihr im Blut. Sie klopft das Blütenblatt leicht gegen den Glasrand, die überschüssige Flüssigkeit tropft ab. Kleine Perlen fallen zurück ins Gemisch und bilden Lösungsmittelringe auf der Oberfläche.

»Was machen Sie da?«, fragt er erneut.

»Frühstücken.«

»Was? Das können Sie nicht essen, das …«

Sie hört ihn gar nicht. Sie beißt in das Blütenblatt. Scharfer Geruch, noch schärferer Geschmack. Wie Nadelstiche auf ihren Schleimhäuten. Hedi liebt es.

»Okay«, murmelt er. »Offensichtlich können Sie das sehr wohl …«

»Man isst nur den getränkten Teil«, erklärt sie. »Wollen Sie den Rest?«

»Äh … Nein danke.«

»Sie waren damals nicht in Berlin, oder? In den Zwanzigern?«

»Doch, aber ich … Wir waren Kinder damals. Sie auch.«

»Ich denke nicht, dass ich je ein Kind war.«

Das Glück ist am schönsten, wenn es überraschend

kommt. Das ist das Gute an der Abstinenz hier drinnen, sie hat Hedi sensibilisiert. Als sie um die Zutaten für all das gebeten hat, hat sie nicht damit gerechnet, dass er sie wirklich mitbringt. Die anderen haben es nicht getan. Und jetzt, da das Frühstückselixier wirkt, ist es fast wie beim ersten Mal. Alles ist leicht und schön und strahlt.

»Sie bekommen nichts ab«, haucht Hedi in den Raum.

»Damit kann ich leben.«

Sie lacht in sich hinein. »Wenn Sie das ›leben‹ nennen …«

»Vielleicht sollten wir vorn anfangen. Mein Name ist Noah Goldenblatt, ich schreibe für die *New York Times.*«

»Sie machen den Klatsch.«

»Und Filmkritik.«

Aber das hier ist kein Film. Es ist Hedis Leben. Das sie im Gefängnis verbringt. Weil sie jemanden erschossen hat. Hedi ist jetzt Klatsch.

»Sie haben Louis Mercier umgebracht. Das Gericht urteilte: ›kaltblütig‹«, erklärt Noah, als wär sie nicht dabei gewesen.

Sie lacht wieder. *Kaltblütig.* Als würde die Temperatur ihres Blutes eine Rolle spielen …

»Die meisten Frauen benutzen Gift«, sagt er weiter. Er scheint in dieser Hinsicht recherchiert zu haben.

»Gift … Was ist schon Gift?« Hedi beißt in ein weiteres Blütenblatt. »Die Dosis macht das Gift.«

Er beugt sich zu ihr. »Wollen Sie mir erzählen, warum Sie ihn erschossen haben?«

»Nein.«

Hedi hat Hunderte Anfragen bekommen. Journalisten aus dem ganzen Land und einige aus Europa wollen diese Geschichte aufschreiben. Sie wollen wissen, warum sie Louis erschossen hat. Sie hat ein Leben beendet, und ihre Karriere.

Sie hat gestanden und sonst nichts gesagt. Ein Mord ist keine Filmrolle, davon kann sie nicht erzählen.

»Aber ich erzähle Ihnen von Berlin damals«, bietet sie ihm an.

»Ich bin selbst in Berlin geboren«, sagt Noah. »Ich denke, ich kenne mich …«

»… aus?« Sie unterbricht ihn. »Sie kennen sich aus? Wo? In der Grunewald-Villa Ihrer Eltern?«

Noah muss jetzt auch lachen. »Eins zu null für Sie. Wo sind Sie aufgewachsen?«

»Zwischen Schnaps und Chloroform.«

»Wie bitte?«

»In der Mulackstraße. Scheunenviertel. Friedrichstadt.«

Er nickt, als verstünde er. »Im Osten.«

»Ja, im dreckigen Arbeiterosten.«

Seine Stirn ist gerunzelt. »Arbeiter lassen ihre Kinder mit Schnaps und Chloroform spielen?«

»Nein, das waren die Huren.«

»Huren? Prostituierte?«

Sie hat das noch nie erzählt. Fans halten bei ihren Stars nur ein gewisses Maß an Freizügigkeit aus. Sie kommen vielleicht mit einem unehelichen Kind zurecht, sie verzeihen einem zwei, manchmal drei Scheidungen. Sie empfinden Sympathie, wenn man von ganz unten kommt. Ganz unten stehen Arbeiter und Tagelöhner. Das ist das Fundament des Hauses, das unsere Gesellschaft errichtet hat. Wenn die schöne Diva von noch weiter unten kommt, quasi aus dem Kellerloch, dann hört die Bewunderung auf. Dann überwiegt die Scham, die Moral, die geheuchelte Christlichkeit …

Aber was hat Hedi zu verlieren? Sie kann nur noch gewinnen. Zum Beispiel erscheint Noah ihr wie jemand, den ihre Geschichte tief erschüttern wird. Und sie hat doch keine Freude mehr im Leben, außer Chloroform und die Möglichkeit, einen braven jüdischen Reporter von der Ostküste zu schockieren.

Hedi lächelt ihn an. »Ja, bei ihnen bin ich aufgewachsen. Bei Prostituierten, Fosen, Dominas, Strichern, Burschen, Kontrollmädchen, Stiefeldamen. Huren eben.«

»Sie haben als Kind unter Huren gelebt?«

»Sie sagen das, als sei es etwas Schlechtes.« Sie legt den Kopf schief und betrachtet ihn, während er nach Worten sucht.

»Na ja, ich …«

»Sie, Noah …« Hedi lehnt sich vor und flüstert: »Sie haben keine Ahnung.«

Berlin, 1927

Das Bett wackelt. Zwischen den Kissen nackte Haut, Schweißtropfen und ein einzelner Seidenstrumpf. Ein Stöhnen wälzt sich über die Matratze, dann noch eins, eins ist dunkel, eins hell. Sie werden immer lauter. Sie ringen miteinander um den Sieg. Er gewinnt, sie tut so. Eigentlich hat *sie* gewonnen. Sie gewinnt immer.

»Colette, Colette … das war …«

»Für mich auch, *mon loup.*« Colette hat einen französischen Akzent. Jedes Wort, das über ihre Lippen kommt, tanzt in die Welt, erobert und verführt sie.

Der Mann neben ihr lacht. »Das sagst du nur, weil du Trinkgeld willst.«

»*Mais non.* Ich will, dass mein Lieblingsfreier glücklich ist.«

Seine Augen leuchten. »Ich bin dein Lieblingsfreier?«

Ein empörter Augenaufschlag. »Wusstest du das denn nicht, *mon loup?*«

»Na ja, ich dachte …«

Sie stupst seine Nase mit dem Zeigefinger an. »Aber bei mir sollst du doch nicht denken.«

Die erste Hure, die ein Mann kennenlernen sollte, ist Colette. Sie ist übrigens die erste, die jeder kennenlernen sollte. Colettes Zimmer ist das hellste im Haus. Es ist eigentlich nur eine Dachkammer, aber sie ist ausgebaut. Zwei kleine Gauben mit Fenstern nach Süden raus. An der Wand über dem schmalen Holzbett hängen Colettes Lieblingszeichnungen von Zille. Sie mag nur die Bilder, für die sie selbst Modell gestanden hat, und zwar erst nachdem sie ihnen den letzten Schliff verpasst hat. Sie malt sich immer schönere Locken, als Zille es getan hat, bevor sie die Zeichnungen an die Wand heftet. In ihren Augen hat Zille keinen Blick für Frisuren und kann ihre Hilfe gut gebrauchen. Zille malt sie tatsächlich immer räudiger, als sie ist. Er malt alles räudiger. Die Wirklichkeit ist nicht so hässlich. Und Colette schon gar nicht.

Sie hält alles immer sauber. Sie fegt ihre Kammer jeden Tag und parfümiert sich selbst und das ganze Zimmer mehrmals pro Schicht. Sie ist die schönste Frau, die Hedi je gesehen hat. Und Hedi kennt Monroe und Kelly persönlich. Kannst du alle vergessen. Colette sieht aus wie ein Engel, ihre Haare sind tausend kleine goldene Wölkchen und ihre Augen ein riesiger Himmel. Umkränzt von dichten rußschwarzen Wimpern. Sie hat den aufregendsten Augenaufschlag Berlins. Ach was, von ganz Deutschland. Ihr Körper ist das blühende Leben, er ist rosa Baiser. Alles an ihr ist süß und köstlich. Sie ist wie französische Patisserie. Jeder will ein Stück, aber mehr als eins kann keiner vertragen oder gar bezahlen.

Der Mann neben ihr bildet sich ein, dass er es doch könnte. Er will noch etwas mehr Geld auf ihren Nachttisch legen, und vor allem will er, dass sie zurück ins Bett steigt. Aber sie steht nackt mit einem einzelnen Strumpf bekleidet mitten im Zimmer und zeigt durch die Dachluke in den Himmel.

»Verlockend, aber die Sonne geht schon auf, und du musst zum Frühstück bei deiner Alten sein, bevor es zur Arbeit geht, *n'est-ce pas?*«

Er verdreht die Augen. »Ach, die …«

»Sie lässt dich sonst nicht mehr raus, *mon loup*. Dann kommst du nicht mehr vorbei.« Sie legt eine Hand auf ihre nackte Brust. »Und das würde mir das Herz brechen.«

Er richtet sich etwas auf und schiebt die Decke weg. »Das Herz?«

»*Naturellement*. Ich hab ein großes Herz. Und es schlägt allein *pour toi*.«

Die Füße des Freiers fallen müde auf die Holzdielen, seine Augen lächeln geschmeichelt. »Das sagst du nur so.«

»Wenigstens sagt es irgendeine Frau zu dir. Raus mit dir, *mon loup*. Los, mach schon! *Dépêche-toi!*«

Er nickt und angelt seine Hose vom Boden. »Warte, vorher muss ich noch etwas auf diesen Stapel legen.«

Er legt noch mehr Geld auf den Nachttisch. Dort liegen bereits sechzehn Mark, denn Freier müssen immer im Voraus zahlen. Jetzt bekommt Colette fast zwanzig, ohne dass sie noch einmal in die Kissen gehüpft ist. Sie schlingt die Arme um ihn und drückt ihre nackten Brüste an seinen Bauch.

»Das wär doch nicht nötig gewesen.«

Er seufzt, er ist geil, aber nicht dumm. »Du bist so ein Fuchs, Colette.«

Sie knabbert an seinem Ohrläppchen. »Dein Fuchs allein, mein Großer. Dein kleiner Fickfuchs.«

Sie löst sich aus der Umarmung und zieht ihm sein Hemd an. Es ist eine einzige Bewegung, er fließt in seine Kleidung hinein, und ehe er sich's versieht, ist er aus der Tür.

Colette ist allein. Sie zieht einen Lederkoffer unter ihrem Bett hervor und legt die neuen Scheine auf einen der vielen Stapel. Hier drückt sich Schein an Schein, das Geld kuschelt sich ihrem Traum entgegen. Colette lässt den Koffer wieder verschwinden, zieht das Bett ab und ihren Strumpf aus. Alles wie immer, wie nach jedem Kunden. Sie legt die Wäsche in einen geflochtenen Korb zwischen Bett und Tür. Gähnend geht sie zum Waschtisch. Dort hängt ein Spiegel über dem Porzellankrug und der Emailleschüssel. An einer Stange daneben hängen frische Tücher. Fließendes Wasser gibt es nur im Erdgeschoss, nicht unterm Dach. Colette steht nackt vor dem Spiegel. Sie nimmt den Wasserkrug, die Seife schon in der anderen Hand, und hebt ihn an. Aber die Schicht war lang, der Krug ist leer.

»*Merde.*«

◇

»Ich hab kein frisches Wasser mehr oben.«

Minna hebt den Kopf nur kurz. »Wieso biste denn schon fertig?«

»Schon?«, fragt Colette. »Was soll das denn heißen? Arbeitet hier in diesem Haus sonst noch wer?«

»Ja, icke«, antwortet Minna, lehnt sich zurück und zündet sich einen Zigarillo an. »Oder denkste, det ick hier zum Spaß allein im kalten Rauch von gestern sitze?«

Colette hebt eine Augenbraue und sieht die Puffmutter durch die Dunstschwaden an, die frischen und die alten. »*Oui*, der Rauch scheint dich sehr zu stören.«

»Der von anderen schon. Ist aber nicht halb so schlimm wie die Kackbücher hier.« Minna schiebt die Abrechnungen von sich weg über den klebrigen Tisch.

Colette geht hinter die Theke, tritt ans Spülbecken und dreht das Wasser auf. Es plätschert leise in ihren Krug. Sie gähnt. »Ich mach dir die Abrechnung nachher, Minna.«

»Inner halben Stunde muss ick Hedwig wecken, da kann ick jenauso jut noch wat arbeiten.«

Hedwig. Das ist Hedis richtiger Name, aber den kann in Amerika keiner aussprechen. Und es klingt auch nicht nach einem Star. Ohnehin sind Namen Schall und Rauch. Wer sich neu erfindet, erfindet ohne Weiteres auch neue Namen. Hedwig hat Minna nie Großmutter genannt. Oder Oma. Bis sie in die Schule kam, wusste sie gar nicht, dass es Großmütter gibt oder Minna ihre war.

Minna will keine Großmutter sein. Sie wollte nicht mal Mutter sein, aber auch als kluge Frau kannst du die Natur nicht immer austricksen. Und schon gar nicht in diesem Gewerbe. Sie trägt ihr graues Haar mit Stolz, aber mehr noch den Haarknoten. Wie eine Krone in einer Republik voller Bubiköpfe. Ihr Busen ist schwer, ihre Arme stark, sie selbst noch stärker. Sie hat einen goldenen Schneidezahn und raucht Zigarillos, die die meisten Männer umhauen.

»Du kannst mein Bett machen«, schlägt Colette jetzt vor. »Wenn du unbedingt was arbeiten willst. Da machst du nicht so viele Fehler wie mit deinen Büchern.« Sie seufzt. »*Beaucoup d'erreurs.*«

»Hey, det ist immer noch mein Haus, ja?«, mahnt Minna mit Zigarillo im Mundwinkel. »Vergiss nicht, für wene arbeitest.«

»*Oui, Madame.*«

»*Oui oui …*«, äfft Minna sie nach, und Colette lacht.

Die Ritze heißt das Etablissement. Es ist ein schmales Haus in der Mulackstraße, Scheunenviertel. An dieser Stelle steht überhaupt nur deshalb ein Haus, weil irgendein Architekt sich im Jahr 1895 gedacht hat, er müsse der Welt beweisen, dass eine vier Meter breite Spalte zwischen zwei Gebäuden sehr wohl genug Platz für ein weiteres Haus bietet. Also hat er es gebaut. Wenn man im Hinterhof steht, sieht man nur Häuserwände. Die Fenster der angrenzenden Gebäude gehen jeweils zu anderen Höfen raus. *Die Ritze* ist da, aber die Nachbarhäuser schauen weg.

Egal, der Name ist jedenfalls Programm: oben Hurenstuben, unten Gaststube. Ein Tresen mit Hungerturm, Buletten und Eiern. Die abgegriffenen Zapfhähne aus Messing, dahinter im Regal die Gläser. Alle blind. Von der Decke hängen ein paar Lampen, auf den Tischen klebt das Kerzenwachs pfundweise. Macht nie jemand weg. Es riecht nach Schweiß und Alkohol. Es gibt zwei schmale Fenster zur Straße, aber den Gestank kann man nicht rauslüften. Der Gestank will immer bleiben. Wie der letzte Freier der Nacht, den du ums Verrecken nicht loskriegst. In Hedis Erinnerung ist die Gaststube riesig. Als Kind konnte sie zwischen Tischen und Stühlen toben. Aber später blieb ihr nur eine

Fotografie von dem Raum, und wenn sie die als Erwachsene betrachtet hat, wurde ihr jedes Mal bewusst, wie winzig die Gaststube war.

»Und warum soll ick überhaupt dein Bett machen?«, fragt Minna. »Willste nicht schlafen?«

Colette ist schon fast wieder im Treppenhaus. »Heute nicht. Später vielleicht.«

»Wo soll's denn so eilig hingehen?«

»Nur'n bisschen raus!«, ruft sie aus dem Flur.

»Warte mal, Colette! Komm mal zurück.«

Colette seufzt und kommt zurück in die Gaststube, den Wasserkrug in der Hand. Sie ist immer noch nackt. Sie hält den Krug vor sich wie einen Schild in der Schlacht, ihre Brüste liegen auf dem Ausguss auf, ihre Füße kleben am Boden und möchten schnell nach oben. Sie wollen diese Schlacht nicht kämpfen.

Minna lehnt sich zurück und nimmt den Zigarillo aus dem Mund. »Sieht mir ein bisschen so aus, als hätteste ein Geheimnis vor mir.«

»Geheimnis? Ich kann tun und lassen, was ich will, *n'est-ce pas*? Ich arbeite auf eigene Rechnung, zahl pünktlich meine Miete und mach deine Buchhaltung. Ich muss dir nicht alles sagen.«

»Natürlich nicht. Ick dachte nur: Wir sind doch Freundinnen.«

»Freundinnen?« Colette zieht die Nase kraus.

»Oder siehste hier irgendwelche anderen Frauen, denen ick vertraue?«

»In dem Qualm seh ich gar nichts. *Rien*. Und als Freundin muss ich dir sagen, dass du dir diese Haare auch färben könntest.«

»Niemals.«

»Schneiden? Wenigstens schneiden. Kinnlang würde dir gut stehen … « Colette lächelt. »Ich schneid sie dir.«

Minna übergeht das Angebot. »Der Freier vorhin hätte dich bis nach 'm Frühstück gevögelt und bis Mittag bezahlt. Ach wat, bis zum Abend.«

»Ich bin wund, und der stinkt aus dem Maul.«

»Er hat mir gesagt, er ist dein Liebling.«

»Sie sind alle meine Lieblinge, Minna.«

Minna sitzt rauchend an dem kleinen Tisch neben dem Tresen. Sie betrachtet Colette und deren unruhige, nackte Füße. Die Zehennägel sind rot lackiert. Beine, Achseln und Muschi sind rasiert. Das haben damals nur die Huren gemacht. Die Idee, sich zu rasieren, kommt aus dem Bordell. Minna hat Colette schon tausend Mal nackt gesehen, sie hat hier in der Ritze schon jeden nackt gesehen. Alle Huren, alle Freier, Hedwig … Sie ist die Einzige in der Ritze, die nichts mehr zeigt. Sie raucht und betrachtet die blonde Schönheit.

»Warum haste ihn weggeschickt?«

»Was geht's dich an? Fragst du Natalia auch so aus?«

Minna lacht und zeigt mit dem Zigarillo auf Colette. »Weißte, wat dein Problem ist? Det du Antworten gibst. Det du alles zu Ende bringen willst, det du Unordnung nicht erträgst.«

»Natalia wird also nicht ausgefragt, weil sie eh keine Antworten gibt?«

»Und weil ick Angst hab, det se mich totschlägt«, sagt Minna. »Sie hat jetzt eine Drahtbürste und eine Schablone, und sie schlägt dir Zahlen und Formen ins Fleisch. Wenn du willst.«

»Will ich nicht.«

»Dann haste eine Drahtbürsten-Zwölf auf'm Arsch.« Minna gackert vor Lachen und raucht. »Blutrot.«

»Ja, ulkig«, stimmt Colette zu und dreht sich wieder in Richtung Treppenhaus. »Jedenfalls muss ich …«

»Du lässt dir registrieren«, sagt Minna und begreift es im selben Augenblick. »Natürlich …«

»Was?«

»Heute ist der Erste. Dit Scheißjesetz tritt in Kraft.«

»Ich hätt's dir nachher schon noch gesagt.«

»Biste bescheuert?«

»Das ist ein Gesetz zur Bekämpfung von Geschlechtskrankheiten.« Colette reckt das Kinn. »Und ich hätte gern keine Geschlechtskrankheiten, Minna.«

»Berufsrisiko.«

»Was?«

»Ach, det meiste ist doch heutzutage irgendwie heilbar. Und du wäschst dir doch nach jedem Freier. Ganz zu schweigen von den Fromms in deinem Zimmer.« Minna zieht an ihrem Zigarillo. »Du hast mehr Gummis als Fromm in seiner Fabrik.«

»Das Gesetz ist gut für uns, Minna.«

Minna schüttelt den Kopf. »Nein, det sollen wir nur denken. Die wollen uns verzeichnen und kontrollieren.«

»Du hast nur Angst um dein Geld.«

»Natürlich.« Minnas Zigarillo zeigt auf Colette. »Und det solltest du auch haben. Wenn wir legal sind, sind wir nämlich vor allem eins: Steuerzahler.«

»Na und? Wenigstens erkennen sie an, dass das hier Arbeit ist, dass ich schufte, dass *ich* gut in etwas bin.« Colette zeigt mit dem Finger auf sich selbst und bohrt ihn mit Nachdruck in ihre Brust.

Minna runzelt die Stirn und raucht. »Det du jut bist? Sagen dir die Kerle doch jede Nacht.«

»Das heißt nicht, dass sie uns nicht trotzdem verachten.«

»Und wann hat ein Gesetz jemals wat anner Achtung der Männer geändert?«, fragt Minna. »Männer waren 1895 Tiere, und sie sind heute Tiere.«

Es war nicht alles schlecht damals, denkt Minna, aber Colette sieht es anders. Huren waren schon immer Verbrecherinnen, höchstens geduldet. Immer mit der halben Muschi im Gefängnis. Auch Minna, als sie damals angefangen hat in dem feinen Bordell in Charlottenburg.

Colette schüttelt den Kopf, ohne das Kinn auch nur einen Deut zu senken. Sie reckt sich nach dem Himmel. Ganz nach oben. Da oben gehören ihre Wolkenhaare hin, und sie selbst will auch hoch hinaus. Nach oben, immer höher. Niemals zurück nach unten. »Wir sind ab heute keine Verbrecher mehr, Minna. Der erste Oktober 1927 ist ein historischer Tag für uns. Eigentlich müssten wir das feiern. *Je veux fêter.*«

»Ick feier nicht, det hier bald der Reichsfinanzhof vor der Tür steht wie so'n dreckiger Zuhälter«, widerspricht Minna.

»Wenigstens musst du die Bullen dann nicht mehr schmieren.«

»Det hasse wohl jeträumt.«

»*Non!* Das steht so in der Zeitung.« Colette verdreht die Augen. Minna liest nie Zeitungen oder überhaupt irgendwas. Und dann denkt sie, dass sie sich trotzdem auskennt. Lächerlich. »Keine polizeilichen Maßnahmen mehr gegen uns, Minna. Was, wenn die Welt sich zur Abwechslung wirklich verändert und du's nicht mitkriegst? Nicht, dass du Bruno umsonst Geld in den Rachen schiebst.«

Am Ende ist es stets das Geld, das Minna zum Schweigen bringt. Über das Geld muss sie immer erst mal nachdenken. Colette nutzt die Chance und eilt davon.

Minna zündet sich einen neuen Zigarillo an und raucht. Und dann weckt sie Hedwig. Zu spät natürlich. Das Kind bekommt kein Frühstück, weil die Zeit nicht reicht. Und Zeit ist Geld. Zeit und Orgasmen. Aber das darf Hedwig in der Schule nicht erzählen. Bringt ihnen allen nur Ärger ein.

◇

Hedwig mag den Spielplatz nicht, sie kann mit den Kindern dort nichts anfangen. Minna holt sie fast nie von der Schule ab. Und wenn, dann muss sie immer auf den Spielplatz, damit Minna ein reines Gewissen hat. Wegen ihrer Fürsorge für das Kind. Heute ist so ein Tag.

Hedwig sitzt in ihrem gestreiften Kleid mit dem Matrosenkragen und dem gefütterten Leinenmantel auf der Schaukel. Bald ist Zeit für die langen Strümpfe, aber noch trägt sie Kniestrümpfe. Der Wind bläst ihr durch die kinnlangen Haare. Sie sind dunkelblond, sehen immer etwas schmutzig aus. Hedwig hätte gern aufregende Haare so wie Natalia. Könnte man färben, aber sie ist zu jung dafür, sagt Minna.

Hedwig schaukelt, erträgt es aber nur, wenn Minna zusieht. Sie applaudiert Hedwig immer, wenn die höher und höher schaukelt. Keiner schaukelt so hoch wie Hedwig, keiner kommt dem Himmel so nah. Nicht hier in der Friedrichstadt. Aber Minna kümmert sich heute nicht um das Mädchen. Es gibt keinen Applaus. Eine Mistfürsorge ist das heute.

Minna steht drüben am Kiosk und kauft eine Zeitung. Sie

liest lieber Zeitung, als Hedwig zuzuschauen. Hedwig hasst Zeitungen.

Minna hasst Zeitungen auch. Das Einzige, was sie gern liest, sind die schwarzen Zahlen in ihren Büchern. Stehen unten rechts auf jeder Seite und machen sie glücklich. Das, was sie jetzt liest, hingegen macht sie weniger glücklich.

Sie liest über das Gesetz zur Eindämmung der Geschlechtskrankheiten Syphilis, Tripper und Schanker. Sie liest, dass Prostitution soziale Ursachen habe, die nicht unter Strafe gestellt werden dürften, ginge es nach der Kommunistischen Partei. Minna grunzt belustigt und raucht.

»Idioten«, sagt sie und liest weiter.

Es gebe nun ein amtlich genehmigtes Merkblatt für ärztlich untersuchte, geschlechtskranke Personen. Sie will schon aufhören zu lesen, es langweilt sie maßlos, als es endlich um Bordelle geht, aber diese Worte machen sie nun doch sehr unglücklich. Ausgesprochen unglücklich.

»Scheiße!«

◇

Der Tag scheint für Colette immer mehr Stunden zu haben als für alle anderen. Oder sie braucht einfach weniger Schlaf. Sie sitzt in ihrer Matrosenhose im Schneidersitz auf Minnas Platz in der Gaststube und studiert die Bücher. Vorn in den blonden Locken stecken die Klammern für die Wasserwellen, die Colette am Abend haben möchte – und die sie am Abend haben wird. Man sagt über Locken gern, dass sie schwer zu bändigen sind. Das mag für alle Locken dieser Welt gelten, aber nicht für Colettes kleine Haarwölkchen. Colette hat sie im Griff.

Zwischen dem Buch und dem Berg aus Kerzenwachs auf

dem Tisch liegt ihre Matrosenmütze. Sie tut gern so, als wäre die von einer der Modistinnen aus dem KaDeWe, aber sie ist das Geschenk eines Matrosen. Colette hat nicht so viel Geld für Mode, wie sie ihrer Meinung nach bräuchte. Sie kaut an einem Bleistift, während Natalia gähnend hinterm Tresen steht und das Regal mit den Schnapsflaschen betrachtet.

»Minna hat dir schon wieder zu wenig berechnet«, sagt Colette. »Und *moi aussi.*«

»Du bist dümmste kluge Mensch, den ich kenne.« Natalia ist zu müde für *der*, *die* oder *das*, ihr russischer Akzent klaut ihr immer wieder die Artikel. Natalia lässt sie ziehen, Artikel sind ihr egal. Auch sortiert sie Wörter gern anders. Ihre Welt besteht aus Subjekten und Objekten, nicht aus all dem unnützen Kram dazwischen.

»Du *kennst* Menschen? Seit wann *kennst* du irgendwen außer Hedwig?«, fragt Colette. »Du kannst dir nicht mal die Namen deiner Stammkunden merken.«

»Ich verdien mehr, wenn ich ihnen gebe Nummern«, sagt Natalia und zuckt mit den Schultern. Sie füllt zwei Gläser mit Wodka und stellt eines neben den Wachsberg vor Colette.

Der blonde Lockenkopf schüttelt sich knapp. »*Non, merci.*«

»Gut. Mehr für mich. *Za zhenshhin.*«

Natalia stürzt beide Gläser runter. Sie ist nicht schön. Nicht im klassischen Sinne. Sie ist zäh und kalt und meistens besoffen. Wäre sie jetzt gerade in Amerika, sie würde die Prohibition nicht überleben. Andererseits hat die Prohibition ja nicht mal sich selbst überlebt. Natalias Haare sind schwarz. Sie trägt sie vorn kinnlang, mit Pony, und hinten kürzer. Ihre Frisur ist ein Helm. Als hätte sie keine Haarspitzen, sondern nur eine Kante, die um ihren Kopf herumläuft – und an der man sich schneiden kann. Ihre Lippen sind ein schmaler Strich, rot angemalt. Sie ist furchtbar blass, aber wahrscheinlich würde sie nicht halb so gut verdienen, wenn sie schön wäre.

»Ich war beim Arzt«, verkündet Colette.

»Warum?«

»Ich hab mich untersuchen und registrieren lassen.«

»Und ich dachte schon …«

»*Non.* Ich bin jetzt offiziell.«

»Offiziell was?«

»Hure. *Putain.*«

»Wenn's hilft«, sagt Natalia.

Sie ist eine Stiefeldame. Man sieht sie selten ohne ihre Lacklederstiefel. Auch schwarz. Ehrensache. Alles an ihr ist schwarz. Jetzt gerade, am Tag, trägt sie einen Seidenmorgenrock für Herren. Nachts schlüpft sie in Leder. Schwarzes Lackleder. Manchmal darf Hedwig mit ihrer Peitsche spielen.

»Ja, tut es.« Colette nickt, wie man nicht überzeugter nicken kann. »Mir und uns und der Prostitution allgemein.«

»Aha.«

»Geht ganz schnell. Du musst nur zur Gesundheitsbehörde.«

»Colette, ich bin nicht mal Deutsche. Oder überhaupt legal hier.«

»Ja, das ist auch nicht in Ordnung.«

Natalia reibt sich die Nasenwurzel und geht zurück zum Tresen, wo die angebrochene Flasche steht. »Ordnung macht mir Kopfschmerzen.«

»*Non.* Das macht der Wodka«, widerspricht Colette und zeigt mit dem Bleistift auf eine Zahl in dem Buch vor ihr. »Und wo wir gerade bei Ordnung sind: Du schuldest Minna noch dreißig Mark.«

»Jaja. Sie kriegt schon noch.« Natalia schenkt sich ein. »Wo ist eigentlich meine Hundeleine?«

Colette notiert eifrig noch etwas in einem anderen Buch. »*Quelle* Hundeleine?«

Natalia leert das Schnapsglas. »Die, die seit gestern verschwunden ist aus meinem Zimmer. Hängt immer zwischen Kreuz und Hurenbock.«

Colette steht auf und schlägt das Buch zu. »Immer? So ordentlich bist du nicht. Hast sie wahrscheinlich verlegt.«

»Nein. *Wahrscheinlich* hast du sie.«

»Ich hasse Hunde. Was sollte ich mit einer Hundeleine?«

»Mann anleinen.«

»Erstens brauche ich für keinen Mann eine Leine. Die rennen mir auch so nach.« Colette stemmt die Hände in die Hüften. »Und zweitens: Ich will nicht, dass die bleiben. Die sollen schön weiterziehen. Wenn die einmal bleiben, wollen die, dass ich aufhöre zu arbeiten.«

Colette will gehen, aber Natalias Stimme peitscht durch den Raum, als wolle sie die Glasscheiben im Hungerturm in kleine Dreiecke zerschneiden und an Colettes Kehle drücken. »Wo ist Hundeleine?«

Colette bleibt und antwortet: »Ich hab sie nur geliehen. Ich dachte, das ist ein Lederriemen zum Auspeitschen.«

»Peitschen sind zum Peitschen.«

»Wofür ist dann die Leine?«

»Zum Anleinen von Männern«, sagt Natalia langsam, als rede sie mit einem Kind, dem man die Bedeutung einzelner Worte zum ersten Mal erklärt.

»Du hast Angst, dass ich dir Konkurrenz mache … Ich könnte es nämlich, *tu sais*«, sagt Colette, wie um sich selbst zu überzeugen. Sie ist immer auf der Suche nach neuen

Möglichkeiten, Geld zu verdienen, ihr Angebot zu erweitern und ihrem Traum näher zu kommen. »Schmerzen bereiten und quälen, ich kann das.«

»Nein, du kannst nicht. Ist sie in deinem Zimmer? Ich hol sie selbst.« Natalia seufzt und macht sich auf den Weg zur Treppe. Sie nimmt den Wodka mit und trinkt im Gehen einen großen Schluck.

Colette läuft ihr nach. »Ich kann jemanden schlagen, bis er kommt. Bei all dem Scheiß, den ich mache, ist das mit Sicherheit ein Kinderspiel.«

»Du denkst, Schmerz ist leicht verdientes Geld? Lächerlich.«

»Sie spritzen doch eher von einer Berührung der Peitsche ab, *n'est-ce pas*?«, fragt Colette und bleibt Natalia auf den Fersen. Sie passen nicht nebeneinander ins schmale Treppenhaus. »Oder muss man sie dafür richtig blutig schlagen?«

»Manche ja. Aber du musst so schlagen, dass bleiben keine Striemen. Männer haben schließlich Ehefrauen.«

»Ohne Striemen? Also eher kitzeln?«, fragt Colette und wünscht sich, sie hätte ein Blatt Papier von Minnas Block gerissen, um sich Notizen zu machen.

Natalia öffnet die Tür zu Colettes Kammer, ohne die Flasche abzusetzen, und durchsucht einhändig die Kommode neben dem Waschtisch. »Nein. Schlagen. Feste schlagen.«

Sogar die Schlüpfer sind Kante auf Kante gefaltet, Natalia verdreht die Augen, trinkt noch einen Schluck und stellt den Wodka auf der Kommode ab. Sie bringt alles durcheinander und lässt die Schublade halb offen stehen, als sie sich der nächsten zuwendet. Sie trinkt wieder und sucht und findet ihre Leine.

Natalia hält sie hoch, ihr Blick ist gelangweilt davon, dass sie recht hatte und nicht mal lange suchen musste. »Weißt du, warum du nicht könntest?«

»Nein«, antwortet Colette. Sie ist sicher, dass sie alles kann oder lernen kann.

»Du könntest nicht, weil du denkst, dass es nur geht ums Schlagen. Das hier ist tatsächlich Leine. Damit leine ich Männer an.« Natalia geht Gassi mit ihnen oder setzt ihnen einen Sattel auf und reitet sie. Jeder Kunde ist anders, jede Geilheit ist anders. Sie rollt die Leine zusammen. »Und der Grund, warum du nicht könntest, ist: Du respektierst Kunden nicht. Du verachtest sie.«

»Aber genau da stehen die doch drauf.«

»Eben nicht.« Natalia seufzt und trinkt.

»Du hast deine Kunden durchnummeriert, Natalia.«

»Verachtung und Erniedrigung sind nicht dasselbe.« Natalia zeigt mit der gerollten Leine auf Colette. »Und wenn du noch einmal klaust aus meinem Zimmer, dann ich dich nagle an mein Kreuz.«

Natalia geht an Colette vorbei und die Treppe wieder runter. Ihre Stiefel klackern auf dem Holz.

Colette folgt ihr hastig. »Du hast doch gar keine Nägel. Oder?«, fragt sie lachend, aber es klingt hohl. Sie beugt sich über das Geländer. »Und du nagelst auch niemanden fest. Oder? Also nicht richtig durch die Hand. Du bindest die doch nur an. Oder? Natalia? Oder?«

Los Angeles, 1954

Noah legt den Stift ab. Sein Finger ist blau von der Tinte, mehrere Seiten seines Notizbuchs sind vollgeschrieben.

»Ich weiß nicht, was ich mit all diesen Geschichten anfangen soll, Mrs Belle«, sagt er.

Weiß er das wirklich nicht? Hedi stützt ihr Kinn auf die Hand. »Gefallen sie Ihnen nicht, Mister Goldenblatt?«

»Darum geht es nicht. Ich habe den Auftrag, über Ihre Tat zu schreiben. Über Louis Mercier. Mein Chefredakteur will doch nichts über Huren aus Berlin wissen.«

»Sind Sie sich da so sicher?«

»Ziemlich.«

»Verstehe.«

Er lächelt Hedi unsicher an und dreht den Ehering an seinem Finger. Ihre Hände sind schmucklos. Ihr grauer Kittel ist aus Leinen und härter als die gestärkten Tischdecken, die Minna an Feiertagen extra hat mangeln lassen. Das Kleid kratzt, am Schlüsselbein hat Hedi Ausschlag davon, der nie mehr weggehen wird. Außer sie schicken hier mal einen Dermatologen rein, aber warum sollten sie? Todgeweihte Haut braucht keine Cremes. Auf dem Tisch vor ihr liegt die Puderdose. Vielleicht hätte sie Noah in ihrem Brief um eine Creme bitten sollen.

Hedi angelt sich noch ein Rosenblütenblatt aus dem Blumenberg und taucht es ins Ätherglas. Sie knabbert daran. Der beißende Geruch steigt ihr in die Nase. Es ist der beste Geruch der Welt. Er erinnert sie an ihre Jugend und an Berlin. Daran, was Berlin war, bevor es untergegangen ist. Bevor die Lust gestorben und die Freiheit verreckt ist, besonders die der Frauen. Von dem anderen Mist ganz zu schweigen.

Hitler kann zehnmal tot sein, Berlin ist längst nicht da, wo es 1927 war. Auch heute nicht, siebenundzwanzig Jahre später. Schön war es, wild und schön, aber Hedi ist die

Letzte, die sagt, dass die Freiheit damals keinen Preis hatte. Und sie haben ihn alle bezahlt: Minna und Colette, Natalia und Hedi. Hedi zahlt noch immer.

Jetzt trägt sie graue Slipper, deren Gummisohlen über eierschalfarbene Fliesen quietschen, wenn sie durch die zugigen Gänge geht, was sie meistens gar nicht darf. Meistens sitzt sie auf einer Pritsche. Ihre Matratze ist mit Lumpen gefüllt, was leichter zu ertragen wäre, wenn sie nie in Seide geschlafen hätte. Je tiefer der Fall, desto härter der Aufprall. Reich sein ist hier drin ein Schicksalsschlag. Pardon, reich *gewesen* zu sein.

Noah steht auf und zieht das Jackett von der Lehne. Er schlüpft hinein. »Ich muss telefonieren.«

»Sie müssen um Erlaubnis bitten, bei mir bleiben zu dürfen?«

Noah seufzt. »Das sagen Sie nur, um mich zu ärgern.«

»Und es hat funktioniert.« Hedi lässt das angebissene Blütenblatt auf den Tisch zu den anderen fallen. Es segelt nach unten, früher waren ihre Bissspuren an diesen Blüten rot von Lippenstiftresten, heute sind sie nackt.

Er sieht sie genervt an, nimmt seinen Hut und geht zur Tür, durch die er für immer verschwinden könnte. Dort draußen wartet eine ganze Welt auf ihn. Auf Hedi wartet niemand. Nicht hinter der Tür, durch die sie nicht mehr gehen darf, und auch nicht hinter der zu ihrer Zelle. Nicht mal Bert ist noch wirklich fasziniert von ihr. Auch er hat verstanden, dass sie nur ein Mensch ist. Das darfst du die Fans nie spüren lassen.

Es reicht, wenn dein Opfer es weiß.

DAS GESETZ

Los Angeles, 1954

Noah kehrt zurück, sein Blick ist noch immer finster. »Ich habe niemanden in der Redaktion erreicht. Zeitverschiebung.«

Er legt seine Zigaretten auf den Tisch und seinen Hut daneben. Hedi nimmt sich eine Zigarette, während er das Jackett auszieht und sich setzt.

»Und was machen wir jetzt?«, fragt sie und zündet sich die Zigarette an.

»Sie können ja erst mal weitererzählen, Mrs Belle.«

»Sie wissen, dass das nur ein Künstlername ist, oder?«, fragt sie.

»Ja.«

»Nennen Sie mich Hedi.« Sie lässt sich von ihrem eigenen Qualm einhüllen. »Und sollten Sie je wieder nach Berlin kommen, schauen Sie für mich in der Mulackstraße vorbei.«

»In der Unterwelt?«

»Halbwelt«, verbessert Hedi.

Noah schüttelt leicht den Kopf. »Warum hängen Sie so an einem verdammten Puff?«

Wenn er wirklich wissen möchte, warum sie so an der

Ritze hängt, müsste er Hedi weiter zuhören. Aber das sagt sie ihm nicht. Hedi Belle muss überhaupt nicht viel sprechen, sie kann fast alles mit Blicken ausdrücken. Sie schaut Noah an.

Er seufzt. »Das kriege ich nie bezahlt.«

»Nur Huren kriegen immer alles bezahlt, Noah.«

Er schweigt und schließt die Augen. Es ist nicht einfach für ihn, aber für wen ist es schon einfach? Du musst der Welt immer wieder beweisen, dass du keine Hure bist. Außer du bist eine, dann hast du es in vielerlei Hinsicht leichter.

Noah schlägt sein Notizbuch wieder auf. Hedi bietet ihm eine seiner eigenen Zigaretten an, er greift zu und gibt sich selbst Feuer. All der Rauch färbt die hässlichen Wände grau, es sieht jetzt ein bisschen nach Leben und Feiern aus. Nur ein Hauch Kneipenluft in dieser Eierschalenhölle.

Berlin, 1927

Für jemanden, der nie in einer Kirche war, hat Natalia ihr Zimmer sehr sakral eingerichtet. Der Hurenbock gleicht einem Altar – über dem Zeichnungen von Schuljungen hängen, die mit nacktem Hintern im Klassenzimmer knien und ausgepeitscht werden. Sie tragen Blau wie die Jungfrau Maria und schauen auch genauso unschuldig drein. Natürlich sind sie nicht unschuldig. Wer ist das schon? Der Hurenbock ist ein massiver, kleiner Tisch mit kräftigen Beinen, die auch den fetten Bezirksbürgermeister tragen, wenn er den Arsch versohlt haben will. Er legt seine Wampe auf das dunkle Holz und beugt sich vor, und dann zischt die Peitsche so laut durch die Nacht, dass die kleine Hedwig sie nebenan in ihrem Bett hören kann.

Um den Hurenbock herum stehen Kerzen, deren Wachs Nacht für Nacht kurzen Schmerz auf der Haut von Natalias Kunden hinterlässt. Links neben dem Hurenbockaltar hängen die Leinen und Peitschen, Paddel und Gerten. Der Größe nach sortiert baumeln sie an der Wand. Rechts daneben hängt das Kreuz, es ist mannshoch, mit einer kleinen Emailleschale, die das Blut auffängt. Emaille kann man sehr gut reinigen.

»Enger«, befiehlt Natalia.

»Aber du kannst doch jetzt schon nicht mehr atmen.«

»Hauptsache, ich kann trinken.«

Colette müht sich mit den Ösen und Schnüren ab. »Du wirst noch in die Geschichte eingehen, als die letzte Frau der Welt, die ein *corset* getragen hat.«

»Enger«, sagt Natalia nur wieder. Sie hält sich mit beiden Händen am Kreuz fest und atmet nicht, während Colette hinter ihr schnürt und keucht.

Minna keucht ebenfalls, als sie ins Zimmer stürmt. Sie baut sich im Türrahmen auf und wedelt mit der Zeitung. »Hurerei ist jetzt erlaubt, Colette?! Ab sofort sind wir legal? Ihr vielleicht. Hast du det mal jelesen?«

»Natürlich.«

»Enger!«, ruft Natalia.

Minna schnaubt vor Empörung und Erschöpfung und spricht weiter. »Ihr Huren könnt euch registrieren lassen und straffrei eurem Jewerbe nachgehen. Aber Kuppelei ist immer noch verboten. Und weißt du, wat hier steht?«

»Colette, ich bin nicht aus Zucker, zieh an den Schnüren endlich!«, verlangt Natalia.

»*Oui*, warte …«, sagt Colette, zieht, dass die Schnüre ihr in die Finger schneiden, und rutscht ab. »Au!«

»Nicht loslassen, verdammt!«, schimpft Natalia und sieht Colette kopfschüttelnd an. »Amateurin.«

»Dann mach deinen Scheiß doch allein.«

»Hedwig!«, ruft Natalia.

Das Mädchen steht hinter Minna auf dem Flur und hat Mühe, an ihr vorbei in Natalias Schmerzkathedrale zu schlüpfen. Das hier ist viel besser als der Spielplatz. Es ist eigentlich auch ein Spielplatz, nur dass er aufregend ist und keinen Sandkasten hat. Sandkästen sind für Babys.

Colette schüttelt ihre schmerzende Hand und streckt sie dann in Minnas Richtung aus. »Gib mir die Zeitung.«

Minna hält ihr das Blatt vor die Nase. »Hier steht: ›Als Kuppelei gilt insbesondere die Unterhaltung eines Bordells oder eines bordellartigen Betriebes.‹ Also det, wat ick mache. Verboten. Det ist aus dem Jesetz zitiert. Wort für Wort.«

Das Kind quetscht sich derweil ins Zimmer und strahlt Natalia an.

»Hedwig, endlich.« Natalia strahlt zurück, die losen Schnüre ihres Korsetts in der Hand. »*Rybka*, kannst du das bitte machen richtig?«

Rybka ist russisch. Es bedeutet Fischchen. In Natalias Augen gibt es nichts Schöneres, als ein kleiner, silberner, kalter Fisch zu sein. Und Hedwig hat so tolle große Augen. Graue Fischaugen. Natalia liebt sie sehr. Manchmal formt sie ihr kleine Blumen aus Wachsresten. Hedwig hat sie alle in ihrem Zimmer auf der Fensterbank stehen. Ihr Zimmer geht nach Norden raus, das Wachs schmilzt nie. Auch nicht im Hochsommer. Abgesehen von den Blumen ist Hedwigs kleine Kammer langweilig. Es passt kaum mehr als ein Bett rein. Sie ist lieber hier bei Natalia.

Hedwig betrachtet die Schnürung an Natalias Rücken und schüttelt den Kopf. »Wer hat das denn eingefädelt?«

»Colette.«

Die Kleine seufzt. »Miserable Arbeit.«

Colette nimmt Minna die Zeitung weg und schlägt Hedwig auf den Hinterkopf. »Frauen sollten sich überhaupt nicht einschnüren, *Mademoiselle*. Das ist Unterdrückung. Und außerdem ist es furchtbar unmodisch.«

Minna ringt die Hände. »Ick muss schließen. Ick werde schließen müssen. Die Ritze wird die Schanklizenz verlieren. Ick werde allet verlieren.«

»Einatmen«, sagt Hedwig zu Natalia, und die wendet sich mit angehaltener Luft an Minna: »Warum? Die Ritze war gestern Kneipe, und sie ist heute Kneipe. Offiziell machen wir hier oben gar nichts, außer schlafen.«

Hedwig kichert, denn sie weiß ganz genau, was hier nachts passiert. Sie ist kein Baby mehr. Sie kennt sich aus.

»Mhm, ja«, sagt Minna zynisch und funkelt Colette an. »Det könnte funktionieren, außer natürlich unser französisches Fräulein Jesetzestreu hat sich bereits beim Amt gemeldet und dieses Haus hier als ihren Arbeitsort angegeben.«

»Oh«, macht Natalia. Sie sieht beunruhigt aus. Vielleicht liegt das aber auch nur an der Atemnot. Hedwig schnürt sehr gut.

»Und als wüssten die Bullen nicht sowieso, wat hier passiert«, wettert Minna. Sogar die Schweißperlen auf ihrer Stirn scheinen in Panik zu sein, sie laufen ganz schnell. »Wenn die wollen, dann muss ick nicht bloß schließen, dann steh ick vor Gericht. Dann muss ick ins Zuchthaus. Det Jesetz wird mir ruinieren. Und wat mach ick dann mit

Hedwig?« Sie zeigt auf das kleine Mädchen. »Soll sie zu ihrer Nutte von Vater? Da kann ick sie ja gleich umbringen.«

Hedwig starrt Minna fassungslos an. »Was?«

»Nicht hinhören«, sagt Natalia zu ihr. »Minna ist gerade nicht sie selbst. Ich werde mich immer kümmern um dich, *Rybka*. Immer.«

»Und wer kümmert sich um mich, wenn ick im Arbeitslager sitze?«

»Jammern steht dir nicht, Minna.«

Colette schlägt die Zeitung zusammen. »Das ist schlecht zusammengefasst. Außerdem fehlt eine entscheidende Information.«

»Ja? Welche? Det Bordellbetreiber an den Pranger jestellt werden? Det sie den für uns extra wieder einführen?«

»Ich hab noch einen«, sagt Natalia und zeigt unter ihr Bett. »Da unten.«

»Nicht witzig!«, zischt Minna.

»Minna, der Zusatz zu Paragraph 180 gilt nicht für Frauen«, erklärt Colette. »Frauen, die Bordelle betreiben, gelten nicht als Kupplerinnen.«

»Wat?«, fragt Minna.

Colette nickt. »*Oui*, sie wollen den Alphonses und Fiesels den Garaus machen. Nicht den Frauen. Weil *les femmes* gleichberechtigt werden müssen und eh nicht so grausam sein können.«

Minna sinkt auf Natalias Bett. »Dann ist die Ritze sicher?«

»Ja. Wir sind jetzt alle anerkannte Geschäftsfrauen. Mehr oder weniger. Ihr müsstet euch nur noch reg…«

Minna unterbricht Colette. »Die Ritze ist sicher«, jubelt sie. »Die Ritze ist sicher!«

»Darauf sollten wir anstoßen«, schlägt Natalia vor.

»Darf ich auch?«, fragt Hedwig.

»Ja«, sagt Natalia, und Minna sagt gleichzeitig: »Nein.«

◇

Überall in Berlin sind die Häuser riesig. Fünf Stockwerke in Charlottenburg und fünf in Pankow. Zwei, manchmal drei Hinterhöfe. Im Scheunenviertel aber sind es höchstens drei Stockwerke, eher zwei. Die Mulackstraße ist niedrig bebaut und schmal, zwei Autos können gerade so aneinander vorbeifahren. Das Kopfsteinpflaster ist dreckig, die Fassaden sind schmucklos. Und inmitten dieser engen, schlichten und dreckigen Straße steht die Ritze und ist noch schmaler, schmuckloser und schmutziger – und stolz darauf.

Minna steht am anderen Ende der Straße vor einem Lokal, das sich *Hundegustav* nennt. Sie trägt einen Glockenhut und hält einen Einkaufskorb in der Hand. Sie redet auf ein paar Frauen ein, die unter ihren Mänteln wenig Kleidung tragen.

»Jedenfalls habt ihr nur Vorteile davon. Glaubt mir. Ist nur'n kurzer Gang zur Behörde. Kleinigkeit. Wat zu rauchen? Du? Na, wer nicht will, der hat schon«, sagt sie und zündet sich einen Zigarillo an. Das sei eine politische Sache, und das sei gut für alle Frauen. Sie meint vor allem Kitty. So wie die sich immer an der Möse kratzt, müsste sie eh dringend mal einen Arzt aufsuchen.

Minna raucht und schaut auf Kittys Hände. »Herrgott, Mädchen, jetzt lass doch mal die Finger vonner Pussy, wir stehen mitten auf der Straße. Jedenfalls musst du jetzt keine Anzeige bei der Sitte mehr fürchten, wenn du einforderst, wat dir zusteht: ärztliche Behandlung. Ick rede hier von …«

»Minna.« Gustav steht plötzlich in der Tür seiner Kneipe

und schneidet ihr das Wort ab. Er hat die Hemdsärmel aufgekrempelt. An seinem rechten Hosenträger baumelt ein Küchentuch. Minna mustert seinen Bauchansatz und den Schnurrbart. Er ist so grau wie ihre Haare.

»Rein mit euch, Mädchen!«, sagt Gustav. »Wat steht ihr hier draußen rum in den dünnen Fetzen? Ihr werdet mir noch krank und steckt alle Kunden an.«

Verglichen mit der Ritze ist der Hundegustav riesig. Die Hurenstuben sind richtige Zimmer, und er hat acht davon. Drei neben der Kneipe und fünf in der Wohnung im ersten Stock. Es gibt sogar Stuck. Minna hat eine Hurenstube und eine Hurendachkammer. Stuck kann sie sich nicht leisten, so leid es ihr tut.

Gustav klemmt die Daumen unter seine Hosenträger und baut sich vor Minna auf. »Biste unter die Politiker gegangen?«

»Mir geht's um die Frauen. Um uns alle«, sagt sie und pustet ihm Rauch ins Gesicht.

»Willste mir nicht auch wat zu rauchen anbieten?«

»Nein.«

»Wenn det der Kaiser hören würde, wie du hier die neue Zeit lobst.«

»Dem würd ick Colette auf den Schoß setzen, und dann wär der so schnell überzeugt, so schnell kannst du nicht mal deinen traurigen Versuch von nem Kratzfuß machen.«

Gustav grunzt. »Der Kaiser würde den Kammerdiener seines Kammerdieners nicht in deine Dreckshöhle lassen.«

»Interessant. Wo ick doch damals jenau den zwischen meinen Schenkeln hatte.«

»Den Kammerdiener des Kammerdieners?«

Sie verdreht die Augen. »Nein, den vom Kaiser, Justav. Ick hab auch Standards.«

»Und jetzt ist deine Muschi alt und vertrocknet, und du könntest keinen Pfennig mehr mit ihr machen.«

»Meine Rede seit Siebzig.« Sie untermalt ihre Worte schwungvoll mit ihrem Zigarillo. »Ick bin jetzt Geschäftsfrau. Mit politischen Interessen.«

»Ha!« Er lacht und reißt den Mund auf. Seine dicken Backen zittern, sein Schnäuzer steht wie eine Eins, kein Haar bewegt sich. »Politik interessiert dich'n Scheiß. Dich interessiert nur, det einzige Bordell inner Mulackstraße zu sein.«

»Wat soll ick tun, Justav?« Minna schmunzelt. »Von Männern betriebene Häuser sind nun mal ab jetzt verboten. Es ist det Jesetz, die neue Zeit. Wir müssen alle mit der Zeit gehen.«

»Du hasst die neue Zeit.«

Minna raucht und lächelt. Sie hasst die neue Zeit nicht. Sie will nicht noch mal jung sein. Sie freut sich über jede Falte, die wie ein kleiner Schutzwall gegen die Blicke der Männer ist. Falte für Falte sehen die weniger hin. Und für jede Mark mehr, die in ihrer Geldkassette landet, hören sie ihr besser zu. Das ist Macht.

»Justavchen«, säuselt sie, »sollte die Polente durch die Registrierung eins deiner Mädchen drauf gestoßen werden, det du dich der Kuppelei schuldig machst, dann kann ick dafür doch nüscht.«

Er fixiert sie. »Hältst du mich für bescheuert?«

»Aber ja. Ist det in den letzten zehn Jahren nicht deutlich geworden?«

»Verschwinde.«

»Vonner Straße? Werd mal nicht größenwahnsinnig, Justavchen. Die Straße jehört dir nicht.« Minna zeigt mit ihrem

Zigarillo die Mulackstraße hoch und runter, ihr Handgelenk tanzt dabei. »Jenau jenommen jehört dir ja nicht mal dein schlecht vergoldeter Fickschuppen. Du hast den Hundejustav nur jemietet.« Sie seufzt. »Steht alles auf so wacklige Beene, nicht wahr?«

Er löst einen Daumen aus dem Hosenträger, das Gummi schnalzt zurück und prallt gegen seinen Bauch, während er ihr den Zeigefinger unter die Nase hält. »Hör mal zu, du dreckige Schlampe. Du stehst hier gleich auf wackligen Beinen, wenn du dir nicht verpisst. Hier ändert sich gar nichts.«

»Det werden wir ja sehen. Jetzt muss ick erst mal den Champagner kühlen. Als Frau hat man heute schließlich wat zu feiern!«

Im Weggehen hört sie, wie er ihr nachruft: »Mein Kratzfuß ist perfekt!«

Sie winkt ihm, ohne sich umzudrehen. »Genieß die Nacht, Justav. Wer weiß, wie viele du in diesem Jewerbe noch hast …«

◇

Minna war ein Mal am Meer. Seitdem liebt sie den Klang des Schifferklaviers. Und deshalb spielt jeden Abend in der Ritze ein zahnloser alter Mann Akkordeon. Minna nennt ihn »den Kapitän« und stellt extra für ihn ein kleines Podest auf. Wenn du willst, geht immer noch was rein in die Ritze. Wenn du es dringend willst und die Ritze respektierst, macht sie alles für dich.

Der Musiker war nur Matrose, und das auch nur ein paar Jahre, aber wenn Minna ihn Kapitän nennt, zählt er das Geld nicht, das sie ihm gibt, und sie kommt billiger weg. Vielleicht sympathisiert sie auch mit ihm wegen ihrer Zahnlücke.

Natürlich steckt in ihrer ein Goldzahn, aber dennoch sind schlechte Zähne etwas, das sie mit dem Kapitän verbindet.

Der Betrieb geht um fünf los. Dann kommen die Angestellten aus den Büros. Sie haben nicht den Stolz der Arbeiter, die später kommen, und nicht das Geld der Ganoven und Künstler, die noch später kommen. Aber ficken wollen sie alle.

Die Angestellten sind jung und riechen nach Papier und Schreibmaschine. Sie trinken wenig und lachen leise, sie kommen nur, wenn sie es nicht geschafft haben, eine der Sekretärinnen für den Abend einzuladen. Wenn die Sekretärinnen klug wären, kämen sie in die Ritze und nähmen Geld dafür. An der Schreibmaschine gibt es für eine Frau nichts zu holen. Aber das wissen die wenigsten von ihnen. Sie haben mehr Scham im Bauch als Gehirn im Kopf. Sie sind nicht klug erzogen worden. So wie die kleine Hedwig zum Beispiel. Manchmal darf sie bis zu den Künstlern aufbleiben.

Wie immer beobachtet sie beim Abendessen die Angestellten.

Minna stellt ihr einen Teller hin. »Omelette. Iss, Hedwig. Natalia, ist det da drüben nicht deiner?«

»Ja. Hast du abgewischt den Hurenbock?«

»Als fänd der det nicht geiler, wenn der Bock dreckig wär«, sagt Minna.

»Du willst dich nur drücken ums Putzen.«

»Ick versteh einfach nicht, warum du deine Sklaven nicht putzen lassen kannst.«

»Kann ich.« Natalia beugt sich zu ihr. »Aber dann ich bezahl dich nicht mehr dafür. Dann du kriegst fünf Mark weniger. Pro Woche.«

»Weniger Kohle ist nie eine Option«, erklärt Hedwig kauend.

»Richtig, Herzchen. Ick hol dir noch Brot.«

Minna verschwindet in der Küche, und Natalia stolziert zu ihrem ersten Kunden, während das Kind Eier isst. Alle Tische sind besetzt, die Angestellten halten die stickige Luft und die kleinen Biere für ein Fest. Jeder von ihnen hat den besten Abend des Monats. Mehr können sie sich nicht leisten. Selbst Hedwig hat mehr Kohle unter ihrem Kissen als die. Sie sind arme Schweine.

Die Zeit schreitet voran. Molle um Molle, Fick um Fick. Colette stößt spitze Schreie aus, die Hedwig im Treppenhaus hört, wenn sie nachts raus in den Hof muss zum Pipimachen. Nachttöpfe gibt es in der Ritze nicht. Es soll im Haus nicht nach Pisse stinken. Das macht Natalia manchmal Probleme mit ihrer Arbeit, aber sie nimmt es in Kauf.

Die Angestellten trollen sich, wenn die ersten Arbeiter kommen. Es passen doppelt so viele Arbeiter in die Ritze wie Büroäffchen. Oder gibt es doppelt so viele von ihnen? Sie quetschen sich auf jeden Fall gern zusammen. Sie grölen und saufen und stinken wie der Pumakäfig im Zoo. Die meisten von ihnen haben mehr Zähne als der Kapitän, aber nicht alle.

Colette kommt von einem Freier zurück und quetscht sich zu Minna hinter den Tresen. »Hast du noch Essig?«

»Schon wieder? Wie viel spülste dir denn davon inne Pussy? Ne halbe Flasche?«

Bevor Colette antworten kann, steht ein neuer Gast am Tresen. »Kann ich hier was bestellen?«

Er sieht aus wie ein müder Priester. Sein Mantel ist lang und schwarz. Er setzt sich kerzengerade auf einen der beiden Barhocker und verschränkt die dünnen Finger auf dem Tresen zwischen zwei Bierpfützen.

»Ne Molle? Kommt gleich«, sagt Minna und trägt ein Tablett mit Bier zum Tisch neben dem Tresen.

»Ich brauch keine halbe Flasche Essig pro Spülung«, sagt Colette über den Tresen hinweg, »und selbst wenn: lieber zu viel Essig als zu viel schwanger.«

»Jaja«, antwortet Minna und verteilt das Bier auf dem Tisch. »Geh inner Küche gucken.«

Colette verschwindet, und Minna ruft ihr nach: »Aber spül auf dem Klo, ja? In der Küche mach ick Essen.« Sie wendet sich an den neuen Freier. »Nicht det du denkst, det die keine Fromms benutzt. Bei uns ist alles besonders sicher, keine von meinen Damen hängt dir ein Blag an. Det kann ick dir flüstern.«

»Äh ja … Schön.« Er rutscht auf dem Barhocker hin und her. »Haben Sie auch etwas anderes als Bier?«

»Korn. Sekt.«

»Vielleicht einen Tee? Kräuter?«

»Wat?« Minna steht wieder hinter dem Tresen und hebt eine Augenbraue.

»Der menschliche Körper ist ein Tempel, und Alkohol ist Gift.«

»Ach so einer biste. Tanzt auch nackt im Spreewald, wa?«

»Nur bei Vollmond.«

»Natürlich. Kannst heißes Wasser haben.«

»Ich danke Ihnen.«

»Deinen Dank darfste behalten. Und die Förmlichkeiten auch. Bezahlen musste. Zwanzig Pfennig.«

»Für heißes Wasser?«

Minna stemmt die Hände auf dem Tresen ab. »Hör zu, du

Sonnenanbeter, det hier ist nicht die Heilsarmee. Wenne dir mein Etablissement nicht leisten kannst, zisch ab.«

Der Gast legt ein paar Münzen auf den Tresen, Minna schiebt sie in ihre Handfläche und lässt sie in ihre Tasche fallen. Sie füllt den Wasserkessel, während der Kapitän mit seinem Akkordeon die *Berliner Pflanze* anstimmt. Minna singt laut mit, während sie zwischen Küche und Gaststube hin und her wechselt, den Kessel auf den Herd setzt und Bier zapft.

»*Denkste denn, denkste denn, du Berliner Pflanze, denkste denn, ick liebe dir, nur weil ick mit dir tanze* …« Sie stellt dem Gast eine dampfende Tasse hin. »So. Bestes Wasser inne Straße.«

»Danke.«

Colette kommt zurück wie neugeboren, wie ungefickt. Sie setzt das Lächeln der süßesten Jungfrau des Scheunenviertels auf und schenkt es dem steifen Priesterverschnitt an der Bar. »Was trinken wir denn Feines, *minou*?«

»Das Wasser des Lebens.«

»So? Na, du bist mir ja einer.«

Minna verdreht die Augen und schüttet Colette *Berliner Luft* ein. Luft und Wasser, zwei sehr wichtige Elemente auf dem Tresen. Colette mag nicht an der Flasche hängen wie Natalia, aber saufen kann sie auch. Was sie nicht so gut kann, ist essen. Aber das können die wenigsten Huren. Wenn sie einmal damit anfangen, dann hören sie nicht mehr auf, und dann wollen sie lieber Schokolade als Sex und gehen ganz schrecklich aus der Form.

»Wollen Sie kein Wasser?«, fragt der Gast in Schwarz, als er mit Colette anstößt. »Das wird Sie von innen reinigen.«

Sie lacht und klimpert mit den Wimpern. »*Minou*, ich bin innen so sauber, du könntest in mir operieren.«

»Ich bin kein Freund chirurgischer Eingriffe«, sagt er. »Heilung findet sich allein in der Natur.«

Minna lacht ihn aus und singt: »*Denkste denn, det ick um dir weene, wenn du mir nicht lieben tust, dann lieb ick mir alleene …*«

Colette ist ganz bei ihrem Naturfreund. »*Bon.* Sehr schön gesagt. Und wollen wir beide mal nach oben gehen und uns ganz natürlich verhalten?«

Er schiebt einen Finger in seinen engen Kragen und zieht daran, als wär ihm sehr heiß. »Das Natürliche kennt viele Wege …«

»Ach so?« Colette leert ihr Glas. »Na, dann sollten wir mal losgehen, oder? Wenn es so viele Wege sind.«

»Warten Sie, Sie sollten wissen, dass …«

Sie lehnt sich zu ihm, dass ihre langen Wimpern über seine Wange streichen, und flüstert: »*Minou*, du willst mich in den Arsch bumsen. *J'ai très bien compris le message.* Ich mach das hier nicht seit gestern.«

Er folgt ihr und stolpert mit leuchtenden Augen die Treppe rauf, weil sein Mantel so lang ist. Minna schüttelt den Kopf. Einer bescheuerter als der andere. Sie ist froh, dass sie aus dem Geschäft raus ist. Sie wird ja schon wund, wenn sie nur daran denkt, dass das Colettes vierter Kunde heute ist. Als sie sich dem Zapfhahn wieder zuwendet, steht Gustav am Tresen und grinst sie an.

»Wo kommst du denn auf einmal her?«

Er setzt sich. »Ick bewege mir immer wie ne Katze.«

»Eine Ratte biste. Verpiss dich!«

»Aber Minna, willste einem kaisertreuen Arbeiter eine Molle verweigern?«, fragt Gustav und lächelt.

Sie verschränkt die Arme vor der Brust. »Molle kostet acht Mark.«

»Nein, so viel kostet ne halbe Stunde mit Colette. So viel ist dein blödes Bier nicht wert.«

»*Du* bist mein blödes Bier nicht wert. Aber ick will mal nicht so sein.« Sie nimmt eine Flasche vom Regal hinter sich und öffnet sie. Natürlich gibt es in der Ritze auch gezapftes Bier, aber das ist für Gustav dann doch zu schade. Sie stellt ihm die Flasche hin. »Weil du nen schlechten Tag hast. Kriegst ne Trostmolle.«

»Ick denke nicht, dass ich Trost brauche. Hab gerade mal ein bisschen wat nachgelesen.« Er stützt sich mit verschränkten Armen auf dem Tresen ab, als wär er hier zu Hause und hätte sich noch nirgendwo wohler gefühlt. »Die Sache ist die, Minna, det du den Bullen in der Tat keine müde Mark mehr geben musst, damit sie über die Unsittlichkeit deines Hauses hinwegsehen. Also, die Unsittlichkeit an sich ist weniger det Problem.« Redet, als wär er gern ein Anwalt, der alte Grützkopf. Er nimmt sein Bier. »Auf die modernen Zeiten. Prost.«

»Von Frauen geführte Bordelle. Völlig legal. Darauf stoß ick sogar mit dir an.« Minna nimmt ein neues Glas vom Regal und hält es unter den Messingzapfhahn. Das Bier schäumt ins Glas, sie muss gar nicht hinsehen, um es perfekt zu zapfen.

»Prost.«

Sie stoßen an. Stumpfes Klirren, und auf einmal hat Minna so einen Druck im Bauch. Ein ungutes Gefühl, wenn sie in Gustavs dunkle Augen schaut.

»Völlig legal. Außer ...« – Er wischt sich Biertropfen aus seinem Schnauzbart – »... es lebt ein Kind im Haus.«

Minna setzt das Glas wieder ab, aus dem sie gerade trinken wollte. »Wat?«

»Wie alt ist Hedwig noch mal?«

»Acht«, sagt Minna tonlos.

»Klingt det für dich minderjährig?«, fragt Gustav. »Für mich klingt det sehr minderjährig. Wo hab ick denn …?« Er sucht in seinen Hosentaschen und kramt eine Notiz hervor. »Paragraph 361: ›Wer gewohnheitsmäßig zum Zwecke des Erwerbes in der Nähe von Kirchen‹ … bla, bla … Schulen … bla, bla … hier: ›oder in einer Wohnung, in der Kinder und Jugendliche zwischen drei und achtzehn Jahren wohnen, der Unzucht nachgeht, macht sich der Kuppelei strafbar.‹«

Minna sinkt mit dem Rücken gegen das Regal, hinter ihr klirren Dutzende Gläser. »Wat?«

»Würdest du sagen, det die achtjährige Hedwig in einem Bordell wohnt, Minna?« Gustav steckt die Notiz weg und sieht sie an, als wäre er tatsächlich maßlos an ihrer Antwort interessiert.

»Fick dir, Justav!«

»Es geht doch nur um det Wohl der Kleenen. Sie sollte nicht zwischen Huren aufwachsen.«

»Meine Damen sind kluge, starke Frauen, und ick kann mir keine besseren Vorbilder für ein kleines Mädchen vorstellen als uns.«

Gustav seufzt. »Wenn die Regierung det nur jenauso sähe …«

»Du widerst mir an.«

Gustav trinkt noch einen Schluck und steht auf. »Etwas Ähnliches wird der Staatsanwalt von dir sicher auch sagen. Wenn er davon erfährt.«

»Det wagst du nicht …?«

»Ist doch nicht so, det sie dir deine Drecksbude wegnehmen, Minna. Die kannst du legal weiterführen. Nur eben ohne Hedwig. Sie wird es nicht so schlecht haben im Kinderheim.«

Minna starrt ihn an, als er sein Bier austrinkt. Gierig schluckt er, Schaum rinnt aus den Mundwinkeln in seinen Bart. Minna haben noch nie im Leben die Worte gefehlt. Bis jetzt.

Gustav rülpst und stellt die leere Flasche ab. »Dein Laden stinkt. Ick muss hier raus. Grüß Hedwig von mir.«

Los Angeles, 1954

Noah fährt sich durch die Haare und reibt sich die Wangen.

»Hedi, das klingt alles sehr aufregend. Aber die *New York Times* hat mich geschickt, um über Ihre Tat zu schreiben. Den Mord. Louis Mercier. Ich kann nicht noch mal herfliegen, das Gefängnis bestechen, Ihnen Ihre seltsamen Putzmittel bringen und dann mit nichts als einer kaputten Kindheit zurück nach New York fliegen.«

»Sie wollen einen Skandal? Können Sie haben.« Hedi lächelt ihn an. »Kommen Sie nächste Woche wieder.«

»Für was? Ihre Zeit im Kinderheim?«, fragt er. »Das lässt mein Chefredakteur im Leben nicht zu.«

Bert klopft an die Tür. »*Time's up, Mrs Belle. Back to your cell.*«

»Werden Sie mir von Louis Mercier erzählen oder nicht?« In Noahs Blick liegen hundert Bitten.

»Noah, sind Sie gerne Klatschreporter?«, fragt Hedi zurück. »Oder wollen Sie mit den Erwachsenen spielen? Den richtigen Reportern, die über den Dreck des Lebens schreiben? Die Wahrheit aufdecken?«

»Wollen Sie mildernde Umstände? Ist es das? Soll ich berichten, wie schlimm Sie es hatten, und so dafür sorgen, dass Ihr Urteil revidiert wird?«

Sie lacht leicht. »Sie sollen mich nicht vorm elektrischen Stuhl retten. Sie sollen mich unsterblich machen.«

»Das kann ich nicht.«

»*Mrs Belle, please*«, sagt Bert, er steht in der Tür.

Hedi lehnt sich kurz zu ihm. »*Just a second, Berty.*«

Sie dreht sich wieder um, zu dem Reporter mit den schwarzen Locken und dunklen Augen. »Wissen Sie, Noah, hier geht es nicht um Ihre Zeitung. Es geht um Sie und mich. Die *New York Times* verliert ihre Mörder-Diva-Story. Aber wir beide können nur gewinnen.«

Noah kaut auf seiner Unterlippe. »Ein Skandal, sagen Sie? Nächste Woche? Den erzählen Sie mir dann auch wirklich?«

Hedi steht auf. »Es gibt nur einen Weg, das rauszufinden.«

Sie nimmt ihr Puder und geht zur Tür. Bert schließt sie hinter ihr, aber durch das kleine Fenster kann Hedi Noah noch sehen, seine schwarzen Locken und die roten Ohren. Sie hat in ihrem Leben noch keinen klugen Mann getroffen, der nicht verklemmt war. Und keinen leidenschaftlichen, der wirklich klug war. Aber Noah ist jung. Für ihn gibt es Hoffnung. Für Hedi hingegen gibt es nur noch Türen.

Und Türen sind dazu da, geschlossen zu werden.

WASCHTAG

Los Angeles, 1954

»Die *Times* hat uns noch eine Chance gegeben«, sagt Noah, und Hedi murmelt: »Gut, sehr gut.«

Sie schaut an ihm vorbei und sucht den Boden ab. Wo ist der Korb? Die Rosen? Er betrachtet sie und versucht, so etwas wie Tadel in seinen Blick zu legen. Aber Hedi sieht nur kurz zu ihm, ohne die Miene zu verziehen, und sucht weiter.

Ein Jahr konnte sie gut ohne Frühstückselixier. Hedi hat vorher immer Ätherblüten geknabbert. Dann kam sie in Untersuchungshaft und hat den Entzug kaum bemerkt inmitten all der Veränderungen und Umstellungen. Aber nun, da sie sich einerseits an dieses Leben hier gewöhnt hat, es sie maßlos langweilt, und sie andererseits plötzlich wieder Frühstückselixier gekostet hat, spürt sie den Entzug. Eine Woche keinen Äther, eine Woche in der Hölle. Sie wartet seit sieben Tagen, und so sieht sie auch aus.

Noah seufzt, beugt sich zur Seite und holt die Fläschchen und die Blumen aus einer kleinen Tasche. Sie stand unter seinem Stuhl, sein Jackett hing drüber. Er will ihr sein Wasserglas zuschieben, aber Hedi ist schneller und mischt bereits alles zusammen.

»Ihre Freude über die zweite Chance ist rührend.«

»Ihre blöde Zeitung gibt mir keine zweite Chance«, widerspricht sie. »Ich gebe *ihr* eine zweite Chance.«

»Mein Chefredakteur sieht das anders.«

Was auch immer. Ist Hedi egal. Sie rupft die Blüten von den Rosen. Diesmal sind sie weiß. Er hat alles richtig gemacht. Ihre Finger zittern. Sie tunkt das erste Blütenblatt ins Glas und schiebt es zwischen ihre Lippen. Der Äther beißt ihr ins Gesicht. Aus Liebe. Das Frühstückselixier ist ein Meister der Liebesbisse. Und das Wetter draußen ist plötzlich schön, und Noah ist schön, und überhaupt ist alles erträglich. Hedis Kittel erscheint ihr fast weich auf der Haut.

»Sie sind süß«, flüstert sie zu Noah.

»Aus Ihnen spricht der Äther.«

»Frühstückselixier«, verbessert Hedi. Aber er will sich das vielleicht gar nicht merken.

Machtspiele. Lächerlich.

Er legt die Unterarme auf den Tisch und verschränkt die Finger ineinander. »Sie haben mir einen Skandal versprochen.«

»Was sagt Ihre Frau eigentlich dazu, dass Sie hier drin allein mit einer Hollywood-Diva sitzen?«

»Dass Sie den Oscar hätten kriegen sollen«, antwortet er, ohne mit der Wimper zu zucken.

»Ohhh …« Hedi lächelt gerührt. »Ich mag Ihre Frau.«

Er seufzt. »Ja, ich auch. Hedi, die Zeit läuft.«

»Die kann nirgendwohin. Nicht hier drin.«

»Können wir bitte anfangen?«

Sie will ihn nachäffen, wie Minna Colettes Akzent immer nachgeäfft hat, aber sein eindringlicher Blick gefällt ihr. Außerdem: Wem will Hedi Belle etwas vormachen? Sie will ja, dass er Bescheid weiß. Wird Zeit für ihn. Er ist zu alt für Unschuld.

Berlin, 1927

Hedwig ist wach, bevor Minna sie weckt. Kurz denkt sie, dass Sonntag ist und sie nicht in die Schule muss, aber Sonntag war gestern. Hedwig nimmt Leibchen, Hemd und Kleid vom Hocker neben dem Bett. Es ist kalt, der Oktober ist nachts ins Haus gekrochen. Sie huscht schnell über den Flur zu Minna.

Minna liegt auf dem Rücken in ihrem Doppelbett und schnarcht. Es riecht süßlich in ihrem Zimmer. Und ein bisschen nach Furz. Aber wenigstens ist die Wasserkanne gefüllt. Hedwig zieht sich das Nachthemd über den Kopf, gießt Wasser in die Schüssel und wäscht sich. Ihre Haut zieht sich zusammen, Gänsehaut breitet sich blitzschnell auf ihrem Körper aus. Nicht mehr lang, und sie werden morgens vor lauter Eisblumen nicht aus den Fenstern schauen können.

Hedwig steht nass und frierend in Minnas Zimmer und sucht das Handtuch. Sie hüpft von einem Bein aufs andere und findet nichts. Schließlich geht sie zum Bett, zieht an Minnas Decke und trocknet sich damit ab. Höschen und Leibchen an, Strümpfe hochziehen und an den Bändern festknöpfen, dann Hemd, Kleid und Schuhe. Fertig.

Als sie mit ihren Büchern und der Tafel hinunter in die Gaststube kommt, öffnet sich die Tür. Im Gegenlicht der Straße sieht Hedwig eine Melone.

»Martin?«

Das Mädchen strahlt. Martin ist Natalias treuster Kunde,

und er ist nicht wie die Angestellten, Arbeiter oder Künstler. Martin ist reich.

»Guten Morgen, Fräulein Hedwig.«

Martin ist ihr Lieblingsgast. Sie wundert sich, dass er noch da ist. Er besucht Natalia jede Woche, immer zur gleichen Zeit, und immer kommt er etwas eher, um mit Hedwig zu plaudern und ihr eine Mark zu geben. Eine ganze Mark. Gestern auch. Er züchtet Pferde irgendwo in Brandenburg und zeigt Hedwig manchmal Fotografien, aber Pferde interessieren sie nicht. Er ist ein feiner Herr mit karierter Hose und Melone. Natürlich trägt man längst keine Melonen mehr, aber Martin will sie nicht aufgeben. Seine Melone passt irgendwie zu Natalias Korsett. Unmodern modern. Das haben sie gemeinsam.

»Fräulein Hedwig. Sind Sie ganz alleine wach?«, fragt er. Er ist ein Gentleman, der einzige, den Hedwig kennt.

»Ja. Minna schafft es nicht immer, mich zu wecken.«

Er hebt eine Augenbraue. »Und was ist mit Frühstück?«

Sie zuckt mit den Schultern. »Ich glaube, wir haben nichts da.«

Martin schließt die Tür hinter sich und hält ihr eine Papiertüte hin. Sie raschelt. Zu dem kalten Rauch und vergorenem Biergestank von gestern mischt sich ein Duft, der nur selten bis in die Ritze dringt.

»Brötchen?«, flüstert Hedwig ehrfürchtig.

Martin holt von irgendwo ein Glas Marmelade hervor und dann ein Päckchen Butter und geht in die Küche. Hedwig folgt ihm und setzt sich auf die Bank, während er Wasser aufsetzt und Kaffee mahlt. Über dem Herd hängt eine Uhr. Seit Sommer kann Hedwig sie lesen. Es ist schon halb acht.

»Ich muss zur Schule.«

Er nickt und ist ganz geschäftig. »Nicht ohne Frühstück. Wer nichts im Magen hat, kann nichts lernen.«

»Nicht?«

»Nein«, sagt er, sucht im Kühlschrank unterm Fenster und findet eine halbvolle Milchflasche.

Hedwig bekommt ein Brötchen und ein Glas warme Milch mit Kaffee. Martin trinkt ihn schwarz. Sie legt die Butter eher in Scheiben aufs Brötchen, als dass sie schmiert, und kippt dann Marmelade direkt aus dem Glas drauf. Das Brötchen knuspert in ihrem Mund, Krümel fallen auf den Tisch und auf ihr Kleid.

»Vielleicht muss ich heute auch gar nicht in die Schule«, überlegt sie kauend.

»O doch, Fräulein Hedwig. Mein Fahrer kommt gleich. Wir setzen Sie an der Schule ab. Sie werden beinahe noch pünktlich sein.«

»Wir fahren im Automobil?«, fragt das Kind, und ein Stück Brötchen fällt ihm aus dem Mund.

»Ja.«

»Warum sind Sie jetzt noch hier, Martin?«, fragt Hedwig und schiebt das runtergefallene Stück Brötchen wieder in ihren Mund.

Er ist morgens noch nie da gewesen. Er sieht sie an, wie Erwachsene gucken, wenn sie sich nicht sicher sind, was ein Kind alles versteht. Hedwig kennt diesen Blick, sie bekommt ihn oft zu sehen. In ihrem Leben passiert viel, das sie nicht mitkriegen soll. Aber am Ende bekommt sie doch alles mit, weil sie klug ist und auch schon groß. Größer, als alle denken. Man kann Hedwigs eigentliche Größe nur schlecht erkennen. Ist mehr eine innere Größe.

»Ich möchte ehrlich zu Ihnen sein«, sagt er, weil er sie respektiert. Sie ist ja auch schon acht, innerlich eher zehn. Oder zwölf. Er weiß das. »Und ich möchte Ihnen keine Angst machen, Hedwig.«

»Ich hab keine Angst. Hatte ich noch nie.«

»Das glaube ich Ihnen sogar. Ich möchte nur, dass Sie wissen, dass es mir gut geht.«

Sie nickt. »Das weiß ich. Sie sind viel zu reich, als dass es Ihnen schlecht gehen könnte.«

Er lacht. »Niemand ist *so* reich.«

»Also? Warum sind Sie noch hier?«

»Ich habe am Kreuz geschlafen.«

»Im Stehen?«

»Ich habe eher gehangen«, erklärt er und sieht sie abwartend an. Er trinkt Kaffee.

»Und geschlafen?«, fragt Hedwig und stellt sich das Kreuz in Natalias Folterkammer vor.

»Mehr oder weniger.«

»Aha.« Sie reißt mit den Zähnen noch einen großen Brocken aus dem Marmeladenbrötchen. »Vielleicht probier ich das auch mal …«

»Es ist nicht sehr bequem, Fräulein Hedwig. Ich möchte es eigentlich nicht empfehlen.«

»Also werden Sie es nicht wieder machen?«, fragt sie.

»Doch«, antwortet er, »ich denke schon.«

Wenig später im Auto erzählt Martin etwas über die Straßen, durch die sie fahren. Die *Auguststraße* zum Beispiel ist nach einem preußischen Prinzen benannt, der nur illegitime Kinder gezeugt hat. Er war der reichste Grundbesitzer in Preußen, was lustig ist, weil man eine Straße nach ihm benannt hat, die vorher erst *Armesünder Gasse* und dann *Armen*

Gasse hieß. Martin weiß seltsame Sachen, aber Hedwig hört ihm gern zu. Solange er nicht von Pferden schwärmt.

Als sie an der Schule sind, darf Hedwig nicht aussteigen, bis Martins Fahrer ausgestiegen, um den Mercedes herumgelaufen ist und ihr die Tür geöffnet hat. Martin sitzt auf den schwarzen Lederpolstern, lächelt und deutet eine Verbeugung an. Hedwig lacht und winkt und dreht sich zum Schultor.

Sie ist nur ein bisschen zu spät. Aber sie rennt, weil sie den Schlagstock von der Wolkenmeier nun doch fürchtet. Sie stolpert die Stufen rauf und reißt die Tür zum Klassenzimmer auf. Die Wolkenmeier kontrolliert gerade, wie sauber die Finger der Kinder sind. Sie beugt sich über Hände in der ersten Reihe. Als sie Hedwig sieht, kommt sie mit schnellen Schritten auf sie zu. Hedwig wirft einen Blick auf ihre Finger. Sie sind viel zu dreckig.

Die Wolkenmeier schiebt sie aus dem Klassenzimmer zurück auf den Flur und schließt die Tür hinter ihnen. Sie sieht auf Hedwig herab, den Rohrstock noch in der Rechten. Hedwig versteckt ihre Hände hinter dem Rücken und weicht vor ihr zurück.

»Hedwig.«

Das Mädchen schluckt. »Fräulein Wolkenmeier.«

»Du bist zu spät«, stellt sie fest.

Hedwig nickt. »Entschuldigung.«

»Wer war der Mann da draußen?«

»Ein Freund von meiner … Tante.«

»Freund?«

»Ja«, sagt Hedwig schnell. Niemals zurück, wenn man lügt. Immer voran.

»Nicht verlobt?«

»Nein, er ist nicht verlobt.«

»Natürlich.« Die Lehrerin lacht unsicher, ihre Wasserwelle rutscht etwas nach vorn in ihr Gesicht. »Weil er verheiratet ist.«

»Nein.«

Die Wolkenmeier nickt und schiebt ihre Wasserwelle zurück. Sie klemmt sie an der Schläfe fest, aber sie kann das wirklich gar nicht. Wird wieder runterfallen, noch bevor Hedwig gleich den ersten Buchstaben auf ihre Tafel gekritzelt hat.

»Ich bin sehr froh, dass er dich sicher zur Schule gebracht hat«, sagt sie nun.

Hedwig runzelt die Stirn. »Ich auch …«

Die Wolkenmeier lächelt. »Er hat ein sehr schönes Auto, findest du nicht?«

»Ja, doch. Sein Fahrer ist auch sehr nett.«

»Wenn er dich noch mal bringt, dann darfst du mich ihm gern vorstellen. Damit ich ihm sagen kann, dass du meine Musterschülerin bist.«

»Ihre was?«

Das Fräulein lächelt noch immer. »Dass ich stolz auf dich bin.«

Sie dreht sich so beschwingt um wie Minna, wenn sie morgens das Geld gezählt hat, und öffnet die Tür, damit Hedwig ins Klassenzimmer gehen kann. Sie setzt sich auf ihren Platz. Ihre Hände muss sie nicht mehr zeigen. Und ihre Hausaufgaben auch nicht.

◇

Minna öffnet das Fenster und schüttet den Inhalt der Waschschüssel hinaus auf die Straße. Irgendjemand kreischt auf und flucht dann. Minna verzieht das Gesicht und schließt das Fenster wieder. Sie stellt die Waschschüssel zurück auf den Tisch, gießt Wasser hinein und legt beide Hände auf den Rand der Schüssel. Ihre Schminke ist verschmiert, schwarze Krümel kleben an den Wimpern und sogar an den Augenbrauen. Weißsilberne Haarsträhnen haben sich aus ihrem Knoten gelöst und stehen in alle Richtungen von ihrem Kopf ab. Ihr wird übel, sie schluckt es hinunter, atmet tief ein und taucht den Kopf in die Schüssel.

Wie Nadelspitzen sticht das kalte Wasser in ihr Gesicht und weckt sie auf. Für einen Augenblick ist ihr, als schwebe ihr Kopf, ihr ganzer Körper schwerelos in einer Unterwasserwelt. Sie bleibt dort, so lange sie kann. Dann reißt sie den Kopf hoch und schnappt nach Luft. Im Wasser tanzen schwarzbraune Schlieren aus Wimperntusche. Minna keucht und dreht sich suchend um. Kein Handtuch. Sie nimmt Hedwigs Nachthemd, das – warum auch immer – neben der Tür liegt, und wischt sich damit durchs Gesicht. Sie zieht das Kleid von gestern aus und wäscht sich. Hals, Achseln, Muschi.

Sie sieht immer noch müde aus, als sie in die Gaststube schlurft. Sie findet Kaffee auf dem Herd, der noch warm ist, und ist zu dankbar, um zu fragen, wer den gekocht hat und wann. Mit einer Blechtasse und ihren Zigarillos schlurft sie zurück in die Gaststube und setzt sich ächzend an ihren Lieblingstisch. Der Morgen ist immer das Schlimmste. Sie weiß nicht, warum irgendjemand sich freut, wenn die Sonne aufgeht. Mit ihr kommt das Elend, während die Nacht perlt und feiert – und Geld bringt. Minna trinkt den ersten Schluck Kaffee, als es an der Tür klopft.

»Ist offen!«, ruft sie.

»Guten Morgen.«

Minna verdreht die Augen, als sie die Männerstimme hört, und stellt ihre Tasse ab. Sie weiß genau, wer das ist. Bruno trägt seine Uniform in ihre Kneipe wie einen Siegerpokal. An seinem Gürtel baumelt der Knüppel, auf der hohen Mütze prangt der goldene Stern. Er setzt sich zu ihr, lehnt sich zurück und legt seine derben Stiefel auf den Tisch. Minna lässt sich nicht provozieren, auf dem Tisch lag schon Dreckigeres. Sie gähnt und reibt sich die Augen.

»Wie viel?«

»Gleich zum Geschäftlichen, wie?«

»Wohin sonst? In den Luna-Park?«

»Gern. Sonntag?«

»Ick lass mir nicht mit nem Bullen blicken«, sagt Minna. »Nicht im Luna-Park, nicht im Scheunenviertel und nicht in der Mulackstraße.«

»Aber in der Ritze.«

»Weil ick dir nicht rausschmeißen kann.«

»Du verletzt meine Gefühle, weißt du das?«, fragt er, und sie wiederholt:

»Wie viel, Bruno?«

»Du denkst, du bist was Besseres als deine Huren, ne? Weil du dich nicht mehr ficken lässt. Dabei bist du nichts als ne Pussy.«

Minna runzelt die Stirn. Sie schmiert die Bullen wie jeder andere anständige Bordellbesitzer in der Stadt. In ihrem Kopf pocht es, sie will es hinter sich bringen und in Ruhe ihren Kaffee trinken. Sie steht auf und will zur Geldkassette unterm Tresen, aber Bruno hält sie am Arm fest. Sein Griff ist fest, er sieht zu ihr hinauf.

»Das neue Gesetz … Das kannst du nicht bezahlen.«

»Hedwig bleibt bei mir.«

»Ein Puff ist kein Kinderheim. Das Mädchen muss hier raus.«

Minna reibt sich die Nasenwurzel. »Du meinst, ick muss mehr bezahlen als letzte Woche.«

Bruno schüttelt den Kopf. »Es geht um mehr als Geld.«

Er steht auf und zieht Minna näher zu sich heran. Er fixiert sie, sie macht sich los. »Erzähl doch det deiner Großmutter. Dir geht es nur ums Geld. Hedwig ist dir egal. Det neue Jesetz ist ne Einnahmequelle für dich.«

Er nimmt ihre Hand und legt sie auf seine Brust, als würde darin ein Herz schlagen. »Kindeswohl lässt sich nicht mit Geld bezahlen.«

Sie weicht zurück und mustert ihn.

Sein Blick sinkt tiefer. Er schaut ihre Brüste an und grinst. »Ich will was, was keiner in der Ritze kriegen kann. Egal, wie viel Geld er hier reinbringt.«

»Du Schwein.«

Er grinst. »Sag das noch mal.«

Bruno tritt wieder näher und legt seine Hände um ihre Taille. Er atmet schneller. Sie spürt seinen harten Schwanz an ihrer Hüfte. Sie betrachtet Bruno. Nicht dass sie nicht wüsste, was er will. Sie weiß nur nicht, warum.

»Du denkst, du bist was Besseres, wie du da hinter dem Tresen auf deiner Geldkassette sitzt«, sagt er. »Mit einer Pussy, die keiner haben kann. Aber ich kann.«

Minna war sich sicher, dass sie damit für immer durch ist. Dass sie es nie mehr für Geld tun würde. Nie wieder. Aber andererseits geht es nicht um Geld. Es geht um Hedwig. Minna verdreht die Augen und dreht sich von Bruno weg. Sie wird ihn nicht mit hochnehmen, nicht in ihr Zimmer.

Ihr Zimmer ist keine Hurenstube. Sie hebt den Rock, zieht ihr Höschen runter und beugt sich vor.

»Du dreckiges Schwein.«

Er lacht und öffnet seine Hose. Er schiebt seinen harten Schwanz in sie hinein. Minna ist weder feucht noch trocken, ihre Muschi ist einfach da und wartet. Es ist wie Fahrradfahren, das verlernst du nicht. Bruno stößt sie grunzend. Fester und fester. Sie hält sich am Tisch fest und stemmt sich gegen ihn. Die oberste Kerze im Wachsberg wackelt, die Blechtasse wandert über den Tisch, und die Zigarilloschachtel fällt auf den Boden. *Kacke*, denkt sie und dann, dass sie ihre Enkelin gar nicht geweckt hat und Hedwig längst in der Schule sein müsste. Und wer hat eigentlich diesen verdammt guten Kaffee gekocht?

»Sag meinen Namen«, verlangt er stöhnend. »Wer besorgt's dir?«

»Bruno.«

»O Minna … Ich ficke Minna. Ja. Ja.«

Es liegt so ein Genuss in seinen Worten, so ein Stolz, dass Minna sich plötzlich seltsam begehrenswert fühlt. Sie will es nicht, aber es ist da, dieses Gefühl. Dann Scham – und Scham kann sehr geil sein. Besonders, wenn man sich ewig nicht geschämt hat, das Gefühl vergessen hat. Ihre Muschi wird feucht, Minna keucht. Sie hält inne, sie will das nicht. Nicht bei dem Scheißbullen.

»Minna …«

Brunos Stöhnen ist jetzt eher ein Jammern.

Minna wehrt sich gegen ihre Feuchtigkeit. Sie will die Lust nicht, aber die Lust ist stark und feucht und sein Schwanz hart, die Stöße noch härter. Er bumst sie gegen den Tisch. Er keucht, sie macht mit. Sie will das nicht, sie wehrt sich, aber je mehr sie sich wehrt, desto geiler wird sie. Und dann schreit sie, explodiert – obwohl sie nicht will.

Minna fällt erschöpft nach vorn. Er zieht seinen Schwanz raus und schließt seine Hose. Er beugt sich über sie hinweg und greift sich die Blechtasse.

Er trinkt den Kaffee aus und grinst. »Das war ein Scheißfick. Der war nichts wert. Ich will jede Woche zweihundert Mark von dir, sonst lass ich Hedwig abholen.«

Er knallt die Tasse auf den Tisch und verlässt die Ritze. Minna richtet sich auf, das Kleid rutscht über ihren Hintern. Brunos Wichse läuft aus ihr raus in ihren Strumpf. Die Tür fällt zu. Minna sinkt auf den Stuhl. Ihr Schlüpfer sitzt noch immer schief, ihre Schenkel kleben, und der Rock ist kalt und feucht. Sie ist allein, als die Tränen kommen. Sie weint immer allein.

Los Angeles, 1954

»Das war eine Vergewaltigung«, sagt Noah.

Er ist sehr betroffen. Dass immer alle denken, dass Betroffenheit sie zu guten Menschen macht. Andererseits würden die wenigsten Männer so deutlich sagen, dass es eine Vergewaltigung war, was für Noah spricht. Er steht auf und nimmt seinen Hut. Hedi nimmt noch ein Rosenblatt.

Noah fächelt sich mit dem Hut Luft zu und geht auf und ab. Er bewegt sich athletisch, Hedi sieht an der Wende, die er alle drei Meter vollziehen muss, dass er sportlich ist. Ein Boxer vielleicht? Ein jüdischer Boxer. Das stellt Hedi sich sehr spannend vor. Sie entscheidet, dass er Boxer ist. Das ist sein Hobby. Er schwitzt viel dabei. Sollte er Hedi je etwas anderes erzählen, wird sie ihm nicht glauben. Im Todestrakt musst du nichts mehr glauben.

Er dreht sich zu ihr um. »Das ist schwer zu ertragen.«

»Sie haben gut reden. Sie haben sich doch nicht über den Tisch gebeugt und Ihren Arsch hingehalten.«

»Dass Sie das so sagen können …«

Hedi sucht nach einem schönen neuen Blütenblatt. »Und glauben Sie nicht, dass Ihr Arsch nicht auch einen Wert hat.«

»Wie bitte?«

Sie hält zwei Rosenblätter ins Licht und vergleicht sie. »Männerärsche sind in der Regel mehr wert als Frauenärsche.«

»Wie bitte?«, fragt er wieder.

Hedi lässt die Blätter sinken und schaut zu ihm. »Ich sage nicht, dass es mir gefällt. Ich sage nur, wie es ist.«

Er schaut sie schweigend an, denn er hat keine Ahnung, er hat keine Meinung dazu. Nur Scham und Ekel und die Frage, ob ihn das alles erregen darf. Noah weiß, dass Erregung keine Moral kennt und dass ein Körper allein kein Verbrechen ist. Aber Noah ist ein moralischer Mensch. Sein Gewissen ist stark, und sein Körper ist schwach.

»Noah, Sie müssen sich mal entspannen.« Hedis Stimme perlt durch den Besucherraum. »Abgesehen davon müssen große Geschichten wehtun. Alle großen Sachen tun weh.«

Er verschränkt die Arme vor der Brust. »Hat Ihre Oscar-Rolle wehgetan?«

Hedi betrachtet wieder die Blütenblätter. »Sie hat mir das Herz gebrochen.«

»Weil Sie den Oscar nicht bekommen haben?«

»Nein, aber das hat mir auch das Herz gebrochen.«

»Sind Sie auch mal …«

Er verstummt. Sie entscheidet sich für das Blütenblatt in

ihrer Rechten und zieht das Glas zu sich heran. Er schweigt noch immer.

»Vergewaltigt worden?«, fragt sie und taucht das Blütenblatt ein. »Sie wollen ja wirklich wissen, wie es weitergeht.«

»Ich will keinen Klatsch mehr schreiben. Ich hasse diesen Mist.«

»Ich weiß.«

Berlin, 1927

Minna zerrt Hedwig die Straße entlang. Sie hat sie von der Schule abgeholt, aber noch kein Wort gesagt. Hedwig weiß nicht, dass Minna den ganzen Vormittag Geld gezählt hat. Sie weiß nicht, dass Colette über den Büchern gesessen und auf Teufel komm raus nach zweihundert Mark gesucht hat, die in der Woche übrig bleiben müssen. Es ist 1927, und zweihundert Mark pro Woche sind sehr viel Geld. Für zwanzig Mark im Monat kann man in Berlin ein sauberes Zimmer in einer halbwegs guten Gegend mieten.

Die Ritze gehört Minna, allerdings nur noch zur Hälfte, seit sie letztes Jahr das Dach hat reparieren lassen. Der Rest gehört der Bank, die Raten und Zinsen zurückwill. Colette kommt auf keine zweihundert. Selbst wenn Natalia zur Abwechslung mal nichts unterschlagen würde. Und zu allem Überfluss wäre das Geld auch noch für Bruno. Minna will nicht, dass er es kriegt. Selbst wenn sie es hätte ... Eigentlich will sie lieber sterben, als es ihm zu geben. Sie hat ihn schon letzte Woche gehasst, als er nur fünfundzwanzig Mark pro Woche bekam, um ihr die Sitte vom Hals zu halten. Nach dem Fick heute Morgen hasst sie ihn noch mehr.

Hedwig weiß das alles nicht, aber sie spürt den Druck, der auf Minna lastet, in ihrer Hand. Minna quetscht sie, während sie Hedwig über den Schiffbauerdamm zerrt, als müssten sie einen Zug bekommen.

»Ich glaube, ich brauch nicht mehr in die Schule«, überlegt das Kind laut.

»Du glaubst …? Seit wann glaubst du?«

»Die Wolkenmeier hat gesagt, dass ich ihre Musterschülerin bin.«

»Schön.«

»Sie ist sehr stolz auf mich.«

»Tatsächlich?«, fragt Minna und zieht Hedwig weiter hinter sich her, als hätte die gerade nicht zum ersten Mal eine gute Nachricht aus der Schule erzählt. Da muss Hedwig wohl genauer werden.

»Die können mir nichts mehr beibringen, Minna.«

»Doch. Und wenn du nüscht lernst, dann wird nüscht aus dir.«

»Du warst in meinem Alter doch auch nicht mehr in der Schule.«

»Und? Willste so enden wie icke?«

»Ja.«

Minna lässt Hedwigs Hand los und bleibt stehen. Hedwigs Finger sind rot-weiß gefleckt vom Zusammendrücken. Sie schüttelt sie, damit das Gefühl zurückkommt, während Minna sie beobachtet und sich einen Zigarillo anzündet.

»Wär nicht det Schlechteste, Herzchen. Aber eins sag ick dir: Det ist alles nichts wert, wenn du deine eigene Buchhaltung nicht machen kannst.«

Hedwig reckt das Kinn. »War Natalia in der Schule?«

»Natalia?«, fragt Minna mit Zigarillo im Mundwinkel.

»Natalia muss keine Buchhaltung machen«, erklärt Hedwig. Hat sie alles durchschaut.

»Ich werde wie sie. Und überhaupt weiß ich schon sehr viel, und die Schule kann mir nüscht mehr beibringen.«

»Soso. Komm jetzt«, sagt Minna und geht weiter.

Hedwig nicht, Hedwig bleibt stehen. »Ich weiß, wo du hinwillst. Ich komm nicht mit. Ich hasse ihn.«

»Erstens ist det kein Kunststück, zu wissen, wo wir hinjehen. Det dämliche Haus ist gleich da vorne. Und zweitens: Jeder hasst den Dreckskerl. Komm jetzt!«

Sie schweigen, als sie das Haus betreten. Er hält sich für was Besseres, weil er im Vorderhaus wohnt und weil die Spree in der Nähe ist. Er wohnt auch nicht im Dachgeschoss oder der vierten Etage, sondern in der ersten. In der Beletage. Das ist das einzige Wort, das er Hedwig je beigebracht hat. Es ist ihm sehr wichtig.

Minna lässt den goldenen Klopfer gegen die Tür donnern. Sie wartet nicht, bis die Wirtin kommt. Sie raucht und lässt den Klopfer wieder und wieder niedersausen.

»Ja?«, fragt die Wirtin, als sie die Tür öffnet.

»Na endlich. Komm, Hedwig«, sagt Minna, ignoriert die Wirtin und drängt sich in die Wohnung. Sie zieht Hedwig hinter sich her, die Wirtin wuselt um sie herum und will sie aufhalten. »Er ist noch nicht wach.«

»Mir ejal«, sagt Minna.

»Sie dürfen hier nicht rauchen.«

»Siehst du, Hedwig«, sagt Minna, während sie den hellen Flur entlanggehen. »Wenn du nüscht lernst, dann endest du so. Dann musst du deine Zimmer an Idioten vermieten, deren Jäste gegen deinen Willen rauchen.«

»Sie hat dich gehört, Minna«, flüstert Hedwig.

»Det sollte sie doch auch. Und jetzt machen Sie uns mal nen starken Kaffee, jute Frau«, sagt Minna zu der Wirtin und dirigiert sie mit dem Zigarillo Richtung Küche. »Los, los.«

Minna klopft an eine der Zimmertüren. Asche fällt auf den Läufer und die Holzdielen.

»Minna, lass ihn doch schlafen«, schlägt Hedwig vor. »Wir können doch auch allein in den Park ...«

»Nein. Wir gehen heute nicht in den Park.« Sie klopft immer lauter. »Steh auf, du Penner.«

Minna stößt die Tür auf und geht in das Zimmer, als wär es ihr eigenes. Hedwig folgt widerwillig. Die Gardinen sind zugezogen, aber das Nachmittagslicht ist hell genug. Auf den sauberen Holzdielen liegt ein Teppich, der Waschtisch und der Schrank sind weiß gestrichen. Alles ist hier hell. Auch die Haare der Frau, die sich jetzt in dem Messingbett aufrichtet und die Besucher verwirrt anblinzelt.

»Was machen ...? Aber ... Fritz, wach auf!«

»Hedwig, die Kanne.«

Die Blondine sieht von Minna zu dem Kind. »Welche Kanne?«

»Das machen wir immer so«, erklärt Hedwig.

Sie geht zum Waschtisch und überprüft die Kanne. Es ist genug Wasser drin. Sie ist sehr schwer, Hedwig muss beide Hände nehmen, um sie ans Bett zu tragen. Das Wasser schwappt über den Rand und tropft auf den Perserteppich. Minna hat auch so einen, aber der ist alt und abgewetzt. Dieser Perser hier ist weich und neu. Natürlich könnte Hedwig auch verhindern, dass Wasser auf ihn tropft, wenn sie die Kanne gerade halten und langsamer gehen würde. Sie ist nicht ungeschickt, sie hat nur keine Lust. Sie bleibt vor dem Bett stehen, die Kanne an ihr Schulkleid gedrückt.

»Sie gehen jetzt besser«, sagt Minna zu der Frau und raucht.

»Ich?«

»Ja, ick rede mit Ihnen, Betthäschen«, sagt Minna und lächelt, dass ihr Goldzahn aufblitzt. Sie zeigt auf den Mann im Bett. »Der da ist eh nicht zu ertragen, wenn er wach ist.«

Die Blondine scheint das zu wissen oder damit zu rechnen. Sie nimmt ihre Wäsche vom Fußteil des Bettes, schlüpft in Büstenhalter und Höschen und holt von irgendwoher ein glitzerndes Kleid hervor. Auf dem weißen Stuhl neben der Tür hängt noch ein Pelzjäckchen, das sie greift, bevor sie aus dem Zimmer schlüpft.

Hedwig starrt auf die Stelle, wo das Pelzjäckchen hing. Sie weiß, dass die blonde Frau keine Hure ist. Sie erkennt Huren sofort.

Hedwig dachte lange, dass nur Huren für Sex bezahlt werden. Erst Jahre später hat Hedi begriffen, dass ein Mann eigentlich immer zahlt, wenn er Sex will. Er zahlt das Essen, die Blumen, den Pelz. Als wär er allein nicht genug, um eine Frau zu bekommen. Was zu der Frage führt, ob nicht eigentlich die Männer sich erniedrigen, wenn sie immer alles bezahlen.

Hedwig tritt ans Bett. Der lackschwarze Haarschopf ist das einzig Dunkle im Zimmer. Wie ein schwarzes Loch, das alles verschluckt. Sie kippt das Wasser drüber.

»Kacke!«, flucht das schwarze Loch. »Verdammte Scheiße! Was zur Hölle …?!«

»Juten Morgen«, sagt Minna. »Deine Tochter ist da.«

Hedwigs Vater ist ein schöner Mann. Glänzende Haare, schwarzer Schnurrbart, immer sehr gepflegt. Selbst nachdem seine Tochter ihn so geweckt hat, sieht er noch aus wie aus dem Ei gepellt. Nichts kann ihn entstellen. Äußerlich. Hedwig kann ihn nicht leiden, und er sie auch nicht. Aber Minna besteht darauf, dass sie sich ein Mal die Woche treffen. Sie will ihn bestrafen, ihn Verantwortung lehren oder so. Bringt natürlich nichts. Minna hasst sich, weil sie bei diesem Kerl, der ihr Sohn ist, versagt hat, und sie hasst ihn. Eine liebevolle kleine Familie.

»Ist schon wieder Samstag?«, fragt Fritz.

»Wir freuen uns auch, dich zu sehen«, sagt Minna, und Hedwig sagt: »Penner.«

»Vorsicht, junge Dame«, mahnt er sie.

»Es ist Montag«, erklärt sie widerwillig. »Und ich weiß auch nicht, warum ich schon wieder hier bin.«

Minna raucht. »Wir müssen reden, Fritz.«

Er steht auf und geht nackt zum Fenster. Er zieht die Gardinen beiseite und öffnet die Doppelfenster. Kalte Oktoberluft weht herein. Er schlüpft in einen seidenen Morgenmantel und verschränkt die Arme vor der Brust. »Ihr stinkt immer so nach Bierkneipe.«

»Du auch«, erwidert Minna. »Kannst deinen Schnurrbart in noch so viel Parfüm tränken. Am Ende wird man immer riechen, wo du herkommst.«

»Was wollt ihr?«

»*Ich* will Torte«, antwortet Hedwig.

Fritz sieht seine Tochter an. »Nicht dass du fett wirst. Das mögen die Männer nicht so.«

Minna lacht. »Du hast keine Ahnung, wat Männer mögen, du Arschgeige.«

»Beleidigen kannst du mich Samstag wieder. Jetzt muss ich arbeiten.«

»Vor allem musst du ab jetzt Verantwortung übernehmen. Fritz, deine Tochter kann nicht länger bei mir wohnen.«

»Was?«, fragen Fritz und Hedwig gleichzeitig.

Sie sagen sonst nie das Gleiche, aber Hedwig fällt nichts anderes ein. Was hat Minna da gesagt? Hedwig kann nicht länger in der Ritze wohnen?

»Seit Samstag ist ein neues Jesetz in Kraft«, erklärt Minna. »Ick darf keine Minderjährigen mehr im Haus haben.«

»Na und?« Fritz zuckt mit den Schultern. »Schmier die Bullen.«

»Det geht diesmal leider nicht.«

»Warum nicht?«, fragt Hedwig. »Ich hab auch gespart. Du kannst mein Geld nehmen, Minna. Ich will nicht weg. Wo soll ich denn hin?«

»Hierhin, Herzchen«, antwortet sie.

»Was?«, fragen die beiden wieder gleichzeitig. Sie starren Minna an, als hätte die soeben verkündet, sie beide müssten jetzt sofort auf demselben Scheiterhaufen sterben.

»Hedwig, so schlimm ist er gar nicht.« Minna ringt sich ein Lächeln an.

»Du hast ihn eben ›Arschgeige‹ genannt. Und ›Dreckskerl‹.«

»Ach, so red ick einfach.« Minna beugt sich zu dem kleinen Mädchen runter. Sie riecht nach starken Zigarillos, und sie selbst ist eigentlich noch stärker, aber jetzt sucht sie nach Worten. Ihr Hals hat rote Flecken.

»Ich will nach Hause«, sagt Hedwig.

»Ick weiß, Herzchen.« Minnas Stimme klingt nach Schmerzen, die sie vergeblich hinter dem Qualm ihres Zigarillos verstecken will. »Aber da werden sie dich mir wegnehmen. Und dann werden sie det Bordell schließen. Und dann bist du im Kinderheim und Colette und Natalia und ick in alle Winde zerstreut, weil es keine Ritze mehr gibt. Aber wenn du hier lebst, dann kannste uns immer besuchen.«

»Ich bin kein Besuch. Ich bin ein Teil der Ritze.«

»Ja.« Minna nickt eifrig. »Ja. Und det wirst du immer bleiben. Aber du kannst nicht mehr bei mir wohnen.«

Fritz betrachtet seine Mutter und seine Tochter, als wären sie eine schlechte Varietenummer und nicht sein Leben. »Ihr wollt an mein Geld, oder?«, fragt er. »Ihr spielt mir was vor, damit ich vor Mitleid in meinen Geldbeutel greife.«

Hedwig zeigt mit ausgestrecktem Finger auf ihn. »Er ist so ein Penner, Minna.«

Minna sieht zu ihrem Sohn. »Fritz, du hast nicht genug Kohle.«

»Ich verdiene sehr gut.«

»Aufn Arm nehmen kannste mich ja, aber nicht schaukeln. Selbst wenn du Asche hättest, würdest du's mir nicht geben. Du hast ein schniekes Zimmer, weil du die Wirtin glücklich machst. Und allet, wat du verdienst, geht für Haarpomade und Kaviar drauf.«

»Geschmack ist teuer.«

Minna steht auf und funkelt ihn an. »Ein Kind ist teuer! Ein Kind in unserer Welt ist teuer!«

»Ich hab nicht gesagt, dass du sie nehmen musst.«

Minna ringt die Hände. »Aber du hast sie gezeugt.«

»Als wär es meine Schuld, wenn die blöde Fotze nicht mit Essig umgehen kann. Die hätte damals auch einfach zum Arzt gehen können.«

»Wer?«, fragt Hedwig.

»Deine Mutter«, antwortet er, ohne seine Tochter anzusehen.

Minna geht langsam auf ihn zu. »Ja, wir hätten alle zum Arzt gehen sollen. Gott weiß, ick bereue den Tag, an dem *ick* am Engelmacher vorbeigegangen bin, jede Minute meines Lebens. Aber jetzt ist es so. Du und ick haben Fehler gemacht, und wir müssen mit den Folgen leben.«

Er stolpert etwas zurück, weicht aus und baut sich in der Mitte seines weißen Zimmers auf. »Mutter, ich hätte sie damals ins Kinderheim gegeben, warum soll ich sie dann heute nehmen wollen?«

Tränen perlen an Hedwigs Wimpern. Ihr Blick ist verschleiert, auch gut, das Scheißzimmer will sie eh nicht sehen. Heiß laufen die Tränen über ihre Wangen, und irgendwer schluchzt.

»Nenn mich nicht ›Mutter‹!«, bellt Minna Fritz an und wendet sich an das Kind. Erst jetzt merkt Hedwig, dass sie selbst es ist, die schluchzt. Sie heult.

»Komm her, Herzchen«, sagt Minna. »Du musst dir zusammenreißen. Wenne heulst, wird er dich erst recht nicht wollen. Er kann weinende Frauen nicht ausstehen.«

Fritz nickt. »Weinende Frauen und fette Frauen.«

»Sie müsste doch vor allem hier jemeldet sein«, sagt Minna und streicht über Hedwigs Rücken. »Und hier schlafen. Tagsüber kümmere ich mich.«

»Ich brauche das Zimmer nachts für mich, und die Wirtin hasst Kinder.«

»Det hat mitte Wirtin nüscht zu tun!« Minna zeigt mit dem Zigarillo auf ihren Sohn. »Du willst einfach nicht.«

Fritz ringt die Hände. »Sie will doch auch nicht zu mir.«

»Ich wohne lieber beim Hundegustav«, sagt Hedwig schluchzend.

»So ein Unsinn, Herzchen.«

Hedwig wischt sich mit dem Handrücken durchs Gesicht. »Ich muss nirgendwo wohnen. Ich schaff's auch allein. Ich kenn eine Hütte bei der Kuhlen Wampe. Da zieh ich hin, wenn mich hier keiner will.«

»Wat redest du denn da?« Minna sieht sie an.

Sie würde Hedwig hierlassen bei diesem Ekel, dabei wäre das Mädchen allein tausendmal besser dran. Nur sieht Minna das nicht so. Ihr Blick sagt, dass Hedwig keine Wahl hat. Aber die hast du immer, besonders, wenn du innerlich schon groß bist.

Hedwig dreht sich um und rennt zur Tür, sie reißt sie auf und läuft den langen Flur entlang. Vorbei an der Wirtin in der Küche, durch die zweiflügelige Wohnungstür raus ins Treppenhaus und raus auf die Straße und runter zur Spree. Denn die fließt in den Müggelsee, und wenn Hedwig die Spree entlangläuft, kommt sie schon irgendwann zur Kuhlen Wampe. Das ist ein Zeltplatz, aber da kann man auch wohnen. Das weiß Hedwig von den Arbeitern, die manchmal in der Ritze sind. In schlechten Zeiten sind sie immer in der Kuhlen Wampe. Und wenn Hedwig da erst ist, muss sie auch nicht mehr in die Schule.

Minna folgt ihr. Sie holt sie keuchend an der Kronprinzenbrücke ein. Sie packt Hedwig am Arm und klebt ihr eine. Dann zeigt sie mit ausgestrecktem Finger den Weg entlang, den Hedwig gekommen bin. »Zum Müggelsee geht's da lang, du dumme Trine.«

»Bitte schick mich nicht zum Fritz.«

Minna nickt erschöpft und zieht das Kind an sich. Hedwig krallt sich an ihr Kleid und weint in ihren weichen Bauch, während unter ihnen die Spree entlangplätschert. Sie ist ein Fluss und hat ein Bett, keiner will sie ins Kinderheim schicken. Heute Morgen ist Hedwig wie eine Prinzessin zur Schule gebracht worden, und jetzt soll sie ins Heim? Sie gehört auf Ledersitze. Im Heim gibt es sicher nur Grütze und Holzbänke mit Splittern. Da passt Hedwig doch nicht hin.

»Du musst nicht zu ihm«, sagt Minna. »Wir finden ne andere Lösung. Es tut mir leid, det ich … War ne Schnapsidee. Wollen wir ins Kino gehen, Herzchen?«

»Jaaa!«, jubelt Hedwig, aber sie heult noch, deshalb klingt es eher wie ein großer Schmerz.

»Komm, wir machen uns einen schönen Nachmittag. Da kannste dich wieder wat beruhigen.«

Hedwig legt ihre Hand in Minnas und geht mit ihr weiter. »Kann ich auch Bonbons?«

»Ja.«

»Und Bier?«

»Nein.«

»Bitte, Minna.«

»Aber nur ein halbes.«

◇

Colette sitzt in Unterwäsche auf dem Tresen und lackiert sich die Zehennägel. Ihr linker Fuß ist schon fertig. Sie hat ihn in eine Schüssel mit kaltem Wasser gestellt, damit der Lack aushärtet. Zwischen ihren Beinen steht eine Flasche *Berliner Luft.* Nach jedem Pinselstrich nimmt sie einen Schluck. Sie hat einen Träger ihres Büstenhalters über ihre Schulter geschoben, sodass er aussieht wie runtergerutscht. Sie gefällt sich, wie sie da so sitzt. Scheinbar achtlos und nachlässig. Sie weiß, dass niemand sie sieht, aber sie ist sich selbst genug in ihrer Schönheit. Sie denkt an Paris und das

Bordell, das sie dort irgendwann eröffnen wird. Sie wird dann immer noch jung und schön sein. Sie denkt an die Mode, die sie tragen wird.

Als Natalia in die Gaststube kommt, trägt Colette vor ihrem inneren Auge gerade Schwarz, ein kleines Schwarzes von Chanel. Die Ärmel sind durchsichtig, Seidengeorgette. Und über dem ganzen Kleid fließen Volants aus Seidengeorgette in nachtschwarzen Wellen, in die sich die schönsten Franzosen hineinstürzen werden. Und dann werden sie ertrinken und Colette all ihr Geld geben.

Natalia nimmt eine Flasche Wodka aus dem Regal und schwingt sich neben Colette auf den Tresen.

»Kannst du eigentlich tanzen?«, fragt Colette.

»Nein.«

»Ich wette, du könntest es lernen, so biegsam, wie du bist.«

»Will ich aber nicht.«

Colette sieht sie an. »Wenn wir hier tanzen würden, hätten wir noch mehr Gäste.«

»Du hast wirklich genug Gier für drei Huren.«

»Ich hab Geschäftssinn«, stellt Colette richtig und beugt sich wieder über ihre Nägel. »Überall in der Stadt schießen die Varietés aus dem Boden. Jede Titte wackelt nackt zur Musik.« Sie taucht den Pinsel in das kleine Fläschchen. »Vielleicht sollten wir da mitmachen?«

»Nein.«

»Wir müssen aufpassen, Natalia. Die Zeiten sind hart. Unsere Kunden oft arbeitslos, und wenn wir nicht auffallen, dann verdienen wir auch nichts. Guck mal, vor fünf Jahren sah eine Hure wie eine Hure aus, und alle wussten Bescheid. Und heute?«, fragt Colette und wechselt den Fuß. »Eine normale Sekretärin kleidet sich nachts aufreizender, als

Minna es jemals getan hat. Und eigentlich macht die das Gleiche. Also die Sekretärin.«

»Niemand macht das Gleiche wie ich.«

»*Mais oui!* Drüben auf dem Ku'damm gibt es zwei Ateliers, die …«

»Amateure«, unterbricht Natalia. »Keine von denen hat einen Sklaventhron.«

Colette verzieht das Gesicht. Sie kennt den Klositz mit den Stacheln, den Natalia für besondere Gäste auf der Toilette draußen im Hof installiert. Der Gast muss sich auf den Thron setzen, pinkeln und dann nackt durch die Gaststube laufen, wo alle Gäste die roten Löcher und kleinen Rinnsale aus Blut auf seinem Arsch auslachen können. Lust ist grenzenlos.

»Und die trauen sich auch nicht ran an Pisse, die Möchtegern-Dominas auf dem Ku'damm.«

»Minna hasst es auch, Pisse im Haus zu haben.«

»Nicht, wenn's bringt Geld«, widerspricht Natalia. »Wenn du Mann nicht zwingen kannst, deine Pisse zu trinken, kannst du gleich anbieten blonden Blümchensex.«

Colette will gerade etwas erwidern, als die Tür sich öffnet. Sie will flöten, dass sie noch nicht offen haben, aber dann sieht sie den Schlagstock und die hohe Mütze.

Natalia gleitet vom Tresen hinunter und stellt sich breitbeinig hin. Bruno kommt auf sie zu, seine Stiefel quietschen. Er baut sich vor Natalia auf und will auf sie herabsehen. Es sollte möglich sein, denn er ist einen Kopf größer als sie. Aber du kannst auf Natalia nicht herabsehen. Niemand kann das.

Sie fixiert ihn. »Du hast bekommen dein Geld vorgestern. Was willst du?«

»Nur ein kleiner Besuch«, säuselt Bruno.

»Du bist hier nicht willkommen.«

Er beugt sich an ihr vorbei und greift nach der halbleeren Wodkaflasche. Er nimmt einen Zug daraus und wischt sich mit dem Handrücken den Mund ab. »Ist Minna nicht da?«

»Nein.«

»Mir auch recht. So oder so: Der Preis ist gestiegen.«

Natalia hebt eine Augenbraue. »Der Preis?«

Bruno nickt und seufzt und nickt. »Ich tue wirklich, was ich kann, um euch die Jugendfürsorge vom Hals zu halten, aber die Tennes, die hat da das Sagen, die ist die Pest. Ihr könnt froh sein, dass ich euch vor der beschütze.«

»*Oui*, wir sind sehr froh.« Colette schnaubt und dreht ihr Nagellackfläschchen zu.

Bruno sieht sie an. »Wie alt bist du noch mal?«

»Ich bin einundzwanzig und registriert. Ich zahle Steuern, und du kannst mir gar nichts, du Bullenschwein.«

Bruno nickt. »Sagt Minna, ich komm Dienstag wieder. Und dann krieg ich dreihundert.«

»Was?«, fragt Colette.

»Ich dachte, du bist so gut mit Zahlen.«

»Fick dich, Bulle.«

»Dreihundert Mark pro Woche?«, fragt Natalia.

»Wie gesagt, die Tennes ist die Pest. Ich hab große Mühe mit ihr. Das muss auch entlohnt werden.«

Er sagt das schon auf dem Weg nach draußen und ist verschwunden, bevor Natalia ihm die Berliner-Luft-Flasche an den Kopf werfen kann. Sie hat sie schon in der Hand, den Arm erhoben, aber Colette nimmt ihr die Flasche wieder ab. Sie sitzt noch immer auf dem Tresen. Ihr nasser Fuß baumelt vor der Bar und tropft den Fußboden voll.

Colette fasst Natalia bei der Schulter. »Nicht mit den Bullen anlegen. Das ist unser Ende. Du weißt doch: Bullen und Ringvereine nicht reizen.«

»*Dermo.*«

»*Oui. Merde.* Ich weiß.«

Natalia lässt den Arm sinken. »Du bist dran, Colette.«

»Womit?«

»Na, mit Bezahlen, du dumme Nuss.«

»Für Hedwig?«

»Nein, für alle Fromms im Hundegustav. Natürlich für Hedwig.«

»Aber ich mag sie nicht mal. Wenn ich ein Kind wollte, hätte ich eins. Und selbst für das müsste wohl eher der Vater bezahlen.«

Natalia seufzt. »Minna hat vorletzte Woche bezahlt, ich letzte. Du bist dran.«

»Schick sie doch aufs Land zu deinem reichen Freier mit den Gäulen. Der mag sie.«

»Wir sie schicken nirgendwohin. Sie gehört hierher. Aufs Land … Was sie soll denn da?«

Colette zuckt mit den Schultern. »Bei einem reichen Mann leben.«

»Nein. Sie soll leben bei starken Frauen«, verkündet Natalia. »Das bildet Charakter!«

»Hedwig hat genug Charakter. Und wenn du glaubst, dass sie noch mehr braucht, muss ich das noch lange nicht bezahlen«, sagt Colette. »Ich brauch das Geld *pour Paris.*«

»Wenn du je dahin kommst …«

»Ich komm dahin.«

»Du bist selbstsüchtige Hexe.«

»Wenn jeder an sich selber denkt, dann ist doch an jeden gedacht.«

»Sie ist acht Jahre alt«, sagt Natalia und reißt die Wodkaflasche an sich.

»Ganz genau. Das sind noch zehn Jahre, bis sie hier leben *darf.* Zehn mal zweiundfünfzig mal dreihundert«, rechnet Colette vor. »Das sind 156 000 Mark. Wenn der Preis nicht steigt. Und er wird steigen.«

Natalia presst die Finger um ihre Flasche. »Im Leben geht nicht nur um Zahlen, Colette.«

»Nein, es geht auch um Regeln.«

Sie stehen einander gegenüber. Colette barfuß mit Nagellack und Natalia in ihren schwarzen Stiefeln. Sie starren sich an. Um sie herum sind die Stühle hochgestellt. Natalia trinkt einen Schluck, ohne die Augen von Colette zu lassen. Sie stellt die Flasche ab und sieht Colette noch schärfer an.

»Regeln …? Du willst nicht, dass Hedwig hier lebt, weil das gegen Gesetz ist?«

»Ich versteh einfach nicht, wie ihr es immer schafft, ein Gesetz zu brechen.« Colette ringt die Hände. »Kaum bin ich endlich eine legale Geschäftsfrau, findet ihr schon wieder was, wofür man die Bullen schmieren muss.«

»Wir *finden* was?«

»Ihr wollt gar nicht legal arbeiten, oder?«, fragt Colette.

»Wir wollen, dass Hedwig nicht muss ins Kinderheim.«

»Fritz hat Minna gesagt, dass es dort gar nicht so schlecht ist.«

»Fritz?« Natalia lacht freudlos. »Fritz würde sie in Keller sperren.«

»Du tust immer so, als hätte er kein Herz.«

Natalia nickt. »Weil er keins hat.«

»Ihr seht alle nicht richtig hin. Ihr seht ihn nicht an. Er ist ein feiner Mensch.«

»Ein feiner Mensch? Der?« Natalia trinkt einen Schluck, schüttelt den Kopf und lacht. »Du würdest in Paris untergehen.«

»Eher wird Paris untergehen.«

»Du wärst dort wert keinen Pfifferling. Eine graue Katze unter Panthern wärst du.«

»Es gibt keine Welt, in der ich grau wäre«, widerspricht Colette.

»Doch.« Natalia grinst. »Fritz' Welt.«

»Das nimmst du zurück.«

»Zahl die dreihundert.«

»*Non!* Ich kauf dir nicht die Tochter, die du unbedingt haben willst.« Colette dreht sich um und geht. Ihre nackten Füße kleben auf dem Holzboden. Minna hat heute Morgen gewischt, aber der Boden ist wie brauner Zucker unter Colettes Füßen. Das denkt sie gern. Dass sie auf Zucker geht. Und sie schreitet die Treppe rauf, als könne nichts und niemand sie davon abhalten, aufwärts zu steigen. Immer hinauf.

Natalia lehnt sich an den Tresen und trinkt. Eine Tochter kaufen … Absurder wäre nur, eine zu gebären. Natalia schaut auf ihren eingeschnürten Bauch. Dass da auch was drin wachsen könnte. Irgendwann mal … Sie fährt über die Schnüre und das Leder. Dahinter? Ein ganzes Leben? Es passt nur ein Leben in ein Korsett. Und das wird gehalten und beschützt vom Korsett. Ein zweites Leben …? Sie schüttelt sich.

Natalia stellt die Flasche weg und geht zwischen den Tischen hindurch zum Fenster. Sie legt die Hand aufs kühle Glas. Fast so kalt wie in Russland damals. Das waren hässliche Winter. Die Winter in Berlin sind allerdings auch nicht schön, und der nächste steht schon vor den Toren der Stadt.

◇

Natalia hat auch die dritte Rate an Bruno bezahlt. Minna ist ihr unendlich dankbar, und Colette schweigt. Sie tut, als ginge sie das alles nichts an. Sie steht am Herd und hält ihre Brennschere in die Glut, während Hedwig Hausaufgaben macht. Minna ist beim Pfandleiher, um ihre Perlenkette zu verkaufen, und Natalia beim Sattelmacher, um über eine Ratenzahlung für ihr neustes Werkzeug zu verhandeln. Hedwig muss Rechnen üben. Je weniger man hat, desto mehr muss man rechnen. Schon allein deshalb will sie viel haben.

Es riecht nach verbrannten Haaren. Colette zieht die Schere aus ihrem Pony und legt sie ins Waschbecken. Sie schaut in den kleinen Spiegel darüber und legt sich eine goldene Welle in die Stirn. Sie klammert sie fest und greift wieder nach der Schere. Bald wird Hedwig ihre Haare auch so schön machen können wie Colette. Ob sie jemals so gut rechnen können wird, ist eine andere Frage.

Colette trägt einen Morgenmantel aus Crêpe de Chine mit Rüschen und darunter Wäsche in der Farbe ihrer Haut. Als wäre sie nackt. Sie fühlt sich nackt am wohlsten, aber es ist inzwischen zu kalt, um ohne Kleidung durch die Ritze zu laufen. Hedwig trägt Wollstrümpfe, aber so weit würde Colette nie gehen. Sie trägt Seide. Echte Seide. Sie macht doch nicht die Beine breit, um eine armselige Kunstseidene zu werden. So weit kommt das noch. Und da gibt Hedwig ihr recht. Sie ist acht Jahre alt und kann Colette nicht leiden, aber wahre Worte sind wahre Worte. Seide ist immer besser.

Als sich die Tür der Gaststube öffnet, hofft Hedwig auf

Ablenkung. Vielleicht kommt ein Grund herein, keine Hausaufgaben zu machen.

»Hallo?«, ruft eine Männerstimme draußen in der Gaststube.

Hedwig sieht Colette an. »Ist das der Bulle?«

»Was will der denn hier?«, fragt Colette zurück.

»Dich bestimmt nicht.«

»Hedwig, du weißt ja gar nicht, was du da sagst.«

»Du weißt nicht, was *du* sagst«, erwidert Hedwig und streckt ihr die Zunge raus.

Colette sieht das Mädchen ratlos an. »Wie kann man nur Kinder mögen? *Je ne comprends pas.*«

Der Bulle betritt die Küche, als gehöre ihm die Ritze. Eine Frau in Grau folgt ihm und sieht sich mit verkniffenem Mund um.

»Hallo, Hedwig«, sagt Bruno. »Wo ist denn deine Großmutter?«

»Wer?«

»Was für ein Gestank«, bemerkt die graue Frau.

»So riecht das Leben nun mal«, schnappt Colette in ihre Richtung.

Die graue Frau mustert sie. »Und Sie sind?«

»Fräulein Tennes, das ist Colette«, stellt Bruno vor. »Colette, das ist Fräulein Tennes von der Fürsorge. Sie leitet das Kinderheim.«

»Ich muss Hausaufgaben machen«, erklärt Hedwig und beugt sich über ihre Tafel.

»Und hier wird … angeschafft?«, fragt die Tennes.

»In der Küche?« Hedwig lacht sie aus. »Nee.«

»Schsch, Hedwig«, zischt Colette, aber das Kind erklärt der grauen Tennes: »Das passiert alles oben. Da, wo wir schlafen.«

Colette funkelt das Mädchen an. »Verdammt noch mal, halt die Klappe, Hedwig!«

»Sie ... arbeiten, wo das Kind schläft?«, fragt die Tennes.

»Natürlich nicht«, antwortet Colette schnell. »Ich denke, Sie sollten wiederkommen, wenn Minna da ist. Sie ist Hedwigs Vormund und ...«

»Ich habe einen engen Zeitplan.«

»Und einen engen Schlüpper«, ergänzt Hedwig.

»Wie bitte?«, fragt die Tennes.

»Einen Stock im Arsch«, erklärt Hedwig. Die weiß wohl wirklich nix vom Leben. »Das sagt ma ...«

Colette hält ihr den Mund zu. Sie sitzt plötzlich neben Hedwig auf der Bank. Hedwig riecht ihr Parfüm und spürt Colettes Hand auf ihrer Schulter. Sie umklammert das Mädchen. »Hedwig ist etwas frech. Sie wissen ja, Kinder in dem Alter ... Also, es geht ihr hier sehr gut. Sie bekommt von unserer Arbeit kaum etwas mit.«

Hedwig greift nach Colettes Hand, zieht sie von ihrem Mund weg und schaut Colette wütend an. »Wohl. Ich krieg alles mit. Ich kenn mich aus.«

Diesmal drückt Colette ihre Hand so fest auf Hedwigs Mund, dass es wehtut. Sie ist böse. Alle denken, dass sie süß ist, aber sie ist böse und hart. Sie hasst Hedwig und denkt, sie darf ihr Befehle erteilen. Und Hedwig hasst ihr Parfüm. Sie windet sich in Colettes Arm.

»Herrgott, Sie tun ihr ja weh, jetzt lassen Sie das Kind los, Fräulein«, befiehlt die Tennes.

»Aber ich ...«

»Loslassen, hab ich gesagt!«

Colette lässt Hedwig los, und das Kind richtet sein Kleid. Bruno steht breitbeinig neben dem Herd und grinst zufrieden. Wahrscheinlich, weil er Colette auch nicht ausstehen kann und Hedwig gewonnen hat.

Hedwig fixiert Colette siegessicher. »Blöde Fotze.«

»Wie bitte?«, fragt die Tennes wieder.

Hedwig verdreht die Augen. »Das heißt Muschi, aber nur wenn man jemanden nicht mag. Das sagt Fritz immer, wenn er von meiner Mutter spricht. Sie ist auch eine Fotze. Außer sie ist tot, dann war sie eine Fotze und ist jetzt Staub, aber das weiß keiner so genau.«

»Ich hab genug gesehen. Und gehört«, sagt die Tennes und kneift alles in ihrem Gesicht zusammen, was sie kneifen kann. »Bringen Sie das Mädchen raus, Herr Meier.«

»Raus?«, fragt Colette, und Hedwig verschränkt die Arme vor der Brust.

»Ich geh nirgendwohin.«

Aber die Tennes ist schon verschwunden und hört Hedwig nicht mehr. Bruno *will* sie nicht hören. Er packt sie und zerrt sie von der Bank. Und schon liegt Hedwig über seiner Schulter und wird durch die Gaststube auf die Straße getragen. Dort steht ein Automobil. Es ist ein Lieferwagen. Bruno öffnet die Hecktüren und setzt Hedwig auf den Boden. Rechts und links von ihr sind Bänke, auf denen ein paar andere Kinder sitzen. Sie sehen arm aus und riechen komisch. Die Türen schließen sich wieder. Es ist dunkel. Sie fahren davon.

Bruno schiebt Colette zurück in die Ritze und versperrt ihr den Weg nach draußen.

»Wir haben immer bezahlt«, beteuert sie.

»Nicht genug«, erklärt Bruno. »Die Tennes ist nur sehr schwer aufzuhalten. Hier, gib das Minna. Ist der Beleg.«

Er hält ihr ein Papier hin, und Colette starrt es fassungslos an. »Ein Beleg für ein Kind?«

»Ja, sie wohnt jetzt im Heim.«

»Du bist widerwärtig.«

»Ich? Ich tu alles Menschenmögliche, damit Hedwig zurückkommt. Für tausend hol ich sie raus. Und für fünfhundert die Woche bleibt sie draußen.«

Colette schüttelt den Kopf und sieht auf das Papier in ihrer Hand. »Du kriegst den Hals nicht voll.«

»So wie du, ne?« Bruno grinst und geht.

Colette bleibt mit einem Beleg für Hedwig zurück. »*Merde.*«

◇

Minna zittert am ganzen Körper, während sie ein Glas aus dem Regal nimmt und nach Colette wirft. Es klirrt durch die Ritze, und Colette steht in den Scherben.

»Willst du mich umbringen?«

»Du hast sie ihm ausgeliefert. Du wolltest sie los sein.«

»*Non*, er hat sie einfach mitgenommen. Ich habe versucht, es zu verhindern.«

»Du lügst. Wahrscheinlich hast du ihn sogar angerufen. Ick weiß doch, wie sehr du Kinder hasst. Du hast sie mir weggenommen.«

»Nein, wirklich nicht. Ich …«

Colette weicht den Wurfgeschossen aus. Minna ist roter als der Samtsessel in ihrem Zimmer oben. Sie weint und schreit und wirft alle Gläser, die sie hat. Colette sei eine herzlose Kröte, eine Scheißfreundin, eine selbstsüchtige Fotze, das Schlimmste, was der Ritze je passiert sei, und eigentlich noch viel schrecklicher als Bruno. Menschlich gesehen zumindest. Aber sonst auch.

◇

Es riecht nach Haferbrei und saurer Milch. Keine Zigaretten, kein Bier von gestern. Der Boden klebt nicht. Nicht dass er sauber wäre, aber er klebt nicht. Die fadenscheinige Wolldecke kratzt. Rechts und links von Hedwig sind noch neun andere Betten, gegenüber an der Wand ebenfalls. Und in jedem liegt jemand, der atmet oder schnarcht. Hedwig hat heute zwei Mal versucht abzuhauen. Gestern ein Mal. Sie braucht niemandem, der ihr sagt, dass sie sich die Ohren waschen soll. Sie wird sich ein Zelt klauen, und dann wird sie allein in der Kuhlen Wampe leben. Das war von Anfang an ihr Plan, und wenn Minna sie den hätte durchziehen lassen, dann wär das alles besser gelaufen. Dann hätte der Scheißbulle Hedwig nicht hierher geschleppt. Ein Zelt ist besser als ein Schlafsaal. Alles ist besser als ein Schlafsaal voller Kinder.

Hedwig mag keine Kinder. Sie spielen mit Holzklötzen und Stoffpuppen und singen Lieder, die Hedwig nicht versteht. Sie versteht Minnas Lieder, wenn sie von Sehnsucht in ihren Lenden singt und der Kapitän spielt, als ficke er sein Schifferklavier.

Hinter dem hohen Fenster ziehen Wolken über einen dunklen Himmel. Hedwig kann nicht schlafen. Jetzt riecht es nach Pipi. Na toll. Jemand hat ins Bett gepisst.

Sie wimmern und wälzen sich herum, immer schreit jemand nach seiner Mama.

»Ey! Halt die Fresse!«, ruft Hedwig in den Schlafsaal.

»Lass, sie hat nen Albtraum«, kommt es müde von links.

»Und da ruft sie nach ihrer Mutter?«

»Ja«, antwortet das linke Bett.

Hedwig runzelt die Stirn. »Hilft das?«

Keine Antwort, nur Schnarchen. Noch mehr Weinen. Die

heulen wie Gespenster, nicht wie Kinder. Es hört nicht auf. Hedwig sieht zur Decke, es stinkt noch immer nach Pisse. Oder schon wieder. Jämmerliche Bettnässer. Natürlich heulen sie auch im Traum. War mit zu rechnen. Hedwig könnte schlafen, wenn sie stöhnen würden. Oder lachen. Oder betrunken Lieder singen. Aber dieses Weinen. Als ob dann jemand käme und sie tröstete. Dabei kommt doch keiner.

Zwanzig Kinder liegen hier, und jedes ist allein, und das Weinen geht weiter. Hedwig hat in ihrem Leben noch nicht so viele Tränen gesehen. Gestern, heute. Die heulen beim Spielen und beim Essen und beim Anziehen und beim Bettenmachen. Hedwig weint natürlich nicht. Sie ist schon groß. Innerlich ist sie schon erwachsen. Größer als alle anderen. Auch als die Blonde mit den Sommersprossen drei Betten weiter, und die ist schon elf. Die Wolldecke kratzt, die Wolken werfen Schatten auf den Linoleumboden. Am Himmel scheint der Mond, aber Hedwig kann ihn von ihrem Bett aus nicht sehen. Und in der Ritze feiern sie die Nacht. Von ihrem Fenster dort könnte Hedwig den Mond sehen und Natalias Peitsche durch die Nacht zischen hören.

Das Schluchzen hallt durch den Saal, als suche es nach Hedwig, als wolle es sie packen und an sich drücken und nie mehr loslassen. Sie dreht sich von dem Weinen weg und hält inne. Sie hebt die Decke an und befühlt ihr Nachthemd und die dünne Matratze. Beides ist nass.

◇

Minna tapst gähnend über den Flur und kratzt sich am Hintern. Sie trägt ein kariertes Kleid und darüber eine braune Strickjacke. Sie legt die Hand auf die Türklinke und zögert. Sie lässt die Klinke los und starrt sie an.

»Morgen«, sagt Colette. Sie steht mit ihrem Wasserkrug auf der Stiege.

Natalia öffnet ihre Zimmertür und bindet ihren schwarzen Kimono eng zusammen. »Das ist jetzt schon das fünfte Mal, dass du wecken willst Hedwig, obwohl sie ist gar nicht da, Minna.«

Minna wendet sich langsam zu Colette und sieht sie aus verweinten Augen an. »Warum hast du Bruno kein Geld angeboten?«

»Er wollte keins«, antwortet Colette. »*Rien.* Nicht vor der blöden Tennes. Wahrscheinlich, weil er es sonst mit ihr teilen müsste.«

»Du hast nüscht versucht.« Minna winkt erschöpft ab. »Jar nüscht.«

»Willst du sie jetzt beide bestechen?«, fragt Colette. »Denk doch mal nach, Minna.«

Natalia kaut auf ihrer dünnen Unterlippe und dreht sich um. Sie geht zurück in ihr Zimmer und tritt vor das Kreuz an der Wand. Sie zieht den Längsbalken mit beiden Händen von der Wand weg, hält ihn mit ihren Beinen fest und tastet mit den Händen nach dem Fach. Sie holt Geld hervor, klemmt es zwischen ihre Lippen und setzt das Kreuz zurück an die Wand. Sie nimmt ihre Tasche, die Lederkappe und den Mantel.

»Bin gleich zurück«, sagt sie im Flur und zieht den Mantel über ihren Morgenrock, während sie die Treppe runterläuft. Unten fällt die Tür ins Schloss.

◇

Das dreistöckige Haus war mal weiß, jetzt ist es rußschwarz. Die Flügeltüren haben schon bessere Tage gesehen. Natalia stößt sie beide gleichzeitig auf und betritt das Kinderheim wie ein dunkler Engel. Sie geht am Speise- und mehreren Schlafsälen vorbei. Kinderschwestern mit speckigen Hauben und geflickten Schürzen schimpfen mit Mädchen. Aus mindestens drei Ecken hallt ein Weinen über die Gänge.

Natalia findet das Büro schnell. Sie steht im schwarzen Mantel und schwarzer Lacklederkappe in der Tür. Sie ist nur halb so alt wie Fräulein Tennes, aber ihr Blick ist zweimal so streng. »Fräulein Tennes?«

»Ja. Und Sie sind?«, fragt die Tennes mit verkniffenen Lippen.

»Natalia.«

»Und weiter?«

»Unwichtig.«

»Wir haben keine Arbeit«, sagt die Tennes und wendet den Blick ab.

Natalia lächelt. »Sie könnten mich sowieso nicht bezahlen.«

Die Tennes mustert Natalia. Sie scheint zu begreifen und weicht einen Schritt zurück. Hinter ihr steht ein Schreibtisch, flankiert von Aktenschränken. Staub wirbelt durch die Luft. Natalia geht noch einen Schritt vor und schließt die Tür hinter sich.

»Ich habe meine Tür gern offen«, sagt die Tennes.

»Nicht für dieses Gespräch.«

»Was bilden Sie sich ein?«, fragt die Tennes und verschränkt die Arme.

»Nichts. Ist nicht meine Art. Sie wissen, wegen wem ich hier bin?«

»Hedwig aus der Mulackstraße.«

»Ich bin gekommen, um sie abzuholen.«

»Sie kann nicht in einem Bordell leben«, stellt die Tennes klar.

»Ich bin nicht hier, um Grundsatzdiskussion zu führen mit Ihnen«, erklärt Natalia. »Sie können Vorurteile behalten, einrahmen und an Wand hängen.«

»Ich werde Ihnen das Mädchen nicht aushändigen. Ich habe die Formulare bereits eingereicht. Sie steht jetzt unter meiner Obhut.«

»Und das wird auch bleiben so«, sagt Natalia, öffnet ihre schwarze Tasche und holt hundert Mark heraus. Der Schein ist gefaltet, aber jeder, der schon einmal Geld brauchte, erkennt, wie viel es ist.

Natalia hält den Schein hoch und geht langsam auf Fräulein Tennes zu. »Hedwig wohnt jetzt hier, und sie wird vor ihrem achtzehnten Lebensjahr nicht wieder ausziehen. Sie wird hier gemeldet sein, und Sie werden alles unterschreiben, was Vormund unterschreibt, Fräulein. Alles, was wir glauben, das Hedwig braucht, Sie werden beantragen. Sie werden sie nicht zur Adoption freigeben, und Sie werden sagen jedem, dass es ihr geht ausgezeichnet. Ausgezeichnet. Verstanden?«

Die Tennes will widersprechen, aber Natalia ist ihr so nah, dass sie in sie reinkriechen könnte. Von ihr geht eine Kälte aus, die der Tennes bis ins Mark dringt. Sie nickt.

»Sie bekommen Geld von Fürsorge für jedes Kind, nicht wahr?«, fragt Natalia.

»Ja.«

»Gut.« Natalia legt den Schein auf den Schreibtisch. »Sie behalten Geld, das Sie bekommen für Hedwig vom Amt. Und Sie kriegen zwanzig Mark von uns jede Woche. Und jetzt sofort einhundert. Dafür, dass ich sie darf mitnehmen.«

Die Tennes blickt auf den gefalteten Schein. Nach einer

Weile schüttelt sie den Kopf. »Zweihundert jetzt und dann dreißig pro Woche.«

»Sie gefallen mir.«

Die Tennes schaut wieder auf. »Sie gefallen mir nicht.«

»Dann sind wir uns einig?«, fragt Natalia und hält ihr die Hand hin.

Die Tennes schlägt ein. »Ja.«

»Fein. Wann immer Bulle Hedwig bei uns sieht, wir werden Sie informieren, und Sie werden sagen, dass es ist erlaubter Besuch.«

»Natürlich.«

»Und kommen Sie mal vorbei, wenn Sie sich fühlen einsam, Fräulein. Colette ist auch sehr nett zu Frauen.«

»Wie bitte?«

»Nicht Ihr Ding? Schade.«

Die Tennes räuspert sich und geht zur Tür. »Ich hole Hedwig.«

Alle Menschen sind käuflich. Wirklich alle. Aber bei manchen ist das Geld eben besser investiert als bei anderen. Und Frauen sind günstiger als Männer. Auch 1927 in Berlin. Wahrscheinlich schon immer. Es ist nicht schön, aber so ist es. Wenn die Ritze es sich nicht leisten kann, einen Mann zu schmieren, landet das Geld eben bei einer Frau. Und das nächste Mal, wenn Natalia kommt, wird sie Schokolade für die Kinder mitbringen. Sie mag Kinder.

◇

»Noch zwei Tage, und ich hätte das Kinderheim regiert, Martin.«

»Das glaub ich gern, Fräulein Hedwig«, sagt er und trinkt Bier.

Hedwig isst Bratkartoffeln. Der Kapitän spielt Akkordeon, und die Angestellten geben sich ausgelassen. Sie könnten Hedwig leidtun, wenn sie nicht so einen guten Tag hätte.

»Wissen Sie, was das Schlimmste war?«, fragt sie Martin. »Man konnte sich dort nicht richtig waschen. Es gab nur einen Brunnen im Hof, keine Waschtische. Und an den Wasserhahn in der Küche durften wir Kinder nicht. Die anderen haben ständig ins Bett gepisst. Die anderen. Ich nicht. Aber ich musste das riechen. Jede Nacht. Und ich bin doch so ein reinlicher Mensch. Wir alle in der Ritze sind sehr reinlich.«

»Hedwig«, Natalia baut sich zwischen ihnen auf, »ich muss dir Gentleman jetzt entführen.«

»Jaja«, sagt Hedwig und winkt mit der Gabel ab. »Ihr wollt doch nur wieder im Stehen schlafen. Wisst ihr, dass das eine Strafe im Kinderheim war? Wer nicht brav ist, muss im Stehen schlafen.« Sie kratzt sich mit der Gabel am Kopf und schaut zu den beiden. »Bin ich eigentlich brav?«

»Im großen Ganzen schon, Hedwig«, sagt Martin und zwinkert ihr zu. »Bis bald.«

»Bis bald, Martin.«

Er folgt Natalia nach oben. Hedwig trinkt ihre Milch aus und wischt sich den Mund mit dem Handrücken sauber. Die Angestellten verschwinden, die Arbeiter kommen und grölen. Hedwig muss bald ins Bett. Jetzt kann sie wieder in ihr eigenes Bett gehen. Es ist ein schmales Bett, aber es ist aus Holz, und die Decke ist warm und flauschig, und es gibt keine heulenden Gespenster.

Minna drückt sie ganz fest an sich, als sie Hedwig in ihre Kammer bringt. Sonst will Minna immer schnell zurück in die Gaststube, aber heute bleibt sie noch und hält Hedwigs

Hand, bis sie eingeschlafen ist. Und keiner weint nach seiner Mama, und keiner …

Ein Schrei weckt Hedwig. Sie ist allein in ihrer Kammer. Sie ist zu Hause, aber jemand hat geschrien. Ein Schrei, den sie noch nie gehört hat. Sie weiß sofort, wessen Schrei es ist. Hedwig schlägt die Decke zurück und läuft auf den Flur. Sie reißt die Tür zu Natalias Zimmer auf.

Natalia steht leichenblass mitten im Zimmer. Unter ihr ein lebloser Körper. Ein nackter Mann. Das Mädchen erkennt Martin kaum wieder, aber seine Melone liegt auf einem Stapel Kleider auf dem Bett. Er muss es sein. Sein Körper ist blutig.

Natalia sieht von Hedwig zu ihm. »Ich … Er … Ich …«

Minna kommt keuchend die Treppe rauf. »Wat is hier los?«

»Er … Ich … Er …«, sagt Natalia.

»Ach du Scheiße!« Minna kniet sich neben den nackten Mann und fühlt an seinem Handgelenk. Sie lässt den Arm los. Er fällt auf den Holzboden wie ein roher Gänseschenkel. Minna runzelt die Stirn und fixiert die rot verschmierte Kehle. Es ist, als sähe sie das Blut gar nicht. Sie legt zwei Finger auf Martins Hals.

»Er wollte immer mehr«, stammelt Natalia. »Mehr als sonst. Ich sollte weiterpeitschen. Weiter, weiter … Er hat Schlüsselwort nicht gesagt. Wir hatten Schlüsselwort. Er hat nicht gesagt.«

Hedwig lässt sich am Türrahmen auf den Boden sinken. Sie umschlingt ihre Knie mit den Armen und schaut auf den leblosen Körper. In der Mitte hat er Haare. Sie locken sich, obwohl auf dem Kopf keine Locken sind. Und aus den Locken wächst sein Schwanz. Hedwig weiß sofort, was es ist, weil sie schon viel davon gehört hat. Aber sie hat noch nie einen gesehen. Er ist dunkelrosa und liegt auf Martins unterem Bauch. Die Spitze zeigt nach oben. Kommt da nicht die Pisse raus? Wie soll man denn mit so einem Schwanz aufs Klo gehen, ohne sich ins Gesicht zu pinkeln? Hedwig stellt es sich schwierig vor.

Sie krabbelt über den Boden und streckt die Hand nach dem Schwanz aus. Sie pikst ihn mit dem ausgestreckten Finger an und drückt die Fingerkuppe in die rosa Haut. Härter, als sie dachte.

Minna sieht blass zu Natalia auf. »Er ist tot.«

»Er hat Schlüsselwort nicht gesagt«, wiederholt Natalia.

»Hedwig, nimm die Finger weg.«

»Ist ganz warm«, stellt Hedwig fest, und Natalia sagt nur wieder, dass Martin nicht gesagt habe, was er hätte sagen müssen.

Los Angeles, 1954

Noah sieht Hedi mit großen Augen an. »Sie haben mit acht Jahren eine Leiche gesehen?«

»Und angefasst.«

»Das muss ein Kind ja zerstören.«

Hedi schaut an sich runter. »Ich bin so weit intakt. Eigentlich.«

Er runzelt die Stirn. »Bis auf die Tatsache, dass Sie eine Mörderin sind.«

»Sie sehen blass aus. Geht es Ihnen gut?«

»Wie muss es Ihnen damals ergangen sein ...«

»Noah«, beginnt Hedi und lässt ein angebissenes Blütenblatt auf den Tisch fallen, »egal, wie schlimm meine Kindheit war, ich habe einen Menschen getötet. Das hätte ich auch lassen können. Theoretisch.«

»Mit der Vorgeschichte?« Er schüttelt den Kopf. »Nein. Das macht was mit einem. Psychologisch. Da ändert sich das ganze Verhältnis zu Gewalt.«

»Sie sehen wirklich ganz weiß aus, Noah. Fast, als wären *Sie* acht Jahre alt und hätten gerade einen toten Schwanz angefasst.«

»Mein Vater ist Psychoanalytiker und …«

Hedi lacht und unterbricht ihn. »Natürlich ist er das. Und Sie sind sehr behütet aufgewachsen. Noah, Ihnen ist doch gar nichts passiert. Sie müssen heute Nachmittag nicht mein Trauma durchleben. Sie sind dreißig Jahre alt und haben eine Geschichte gehört.«

»Dreiunddreißig«, murmelt er. Er verbessert Hedi, ohne sie anzusehen. Das braun-weiß gestreifte Hemd ist unter den Achseln dunkler, der Schweißfleck erreicht fast die Hosenträger. Hedi Belle ist eine körperliche Anstrengung für ihn. Seine Finger liegen zwischen seinem Hut und ihren Rosen auf dem Tisch und zittern.

»Und wie ging es weiter?«, fragt er.

Hedi lächelt. Dafür muss er wiederkommen. Ihre Zeit ist um. Aber für den Rest von Hedis Kindheit sollte er sich besser ein dickeres Fell wachsen lassen. Martin war kein Mann, dessen Verschwinden unbemerkt bleiben sollte – und die Ritze kein Haus, das Bullen auch nur eine Sekunde lang für unschuldig hielten.

SCHÖNER GIGOLO

Los Angeles, 1954

Die Wärter gehen heute sehr langsam. Sie kriechen über die Eierschalenfliesen, als hätten sie alle Zeit der Welt. Sie wollen Hedi ärgern. Denn keiner hat ewig Zeit, und Hedi schon gar nicht. Und das soll sie spüren. Und dass das wenige, was sie an Zeit noch hat, den Wärtern gehört. Oder dem Staat Kalifornien. Aber nicht ihr. Ihr gehören ja nicht mal diese schrecklichen Slipper und der kratzige Kittel. Ihr gehört nichts als die Puderdose in ihrer Tasche. Und auch die hat sie nur, weil sie Noah Geschichten erzählt. Sie verkauft ihre Vergangenheit für Puder, das sie nur für sich selbst aufträgt. Und vielleicht für Noah. Er ist der einzige Mensch, den Hedi noch sieht. Ihre Assistentin kommt nicht mehr, das Filmstudio hat sich von ihr getrennt. Offiziell. Mit Pressemitteilung und allem. Hedis Freundinnen können es sich nicht leisten, mit ihr in Verbindung gebracht zu werden. So ist das. Kaum bringst du jemanden um, weißt du, wer dein wahrer Freund ist: keiner.

Die Wärter sind keine Menschen, also bleibt nur Noah. Hedis Herz klopft, wenn sie an ihn denkt – an ihn und die Rosen und die Glasfläschchen voll klarem Glück. Sie will vorbei an den Wärterschnecken. Noch zweimal links und dann rechts, und dann ist Hedi in dem kleinen Raum mit dem schmalen Fenster und neuen Zigaretten. Die Ungeduld brennt in ihr. Noch vor einem Jahr hatte sie alles, was sie wollte, und zwar genau dann, wenn sie es wollte. Ungeduld kannte sie nicht. Hedi hielt Ungeduld für ein Kindergefühl.

Sie stellt sich auf die Zehenspitzen, um an Bert vorbei durch das kleine Gitterfenster in der Tür zu sehen. Aber Noahs Stuhl ist leer. Hedi reckt sich links und rechts an den Uniformen vorbei und sieht Noah nicht. Das gefällt ihr nicht. Wo ist er, wo ist die Tasche mit ihren Geschenken? Sie stolpert mehr in den Raum, als dass sie geht. Auch egal. Das hier ist eh kein Ort für Würde, kein Ort für eine Dame. Noah lehnt an der Wand, Hut und Jackett noch an. Er hat die Arme vor der Brust verschränkt und sieht Hedi finster an.

Sie schaut sich um. Kein Korb, keine Tasche. Wo ist sein Korb? Wo ist ihr Geschenk?

»Ich hab nichts dabei«, antwortet er auf eine Frage, die sie nicht gestellt hat.

Hedi sieht nicht ihn an, sondern jeden Winkel im Raum, in dem der Korb stehen könnte. Oder eine einzelne Flasche. »Noah, ich habe keinen Gefallen an solchen Scherzen.«

»Ich bin nur hier, um mich zu verabschieden.«

»Was?«, fragt sie und reißt den Blick vom Boden unter seinem Stuhl los.

»Ich bin auf eigene Kosten gekommen, weil ich Ihnen das nicht schreiben wollte. Ich habe recherchiert. Ich habe die Ritze gefunden. In alten Zeitungsarchiven und in Polizeiberichten. Ein Freund aus Berlin hat mir Kopien geschickt.«

»Sie haben ganze Zeitungen abtippen lassen?«

Noah schüttelt den Kopf. »Nur die Artikel über das kleine Bordell in der Mulackstraße, nur aus dem Jahr 1927. Sie haben mich belogen, Hedi«, sagt er. »Es gab im Oktober 1927 keinen Toten in der Ritze.«

»Natürlich nicht. Nicht für die Zeitungen. Warum sollten wir denen das erzählen?«

»Sie tischen mir Lügengeschichten auf, damit überhaupt noch irgendwer was über Sie schreibt. Aber mit Lügen wird man nicht unsterblich.«

Hedi lacht bitter. »Ja, das wär schön, oder? Wenn das alles nicht wahr wäre mit dem kleinen Mädchen, das im Bordell lebt, und dem erwürgten Freier. Dann könnten Sie ruhig schlafen, Noah.«

Er seufzt und blickt an die eierschalfarbene Decke. »Sie waren ein Kind. Sie können bei über der Hälfte der Vorkommnisse gar nicht dabei gewesen sein.«

»Vielleicht denk ich mir hier und da ein Gespräch aus«, gibt Hedi zu. »Weil ich in der Schule war oder geschlafen habe, während Colette ihre Freier bedient hat. Aber ich saß auf dem Boden neben Martins totem Körper. Das können Sie glauben oder nicht.«

So oder so: Das Bild ist schon in seinem Kopf. Das kriegt er nicht raus, nur weil er Hedi eine Lügnerin nennt. Wenn er jetzt geht, wird er ihre Geschichte vielleicht nicht für andere aufschreiben, aber sie hat sich schon in seine Erinnerung gebrannt. Und er wird Hedi nie vergessen.

»Spielt keine Rolle, was ich glaube«, sagt er, »denn mein Chef hat die Geschichte aus der Zeitung genommen. Er wird sie nicht drucken, weil es diesen Sadomaso-Unfall nie gab. Und Ihr Name«, Noah hebt die Hand und zeigt mit dem ausgestreckten Finger auf Hedi, »taucht in Berichten über die Ritze übrigens auch nicht auf.«

Hedi schaut auf Noahs Fingerspitze direkt vor ihrer Nase. Ihr Kopf weicht aus wie der einer Schildkröte, die in ihren Panzer zurückwill. Sie schiebt seinen Arm beiseite und hebt das Kinn. »Ich habe offiziell im Kinderheim gelebt! Oder haben Sie das vergessen? Außerdem bin ich emigriert, habe zwei Mal geheiratet und einen Künstlernamen. Sie wissen nicht mal genau, wie ich damals hieß.«

Er nickt und spielt die Bereitschaft vor, ihr doch noch ein paar Momente Glauben zu schenken. »Dann sagen Sie es mir.«

»Für all das hier hätte ein Brief gereicht, Noah.« Hedi hebt die Hand und zeigt jetzt auf ihn. »Sie sind auf eigene Kosten gekommen, um mich zu bestrafen. Dafür, dass ich Ihnen nicht sage, was Sie hören wollen.«

Hedi hat ihn mitgenommen an einen Punkt, von dem es kein Zurück mehr gibt. Er kann sich die Welt nicht mehr heile reden, wenn er ihr glaubt. Wahrscheinlich kennt er den ein oder anderen Abgrund des Lebens, aber bis er diesen Besucherraum betreten hat, hat er gedacht, die Abgründe sind woanders. Nicht direkt vor seiner Nase. Noah bestraft sie dafür, dass sie nie auf einem Holzpferd in Grunewald saß. *Kackpferd. Kann er behalten.*

Das hier ist ein Gefängnis, Licht gibt es nur aus schmalen Oberlichtern, und das Leben steckt in kratzigen Kitteln. Es bekommt Schweißfüße in Gummischuhen und glaubt bereits, dass Eierschale die einzige Farbe auf der Welt ist. Und es weiß von sich selbst, dass es bald vorbei ist, das Leben. Hedi ist bestraft genug für all ihre Sünden. Und für all das, wofür sie gar nichts kann.

»Warum sind Sie so stolz auf Ihre verdorbene Kindheit?«, fragt Noah.

»Ich habe keine andere. Und ich bin einfach ein stolzer Mensch.«

»Sie sollten das alles wirklich mal mit jemandem wie meinem Vater besprechen und …«

Hedi unterbricht ihn: »Ich will aber mit Ihnen reden.«

Er nickt. »Weil ich Ihnen Ihre blöden Lösungsmittel bringe.«

Sie legt den Kopf schief und taucht in seine dunklen Augen ein. »Vielleicht ist es mehr als das …«

Er hält ihrem Blick stand. »Nein.«

Noah dreht sich weg und geht zur Tür. Es ist die andere Tür, die, die nach draußen führt. Zu den Palmen und dem Meer, zu den Straßen, auf denen man bis zum Sunset Boulevard fahren kann. An dieser Tür steht er und hebt die Faust, um zu klopfen.

»Es interessiert Sie also gar nicht, wie es weiterging, nachdem Natalia aus Versehen ihren besten Freier getötet hat?«, fragt Hedi seinen Rücken.

»Das ist nicht passiert«, antwortet Noah der Tür, als hätte die ihn gefragt.

»Haben Sie auch nach Martin Müllenthal recherchiert? Nach dem Gutsbesitzer aus Brandenburg, der 1927 einfach verschwunden ist?«

»Nein.«

Hedi setzt sich. »Ein gründlicher investigativer Journalist hätte das getan, Noah. Er hätte mehrere Zeitungsberichte in Potsdam gefunden. Über Martin.«

Noah schaut sie über die Schulter an. »Ich bin nicht wegen Martin hier, sondern wegen Louis Mercier. Ich will wissen, warum eine Frau, die alles hat, einen Mann erschießt, den sie gar nicht kennt. Ich will wissen, warum Sie das gestanden haben, aber nicht sagen, warum Sie ihn erschossen haben.« Er dreht sich um. »Warum, Hedi?«

»Drei Regionalblätter in Brandenburg haben damals Fotos von Martin abgedruckt und um Hinweise für die Polizei gebeten. Mindestens.«

Er wendet sich wieder ab. »Hören Sie einfach auf zu reden, Hedi.«

»Oder ich erzähle, was passiert ist«, schlägt sie vor. »Einfach so. Ohne Gegenleistung, ohne Rosen, Äther oder Zigaretten. Um zu beweisen, dass es mir um mehr geht als um meine Drogen.«

»Die Geschichte ist tot«, erzählt er der Tür. »Warum brauchen die denn so lange?«

»Machen Sie ein Buch draus.«

»Bitte?«

Hedi zuckt mit den Schultern. »Finden Sie nen Verlag, machen Sie ein Buch draus. Ist sowieso viel besser. Für uns beide.«

Er lacht freudlos. »Sie stellen sich das sehr einfach vor.«

»Ich stelle mir mich selbst auf einem Buchcover vor.«

»Natürlich.«

»Ach kommen Sie.« Sie steht wieder auf, geht zu Noah und lehnt sich neben der Tür an die Wand. Er schaut weiter auf die dumme Tür, als wisse die, wer Louis Mercier getötet hat. Dabei darf man Türen niemals glauben, sie schwingen immer in beide Richtungen.

»Sehen Sie Ihren Namen denn noch nicht auf dem Cover?«, fragt Hedi. »Noah Goldenblatt. Auf der Bestsellerliste der *New York Times*, die Ihre Geschichte nicht wollte.

Die Sie in die Klatschecke schiebt. Was, wenn die das Buch in den Händen halten? Die werden sich umgucken.«

Sie lächelt ihn an. Es ist ein Lächeln, das für den Oscar nominiert war. Noah blinzelt zu ihr, nur kurz. Dann aber sieht er länger hin, und er ist ihrem Lächeln nicht gewachsen. Er ist ihr nicht gewachsen. Sie wissen es beide. Hedi Belle war ein großer Star, und dieses Lächeln hat sie von Huren gelernt. Sie bekommt alles damit. Außerdem ist sie nicht die Einzige hier, die ein Ego hat.

Noah nimmt seinen Hut ab, dreht sich in den Raum zurück und legt ihn auf den Tisch. Er hängt sein Jackett über die Stuhllehne, holt das Notizbuch hervor und setzt sich.

Berlin, 1927

Natalia und Hedwig schleppen Minnas eingerollten Teppich über den Flur und zerren ihn in die Folterkammer. Sie schweigen. Hedwig weiß nicht, was sie sagen soll. Natalias Blick ist leer. Sie wuchtet den Teppich neben Martin. Sie ist sehr konzentriert und angestrengt, aber sie scheint meilenweit von Hedwig entfernt. Als wär sie gar nicht in der Ritze. Die beiden knien nebeneinander bei der Leiche, Hedwig packt Martin am Oberschenkel, ihre kleinen Hände liegen etwas oberhalb seines Knies.

Natalia fasst ihn an Taille und Schulter und sagt: »Eins, zwei, drei.«

Sie rollen Martin auf den Teppich. Er ist unendlich schwer und ruht nun verdreht auf Minnas altem Perser. Hedwig weiß schon, dass er nicht mehr hier bei ihnen ist. Dass es nur ein Körper ist, er selbst woanders. Und dass dort Ruhe ist.

Einer seiner Arme liegt unter ihm, der andere vor ihm. Hedwig hat etwas Blut an den Händen, aber nicht viel. Inzwischen ist das meiste getrocknet. Es waren nur Striemen, wenig Platzwunden. Gestorben ist er am Würgen.

Natalia und Hedwig decken Martin mit einer Teppichseite zu. Sie rollen ihn ein, bis er vor Natalias Bett liegt. Mann im Schlafrock.

Sie müssen putzen. Natalia holt Wasser, Hedwig bringt Martins Kleidung hinauf in Colettes Dachkammer. Ihr kleiner Ofen brennt bereits. Colette hat ein Feuer angezündet, bevor sie wieder in die Gaststube runter ist. Es ist immer noch Betrieb. Minna konnte die Kerle schlecht rausschmeißen, ohne Verdacht zu wecken.

Hedwig hört sie singen, während sie die enge Stiege hinaufgeht. Colette und Minna singen zum Klang des Akkordeons, laut und schief. So, dass alle trinken und keiner hochwill, bevor Natalia und Hedwig fertig sind. Und dann stellt sich sowieso die Frage, wie viele Männer Colette allein bedienen kann. Natalia sieht nicht so aus, als würde sie ihre Peitsche heute noch mal anrühren. Nicht alle Kerle da unten werden zum Zug kommen.

Hedwig balanciert den Stapel Kleidung die zugige Treppe hinauf. Der Herbstwind pfeift durchs Haus, von oben nach unten und durch alle Ritzen. Er hebt die Melone an. Sie klappt hoch und runter wie ein hungriges Maul. Schließlich segelt sie von dem Stapel hinunter auf die Stufen. Hedwig klemmt die Kleidung unters Kinn und angelt mit der Hand nach dem Hut. Um ihn nicht wieder zu verlieren, setzt sie ihn sich auf. Sie muss den Kopf in den Nacken legen, damit die Melone ihr nicht zu tief in die Stirn fällt und sie noch was sieht.

Kleine Gaslichter an den Wänden werfen nur schummriges Licht, aber in Colettes Zimmer flackert es warm. Hedwig wünscht sich, sie hätte auch einen Ofen. Sie öffnet die Klappe und wirft die Kleidung hinein. Sie schließt die Klappe und läuft zurück zur Tür. Im Spiegel sieht sie sich selbst mit Melone. Hedwig zögert. Aber sie weiß, dass nichts gefunden werden darf. Gar nichts. Sie läuft zurück zum Ofen, nimmt den Hut ab und wirft ihn ins Feuer.

Als Hedwig im Bett liegt, bleibt ihr nur eine Stunde, bevor sie in die Schule muss. Schlafen kann sie nicht. Sie wird noch Tage nicht schlafen. Sie ist wie eine Uhr, die jemand aufgedreht hat, damit sie lange durchhält.

◇

»Steh auf, du Lump!«, schimpft Minna und rüttelt Fritz an der Schulter. Er grunzt und wälzt sich auf die andere Seite. Minna zieht das Kissen unter seinem lackschwarzen Kopf weg, holt damit aus und schlägt auf ihn ein. »Fritz!«

»Mutter?« Er blinzelt sie ungläubig an und richtet sich etwas auf. »Ist schon wieder Samstag? Warum lässt meine Wirtin dich denn immer rein?« Er sieht sich fragend um, bekommt aber keine Antwort. »Ich bin doch nicht in den Westen gezogen, damit du mich immer noch ständig aus dem Bett schmeißt. Scheiße, Mann. Wo ist das Blag?«

»Inner Schule«, antwortet Minna und wirft das Kissen aufs Bett zurück. »Kinder gehen in die Schule, Fritz.«

»Aber sie wohnt noch bei dir?«

»Ja. Hab ne Lösung gefunden.«

Fritz verzieht den Mund. Sein Kopf dröhnt. »Wie schön.«

»Dein Mitjefühl ist wie immer Balsam für meine jepeinigte Hurenseele«, spottet sie.

»Hä?«

»Zieh dir wat an. Wir brauchen dich.«

»Nee, Mutter«, widerspricht Fritz und angelt sich eine Zigarette aus dem Spender auf seinem Nachttisch. »Du brauchst mich nicht. Du wolltest mich nie haben, und du hast mich ganz sicher nicht nötig.«

»Heute schon«, sagt Minna, und die zwei Worte kosten sie fast mehr Überwindung als ihre erste Nummer damals vor über dreißig Jahren.

Ihr Sohn lacht und gibt sich selbst Feuer. »Du siehst aus, als würdest du das unter Schmerzen sagen.«

»Wat weißt du schon von Schmerzen, du Lackaffe?«

Minna wendet sich von ihm ab und öffnet seinen weißen Kleiderschrank. Es riecht nach Lavendel und Schuhwichse. Sie greift wahllos Hemd und Hose heraus, irgendeine Krawatte, irgendeine Weste, und bewirft ihn damit. Er sitzt im Bett, nackt, aber allein, und fährt sich durch seine glänzenden Haare. Und schon sitzt die Frisur, und er sieht schick und elegant aus. Denn er hat Zauberhände. In vielerlei Hinsicht, wie seine Kundinnen sagen.

»Beweg dich«, befiehlt Minna.

»Schafft ihr Weiber eigentlich irgendwas alleine in eurem Fickschuppen drüben?« Er raucht und rührt sich nicht.

»Sei froh, det dich überhaupt wer braucht.«

»Das tun so einige, Mutter«, erklärt Fritz und zieht den Aschenbecher von seinem Nachttisch. Er ascht hinein.

»Deine Kundinnen?« Minna lacht. »Die brauchen dich nicht. Die *wollen* dich. Det ist ein Unterschied. Gott weiß, det ick dir zum Beispiel gar nicht will.«

»Ich komme nicht mit, Mutter. Ich muss arbeiten.«

»Ick bezahl dir.«

»Das sind ja ganz neue Töne. Hast du Gold gefunden?«, fragt er. »Oder sitzt du ganz tief in der Scheiße?«

»Es geht um … wat Handwerkliches.«

Fritz lacht und raucht. Der Qualm stolpert aus seinem Mund in das weiße Zimmer. »Klingt nach ner dreckigen Angelegenheit. Als würde ich mich für dich schmutzig machen … Verpiss dich, Mutter.«

Sie beißt die Zähne zusammen, dieses Wort aus seinem Mund … Sie erträgt es nicht. Minna hat ihre Mutter geliebt, und ihre Mutter sie. Es war einer der schlimmsten Tage ihres Lebens, als ihre Mutter viel zu jung an Tuberkulose gestorben ist. Fritz ist für sie nicht, was sie für ihre Mutter war. Umgekehrt auch nicht. Es ist alles verkehrt mit ihnen beiden, Fritz und ihr. Alles falsch. Eigentlich schon immer, aber besonders seit er Hedwigs Mutter hat sitzen lassen. Hat das arme Ding behandelt wie eine Eiterbeule.

Fritz spielt demonstrativ mit seinem Feuerzeug. In der Ritze gibt es nur Streichhölzer, aber in Fritz' Welt geht es feiner zu. Da gibt es das Feuer auch mechanisch. Kerzen oder Gaslichter sucht man vergeblich. Das Licht ist elektrisch, und das Bad befindet sich im Haus. In der Wohnung sogar. Minna kennt das, sie hatte auch feinere Zeiten als die in der Ritze. Ist lange her, und Fritz glaubt ihr nicht, aber Minna kackt lieber ins eigene Klo im Hof, als eins zu mieten. Und sei es auch noch so schick. Was Eigenes ist immer besser.

Fritz raucht und leert das Whiskeyglas, das noch von gestern neben seinem Bett steht. Minna sieht ihn an und sucht nach etwas, das ihn überzeugen kann. Irgendwas.

»Bitte.« Mehr hat sie nicht.

»Nein.«

Sie schüttelt den Kopf. »Du bist die größte Strafe, die eine Mutter bekommen kann.«

»Und du hast genau diese Strafe verdient, Mutter.«

»Nenn mich nicht so«, verlangt Minna.

»Verschwinde«, raunt er und durchbohrt sie mit seinem Blick. »Dann nennt dich auch niemand so.«

◇

Hedwig sitzt mit ihren Hausaufgaben zwischen eingetrockneten Bierpfützen. Die Tafel wackelt auf den Wachsresten, sie schaut die Zahlen an und fühlt sich noch immer nicht müde. Aber rechnen kann sie trotzdem nicht. Sie ist noch schlechter als sonst. Sie will auch nicht rechnen, sie möchte zuhören. Minna und Colette stehen vor der Bar.

»*Mon Dieu,* du hättest ihm erklären müssen, worum es geht«, sagt Colette.

»Det sieht er früh genug, wenn er hier ist.«

Colette verdreht die Augen. »Nur wenn er auch tatsächlich gekommen wäre. Ist er aber nicht. Du musst ihm doch klarmachen, wie wichtig er für uns jetzt ist.«

Minna schüttelt den Kopf mit dem grauen Knoten. »Wir brauchen keinen Mitwisser, der nicht auch Mittäter ist. Fritz ist ein Dreckschwein. Der wird det gegen uns verwenden.«

»Er ist dein Sohn, Minna.«

Minna stöhnt auf. »Erinner *du* mir nicht auch noch dran.«

»Du tust ihm unrecht«, beharrt Colette, aber Minna winkt mit ihrem Zigarillo ab.

»Ick behandle den noch viel zu jut.«

»Hast du mal überlegt, ob er sich vielleicht als Kind mehr Liebe gewünscht hätte und deshalb so ist?«, fragt Colette.

»Wat?«

»Na, ich meine, dass du vielleicht auch ein bisschen Schuld …«

»Hör auf, ihn zu verteidigen.«

Hedwig wird es zu bunt. Es geht schließlich nur um Fritz. Der blöde Sack kann schließlich auch keine Wunder vollbringen. »Warum brauchen wir den überhaupt?«

»Weil wir'n Loch im Garten graben müssen, um Martin darin verschwinden zu lassen«, antwortet Minna. »Und weil det alles vor Sonnenaufgang wieder zugebuddelt sein muss. Wir brauchen ein paar kräftige Männerhände.«

»Ich würde eher den Hundegustav fragen als Fritz«, sagt Hedwig. »Fritz ist ein Penner.«

Colette schenkt ihr einen tadelnden Blick. »So redet man nicht von seinem Vater.«

Das Kind zuckt mit den Schultern. »Ich schon.«

»Und ihr wundert euch, dass er euch nicht leiden kann? *Vraiment?*« Colette schnaubt, und selbst das klingt französisch.

»Nee.« Minna schaut sie forschend an. »Aber ick wundere mir, det du ihn so verteidigst.«

Colette weicht ihrem Blick aus. »Der Hundegustav ist jedenfalls eine noch schlechtere Idee.«

»Ja«, stimmt Minna zu und sieht ihre Enkelin an. Sie tippt mit dem Finger auf die Schultafel. »Mach deine Aufgaben, Hedwig.« Der Zigarillo klemmt noch zwischen ihren Fingern, Asche fällt auf das Schiefer.

Hedwig sieht auf das graue Häufchen neben einer Kreiderechnung. »Warum?«, fragt sie. »In der Schule lerne ich nix, was uns hier hilft. Gar nichts.«

»Du sollst uns auch nicht helfen«, sagt Minna. »Du sollst

nur die Klappe halten. Kein Wort über Martin im Teppich. Hörst du? Zu niemandem.«

Bevor Hedwig antworten kann, gibt Colette zu bedenken, dass Martin aus dem Haus müsse, bevor er anfängt zu stinken.

»Was?«, fragt Hedwig und verzieht das Gesicht. »Wann ist das denn?«

Minna klopft ihr mit der Zigarillohand auf den Kopf. »Nicht so bald, Herzchen. Ist ja Herbst.«

»Im Sommer ginge das schneller. Tote verfaulen, musst du wissen«, erklärt Colette und grinst Hedwig diebisch an.

»Iiihhh«, sagt Hedwig und wischt sich die Asche aus den Haaren.

Sie haben heute Ruhetag, der Mann muss heute in den Garten. Colette stützt ihr Kinn auf und trommelt mit ihren schlanken Fingern leicht auf ihre eigene Wange. »*Peut-être* sollte ich mal mit Fritz reden.« Ihre Wimpern klimpern.

»Du?«, fragt Minna. »Der weiß doch gar nicht, wer du bist.«

Fritz ist nie in der Ritze. Minna hat ihn ein Mal gezwungen, Hedwig von der Schule abzuholen und in die Ritze zu bringen. Da hat er Natalia und Colette kurz gesehen. Er hat sich die ganze Zeit ein Taschentuch vor die Nase gehalten.

Colette fährt sich durch die Haare. »Ich denke nicht, dass er mich vergessen hat.«

Minna klemmt den Zigarillo zwischen ihre Zähne und nimmt den Mopp, der am Tresen lehnt. Sie taucht ihn in den Wassereimer. »Überschätz det Erinnerungsvermögen meines Sohnes nicht.« Der Mopp klatscht triefend nass auf die Holzdielen. »An dem sollte man jar nüscht überschätzen.«

Colette weicht der Pfütze mit flinken Füßen aus. »So oder

so krieg ich von ihm, was ich will. Er ist ein Mann, oder nicht?«

»Oder ein Schwein, wie gesagt.« Minna wischt. »Bin mir da nicht sicher.«

Colette angelt sich eine Flasche *Berliner Luft* vom Tresen und dreht sie in der Hand, bis der Schnaps in einem kleinen Strudel durch die Flasche tanzt. Sie betrachtet den Wirbel aus Likör. »Der ist Wachs in meinen Händen.«

»Nein«, widerspricht Hedwig ihr.

»Pardon?« Colette hört auf, die Flasche zu drehen, die *Berliner Luft* strudelt weiter.

»Er mag dich nicht.«

»Unsinn.« Sie setzt die Flasche an und leert sie. »*Tout le monde m'aime.*«

»Fritz nicht«, sagt Hedwig und grinst *sie* jetzt diebisch an. »Er mag Natalia.«

»Was?« Die Flasche in Colettes Hand sinkt nach unten.

Hedwig nickt. »Sie hat ihm imponiert.«

Minna hört auf zu wischen. »Wat redeste denn da?«

»Das hat er mir gesagt«, erklärt Hedwig den beiden. »Sie ist interessant, hat er gesagt. Sie hat ein Geheimnis.«

»*Oui.*« Colette schnaubt. »Dass sie eine Mörderin ist.«

»Biste jetzt beleidigt?«, fragt Minna Colette.

»Ich? Nie. *Jamais.* Ich bin nie beleidigt.«

Minna lacht und taucht den Mopp wieder in den Eimer. »Es sieht aber so aus.«

Colette runzelt die Stirn. »Wollen wir jetzt eine Leiche vergraben oder mir Gefühle andichten, die ich gar nicht habe, *Madame*? Ich bin nämlich nicht beleidigt.«

Minna stellt den Wischer weg und sieht hinter die Bar. »Natalia? Wat denkst du?«

Keine Antwort. Natalia kauert hinter dem Tresen auf dem Boden. Blasser als sonst, und als wäre sie gar nicht im Raum. Gar nicht auf der Welt. Eingefallen und weich hockt sie da wie ein schwarz-weißer Lappen, den jemand auf den Boden geworfen hat, mit dem man aber gar nicht wischen kann. Sie starrt vor sich hin, als wären Minna, Colette und Hedwig nicht da.

»Natalia?«, fragt Minna wieder.

»Das Ganze ist schließlich dein Problem«, sagt Colette. »Jetzt sag doch auch mal was.«

Aber Natalia sagt nichts.

Hedwig beugt sich über die Bar, streckt sich und lehnt sich über die Ablage hinter dem Tresen, bis ihre Lippen fast den schwarzen Scheitel berühren. »Natalia? Was denkst du?«

Erst als sie Hedwigs Stimme hört, sieht Natalia auf, direkt in Hedwigs Augen, dann zu den anderen beiden. Sie nickt, zieht sich hoch und kommt um den Tresen herum. Sie sagt kein Wort, nimmt Colettes Mantel von einer Stuhllehne, streift ihn über und verschwindet.

Hedwig zieht die Beine an, bis sie neben der Zapfanlage auf dem Tresen sitzt, und sieht Natalia stirnrunzelnd nach. »Aber der Mantel ist rosa. Sie trägt nie Rosa.«

»Sie wird's überleben«, sagt Minna.

»Ich hoffe, mein Mantel auch«, murmelt Colette.

»Soso, Colette«, beginnt Minna und greift wieder nach dem Wischer, »du liebst also meinen Sohn?«

Wieder französisches Schnauben. *»Non-sens.«*

»Doch, tust du wohl«, sagt Hedwig.

»Aber warum denn?«, fragt Minna.

»Weil sie keinen Geschmack hat«, antwortet Hedwig.

»Ach so.« Minna taucht den Mopp wieder ins Wasser. »Det erklärt einiges.«

»Ihr könnt euren Dreck hier bald alleine machen«, sagt Colette und geht zur Treppe. »Ich muss euch gar nicht helfen. Ich hab überhaupt nichts gemacht. *Rien.*«

Sie verschwindet nach oben, Minna sieht ihr kopfschüttelnd nach. »Die liebt meinen Sohn. Ist det zu fassen?«

»Nein«, antwortet Hedwig.

◇

An jedem Finger, der auf Fritz' Brust liegt, prangt ein Ring. Zwei mal fünf funkelnde Edelsteine. An jeder Hand der Gegenwert der ganzen Ritze. Fritz liegt auf dem Rücken in Seidenlaken, auf ihm eine Frau mit breiten Schultern, darüber ein burgunderfarbener Betthimmel. Fritz zählt die französischen Lilien im Himmel. Aber die sportliche Reiterin hat er auch im Blick, aus dem Augenwinkel sieht er, wenn sie seinen Blick sucht. Dann schaut er gierig auf ihre Brüste und stöhnt mit ihr mit und erwidert ihren Blick mit Begehren. Sie reitet schneller, ihre Titten wackeln. Sie sind nicht nach seinem Geschmack. Sie stöhnt und stöhnt, immer das Gleiche, dann ein kleines Kreischen, das vielleicht vornehm sein will. Was auch immer. Fritz ist es egal.

Sie fällt neben ihn ins Kissen und streckt sich aus. Schweiß rinnt über ihre Haut. Der Atem geht schnell und hebt ihre Brust. Keuchend greift sie sich eine Zigarette aus dem silbernen Spender und zündet sie an. Sie ist zehn Jahre älter als er. Sie war schon reich, als sie geboren wurde. Die Ehe hat sie noch reicher gemacht. Und einsam. Aber für Gesellschaft kann man im Zweifel auch bezahlen.

»Du warst wieder einmal fantastisch«, keucht Gerti.

»Und du erst.«

»Ach, hör auf, für Geld machst du alles.«

»Nein, mach ich nicht.«

»Ich auch nicht.« Sie schmunzelt ihn an. »Siehst du den Pelz da? Die Jacke? Hat mein Alter mir zum Geburtstag geschenkt. Die Jacke und einen Wagen.«

Fritz nickt anerkennend. »Der lässt sich nicht lumpen.«

»Er will, dass ich ihn wieder ranlasse.«

»Und? Hast du?«

»Nein«, antwortet sie. »War doch *mein* Geburtstag.«

Sie lachen und rauchen, bis Gerti einen Blick auf die Kaminuhr wirft. »Meine Zeit ist um, Süßer. Dein Geld liegt wie immer da vorn. Bei den Blumen.«

Fritz steht auf und sammelt seine Wäsche, Hose, Hemd und Jackett ein. Er nimmt das Geld vom Art-déco-Sideboard, steckt es in die Innentasche seines Jacketts und legt den Stapel Kleider ordentlich auf einen Stuhl. Er steht mit dem Rücken zu Gerti, er spürt ihren Blick auf seinem nackten Arsch. Er atmet durch. Jetzt kommt der harte Teil. Jetzt kommt die Arbeit. Er dreht sich um und geht zur Pelzjacke. Er streicht über das weiche Fell und sieht über die Schulter zu Gerti.

»Ich wette, du siehst umwerfend darin aus.«

»Natürlich.«

»Ziehst du sie mal an? Für mich?«

Er wirft die Jacke aufs Bett. Während sie hineinschlüpft, krabbelt er zu ihr, über sie. Sie ist so alt geworden in den letzten fünf Jahren.

»Du musst wirklich nicht bleiben«, sagt sie und schlüpft in den ersten Ärmel.

»Ich weiß. Und bei jeder anderen wär ich schon weg. Aber

du … Wahnsinn. Und du warst so schnell vorhin, und ich dachte …«

»Du willst kommen?«

»In dir.« Seine Hand liegt auf ihrer Wange, sein Blick ist versunken in ihren, und ehe sie antworten kann, ist er schon in ihr und stößt seinen Schwanz in sie, als wäre sie eine Göttin und er ihr ergebenster Diener.

»O Fritz«, stöhnt sie, und er stöhnt mit. Du bist die geilste Frau, die ich je gefickt habe, sagt jeder seiner Seufzer. Es ist eine Sprache, die sie versteht. Alle Frauen verstehen sich auf das Deuten von Seufzern. Sie sprechen es fließend, besonders, wenn das Stöhnen ein Kompliment sein könnte.

Fritz sieht auf den braunen Pelz und die gespreizten Beine unter sich. Er blendet ihr Gesicht aus, die breiten Schultern, die flachen Titten. Das könnte jede sein, jede Frau. Auch die süße Brünette von letzter Woche. Auch jemand ganz anderes. Mit schwarzen Haaren und weißer Haut und Macht in jedem Wimpernschlag. Fritz wird schneller. Er sieht Gerti nicht mehr, er sieht die Seide nicht mehr, er sieht und hört gar nichts mehr. Er fickt ganz wen anders, es ist geil. Er will mehr – und auf einmal schlägt Gerti gegen seine Brust. »Warte, warte …«

»Gleich, ich bin gleich …«

»Mein Mann kommt!«, schreit sie ihm ins Gesicht.

Er reißt die Augen auf und sieht auf sie hinab. »Was?«

»Der Diener hat geklopft«, keucht Gerti. »Drei Mal. Schnell.«

Fritz springt auf. Sein Schwanz ist hart und pulsiert, und er ist so kurz davor gewesen. Eilig schlüpft Fritz in Hemd und Hose. Gerti schiebt ihn zu der kleinen Tapetentür neben dem Schrank. Er stolpert rückwärts. Sie drückt ihm Jackett und Schuhe in die Hand und stößt ihn aus dem pompösen Schlafzimmer hinaus in den schmalen Gang. Die Tapetentür schließt sich. Von hinten ist es nur eine schmucklose Holztür, kein Blumenmuster. Am Boden bloß abgelaufene Dielen ohne Perser, und die Wände sind weiß getüncht. Im schmalen Gang steht bereits ein livrierter Diener. Er verzieht keine Miene. Fritz lehnt sich an die Wand und zieht seine Schuhe an.

»Joseph, heut mal wieder Spätschicht?«, fragt Fritz, und Joseph nickt.

»Genau wie du, Fritz.«

»Das ist doch lächerlich«, sagt Fritz und zeigt den Gang entlang. »Ich kenn den Weg.«

»Das Hotel besteht darauf, dass ich dich begleite.«

»Jaja.«

Joseph grinst und deutet eine kleine Verbeugung an. »Wenn Sie mir also bitte folgen wollen.«

Fritz lacht. »Du machst das wirklich sehr gut.«

Sie gehen hintereinander den schmalen Flur entlang, den kein Hotelgast je erahnen würde. »Ich bin sicher, du machst deine Sache auch gut.«

Fritz schmunzelt. »Keine Sorge, du kriegst dein Trinkgeld.«

»Das hoff ich doch«, plaudert Joseph. »Denn sonst führe ich dich irgendwann nicht zurück in den Tanzsaal, sondern in die Katakomben. Das merkst du nicht mal. Du *glaubst* nämlich nur, dass du hier alle Wege kennst. Und dann verläufst du dich in den unterirdischen Gängen des Adlons.«

»Habt ihr da reiche Frauen?«, fragt Fritz.

»Da unten? Ich fürchte, nicht.«

»Dann in den Tanzsaal bitte.« Fritz bindet seine Krawatte im Gehen. Josephs Uniform hat auch eine Krawatte, aber sie war billig. Andererseits muss er sie auch nicht mehrmals während seiner Schicht ablegen.

»Wie lang machst du heute?«

»Noch eine oder zwei vielleicht«, antwortet Fritz.

»Nachher noch ein Bier bei Aschinger?«

»Immer.«

Fritz schließt sein Jackett und fährt sich durch die Haare. Joseph öffnet bereits eine weitere unscheinbare Tür. Fritz steckt dem Hoteldiener ein paar Mark zu, und schon ist er zurück im Foyer neben dem kleinen Tanzsaal des Adlons. Die Musik wabert aus dem Saal heraus. Geschäftige Paare laufen um ihn herum. Ein Strom aus lachenden Menschen zieht Fritz zurück in den Saal.

Los Angeles, 1954

»Können Sie tanzen, Noah?«, fragt Hedi, und Noah antwortet: »Ein bisschen.«

»Mein Vater hat mich verachtet. Ich war ihm eine Last und er mir auch. Er konnte nichts, was ich können wollte, und er hat mir nichts beigebracht.« In ihren Augen blitzt es. »Außer tanzen.«

»Und das Wort ›Beletage‹.«

»Richtig. Ich wusste, dass Sie gut sind. Sie merken sich alles.«

Er nickt und zündet sich eine Zigarette an. Noah ist ein moralischer Mensch. Er zieht selbst seine Jacke auf eine moralische Art und Weise an und aus. So, wie seine Finger die Knöpfe durch die Schlitze schieben, das kann man nur »moralisch« nennen. Er hat sehr gepflegte Finger.

»Tanzen Sie mit mir?«, fragt Hedi.

»Bitte?«

»Nur ein Tanz … Langsamer Walzer? Sie können doch langsamen Walzer, oder?«

»Ja, kann ich«, sagt Noah und zieht an seiner Zigarette. »Aber wir sind hier, um zu arbeiten.«

»Noah, ich sitze hier fest, bis ich hingerichtet werde. Wollen Sie mir wirklich diesen Tanz abschlagen?«

Stille.

»Bitte«, sagt sie wieder und beugt sich vor.

Stille.

Noah drückt seine Zigarette aus, seufzt und nimmt Hedis Hand. Sie haben sich schon ein paarmal die Hand gegeben, und dennoch fühlt es sich an wie ihre erste Berührung. Seine Rechte liegt auf ihrem Schulterblatt. Hedi spürt seine Wärme durch den kratzigen Kittel.

Noah zählt leise: »Eins-zwei-drei. Eins-zwei-drei.«

Er schiebt sie durch den kleinen Raum, sie gleiten über die schrecklichen Fliesen. Er riecht nach New York City. Nach einem Mann aus New York City, nach Taxi und Central Park. Das hat sie schon ewig nicht mehr gerochen.

»Noah, ich verstehe, dass Sie sich fragen, ob Sie wirklich was von unseren Treffen haben, was Sie aus meinen Geschichten machen und ob Sie das alles ertragen.«

»Die Fragen, die ich mir stelle, sind halb so wild«, sagt er und tanzt. »Was mich quält, ist, dass ich keine Antwort habe.«

»Ich weiß.«

»Sie spielen damit. Sie spielen mit mir.«

»Ja, aber sehen Sie denn nicht, dass ich Sie ausgewählt habe?«, fragt Hedi. »Ich hatte Hunderte Anfragen von Journalisten. Drei hab ich getroffen und zwei weggeschickt. Nur Sie durften bleiben. Und jetzt wollen Sie gehen.«

»Weil ich Ihnen nicht vertraue.«

Sie legt ihren Kopf an seine Schulter. »Aber ich vertraue Ihnen.«

»Sie vertrauen niemandem«, verbessert er. »Haben Sie selbst gesagt.«

»Haben Sie ein fotografisches Gedächtnis?«, fragt sie.

Er sieht an die Decke. »Hören Sie auf zu flirten, Hedi. Bitte.«

»Sie sind aber hart zu einer Todgeweihten.«

»Sie dürfen auch nicht alles.«

»Ich darf gar nichts, Noah. Nichts.«

Sie sieht in seine dunklen Augen. Seine Tanzschritte werden kleiner. Seine Rechte gleitet von ihrem Schulterblatt hinunter auf ihre Taille, sein Linke hält ihre Hand weiter fest. Sie halten sich an der Hand, sie umarmen sich halb.

Er schaut sie an. »Warum ich?«, fragt er. »Es ist nicht, weil ich süß bin. Ich bin nicht süß.«

»Weil Sie nichts von dem hören wollen, was ich erlebt habe«, raunt sie. »Die anderen hätten sich die Finger geleckt nach Sexgeschichten und einer Bordellkindheit. Sie hätten meine Kindheit ausgeschlachtet und uns alle lächerlich gemacht. Sex ist nicht lächerlich. Ich brauche keinen skandalhungrigen Reporter, der keinen Respekt vor Huren hat.«

»Ich bin nicht prüde.«

»Und ich bin nicht kaputt.«

»Ich weiß«, sagt er leise. »Das macht mir am meisten Angst.«

»Aber Sie sind doch in Sicherheit, Noah«, flüstert sie direkt vor seinen Lippen.

Er hebt eine Augenbraue, lehnt sich etwas zurück und sieht sie an. »Bin ich das?«

»Sehen Sie all diese Wärter?«, fragt Hedi und zeigt mit dem Kopf zur Tür. »Bert und den Dicken und dahinten den Dürren mit den Pickeln? Die sind alle da, um Sie zu schützen.«

Noah lacht. »Die können mich nicht vor Ihnen beschützen.«

Hedi lacht mit. »Erstens töte ich nicht wahllos, und zweitens habe ich gar keine Waffe.«

»Doch, haben Sie. Und das wissen Sie auch.«

Hedi weiß nicht, was sie darauf sagen soll. Sie will niemanden mehr niederstrecken. Oder doch? Sie riecht Noah mit jedem Atemzug, und jeder Atemzug ist ein Seil, das sie zu ihm zieht. Er ist das einzige Seil in ihrer Welt. Sie lässt ihn los und tritt einen Schritt zurück. Ihre Hände schwitzen, sie wischt sie am Kittel ab und lächelt unverbindlich. Sie kann auf Hunderte Arten lächeln. Hedi beherrscht jedes Lächeln, das ein Mensch je gelächelt hat. Es ist heiß hier drin.

»Also, wie ging es weiter mit Ihrem Vater und den Frauen?«, fragt er.

Berlin, 1927

Zwei schwere Kronleuchter hängen von der Decke und erhellen den Saal. Die Wände sind mit tannengrünem Tuch bespannt. Goldene Spiegel machen aus vierzig Tanzenden Hunderte. Überall wirbeln die Menschen herum. Die Damen tragen Wasserwelle oder Pagenkopf. Ihre Kleider sind weit und reichen bis zu den Knien. Später am Abend werden die anwesenden Damen funkeln wie die Kronleuchter, aber jetzt tragen sie zurückhaltende Tageskleider. Es ist Tanztee.

Fritz lehnt an der Bar und wippt mit dem Fuß. Er trinkt Kaffee und lässt seinen Blick durch den Raum schweifen. Vorn neben dem Eingang sitzt eine Hübsche allein, aber ihr Blick sagt, dass sie nicht auf jemanden wartet, der Geld von ihr will. Sie wartet auf einen Kavalier, der ihr ein Geschenk mitbringt. Das letzte Mal hat sie ihn rangelassen, heute muss er sich revanchieren. Mit einem Hut oder so. Fritz sieht an ihrem Blick, dass sie alles verschenkt hat und bangt, ob der Kavalier heute kommt – oder ob er sich schon eine Neue gesucht hat. Eine, die noch kein Geschenk will, die noch erobert werden muss.

Fritz' Blick wandert weiter. Zu den Saaltüren, wo Gerti stehen könnte, um das Trinkgeld zu bringen, das er sich verdient hat, weil er ihr das Gefühl gegeben hat, etwas Besonderes zu sein. Er verkauft nicht bloß seinen Schwanz, er verkauft dieses Gefühl. Gerti muss dafür noch bezahlen. Aber sie kommt nicht.

Links von der Bar sitzen zwei alte Damen und tratschen. Eine von ihnen trägt das Haar noch lang. Ein Knoten am Hinterkopf wie Minna. Der Kaiser lässt grüßen. Das Haar der anderen ist grau. Fritz trinkt Kaffee und überlegt. Er sieht Geld und Einsamkeit, aber auch so viele Falten. Vielleicht, wenn er sie von hinten … Aber der Arsch verheimlicht das Alter einer Frau auch nicht gerade. Es ist ein Kreuz, diese Arbeit, die er hat. Fritz verdient viel zu wenig für das, was er leistet.

Sein Blick fällt auf eine reiche Erbin. Sie ist höchstens zwanzig. Sie lehnt rauchend zwischen zwei Spiegeln und schaut ihn an. Ob sie das Spiel kennt? Bei den ganz Jungen ist es manchmal schwierig. Sie denken an Liebe oder erwarten, dass *er* Geschenke macht. Da ist Vorsicht geboten. Die Erbin hat ihn auch entdeckt, sie sieht ihn unverhohlen an und winkt dem Kellner mit einem Zwanzigmarkschein. Sie winkt, damit Fritz das Geld sieht. So eine wäre vielleicht was zum Heiraten. Grundabsicherung.

Fritz lächelt, stellt seine Kaffeetasse ab und will zu ihr, als Natalia sich in sein Blickfeld schiebt. Von links. Er prallt zurück, er hätte sie fast nicht erkannt in dem rosa Mantel. Natalia in Rosa …

Natalia. Sie steht wirklich vor ihm. Sie sieht so frisch aus. Fast weich. »Fritz«, sagt sie.

»Was machst du denn hier?«

»Ich brauche dich in Ritze«, antwortet sie.

Er kann nicht glauben, dass sie vor ihm steht. Hier im Adlon. Hier, wo er Geld verdient, auf Trinkgeld wartet und junge Erbinnen umwerben muss. Für heute war es noch nicht genug. Er muss morgen den Schneider bezahlen. Er muss zu der Erbin.

»Du brauchst mich?«, wiederholt Fritz vorsichtig.

»Ja. Heute Nacht«, antwortet sie und sieht ihn ungeduldig an.

Sie weiß nicht, was man Männern sonst sagen muss, wenn man sie um etwas bittet. Sie bittet nie um etwas. Sie weiß auch nicht, wie man mit Begierde spielt, wenn es nicht um Schmerz geht. Sie sucht nach Worten, irgendwas Liebes ist wahrscheinlich hilfreich. Etwas Zartes. Aber was zur Hölle wären denn zarte deutsche Worte? Sie kennt solche Worte nicht mal auf Russisch.

»Gut«, sagt er, »ich komme mit.«

»Gut.«

Fritz lässt sie vorgehen. Sie braucht einen Augenblick, bis sie versteht, dann stöckelt sie auf ihren Lederstiefeln übers Tanzparkett. »Äh … Sehr gut«, murmelt sie zu sich.

Alle Blicke liegen auf ihr, sie passt hier nicht rein. Sie passt nirgendwohin und ist es gewohnt. Die Musik spielt einen Swing, aber das weiß Natalia nicht. Sie kann nicht tanzen.

◇

Fritz steht im Unterhemd in der Dunkelheit und gräbt. Durch das Küchenfenster fällt schummriges Licht in den Hof, aber zu den anderen Häusern hin ist Fritz verdeckt durch eine alte Eiche. Wie gut, dass die Ritze so steht, dass alle weiteren Gebäude ihr den Rücken kehren. Die Muskeln in seinem Oberarm und den Schultern spannen sich, aber Colette hat nur Augen für die Sehnen auf seinen Unterarmen. Sie liebt es, wenn die Sehnen hervortreten.

»Möchtest du noch ne Molle?«, fragt sie.

»Hab noch.«

»Aber du sagst mir Bescheid, wenn du noch was brauchst.«

»Solltest du nicht graben helfen?«, fragt Fritz.

»*Mais non*, ich *wollte*«, betont Colette. »Ich mache alles freiwillig.«

»Dann mach auch«, presst Fritz angestrengt zwischen den Zähnen hervor.

Colette beugt sich langsam vor und nimmt den zweiten Spaten. Ihre Hand umschließt den Griff wie einen harten Schwanz. »Stehst du drauf, wenn eine Frau einen Spaten hält?«

Fritz gräbt und sieht nicht auf. »Ich will den Kack hier nicht alleine machen. Da steh ich drauf. Auf Hilfe.«

»Sollst du haben«, flötet sie und gräbt.

»Wird auch Zeit«, murmelt er.

»*Oui*, es ist schon eine Plage, was Natalia uns hier aufgehalst hat.«

»Bei dem ganzen Geplapper haben wir bis Sonnenaufgang höchstens ein Loch für ne Katze.«

»Sie hat aber keine Katze umgebracht. Sondern nen Mann«, raunt Colette und keucht. »*Je comprends bien*, dass du jetzt lieber woanders wärst.«

»Mhm.«

Sie lächelt ihn an. »Du bist ein Held, dass du das hier für uns tust.«

»Ihr könnt ja schlecht zur Polizei. Die glauben nicht, dass das ein Unfall war, und richten Natalia hin.« Fritz hält inne, wischt sich den Schweiß von der Stirn und betrachtet Colette.

»Oder schicken sie zurück nach Russland«, sagt sie und gräbt eifrig weiter. Sie spürt seinen Blick auf ihr und drückt ihren Rücken durch, sodass ihr Hintern noch runder aussieht. »Für wie wahrscheinlich hältst du das? Ich werde dazu gleich morgen mal ein bisschen nachlesen.«

»Nennst du das Graben?«, fragt Fritz und zeigt auf ihren Spaten. »Tiefer in die Erde stechen.«

»So?« Colette sticht den Spaten mit ihrem ganzen Körper in die Erde, sie kippt ihre Hüfte vor, als würde das helfen. Als wäre es ihr Unterleib, der Erde aushebt.

Er runzelt die Stirn. »Du sollst die Erde nicht ficken.«

»Ich würde jetzt aber lieber ficken«, sagt sie, hält inne und lässt ihre Unterlippe schmollen. Nur ein kleines bisschen. »Du nicht auch? Mir ist schon ganz heiß.«

Colette nimmt ihr Halstuch ab und wischt sich über die

Stirn und das Dekolleté. Fritz gräbt weiter. Colette tritt an ihn heran.

»Ist dir auch heiß?«, fragt sie. »Du schwitzt so stark.«

Sie tupft über seinen Hals, riecht seinen Schweiß und seine Haarpomade. Sie will, dass er sich auf sie wirft und seine Wut über Natalia in sie reinfickt, bis sie beide in die Berliner Nacht schreien. Sie will, dass er wütend auf Natalia ist. Müsste er doch sein, oder? Sie selbst ist wütend. Immerhin ist Fritz so wenigstens mal wieder hier in der Ritze, und sie können sich kennenlernen.

»Ich glaub, ich will doch noch ne Molle.«

»*Tout de suite?*«, fragt sie.

»Ja.«

Colette entfernt sich von ihm. Sie geht zwei Schritte rückwärts und legt ihr Tuch wieder um die Schultern. Er gräbt mit zusammengepresstem Kiefer, gräbt und gräbt und sieht sie nicht. Er würde sie nicht sehen, wenn sie nackt auf ihm draufsäße. Und Colette ist noch nie übersehen worden. In ihrem ganzen Leben nicht.

◇

Minna stemmt sich von unten gegen Martins Füße in der Teppichrolle. Natalia und Hedwig halten den Teppich oben fest. Eine Hand am Perser, die andere in Martins Haare gekrallt, gehen beide Schritt für Schritt die Stufen runter. Minna ächzt und sieht Natalia wütend an. Aber Natalia merkt es nicht, oder es interessiert sie nicht. Sie wirkt überhaupt sehr abwesend.

»Kacke. Verdammte Scheiße«, flucht Minna. »Wie schwer kann ein einziger Mann denn sein? Der ist doch so dünn.«

»Sei ruhig und geh weiter«, sagt Hedwig.

»Du kannst gleich ins Bett gehen.«

»Ihr braucht mich«, erklärt das Kind. Dass die Erwachsenen aber auch nie zu Ende denken, bevor sie etwas sagen.

»Pause!«, verlangt Minna jetzt keuchend. »Kurz absetzen, icke ...«

Sie legen die Leiche ab. Minna streckt sich und seufzt. Es rüttelt unten in der Gaststube an der Tür.

Minna sieht die Stufen hinauf zu den anderen beiden. »Scheiße. Wer ist denn ditte?«

Natalia und Hedwig zucken mit den Schultern, also dreht sie sich in Richtung des Eingangs und ruft: »Ruhetag!«

»Aber du hast Licht an!«, kommt es von draußen. Die Stimme klingt nach Bruno.

»Kacke, der Bulle«, sagt Hedwig, während das Klopfen lauter wird.

»Minna!«, ruft Bruno.

Sie zeigt mit dem Finger auf Natalia und Hedwig. »Kein Mucks von euch.«

Minna putzt sich die Hände an ihrem Rock ab und nimmt dann kurz entschlossen den ganzen Rock hoch, um sich damit über das verschwitzte Gesicht zu wischen. Sie richtet ihre Haare, während sie durch die Gaststube zur Tür läuft, und öffnet sie einen kleinen Spalt. Minna bemüht sich, nicht zu sehr zu keuchen.

Bruno steht mitsamt seinem Hut, dem Knüppel am Gürtel und einem widerlichen Grinsen unter dem Schnurrbart auf der Schwelle zur Ritze. Er wippt vor und zurück und schwingt seinen Knüppel, als hätte er einen ganz besonders schönen Abend.

»Liebste.«

Sie runzelt die Stirn. »Wat willst du?«

»Mit euch reden.«

»Kannst mit mir reden. Die Damen haben Ruhetag.«

Er versucht an ihr vorbeizuschauen. »Und da dürfen sie nicht reden?«

»Die dürfen alles, aber ick bin mir ziemlich sicher, det sie mit dir nicht reden wollen.«

»Im Gegensatz zu dir.«

»Ja«, spottet sie. »Ick warte seit Wochen auf ein liebes Wort von dir. Blumen wären schön. Biste gekommen, um mir nen Antrag zu machen?«

»Du siehst so verschwitzt aus«, sagt er und mustert sie.

Minna nickt. »Wir turnen.«

»Ihr … was?«

»Turnen, du Sackgesicht. Oder wat glaubst du, wie Huren sich schlank halten? Denkst du, unsere Körper sind ein Gottesgeschenk?«

Sein Blick gleitet über ihren Körper, oder das, was er im Türspalt davon sieht.

»Nein, das denke ich wirklich nicht.«

»Wat willst du, Bruno?«

»In Brandenburg wird ein Mann vermisst.«

»Und wat geht det uns an?«

»Ist einer eurer Freier.« Bruno knöpft seine Uniformjacke auf und holt eine Fotografie heraus. Er hält sie Minna vor die Nase.

Es ist Martin. Natürlich. Selbst im schummrigen Licht der Gaslaterne vor der Ritze kann sie es sehen. Und sie muss es eigentlich auch nicht sehen. Sie weiß es ja eh.

»Kenn ick. War aber schon länger nicht mehr bei uns.«

»Martin Müllenthal. Nicht? Der soll aber die Tage noch hier in der Mulackstraße unterwegs gewesen sein.«

»Na, da wird Natalia sich aber bedanken, det der angeblich hier war und keine Kröten bei ihr gelassen hat.«

»Ist das so?«

»Sag du's mir«, gibt sie zurück und stemmt eine Hand in die Hüfte. »Ick weiß ja nicht mal, ob der überhaupt hier im Scheunenviertel war. Oder in Berlin. Ick bin nicht det Meldeamt, Bruno.«

»Dazu würde ich gern noch deine Weiber hören.«

Minna seufzt. »Sie brauchen heute wirklich mal Ruhe von den Männern.«

»Ich bin kein Mann, ich bin das Gesetz.«

»Det hätteste wohl gern.«

Bruno legt seine Hand auf die Tür, seine Finger umschließen die Kante direkt vor Minnas Augen. »Entweder du holst jetzt eine von deinen Schlampen an die Tür, oder ich komme rein. Mit Gewalt.«

»Moment.« Sie knallt ihm die Tür vor der Nase zu, er kann die Finger gerade noch wegziehen, und dreht sich um.

Natalia und Hedwig sitzen auf der Treppe, vor ihnen liegt Martin im Teppich. Seine Füße haben schon den Holzboden der Gaststube erreicht. Sein Kopf liegt sechs Stufen höher. Minna und Natalia tauschen einen Blick. Natalia nickt, geht zur Tür und erzählt dem Bullen das Gleiche, was Minna ihm auch gesagt hat. Dann ist Colette an der Reihe. Hedwig muss nicht mit ihm reden, denn sie wohnt nicht mehr hier. Sie ist eigentlich gar nicht da.

◇

Gustav putzt Gläser und starrt einer seiner Damen auf den Arsch. Sie kniet vor einem Gast und lutscht dessen Schwanz, während Gustav einen Zahnstocher zwischen den Vorderzähnen hin und her schiebt. Auf dem Podest neben dem Tresen steht ein Klavier, ein echtes, das fast richtig gestimmt ist. Ein Pianist haut in die Tasten, neben ihm fingert ein anderer Kerl seinen Kontrabass. Alle Tische sind besetzt, überall sitzen Huren auf Männerschößen. Auf einem Tisch sitzt ein Mädchen und spreizt die Beine, damit alle ihre rasierte Muschi sehen können. Minna lässt die Tür hinter sich zufallen und schüttelt den Kopf.

»Sodom und Gomorrha«, murmelt sie.

»Wat zur Hölle machst du denn hier?«, fragt Gustav.

»Det hätt's früher alles nicht gegeben.«

»Wat? Det die Kerle die Ware sehen können, bevor sie sie kaufen?«

»Die kaufen doch keine Pussy«, erklärt Minna. »Die kaufen Zeit mit der Dame.«

»Nee, die kaufen keine Zeit. Zeit kann man nicht ficken.«

Minna sieht sich um und schnaubt verächtlich. »Feine Herren kaufen ein Geheimnis, ein Versprechen.«

Gustav hält ein Glas ins Licht, bevor er es weiterpoliert. »Auch feine Herren sind Tiere.«

»Wat weißt denn du von feinen Herren?«, fragt Minna und zeigt an die rissige Decke. »Dir bröckelt doch hier schon der Stuck ins Bier.«

»Wat willst du?«

»Du hast dem Bullen gesagt, er wär letztens erst hier gewesen?«

»Wer?«

Minna stemmt die Hände in die Hüften und sieht Gustav an, als wäre er bescheuert. »Der Pferdezüchter aus Brandenburg.«

»Ach, Melonenmartin. Der ist doch ständig bei dir.«

»Und weil er sein Geld bei *mir* lässt und nicht bei dir, hast du Bruno gesagt, er wär auch an dem Abend hier gewesen, an dem seine Familie ihn zum letzten Mal gesehen hat.«

»War er det nicht?«, fragt Gustav.

»Nein.«

»Sicher?«

Minna nickt und mustert ihn. »Du musst janz schön Schiss vor meiner Konkurrenz haben, um so einen billigen Trick anzuwenden.«

»Oder du hast einfach Dreck am Stecken.«

Sie lacht. »Det hätteste wohl gern.«

»Seit wann weißt du, wat ein Mann gern hat?«

»Mann? Welcher Mann? Ick hab von dir geredet.«

»Witzig.« Er stellt das Glas weg und nimmt ein neues aus dem Spülwasser.

Minna will ihm sagen, dass er es erst abtropfen lassen muss, und fragen, wie bescheuert er eigentlich ist. Alter Grützkopf. Aber ob das ihrer Sache dienen würde? Sie seufzt, legt beide Unterarme auf den Tresen und sieht ihn eindringlich an. »Justav, du kannst es dir nicht leisten, Gäste unserer Straße an die Bullen zu verraten. Wenn wir rumposaunen, det diese Männer herkommen und für wat, dann kommen die gar nicht mehr. Keiner von denen. Auch nicht zu dir.«

Er hält im Abtrocknen inne. »Mhm.«

»Ja, darüber hast du nicht nachgedacht. Männer …«

Gustav stellt das Glas ab und stützt sich aufs Waschbecken. »Aber det dieser Melonenmartin nicht ganz normal inner Hose ist, det sieht doch jeder«, sagt er. »Det müssen die auf seinem Gutshof inner Provinz doch auch merken.«

»Glaub ick nicht«, erwidert sie. »Außerdem ist bei mir in der Ritze jeder normal. Jeder.«

»Jaja. Aber in Brandenburg nicht. Ich wette, die flüstern schon hinter seinem Rücken. Vermuten, det der zu Jungs geht oder so.«

»Zu Jungs?«, fragt Minna.

»Klar. Weil sich die braven Dorfprotestanten Schmerzlust nicht vorstellen können.« Gustav macht ein kluges Gesicht. »Sodomie aber schon.«

Minna kraust die Nase. »Du denkst, die denken, der ist schwul?«

»Wenn sie überhaupt denken, dann ja.«

»Mhm.«

»Ick will doch nur sagen, det wir hier inner Mulackstraße auch nicht alles verhindern können, Minna«, sagt er. »Wenn Menschen nicht in die Jesellschaft passen, dann passen sie nicht.«

»Vielleicht sollte die Gesellschaft sich ändern.«

»Ja, und ick sollte der nächste deutsche Kaiser werden.«

Ihr Blick gleitet von seinem struppigen grauen Schopf hinunter bis zu seinen Schuhspitzen. »Dafür müsstest du dir waschen.«

Er hebt eine Augenbraue. »Und wat verstehst du vom Waschen?«

»Mehr als du von Huren.«

Gustav lässt seinen Zahnstocher von rechts nach links wandern. Er lehnt an seinem Tresen, um sie herum wabern Lust und Geldgier weiter durch den Raum. Die Musik spielt heiter auf. Sie ist besser als in der Ritze, aber Minna hat nichts übrig für Pianisten. Sie sind Schnösel. Minna mag ihr Schifferklavier, denn das hat Atmosphäre, es hat Herz. Die blöden Pianisten sehen immer so aus, als versuchten sie, Fritz zu kopieren. Als hätten sie alle eine Fotografie von ihrem

Sohn am vom Holzwurm zerfressenen Schrank und wollten nichts anderes, als seine Eleganz anziehen. Aber Eleganz zieht man nicht an. Die trägt man schon. Auch Fritz. Sosehr Minna ihn hasst, das muss sie nun doch zugeben.

Sie dreht sich um, ohne sich von Gustav zu verabschieden. Die Hure mit der glatten Pussy sitzt noch immer auf dem Tisch. Inzwischen leckt einer der Kerle zwischen ihren Beinen. Sie wirft den Kopf in den Nacken und stöhnt.

Minna betrachtet das Bild, dann beugt sie sich zu dem Mädchen. »Macht er det jut?«

»Das lass ich ihn glauben«, raunt sie Minna ins Ohr.

Minna tritt raus auf die Straße. Hinter ihr fällt die Tür ins Schloss. Sie läuft die Straße runter, den Hundegustav im Rücken. Lügen, überall Lügen. Männer fliehen vor den Lügen der Gesellschaft in die Mulackstraße, wo man ihnen dann die nächste Lüge auftischt: Dass sie gut sind. Dass sie nicht bloß Geld haben, sondern auch einen tollen Schwanz und überhaupt Hengste sind. Dabei sind sie alle nur Menschen.

◇

Natalia steht an ihrem Fenster und sieht auf das zugebuddelte Loch im Garten. Der Morgen graut. Sie zieht an den Schnüren ihres Korsetts am Rücken. Die Schleife löst sich. Natalia lockert Schlaufe für Schlaufe. Ihre Finger wandern die Wirbelsäule entlang, das Korsett weitet sich. Luft dringt zwischen Leder und Haut, ihr Bauch füllt sich gierig, als hätte er Tage nicht geatmet. Die Nähte und Stangen haben tiefe Muster auf den Leib gezeichnet. Ein Relief aus der Vergangenheit. Das Korsett rutscht über Natalias Hintern auf den Holzboden. Sie steigt heraus, ohne den Blick von dem

Grab im Garten zu nehmen. Sie hört Schritte draußen auf dem Flur und dass ihre Tür weiter aufgeschoben wird.

»Wir sind fertig«, sagt Fritz.

»Ich weiß.«

»Wie geht es dir?«, fragt er.

»Ich muss doch wissen, wann man aufhört zu würgen«, murmelt sie statt einer Antwort. »Wer, wenn nicht ich? Die kommen doch nicht, um zu sterben. Die kommen, weil ich sie lasse am Leben.«

»Es war ein Unfall.«

»Es war mein Ende.«

»Aber es weiß doch keiner, was passiert ist.« Seine Stimme lächelt.

Sie dreht sich zu ihm um, trägt nur ihr Höschen und die Lederstiefel. Fritz sieht ihre weißen Brüste zum ersten Mal und kann nicht wegsehen. Dass die harte Natalia so runde, schöne Titten hat … gemusterte Titten. Dass nicht alles an ihrem Körper fest und beinhart ist, erscheint ihm wie ein Wunder. Sie ist ein Wunder.

»*Ich* weiß, dass es ist passiert«, sagt sie.

»Das alles war ziemlich viel. Vielleicht solltest du etwas schlafen.«

Sie schaut an die Wand auf ihr Kreuz mit der Emailleschüssel. »Martin hat hier am Kreuz geschlafen. Zwei Nächte. Ich musste ihn wecken und quälen immer wieder. Er hat es sehr geliebt. Und jetzt …? Einen Toten kann man nicht quälen. Ohne Schmerzen er wird sich sehr langweilen.«

»Vielleicht ist der Tod ne Riesensause. Ohne Langeweile.«

»Ich hab getrunken nichts mehr, seit er tot ist«, wird ihr in diesem Augenblick bewusst.

»Soll ich dir was holen?«, fragt er.

»Nein.«

»Soll ich dich in den Arm nehmen?«

»Was?«

»Dich umarmen. Vielen Frauen gefällt das«, erklärt er. »Es tröstet sie.«

»Du tröstest Frauen?«, fragt Natalia.

»Ja.«

»Aber du hasst Frauen.«

»Nicht alle.«

Doch, tut er. Aber er weiß es nicht. Er überschätzt sein Herz. Natalia sieht es deutlicher als er.

»Ich mag junge Frauen.« Seine Stimme lächelt wieder, aber Natalia schüttelt knapp den Kopf.

»Du magst Jugend. Jugend vergeht. Aber Frauen? Du kannst nicht ausstehen.«

»Du kennst mich nicht so gut, wie du denkst.«

Sie hebt die Schultern und lässt sie fallen. »Ich kenne nicht mal mich selbst so gut, wie ich dachte.«

»Natalia, dir ist ein Unfall passiert. Ein einziger. Du wirst drüber wegkommen.«

»Nicht wahrscheinlich.«

Fritz zeigt auf ihr Bett. »Du solltest wirklich erst mal schlafen.«

Sie schaut ihn an. Sie verzieht keine Miene, vielleicht schaut sie auch durch ihn hindurch. Er geht zum Bett und schlägt die Decke zurück. Er schüttelt das Kissen auf und zeigt auf die Matratze. Sie sieht ihm zu und rührt sich nicht. Er setzt sich und lächelt. Er trägt keine Schuhe, kein Hemd, bloß Unterhemd und Hosenträger und sitzt auf ihrem Bett. Er hat geschwitzt, das Unterhemd hat Flecken. Gesicht oder Frisur zeigen keine Zeichen von Anstrengung mehr. Er hat alles hergerichtet, sich das Gesicht gewaschen und den Dreck von der Hose geklopft. Colette sitzt unten in der Gaststube und putzt seine Schuhe.

»Komm her«, sagt er.

Natalia geht zu ihm. Er sitzt vor ihr, hilft ihr aus den Stiefeln und zieht sie sanft neben sich auf die Matratze. Auch ihre Haut ist überraschend weich. Wie Samt. Sie legt sich hin und lässt sich zudecken. Er streicht die Decke glatt, ist direkt über ihr und schaut sie an. Da ist Wärme in seinem Blick. Natalia kennt diese Art von Wärme. Colette kann wie auf Knopfdruck ganz genau so schauen. Es tut gut, so angeschaut zu werden. Natalia betrachtet Fritz' Handbewegung. Es hat noch nie jemand für sie die Decke glattgestrichen.

»Gut. Versuchen wir«, lenkt sie ein und dreht sich zur Wand.

»Was?«

»Dieses Umarmen. Wie sagtest du …? Trost. Versuchen wir Trost.«

Er lächelt und legt sich zu ihr. Er positioniert sich hinter ihr auf der Decke und legt den Arm um sie. Er ist warm und riecht nach Schweiß und Pomade. Er atmet ihr in den Nacken. Ist das immer so? Wird man beim Umarmen immer angeatmet?

»Entspann dich«, flüstert er in ihr Ohr. »Ich halte dich.«

»Ich bin entspannt.«

»Nein, ich glaube nicht, dass du überhaupt weißt, was das ist. Komm, du kannst mit mir atmen. Ein, aus … Ein, aus …«

Natalia weiß nicht, was das bringen soll. Aber was hat sie schon zu verlieren? Sie atmet ein und aus. Mit ihm zusammen. Ein und aus.

Sie wird ruhiger, ihr Körper wird weich und fließt in seinen Arm hinein. Sie sinkt ins Kissen und fühlt sich geborgen. Ein seltsames Gefühl, es lässt ihre Lider schwer werden. Der Schlaf streckt seine Arme nach ihr aus, und sie will zu ihm, will in die nächste Umarmung. Als sie eine Hand auf ihrer Brust fühlt, schlägt sie die Augen auf.

»Lass das!«

»Für die meisten Frauen ist auch das Trost.«

»Ich bin nicht die meisten Frauen! Finger weg.«

»Aber ich bin wirklich sehr gut darin.« Er drückt sich an sie.

Sie spürt seinen harten Schwanz an ihrem Hintern und stemmt sich von der Wand ab. Sie schiebt ihn mit ihrem Rücken über die Matratze. Mit einem Rums fällt er aus dem Bett. Überraschung im Blick, Beule in der Hose. Sie springt auf, reißt ihre Nachttischschublade auf, greift eins der Messer und hält es ihm an den Hals. Er liegt vor ihr auf dem Boden und starrt sie an. Natalia drückt das Messer in seine Haut, die Rückseite der Schneide. Aber er sieht nicht, dass es ungefährlich ist, er spürt nur ein Messer an seiner Kehle. Ihre Reflexe funktionieren noch immer. Martin hin oder her.

Sie fixiert Fritz. »Ich hab Nein gesagt.«

Er lacht unsicher. »Normalerweise krieg ich für solche Dienste Geld und keinen Kehlenschnitt.«

Natalia nimmt das Messer weg und wirft es zurück in die Schublade. Sie sieht von dem eleganten Mann zum Nachtschränkchen und zurück. Dann sammelt sie fünfzig Mark zwischen den Stiften, Schnüren und Cremes zusammen und wirft sie auf seine Brust.

»Du bist entlassen«, sagt sie.

Er will widersprechen, aber Natalias langer weißer Arm hebt sich. Sie zeigt mit ausgestrecktem Finger auf die Tür. Ihr Blick ist der einer Kriegsgöttin. Er duldet keinen Widerspruch. Fritz rafft sich hoch und stolpert auf den Flur. Sie folgt ihm und schlägt die Tür hinter ihm zu.

Fritz sieht auf das Geld in seiner Hand. Er liebt Geld. Über alles. Er freut sich immer, wenn er welches bekommt. Aber nicht jetzt. Dieses Geld verdreht ihm den Magen und umklammert sein Herz. Er fühlt sich schmutzig. Benutzt.

Los Angeles, 1954

»Warum hat er mitgemacht?«, fragt Noah.

»Fritz? Warum er Martin vergraben hat? Weil Natalia ›Bitte‹ gesagt hat«, erklärt Hedi.

»Er muss sie sehr geliebt haben.«

Hedi drückt eine Zigarette im Aschenbecher aus. »Was mein Vater damals eben so für Liebe hielt …«

Sie würde jetzt gern in Rosenblätter beißen, aber sie hat keine, sie hat nur Noah. Sie lehnen nebeneinander am Tisch und schauen durch das schmale Fenster in den blauen Himmel. *It never rains in Southern California.* Wenn du aus Europa kommst, aus Mittel- oder Nordeuropa, macht so viel Sonne sehr glücklich. Die erste Zeit strahlst du mit ihr um die Wette, aber dann gewöhnst du dich daran, und dieses Glück nutzt sich ab. Wie alles Glück. Und dann stehst du da ohne dieses großartige Gefühl und mit Leere. Dagegen hilft das Frühstückselixier.

»Sind sie zusammengekommen?«, fragt Noah.

»Wer?«

»Fritz und Natalia?«

Hedi betrachtet ihn von der Seite. »Sie denken, das hier ist eine Liebesgeschichte?«

Er lacht. »Ich hoffe es. Zwischen all der Gewalt ein bisschen Romantik. Wär doch schön.«

»Noah, wenn Sie jemals hören, was Sie hören wollten, dann ist was faul.« Hedi lacht auch. »Dann nehmen Sie die Beine in die Hand und laufen. Versprechen Sie mir das.«

»Sie halten sich für sehr weise, oder?«

»Aber ja.«

»Vielleicht überschätzen Sie sich. Sie sind doch genauso alt wie ich.«

»Nicht ganz.«

Er runzelt die Stirn und betrachtet sie, dann lacht er und stößt sich vom Tisch ab. »Sie haben sich jünger gemacht?«

»Natürlich.«

»Wie viel?«

»Nur zwei Jahre«, antwortet Hedi.

Das war allerdings nicht sehr weise von ihr. Damals. Sie war zweiundzwanzig. Sie hat ihren ersten Film gemacht und allen gesagt, sie sei zwanzig. Sie hätte die Klappe halten sollen. Dann könnte sie jetzt locker fünf Jahre rausschlagen. Vielleicht sieben. Was aber in Anbetracht ihrer jetzigen Lage auch egal ist.

Noah schüttelt den Kopf. »Ihr Frauen und eure Lügen.«

»Ich kann doch nichts dafür, dass Jugend sich verkauft«, protestiert sie. »Und wir müssen auch leben.«

»Aber müssen Sie denn immer was verkaufen?«, fragt er. »Sie waren doch auch verheiratet.«

»Das haben jetzt Sie gesagt.« Sie zeigt tadelnd mit dem Finger auf ihn. »Denken Sie da mal drüber nach.«

»Immer«, sagt er seufzend. »Ich sag Ihnen Bescheid, wenn ich aufhöre, über Sie nachzudenken.«

»Lieber nicht«, sagt sie und betrachtet den Finger, der eben noch Noah getadelt hat. Er ist so nackt ohne Nagellack. Es gab Zeiten, da waren ihre Fingernägel immer lackiert, immer in Farbe, niemals nackt. Aber jetzt ist alles anders, jetzt gibt es keine Kriegsbemalung mehr. »Ich bin sehr eitel. Und verletzlich.«

»Von wegen. Wollten Sie eigentlich nie Kinder?«

»Nein«, antwortet sie. »Ich wollte meine Figur behalten.«

Noah lacht. Es ist ein warmes Lachen, das die Eierschalfarben hier im Raum fast golden erscheinen lässt.

»Danke, dass Sie geblieben sind«, sagt sie.

»Danken Sie mir erst, wenn ich mit einem Verlagsvertrag wiederkomme.«

»Das werden Sie«, weiß sie.

Draußen klopft Bert an die Tür. Durch das Gitter sieht Hedi seine Wärtermütze. Sie sitzt immer etwas schief, denn wie sein Vorbild James Dean will Bert ein bisschen unkonventioneller sein. Ein Rebell im Herzen. Noah lächelt, nimmt Hut und Jackett und reicht ihr die Hand.

»Vielleicht erzählen Sie doch eine Liebesgeschichte«, raunt er.

»Nein.«

»Und wissen es nur nicht.«

»Nein.«

»Denken Sie mal darüber nach.« Er setzt den Hut auf, geht einen Schritt rückwärts und dann durch die Tür hinaus in den Gang und in die Freiheit. Hedi will ihm nach. Dahin, wo es einen Horizont gibt. Sie würde an Noah vorbeirennen. Sie wäre so schnell, er käme nicht nach. Alle anderen hier drin wollen noch einmal ans Meer. Hedi Belle nicht. Sie würde alles dafür geben, noch einmal in Berlin im Regen zu stehen. Aber sie ist hier in der Eierschalenhölle. Jeden Tag ein bisschen älter in der Einsamkeit. Wenigstens wird sie hier nicht vierzig werden.

Hier nicht. Und auch sonst nirgendwo.

WILDE JUNGS

Los Angeles, 1954

Hedi geht hinter dem Gitter auf und ab. *Als ob es tausend Stäbe gäbe und hinter tausend Stäben keine Welt*, denkt sie. Was soll all das Mitleid für Rilkes Panther? Vor seinen Stäben steht die Bewunderung Schlange. Köstliches Staunen in großen Augen. Was will die blöde Katze denn noch? Wer betrachtet wird, kann auch zurückgucken, der hat noch was zu sehen. Familien im Sonntagsstaat, Kinder mit Luftballons, mit bunten schönen Luftballons. Sie tanzen in der Luft über den Frisuren und Hüten. Der Panther bekommt was geboten.

Hedi hingegen schaut aus ihrer Zelle auf eine weitere, die seit Wochen leer ist. Die zwei Wärter, die dreimal am Tag vorbeigehen, tragen immer das Gleiche. Sie lechzt nach jeder Abwechslung, jedem Pickel im Gesicht von dem dürren Brünetten, jedem Fettfleck auf der Krawatte vom Dicken, jedem Zahnstocher, auf dem Bert rumkaut. Und die schauen sie kaum noch an. Sie geht auf und ab. Sie müssen sie gleich holen. Sie müssen. Noah kommt heute.

Aber sie holen Hedi nicht. Es wird Abend, Bert bringt ihr labbriges Toastbrot mit Margarine und weiß natürlich auch nicht mehr, als dass Hedi heute keinen Besuch hatte. Es hat sich niemand für sie angemeldet, also hat kein Wärter sie geholt. *Simple as that.* Sagt er. Nichts ist *simple.* In Hedis Leben nicht. Aber davon versteht er natürlich nichts. Und einen neuen Film im Kino hat er auch nicht gesehen. Nicht mal das. Hedi isst lustlos und merkt erst nachdem sie die halbe Scheibe Brot vertilgt hat, dass sie es tut. Sie isst das Abendessen sonst nie, zumindest nicht das Brot. Amerikaner können nicht backen. Angewidert wirft sie die Scheibe zurück auf das Plastiktablett und betrachtet ihre Bissspuren. Das Essen beleidigt ihren Körper.

Hedi versucht zu lesen und kann sich nicht konzentrieren. Sie tauscht ihren Kittel gegen das Leinennachthemd. Sie weiß nicht, wessen Idee dieses Material für die Nachthemden der Frauen war, aber sollte sie jemals mit der Gefängnisleitung sprechen, wird sie einen Vortrag über die Beschaffenheit von Leinen im Allgemeinen und die von diesem Leinen hier im Besonderen halten. Das Fazit wird sein: zum Schlafen ungeeignet. Warum geben sie den Frauen nicht gleich Hanfsäcke zum Anziehen? Die Säcke tun wenigstens nicht so, als wären sie Kleidung. Aber es ist ja alles ein großes Schauspiel. Die Frauen hinter Gittern tun ja auch nur so, als wären sie noch Menschen. Als ob. Wer Glück hat, ist vielleicht ein Panther. Oder ein Tiger. So wie Hedi. Hedi ist ein Tiger.

Sie starrt die Mondsichel an, bis es hell wird. Kein Buchvertrag? Wirklich nicht? Keiner? Warum schreibt Noah ihr nicht? Sie war so sicher, dass sie interessant genug ist. Sie, ihre Geschichte. Aber vielleicht hat sie auch ihre letzte Anziehungskraft verloren, und selbst einem prüden Möchtegernreporter begegnet Spannenderes im Leben als Hedi Belle, ehemaliger Filmstar.

Sie schläft kaum noch – bis sie sie endlich holen. Es ist nicht eine Woche später, sondern fast zwei. Sie schleppt sich gähnend hinter den Wärtern her. Der Dicke hat wieder zugenommen, sein Arsch frisst seine Hose. Bert hat heute frei. Ist wahrscheinlich im Kino. Hedi vermisst ihn, so weit ist es mit ihr schon gekommen. Der Dicke braucht eine neue Hose. Türen öffnen sich, schließen sich, und dann sieht sie Noah. Er sitzt am Besuchertisch und lächelt wie jemand, der was ausgefressen hat. Sie tritt ein und bleibt an der Tür stehen. Quietschend fällt sie hinter ihr ins Schloss.

»Ich hab Lösungsmittel.«

Hedi verschränkt die Arme vor der Brust. »Ich bin clean.«

»Es tut mir leid, dass ich …«

»Drei Wochen, Noah!«, unterbricht sie ihn. »Wie lange soll ich denn süchtig bleiben, wenn kein Nachschub kommt?«

»Es wird jetzt umso stärker wirken.«

Sie setzt sich ihm gegenüber, hält die Arme weiterhin verschränkt und starrt ihn an. »Ich habe noch nie für einen Mann so viel Schlaf geopfert. Noch nie. Nicht mal für …«

»Es hat Sie ja auch noch keiner drei Wochen warten lassen.«

»Fühlen Sie sich jetzt gut, oder was?«, zischt sie.

Er schmunzelt. »Ein bisschen.«

»Herzlichen Glückwunsch.«

Er greift in die Tasche seines Sakkos, das hinter ihm an der Stuhllehne hängt, und holt eine Schachtel Zigaretten heraus. Er bietet ihr eine an. Sie will keine nehmen. Sie will nichts mehr von ihm. Sie will nichts mehr wollen von ihm. Aber das ist schwer, wenn sonst keine Menschenseele mehr da ist, die bereit ist, dir was zu geben. Und Zigaretten hier drin kosten ein Vermögen. Und es geht ja auch gar nicht ums Geld.

Noah sieht auf die Zigarette, die aus der Schachtel hervorsticht, und zu Hedi. Er zuckt mit den Schultern, nimmt die Zigarette selbst und zündet sie sich an. Sie presst die Lippen aufeinander und will ihm gar nichts mehr sagen. Kein Wort, weder über damals noch über heute. Aber der Duft von Tabak erfüllt den Raum, und es zieht sie vom Stuhl.

Sie reißt ihm die Zigarette aus dem Mund. »Sie haben die hier gar nicht verdient!«

Sie lässt sich fallen, zieht und bläst Rauch in den Raum.

»Es tut mir leid«, sagt er.

»Wie schön.«

»*Random House* hat mir ein Angebot für Ihre Geschichte gemacht.«

»Das war mir klar.«

»Tatsächlich?«

»Sicher.« Hedi zieht an ihrer Zigarette. »Und wo waren Sie drei Wochen?«

»Drei Wochen sind sehr kurz, um einen Buchvertrag zu bekommen, Hedi.«

»Interessiert mich nicht. Warum haben Sie nicht geschrieben?«

»Was hätte ich denn schreiben sollen?«, fragt Noah. »Dass ich auf den Vertrag warte? Wie es meiner Frau geht?«

Sie raucht und dreht die Zigarette zwischen ihren Fingern hin und her. »Sie sagten, dass Sie Elixier haben?«

Er beugt sich zur Seite und holt zwei Flaschen aus dem Korb am Boden. Er stellt sie auf den Tisch und legt einen Strauß weiße Rosen dazu, ohne den Blick von ihr zu lassen. »Wie geht es weiter, Hedi?«

»Am Ende bin ich tot, Noah.«

»Und vorher?«

Sie seufzt und gibt ihm den Rest der Zigarette. Er raucht sie weiter, während sie Äther und Chloroform mischt. Sie reißt die Blüten von der erstbesten Rose und tunkt zwei Blätter ins Glas. Er holt sein Notizbuch hervor, drückt die Zigarette aus und runzelt die Stirn.

Sie hält ihm eines der Blütenblätter vor die Nase. »Wenn Sie wirklich alles begreifen wollen, sollten Sie wenigstens probieren.«

»Nein danke.«

Hedi seufzt. »Muss ich immer alles alleine machen?«

»Ich muss einen klaren Kopf bewahren«, antwortet Noah. »Und schreiben.«

Sie zuckt mit den Schultern und beißt selbst ab.

Berlin, 1927

Die Frau rechts neben Colette schaut wieder rüber. Colette lächelt sie unverbindlich an und lässt ihren Blick über die dunklen Holzschubladen gleiten. Der Blick der Frau landet wieder und wieder auf Colette. Sie spürt es und reckt das Kinn. Sie wird gern angeschaut und bewundert, besonders von den einfachen Hausfrauen mit ihren grauen Kleidern und den festen Schuhen.

»Da wären wir, Mademoiselle Colette«, sagt der Apotheker. Er steht wieder vor ihr. Den Arm voller Päckchen in braunem Packpapier.

Colette lächelt, öffnet ihre Korbtasche und wirft ein braunes Päckchen nach dem nächsten hinein. Aus dem Augenwinkel sieht sie, wie die Kinnlade der Frau in der anderen Schlange herunterfällt, wie überhaupt jeder in dieser Schlange sie entweder anstarrt oder sehr deutlich versucht, es nicht zu tun. Colette lächelt und wirft das letzte Päckchen in ihren Korb.

»Denken Sie nicht, die Firma Fromms sollte mir Mengenrabatt geben?«, fragt sie lachend.

Ein Raunen geht durch den Raum. Jemand hält seinem Kind die Ohren zu, ein anderer verlässt den Laden. Der Apotheker räuspert sich. »Mademoiselle, wenn Sie vielleicht etwas leiser sein könnten.«

Sie runzelt die Stirn. »Sie verdienen Geld mit Kondomen, aber wollen nicht …?«

»Schschsch«, unterbricht er sie leise, aber scharf. »Die Fromms kommen nicht umsonst in diskreter Verpackung.«

Colette seufzt und schüttelt den Kopf. Sie zählt Geld, während der Apotheker sich etwas vorbeugt. »Sie können sonst gern auch in meine«, er spricht nun noch leiser, »Nachtsprechstunde kommen.« Er nickt in Richtung eines Seiteneingangs hinter den dunklen Apothekerschränken.

»Wie bitte?«, fragt Colette.

»Auch wenn Sie mal anderen Bedarf haben …«

Sie runzelt die Stirn und mustert ihn. Er will sie nicht ficken und ihr schon gar nicht irgendwelches Geld geben, sie sieht es auf einen Blick. Er will im Gegenteil Geld von ihr.

»Ich hab alles Mögliche da, was das Leben bei Nacht … was es interessanter macht«, flüstert er nun, als wäre dieses Gespräch ein Wettbewerb darin, wer leiser reden kann. »Was man so brauchen kann, wenn die Sonne einmal untergegangen ist. Sie verstehen …«

Colette blinzelt irritiert. Ihr Leben ist schon sehr interessant. Sie weiß, welche Mittel er ihr anbietet. Sie will sie nicht. Sie braucht so was nicht. Ihr Leben ist Rausch genug. Wenn es in ihrem Leben ein Rauschmittel gibt, ist sie es selbst, und alle anderen sind süchtig nach ihr.

»*Non, merci*«, antwortet sie, als ginge es nun darum, so laut wie möglich zu sein. »Und solange ich mich nicht fürs Schwänzelutschen schäme, sollten Sie sich nicht dafür schämen, dass Sie Fromms an Huren verkaufen!«

Sie dreht sich um und geht. Die weiten Beine ihrer Hose schwingen um ihre Waden, die blonden Locken um ihr Kinn, und der Klöppel der Türklingel schwingt gegen das Glöckchen, als wäre Colette eine Kundin wie jede andere. Sie spürt noch durch das Schaufenster, wie ihr die Blicke folgen. Sie lächelt und läuft mit ihrem Korb weiter. Der Korb schwingt auch.

»Fräulein?«, ruft jemand hinter ihr. »Entschuldigen Sie. Hallo?«

Sie bleibt stehen und dreht sich um. Vor ihr steht ein grauhaariger Herr im Anzug. Er sieht sie durch runde Brillengläser an. »Verzeihen Sie, ich kam nicht umhin, Ihr Gespräch eben zu belauschen. In der Apotheke.«

Sie lächelt. »Und du hast ganz richtig gehört. Acht Mark für ne halbe Stunde. Gibt es in der Ritze in der Mulackstraße. Komm doch mal vorbei, *mon loup*. Ich muss leider die Elektrische kriegen.«

»Ja, nein … Ich …«

Colette lehnt sich zurück, mustert ihn und nickt. »Keine Mädchen, wie?«

»Nein, ja …« Er sucht nach Worten, während sie die Straße runter schon die Elektrische kommen sieht. »Es geht um Folgendes. Ich bin Arzt und erforsche Sexualität.«

»Wie bitte?«

»Mein Name ist Doktor Magnus Hirschfeld, und ich bin Sexualwissenschaftler. In meinem Institut in Charlottenburg erforsche ich die Biologie der Lust. Und die Medizin der Lust.«

»Sie erforschen das Ficken?«

Er nickt und schiebt seine Brille zurück auf die Nase. »Und die Geschlechter. Und sexuelle Orientierungen.«

»Das wird aber auch Zeit, dass das mal jemand macht. Ficken ist nämlich eine ernste Sache. *Sérieux*. Wichtige Sache.«

Er strahlt. »Ich bin froh, dass Sie das so sehen. Ich suche nach Probanden, die meinen Fragebogen ausfüllen, um ein umfassendes Bild der menschlichen Sexualität zu bekommen, und Sie als Professionelle haben Einblicke, die ich sehr gut brauchen könnte.«

Colette nickt. »Natürlich habe ich die.«

»Wollen Sie einmal ins Institut kommen?«, fragt Magnus nun. »Würden Sie meine Fragen beantworten?«

»Nach Charlottenburg?« Die Straßenbahn fährt bimmelnd davon. »Mist, das war meine Elektrische, ich muss …«

»Bitte kommen Sie mal nach Charlottenburg. Es wäre für die Wissenschaft.«

Colette stemmt die Hände in die Hüften. »Wie viel?«

»Wie bitte?«

»*Mon loup*, ich mach das doch nicht umsonst. Ich nehme zwanzig Mark die Stunde.«

Er schluckt. »Für die Teilnahme an einer wissenschaftlichen Studie?«

»Du verdienst doch auch Geld damit, oder nicht?«

»Eigentlich … Also kaum.«

Colette seufzt und betrachtet den Anzug, den gepflegten weißen Schnauzer und die polierte Brille. Herr Doktor hat Geld. Es ist ihr egal, wo es herkommt, sie wird ihm ihre Zeit nicht schenken. Drüben an der Haltestelle rückt der Zeiger der Uhr weiter vor. Sie muss sich noch für die Nacht fertig machen.

Magnus sieht sie eindringlich an. »Fräulein Colette, diese Studie nimmt Sie als arbeitende Frau sehr ernst. Wenn Sie mir antworten, wäre es sehr viel leichter, Sie auf wissenschaftlicher und gesellschaftlicher Ebene zu rehabilitieren. Sie aus dem Schatten der Halbwelt herauszubekommen. Sie persönlich und auch Ihren ganzen Berufsstand.«

»*Mon loup*, das ist alles schön und gut«, sagt Colette. »Aber ich mache keine Hausbesuche, und schon gar nicht umsonst. Aber komm doch mal in die Ritze, wenn es dir ernst ist. Da hast du richtig was zu erforschen.«

»Aber …«

»Mulackstraße!« Sie lächelt ihm noch einmal zu, dreht sich um und läuft über die Straße der nächsten Elektrischen entgegen. Sie hüpft auf das Trittbrett und lässt ein paar Münzen in die offene Hand des Schaffners klimpern. Magnus steht aufgeräumt an der Straßenecke zwischen Apotheke, Schuhputzer und Bürstenmacher und sieht ihr nach. Er wird immer kleiner.

◇

Es ist helllichter Tag. Die Sonne scheint milde, obwohl schon Mitte Oktober ist, und die Lust rauscht durch die Büsche des Tiergartens. Es rascheln die Blätter und stöhnen die Männer. Minna sieht dunkle Hüte zwischen den Bäumen und Männer auf Knien, von denen sie weiß, dass es nur

Knaben sind. Kinder, kaum älter als Hedwig. Zu jedem Herrenhut gehört eine weiße Matrosenmütze, die sich auf Schwanzhöhe vor und zurück bewegt. Das Weiß blitzt durch die grünen Blätter hindurch. Minna geht vorbei an Preisverhandlungen und kessen Posen von Milchbubis. Statt mittags zu Aschinger in die Bierquelle zu gehen und Bierwürste oder Gulaschsuppe zu essen, kommen manche Arbeiter und kleine Angestellte lieber hierher. Gulaschsuppe bekommen sie mitunter ja auch zu Hause. Das hier nicht.

Minna lässt ihren Blick über die Jungs streifen, die rauchend an den Bäumen direkt am Weg lehnen. Überall Matrosenmützen, weil kein Hetero das tragen würde – und weil das die Kunden an ihre Kindheit in der Kaiserzeit erinnert. An die Kindheit und die strenge preußische Züchtigung. Und die wollen eben nicht alle von Natalia bekommen. Minna entscheidet sich für den Hübschesten von ihnen. Die Hübschen haben immer Macht. Er ist blond, sie schätzt ihn auf siebzehn.

»Tag, Junge. Willste nen Zigarillo?«

»Für dich hab ich nichts im Angebot.« Er sieht sie kaum an.

»Vielleicht doch. Und den Zigarillo kriegste so oder so.« Sie hält ihm die Schachtel hin. »Na komm. Nimm.«

Er sieht selten so gute Zigarillos. Sein Blick verrät es ihr, und sie kauft nur die besten. Sie gönnt sich ja sonst nichts. Er hingegen gönnt sich alles, wenn er kann. Was selten ist. Und sein Blick ist zu jung, um die Gier zu verstecken. Das wird er noch lernen. Oder irgendwer wird es hier draußen aus ihm rausprügeln. Das ist nicht Minnas Problem. Sie hält die Schachtel weiter hin und lächelt.

Er greift zu und lässt sich Feuer geben. »Im Ernst. Ich

mach keine Frauen. Und du solltest auch nicht hier draußen …«

Minna lacht. »Lass det mal meine Sorge sein, wo ick mir rumtreibe, Junge.«

Er presst die Lippen aufeinander, sein Blick flackert kurz, dann kann er es nicht mehr zurückhalten und hustet. Der Rauch purzelt aus seinem Mund in die herbstkalte Luft.

»Lern du lieber erst mal vernünftig rauchen.«

»Ich muss nüscht mehr lernen, ich kann genug.«

Minna betrachtet ihn und raucht. »Huren … alle gleich.«

»Das sagt die Richtige.«

»Wat würde es kosten, hier ein Gerücht in Umlauf zu bringen?«, fragt sie.

Er runzelt die Stirn. »Was für ein Gerücht?«

»Det jemand ein sehr juter Kunde ist.«

»Eine Hete?«

Ihr Zigarillo winkt ab. »Spielt keine Rolle.«

»Für mich schon.« Er zieht an seinem, es geht schon besser.

»Wirklich?«, bohrt sie weiter. »Wenn der Preis stimmt?«

»Warum soll dieser Jemand hier gewesen sein?«, fragt er.

»Fünfzig Mark?«, fragt sie, aber es kommt keine Antwort. »Achtzig?«

»Der soll doch hier bei uns gewesen sein, damit niemand denkt, dass der woanders war.« Der Junge hebt eine Augenbraue. »Und ›woanders‹ ist was passiert, oder?«

Minna zuckt mit den Schultern. »Selbst wenn … Es wär für euch alle besser, wenn ihr nicht wisst, wat.«

»Mhm, ja«, sagt er, raucht, als sei es ihm in die Wiege gelegt worden, und betrachtet sie. »Unser Wohlsein liegt dir sehr am Herzen. Du liegst Tag und Nacht in deinem weichen

Bett und sorgst dich um die armen Stricher im Tiergarten. Haha.«

Sein Blick zeigt eine Spur Trotz, aber vor allem Erfahrung. Warum ist der kleine Schwanzmatrose so klug? Er ist doch noch ein Kind. Und eine Schule hat er nie von innen gesehen. Es liegen hundert gebrochene Herzen in seinem Blick. Und Erfahrungen, die Minna kennt. Sie hätte sich einen anderen aussuchen sollen.

Sie raucht auch und schaut ihn an. »Hundert.«

Er beugt sich zu ihr, sein Blick fixiert sie. »Weißt du, was es heißt, auf der Straße zu leben? Oder warst du immer drinnen? In einem Plüschbordell für Pickelhauben? Ja, ich hab von der Zeit gehört. Der Winter steht vor der Tür, unsere Kunden sind die Ersten, die arbeitslos werden, und wir brauchen ganz sicher keine Scheißbullen, die dann auch noch Fragen stellen. Während wir uns den Arsch abfrieren.« Sein Blick verfinstert sich. »Aber wenigstens haben wir was Warmes im Bauch, wenn wir Sperma schlucken, ne?«

»Hundertfünfzig.«

Der Junge wirft den Zigarillo auf den Weg. »Was du willst, verkaufen wir hier nicht.«

Er dreht sich um und geht. Er ist zu alt für die knielange Hose, aber sein Arsch sieht gut darin aus. Minna sieht ihm nach und zweifelt an seinen letzten Worten. An Orten wie diesen gibt es nichts, was es für Geld nicht gibt. Zwei Kastanienblätter segeln durch die Luft. Sie landen auf dem Boden neben Minnas Spangenschuhen. Ja, der Winter rückt näher. Sie war wirklich nie auf der Straße. Dass man ihr das Plüschetablissement für kaisertreue Generäle und hochwohlgeborene Herren noch immer ansieht … Das ist doch über dreißig Jahre her.

Der Junge quatscht etwas weiter einen Angestellten an. Einen Büromenschen, der sich schüchtern umsieht. Es ist vielleicht sein erstes Mal. Der junge Matrose lächelt, nimmt ihn bei der Hand wie ein Geliebter und lockt und zieht ihn ins Gebüsch.

Minna setzt sich auf eine nahe Bank und wartet. Sie lauscht dem Stöhnen und Blätterrascheln. Freier ziehen vorbei und suchen sich Jungs aus. Einige gehen bei Minnas Anblick hastig weiter, als hätten sie sich verlaufen. Eine Frau stört das System. Sie dürfte nicht hier sein, sie verjagt Kunden. Die umstehenden Stricher sehen sie finster an. Manchen Freiern ist es egal, dass sie hier ist. Und sie alle sehen genauso aus wie die Kerle, die in die Ritze kommen. Nur dass *die* hier nicht zu ihr kommen, weil Minna nichts für sie im Angebot hat. Dabei wär offenbar viel Geld zu machen ...

»Du bist ja immer noch da«, sagt der Junge. Er steht wieder vor ihr und verschränkt die Arme vor der Brust. Sein Freier läuft eilig davon. Ein Schatten mit Hut, der auf dem Parkweg immer kleiner wird. Flucht zurück in die Gesellschaft. »Nicht dass *dein* Wohl mir besonders am Herzen liegt«, sagt der Stricher, »aber in wenigen Minuten hast du ne Meute Jungs am Hals. Zwei Cliquen formieren sich dahinten schon.«

»Ihr wollt mich verprügeln?« Minna hebt eine Augenbraue.

»Nicht ich. Die.«

Sie nickt. »Du lässt det also die anderen für dich regeln.«

»Gewalt liegt mir nicht.« Eine blonde Strähne fällt ihm ins Gesicht. Haare der Unschuld, aber Haare machen keinen Menschen.

»Wie heißt du?«, fragt Minna.

»Emil.«

Sie nickt. »Ich erhöhe mein Angebot, Emil. Zweihundert, die du unter den Jungs hier aufteilst. Und du kriegst ein Zimmer bei mir.«

»Suchst du nen Ersatzsohn, oder was?«

Minna schüttelt den Kopf und steht auf. »Ein Zimmer in meinem Bordell. Für det du Miete zahlst. Und wo du dein Geld im Warmen verdienen kannst.«

»Wo?«

»Im Osten. Scheunenviertel.«

»Abgemacht.«

Minna weicht etwas zurück. So schnell hat sie nicht mit einem Ja gerechnet. Sie hat noch fünf Argumente im Kopf, aber sie wird sie nicht brauchen. Ihr auch recht. Sie klemmt ihren Zigarillo zwischen die Lippen und knöpft die oberen Knöpfe ihres Mantels auf. Sie holt eine Fotografie von Martin hervor. Sie zeigt ihn mit einem prächtigen Rennpferd. Martin hat Hedwig das Bild gegeben, als der schöne Fuchs einen Preis gewonnen hat.

»Der hier ist es«, sagt sie. »Der war öfter hier.«

»Richtig.« Emil betrachtet das Foto. »Jetzt seh ich es auch. Stammkunde.«

»Jut.«

»Kriegt gern den Arsch versohlt«, urteilt der Junge.

Minna lächelt zufrieden und drückt die Fotografie zusammen mit zwei Scheinen an Emils Brust. »Sobald der erste Bulle ahnt, det der Typ hier war, kommst du in die Ritze. Mulackstraße.«

Er tippt sich an seine Mütze. »Mach ich.«

◇

Das Feuer prasselt in dem kleinen Ofen. Die gusseiserne Tür steht offen. Natalia kniet vor den Flammen, ein schwarzer, schmaler Scherenschnitt in Colettes Zimmer. Sie streckt die Hand aus und berührt die Ecke der Ofentür mit der Fingerspitze. Sie schiebt die Tür leicht vor und zurück. Es quietscht. *Wie leises Stöhnen,* denkt Natalia. Stöhnen vor Schmerzen. Wie ein Hilfeschrei, den keiner hört.

»Was machst du denn hier?«, fragt Colette. Sie steht plötzlich hinter Natalia.

»Feuer.« Natalia dreht sich nicht um. Sie lässt die Tür los, greift nach der Peitsche, die neben ihr liegt, und wirft sie in den Ofen. Die Flammen verschlingen das schwarze Leder.

»War die nicht ziemlich teuer?«, fragt Colette.

»Unbezahlbar«, antwortet Natalia. Neben ihr liegen weitere Peitschen, Paddel und Riemen. Wie ein Scheiterhaufen türmen sie sich auf dem Boden in Colettes Zimmer auf. Natalia greift nach dem nächsten Gerät und wirft es in den Ofen.

Colette runzelt die Stirn, geht zum Fenster und reißt es auf. »*Mon Dieu,* wie das stinkt. Du verpestest mein ganzes Zimmer mit dem verbrannten Leder.«

Natalia ignoriert sie und schiebt eine Reitgerte in das Ofenloch. Sie muss sie biegen, bis sie durch die Luke passt.

»*Attention,* du verbrennst dich noch«, warnt Colette.

»*Njet.*«

»Was soll das überhaupt?«

»Ich vernichte Beweismittel.«

Colette schließt hastig das Fenster. »Pscht. Malzkes Fenster ist doch nur zwei Meter neben meinem. Und was für Beweismittel?« Sie zeigt auf den Berg an Werkzeugen. »Du hast das doch nie im Leben *alles* an Martin benutzt.«

»Doch.«

»*Non-sens.* Ich weiß genau, dass der nie ein Pferd sein woll…« Sie hält inne und begreift. Das ist Natalias komplette Ausstattung. Alles, was sie hat. Sie verbrennt alles.

»Bist du bescheuert?« Colette schließt die Ofentür und sammelt die restlichen Peitschen auf. Eine Frau, die ihre Arbeit verbrennt, verbrennt sich selbst.

»Ich glaube, für Pranger und Kreuz müssen wir Feuer machen im Garten«, überlegt Natalia. »Oder Fritz muss das hacken sehr klein.«

»*Mon Dieu,* jetzt reiß dich mal zusammen.«

»Wieder Loch graben.« Natalia lacht bitter. »Das wird Fritz nicht gefallen.«

Colette hat beide Arme voll mit Peitschen und Riemen und Leinen und beugt sich zu Natalia runter. »Hallo? Ist da jemand? Du bist ja gar nicht bei dir.«

»Wenn du ich wärst, würdest du auch nicht sein wollen bei mir. Bei mir stirbst du nämlich.« Langsam wendet Natalia den Kopf, sieht Colette an und hebt die Hände. Mit einer plötzlichen Wucht klatscht sie sie zusammen. »Zack. Tot.«

Colette stolpert vor Schreck zurück, tritt auf ihren Rocksaum und fällt auf den Hintern. Die Utensilien gleiten ihr aus der Hand, zwei Gerten rollen über die Holzdielen.

»Selbst wenn ich es nicht will. Zack. Tot.«

»Das will ich hoffen, dass du meinen Tod nicht willst«, sagt Colette und runzelt die Stirn. »Aber das hier sieht so aus, als würdest du nie wieder arbeiten wollen.«

Natalia antwortet nicht. Sie sieht Colette nur an wie jemand, der noch nie geweint hat und dem es helfen würde, wenn sie wüsste, wie das geht.

Colette seufzt, schiebt Peitschen und Leinen beiseite und

setzt sich in den Schneidersitz. Sie nimmt Natalias Hände. »Du musst wieder arbeiten. Nicht heute oder morgen, aber irgendwann musst du aufs Pferd steigen und weitermachen.«

»Nein.« Natalia presst die Lippen aufeinander.

»Doch. Das war ein Unfall.«

»Es fühlt sich nicht an wie Unfall«, murmelt Natalia und starrt durch einen schmalen Spalt in der Ofentür ins Feuer. »Ich hab alles versucht. Ich hab mich sogar nehmen lassen in den Arm.«

Colettes Lächeln erlischt. »Was?«

»Von Fritz. Weil Frauen so Trost verspüren. Sagt er. Ich hab nix gespürt.«

Colette schluckt. »Fritz hat dich … in den Arm genommen?«

»Gut, vielleicht war ich kurz bisschen ruhig. Aber reicht nicht.«

»Und habt ihr auch gefickt?«

»Ich ficke nicht«, sagt Natalia.

»Ja, beruflich, aber privat vielleicht …« Colettes Mund ist trocken.

»*Njet.*«

»Nie?« Colette runzelt die Stirn.

»Nein. Weißt du doch.«

»*Non*, woher? Du redest doch nie über so was.«

»Weil du dann immer Gesicht machst, als wären wir beste Freundinnen bei Kaffeeklatsch.«

Colette lacht. »Das wär ja was, wenn du mal Kaffee trinken würdest.« Sie räuspert sich und sortiert Natalias Werkzeug der Größe nach. »Also, Fritz und du habt nicht gefickt?«

»Ich habe einmal versucht. In Russland. War nichts für mich.«

Colette lächelt. Sie fühlt sich leicht. »Natalia, wenn irgendein Schwein dich geschändet hat, heißt das nicht, dass das nicht Spaß machen kann.«

»Nein, war keine Schändung. Er war Freund, ich wollte ausprobieren. Aber … raus, rein, raus … Ich weiß nicht.«

»Du bist nicht geil geworden?«

»Nein.«

»Und sonst auch nie?«, fragt Colette, als habe Natalia gesagt, dass sie noch nie in ihrem Leben auf dem Klo war.

Natalia schüttelt den Kopf. Ihre Haare bewegen sich dabei kaum. Der schwarze Helm sitzt. Schade, dass er keine Seelen schützen kann. »Ich habe Fritz bezahlt für Umarmen. Hat dich schon mal jemand für Umarmen bezahlt?«

»Fritz wollte Geld von dir?«, fragt Colette und strahlt. Er hat Natalia also nur einen Dienst erwiesen, weil er nett ist. Hedwig hatte unrecht, als sie gesagt hat, dass Fritz Natalia liebt. Tut er nämlich nicht, kann gar nicht sein. Was weiß das Kind schon?

»Nein, ich denke, der wollte anderes …«, antwortet Natalia und schüttelt den Kopf. Ihre Haarspitzen bewegen sich leicht, als würden sie in ihr Kinn stechen. »Als könnte ich mich jetzt kümmern um den. Männer! Immer muss man sich kümmern.«

»Dass der auch von *dir* Geld wollte …« Colette tut empört und strahlt.

»Gib mir mein Zeug zurück«, verlangt Natalia.

Colette sammelt es hastig wieder zusammen und steht auf. »*Non.* Ich lass nicht zu, dass du deine Existenz zerstörst.«

»Hab ich doch schon. Zerstört …«

»*Non*«, sagt Colette bestimmt, dreht sich um und geht. Sie drückt Natalias Utensilien an ihre Brust. Sie wird sie verstecken. Colette weiß, dass Natalia zu schwach ist, ihr zu folgen. Aber sie weiß auch, dass keine Frau ihre Lebensgrundlage verbrennen sollte. Da kann man ja gleich heiraten. Und Natalia ist keine Frau zum Heiraten.

◇

Hedwig steht am Fenster und hält die Wachsblumen neben die Eisblumen. Sie sehen schön zusammen aus. Weiß und rot.

Minna reißt die Tür auf und strahlt ihre Enkelin an. »Pack deine Sachen. Du ziehst zu mir.«

»Was?«, fragt Hedwig. Ihr fällt die Wachsblume aus der Hand. »Warum?«

»Ick hab dein Zimmer vermietet.«

Hedwig hebt die Blume wieder auf und legt sie zurück aufs Fensterbrett. »Das ist *mein* Zimmer, das kann nur ich selbst vermieten.«

Minna lacht und hebt tadelnd den Finger. »Da steckt immer noch viel zu viel von deinem Vater in dir. Mach hin. Der neue Mieter kommt wahrscheinlich heute schon.«

»Was für ein Mieter?« Colettes blonder Schopf steckt auf einmal in der Tür. Die Haare sind voller Klammern, die Wasserwellen legen, damit sie später wieder der zuckersüße Wolkenkopf ist. Jetzt gerade schaut sie gar nicht süß. Sie schaut lauernd.

»Ick hab entschieden, unser Angebot zu erweitern«, erklärt Minna.

»*Unser* Angebot?«, fragt Colette mit finsterem Blick. »Mein Angebot ist vollkommen ausreichend.«

»Ja, für dich. Aber nicht für det Haus. Und da Natalia immer noch ausfällt, wird den Herren langweilig.«

Colette schnaubt ihr französisches Schnauben. »Mit mir hat sich noch kein Herr gelangweilt.«

Hedwig arrangiert die Wachsblumen auf der Fensterbank. »Außer Martin. Und Fritz.«

»Ick rechne jederzeit mit dem Jungen, also hopphopp, Hedwig«, verlangt Minna. »Schaff deinen Kram zu mir, pack die Wachsklumpen zusammen. Ick hab dir ne Schublade freigeräumt. Jetzt guck nicht so. Mein Bett ist groß genug für uns beide. Außerdem schlaf ick ja eh erst, wenn du schon wieder aufstehst.«

»Der neue Mieter ist ein Junge?«, fragt Colette.

»Emil heißt er«, erklärt Minna.

»Du vermietest an einen Stricher?«

»Wenn er hier arbeitet, ist er ja wohl kein Stricher mehr. Oder siehst du hier nen Strich?«, fragt Minna und stemmt die Hände in die Hüften. Colette verdreht die Augen, Hedwig sucht nach einem Strich und findet keinen. Minna sagt: »Eben.«

»Was ist ein Stricher?«, fragt das Kind.

»Ne männliche Nutte«, antwortet Colette. »Arbeitet draußen. Sehr dreckig.«

Hedwig hebt ihren Finger und zeigt tadelnd auf Minna. »Wenn der dreckig ist, kriegt der mein Bett nicht.«

»Erstens wird der sich schon waschen«, sagt Minna und schiebt Hedwigs Hand weg. »Zweitens ist er jetzt ein Bursche und kein Stricher mehr. Und drittens ist det nicht mehr dein Bett, Hedwig. Oder zahlst du mir Miete?«

»Ist das nicht ein bisschen harsch, Minna?«, fragt Colette. »Sie ist doch erst sechs.«

»Acht!«, verbessert Hedwig.

Minna sieht zu Colette. »Seit wann setzt du dich für det

Kind ein? Ach, richtig, seitdem du Angst vor Konkurrenz hast.«

Kurzes Auflachen. »Ein dreckiger Strichjunge ist keine Konkurrenz für mich.« Colette fasst sich an den Hals, als trüge sie bereits ihre Perlen.

»Heißt das, dass wir bald auch Frauenfreier haben?«, fragt Hedwig.

Minna sieht sie verdattert an. »Wat?«

»Kann ich den bezahlen, wenn ihr alle fies zu mir seid?«, fragt Hedwig weiter.

»Wat?«, fragt Minna nur wieder, und Colette lacht jetzt in echt.

»Ich hab zwölf Mark gespart.« Dass die nur nicht denken, dass Hedwig sich nichts leisten kann. Sie ist eine wirtschaftlich unabhängige Frau. Innerlich. Wirtschaftliche Unabhängigkeit ist wichtig. Weiß sie schon lange.

Colette beugt sich ins Zimmer und wuschelt ihr durch die Haare. Hedwig weicht ihr aus. Colette geht ihr nur an die Haare, damit ihre Wasserwellen nachher noch toller aussehen. Im Vergleich. Sie sieht auf das Mädchen herab. »Stricher bedienen Männer, du dumme Schnute.«

»Warum?«, fragt Hedwig und richtet ihre Frisur wieder.

»Weil manche Männer lieber Männer mögen«, antwortet Minna.

»Und wer bedient Frauen?«

»Dein Vater.«

»Zu dem will doch keiner.«

»Das würd ich so nicht sagen«, sagt Colette.

»Dann geh du doch zu ihm«, schlägt Hedwig ihr vor. »Dann kannst du da wohnen, und ich krieg dein Zimmer, und der blöde Stricher kann meins haben.«

»Herzchen.« Minna seufzt. »Es tut mir leid, det ick dein Zimmer vermietet hab, ohne dir zu fragen. Aber es musste sein. Det sieht auch fürs Amt viel besser aus. Und ick muss die Tennes bezahlen und Natalias Ausfall reinholen.«

»Mir doch egal«, schnappt Hedwig.

Colette nickt. »Ich kann dich sehr gut verstehen, Hedwig.«

»Colette, musst du nicht noch Augenbrauen zupfen?«, fragt Minna genervt.

»Ich muss gar nichts.«

»Doch«, widerspricht Hedwig. »Und neuer Lack an den Füßen wär auch gut.«

»Hey«, protestiert sie, »ich bin auf deiner Seite, Hedwig.«

Hedwig schüttelt enttäuscht den Kopf, sie weiß es besser. Niemand ist auf ihrer Seite. Sie ist ganz allein. So ist das im Leben, plötzlich musst du dein Zimmer teilen und darfst nicht mal mehr alleine schlafen, aber eigentlich bist du völlig allein. Alleiner noch als vorher, wo du dein eigenes Zimmer hattest. Hat Hedwig alles durchschaut.

Colette geht, und Minna setzt sich auf Hedwigs Bett, das bald schon jemand anderem gehören wird. Sie hasst den Kerl. Kennt ihn nicht und hasst ihn schon. Minna klopft neben sich auf Hedwigs Decke. Das Mädchen schüttelt den Kopf und verschränkt die Arme.

»Ick wollte erst nicht, det er zu uns zieht, Herzchen«, erklärt Minna. »Aber die Bullen suchen nach Martin, und sie denken, det er oft hier war.«

»War er ja auch.«

»Aber wenn sie det rausfinden, kommen sie vielleicht auf Ideen. Dann suchen sie hier sehr gründlich …« Minna seufzt. »Und wenn sie Martin hinten im Garten finden, dann sperren sie Natalia weg.«

Hedwig nickt. »Ich weiß.«

»Also dachte ick, det wäre doch jut, wenn die Bullen denken, Martin war nicht hier bei uns, wenn er in Berlin war, sondern im Westen. Bei den Strichern.«

»Eine gute Idee«, lobt Hedwig,

Minna lacht. »Danke. Jedenfalls hat so ein Jerücht seinen Preis. Emil wollte weg vonner Straße, also hab ick ihm gegeben, wat er wollte.«

Hedwig seufzt. »Man muss den Menschen geben, was sie wollen.«

»Meistens ja.«

Hedwig nickt wissend. »Das ist nicht immer leicht.«

»Nein, ist es nicht«, stimmt Minna ihr zu und legt den Arm um ihre Enkelin. »Aber rauszufinden, wat die wirklich wollen … Det ist noch schwieriger, Herzchen.«

◇

Emil hackt Holz. Er hebt das Beil und zertrümmert Scheit für Scheit. Die Holzspäne fliegen, seine Muskeln spannen sich mehr und mehr. Seit Jahren schon. Entspannung gibt es hier nicht. Um Emil herum wirbeln Jungs, die das Holz einsammeln und zum Feuer tragen. Die Großen sitzen schon um das Feuer. Emil könnte das Hacken einem von den Kleinen überlassen. Er ist lange genug dabei, er müsste sich nicht mehr mit den harten Arbeiten abmühen, aber so trägt er was bei zur Gemeinschaft. Er lässt es aussehen, als läge ihm was an der Clique, ohne dass er zu viel prügeln muss. Emil hackt, der Park um ihn herum ist finster bis auf die Feuer.

Er hat schon lange keine Blasen mehr an den Fingern. Seine Handfläche ist hart vor Hornhaut und Narben. Seine

Schultern sind breit und stark, sie sind es gewohnt, aufs Holz einzudreschen. Schweiß perlt auf Emils Stirn. Seit die Puffmutter aus dem Scheunenviertel weg ist, war er noch keine Sekunde allein. Er hat einem von den Kleinen das Foto gegeben und gesagt, dass er sich in der Clique einen Namen macht, wenn er allen erzählt, der Mann auf dem Bild wär sein Stammkunde. Vier Stunden ist das her, und unter den jungen Wilden ist dieser Martin hier bereits eine Zuckerleckerlegende. Sie müssen noch viel lernen. Und sie müssen ihn endlich allein lassen, sodass er abhauen kann. Am Lagerfeuer tut sich was. Die Jungs versammeln sich. Vielleicht ist das die Gelegenheit?

Emil legt das Beil weg, nimmt seinen Rucksack und will gehen, aber da steht Hans vor ihm. »Komm, der rote Fuchs wird heute aufgenommen.«

»Schon?«

»Wo willst du denn mit dem Rucksack hin?«, fragt Hans statt einer Antwort.

»Übernachtungsfreier. Er hat ein Badezimmer.«

»In der Wohnung?« Hans ist neidisch.

Emil lächelt. »Reicher Fatzke. Ich lass was für dich mitgehen.«

Hans klopft ihm auf die Schulter. »Bist ein guter Mann. Aber du kannst das Ritual doch nicht verpassen.«

»Ja, sehr schade. Aber der Typ wartet«, sagt Emil und schaut bedauernd.

Die Jungs laufen um sie herum, brechen Äste von Büschen ab und grölen. Und dann löst sich ein Schatten aus dem Tumult. Ein schwarzer Riese mit wallendem Haar. Im Gegenlicht des Feuers kommt er auf Emil und Hans zu. Emil krallt seine Hand in den Träger des Rucksacks.

»Du gehst nie mit dem Rucksack zu Freiern, Emil«, sagt Winnetou.

Emil schluckt. »Heute schon.«

Winnetou verschränkt die Arme vor der Brust. »Tatsächlich? Warum?«

»Weil ich mit ner Tasche mehr mitgehen lassen kann.«

»Mhm.« Winnetou ist fast zwanzig. Er hat die Apachenblut-Clique gegründet, als er zwölf war. Sie ist berüchtigt unter allen Cliquen. Jede Clique im Tiergarten hat einen Häuptling, und Apachenblut hat Winnetou. Obwohl der Sommer lang vorbei ist, ist er noch immer braungebrannt. In seinen Haaren baumeln Federn an kleinen Zöpfen, seine Brust ist breit. Auf dem Oberarm prangen ein paar schlecht tätowierte Federn. Emil hat ähnliche Tätowierungen, aber nicht so viele. Tätowierungen muss man sich verdienen. Winnetou gewinnt alle Zweikämpfe und Kraftproben, isst rohe Eier zum Frühstück, die einer von den ganz Kleinen jeden Tag für ihn klauen muss, und macht mehr Liegestütze als Max Schmeling. Davon zumindest geht Emil aus. In der Ferne sind die ersten Schreie zu hören.

»Es geht los«, sagt Hans.

»Ja, wir müssen rüber.« Winnetou sieht Emil an.

»Ich …«, beginnt Emil.

»Du …? Was …? Willst nicht mit?« Winnetous Gesicht ist ein Schatten. »Dann bekäme ich aber den Eindruck, dass du und dein Rucksack gar nicht mehr zu uns gehören wollen.«

»Quatsch.« Hans lacht. »Emil ist einer von uns.«

»Natürlich ist er das.« Winnetou starrt Emil jetzt eher an, als dass er schaut. »Deshalb kommt er mit, oder, Emil?«

»Klar. Mein Freier wird eh schneller fertig, wenn er erst mal noch warten muss«, sagt Emil, geht Winnetou mit gesenktem Kopf und strammem Schritt voran und versucht, das große Messer an dessen Gürtel zu vergessen.

Sie gehen am Lagerfeuer vorbei durch ein paar Büsche zu einer kleinen Lichtung. Ein bisschen Mondlicht und ein bisschen Feuer. Emil erkennt seine Brüder gerade noch. Die meisten von ihnen haben nackte Oberkörper, viele tragen Matrosenhüte, einige Zöpfe so wie Winnetou. In manchen stecken Federn. Sie grölen und trinken Bier aus Flaschen. In ihrer Mitte stehen ein paar um einen nackten Jungen herum. Der Neue … Er will »roter Fuchs« heißen.

Emil erinnert sich. Drei Jahre ist es her, dass er dort lag. Genauso nackt. Der rote Fuchs ist noch schmächtiger, als Emil war. Seine roten Haare stehen in alle Richtungen. Feuchtes Blut glänzt an seiner Schläfe, Tränen stehen in seinen Augen. Er darf weinen und schreien. Er muss nur durchhalten. Winnetou ist nachsichtig, was das angeht. In anderen Cliquen darfst du nicht weinen. Wenn du weinst, dann hast du gar keine Chance. Hier aber kriegen Tränen eine Chance. Seelen nicht, aber das wusste Emil damals nicht, und selbst wenn, was wäre die Alternative gewesen?

Winnetou umkreist den roten Fuchs. Er kniet geknebelt und gefesselt auf dem kalten Boden. Vor dem dreckigen Tuch in seinem Mund bilden sich Atemwolken. Emil wird schlecht. Irgendjemand am Rand reicht Winnetou Stöcke. Der Häuptling prüft einen nach dem anderen und entscheidet sich für einen dicken, von dem kleine Äste abstehen. Er hebt die Hand, lässt den Ast durch die Luft sausen und schlägt auf den kleinen Fuchs ein. Wimmernd liegt er am Boden, manchmal schreit er auch durch sein dreckiges Tuch in die Nacht.

Emil schließt die Augen. Der Kleine wird's überleben.

Winnetou weiß, wann Schluss ist. Winnetou geht nur dann bis zum Äußersten, wenn jemand rauswill. Die Einstiegsrituale sind ein Kinderspiel gegen den Zapfenstreich. Wer gehen will, kriegt den Zapfenstreich. Emil kennt keinen, der den überlebt hat. Winnetou prügelt und prügelt auf den roten Fuchs ein, dann hält er inne und richtet sich auf.

»Was? Schon vorbei?«, ruft Hans. »Mach's ihm nicht zu leicht!«

Die Jungs grölen. Winnetou grinst und schreitet seine Meute ab. Einen Jungen nach dem nächsten, einer wilder als der andere, wollen alle ran an den Fuchs. Winnetou bleibt vor Emil stehen und hält ihm den Stock hin. Emil starrt den Stock an. Er kann keine Gewalt. Aushalten ja, aber nicht austeilen. Winnetous Blick durchbohrt ihn. Tiefer und tiefer scheinen seine Augen in Emil einzudringen. Emils Hände zittern, sein Magen ist eine Faust, seine Hand ist Pudding. Winnetou hebt den Stock höher, direkt unter Emils Kinn. Die Äste kratzen Emils Kiefer.

»Bist du noch einer von uns?«, fragt Winnetou leise.

Emil schiebt den Stock beiseite und tritt an Winnetou heran. »Er muss *alles* lernen, oder?«

Ohne eine Antwort abzuwarten, geht Emil zu dem kleinen Fuchs und stellt sich vor ihn. Er öffnet seine Hose, beugt sich vor und fasst in die roten Haare. Er zieht den Kopf hoch, bis er die Sommersprossen von dem Kleinen sehen kann. Er holt seinen Schwanz raus und hält ihn dem Kleinen hin. »Lutschen.«

Wieder Grölen und Jubel. Emil schließt die Augen und denkt an Max Schmeling. Er wird hart, weil sein Schwanz jung ist und erfahren. Emil hasst sich, und er weiß, dass er in die Hölle kommt. Er glaubt nicht an Gott. Aber an die Hölle glaubt er. Wenn du im Tiergarten lebst, dann weißt du einfach, dass es eine Hölle geben muss. Und da kommt Emil hin.

Um ihn sind alle begeistert. Emil stöhnt laut auf und zieht seinen Schwanz zurück. »Schlucken!«

Er ist nicht gekommen, aber der kleine Fuchs begreift und schluckt. Emil nickt und klopft ihm auf die Schulter.

Dann dreht er sich zu Winnetou. »Er ist gut. Mach weiter.«

Emil schließt seine Hose und nimmt seinen Rucksack. Er geht durch die jubelnden Jungs hindurch und weg von der Lichtung, auf der Winnetou jetzt das Messer zieht. Denn der rote Fuchs wird Winnetous Blutsbruder werden. Außer Winnetou schickt den Kleinen noch aufs Stoßsofa, so wie Emil damals. Es ist kein Sofa. Es ist ein Baumstumpf, über dem man lehnt, während die Großen einen, einer nach dem anderen, ficken, bis der Arsch voll Blut und Sperma ist.

Emil rennt los. Der Rucksack baumelt auf seinem Rücken und schlägt ihm ins Kreuz. Er rennt und rennt und rennt, bis die Schreie im Tiergarten endlich leiser werden.

Los Angeles, 1954

Noah dreht sich zu seinem Korb und kotzt hinein. Hedi nimmt sich noch eine Zigarette aus dem Päckchen und zündet sie an. Noah würgt und spuckt.

Sie betrachtet ihn. »Hätten Sie auch gekotzt, wenn es die Vergewaltigung einer Frau gewesen wäre?«

Noah sieht sie erschöpft an. »Wie bitte?«

»Nur ne Frage. Meiner Erfahrung nach kotzen Männer eher für sich selbst. Und heulen um sich selbst.«

Noah sucht nach einem Taschentuch und tupft sich die Stirn und den Mund ab. Er steht auf und atmet. An der Wand neben der Tür ist ein Wasserspender. Er nimmt einen Schluck. »Sie müssen Männer wirklich hassen.«

»Nur einen, eigentlich. Und der ist tot.«

Noah lehnt an der Wand. »Sie haben mir das aus Rache erzählt. Dafür, dass ich Sie hab warten lassen.«

»Ich hab's erzählt, weil's wahr ist. Weil das als Nächstes passiert ist.« Er sieht sie abschätzig an. Sie nickt und lächelt. »Und aus Rache«, gibt sie zu.

»Der eine Mann, den Sie hassen … gehasst haben. Ist das Louis Mercier?«

»Über den reden wir nicht«, sagt Hedi.

»Weil er kein sexuell völlig gestörtes Schwein war?«

»Das ist nicht der Grund«, antwortet sie.

»Also war er eins«, schlussfolgert Noah und kommt zum Tisch zurück. Er lässt sich auf seinen Stuhl fallen. »Und Sie kannten ihn. Nicht einmal das haben Sie vor Gericht zugegeben. Dass Sie ihn kannten.«

Er lächelt leicht, weil er ein bisschen mehr weiß als vorher. Er freut sich, er hat etwas erreicht. Soll er sich dafür ruhig auf die Schulter klopfen. In seinen Augen blitzt die Hoffnung auf, dass er hier doch noch kriegen wird, was er will.

Hoffnung … Es gab eine Zeit, da hatte Hedi viel davon. Hoffnung auf die erste Rolle, auf größere Rollen, auf bessere Verträge, auf den Oscar. Und jetzt? Hofft sie noch auf irgendwas? Eigentlich nicht … Die Hoffnung stirbt wohl doch nicht zuletzt. Hedi hat ihre eigene Hoffnung überlebt. Hedi stirbt zuletzt. Und lange wird es nicht mehr dauern.

ZAPFENSTREICH

Los Angeles, 1954

Noah ist ein Sonnenschein mit schwarzen Augen. Er trägt mehr Hoffnung als Lösungsmittel in den Besucherraum. Hoffnung darauf, die Geschichte zu hören, wegen der er eigentlich gekommen ist. Hedi runzelt die Stirn. Was hängt er denn noch immer so an Louis Mercier? Er hat doch einen Buchvertrag, er braucht doch keine Mordgeschichte mehr für die Zeitung. Er braucht wahrscheinlich nicht mal mehr die Zeitung, denn natürlich wird sein Buch über sie ein Erfolg werden. Es wird ihr letzter großer Erfolg sein – und sein erster. Sie betrachtet ihn, wie er sein Notizbuch herausholt, die Fläschchen und Rosen.

»Wollen wir gleich anfangen?«, fragt er.

Sie greift in den Rosenstrauß und rupft eine Blüte ab. Sie lässt die weißen Blätter zwischen ihnen auf den Tisch rieseln. »Ich werde Ihnen nicht geben, was Sie wollen, Noah.«

Er schreibt das Datum in sein Notizbuch und sieht nicht auf. »Das hören Sie sich gern sagen, denn dann klingen Sie in Ihren eigenen Ohren interessant.«

»Ich werde Sie enttäuschen.«

Jetzt blickt er auf. »Wäre nicht das erste Mal.«

»Was denken Sie, wie viele erste Male es im Leben gibt?«, fragt sie und sucht nach einer geeigneten Rosenblüte.

»Zu wenige wahrscheinlich.«

Sie nickt. »Für mich auf jeden Fall.«

»Haben Sie eigentlich keinen Überlebenswillen? Das alles hier …« Noah blättert durch sein Buch, vollgeschriebene Seiten ihres Lebens rauschen durch seine Finger. »Das ist Eitelkeit. Aber Sie könnten stattdessen auch um Ihr Leben kämpfen.«

»Aber genau das tue ich«, sagt sie, tunkt ein Rosenblütenblatt ins Glas und saugt ihm das Gift aus.

Berlin, 1927

Fritz taucht den Kamm in die Pomade und fährt über seinen lackschwarzen Scheitel, als es an der Tür klopft. Er seufzt. Seine Wirtin ist heute oder morgen dran. Sie will die Miete, und er bezahlt sie nicht mit Geld. Aber er hat schlecht geschlafen und muss immer an Natalia denken. Die Arbeit fällt ihm schwerer seit der Nacht in der Ritze. Sie hat ihn aus dem Bett getreten. Sie ist so stark und unbezwingbar. Allein die Erinnerung daran macht ihn wahnsinnig. Sie macht ihn geil und unfassbar wütend. Und traurig. Es klopft wieder.

»Herein.«

Colette betritt das weiße Zimmer, in dem Fritz eine schwarze Silhouette ist. Er legt den Kamm weg und schaut in den Spiegel. Er richtet die letzten Strähnen und seine Fliege, ohne Colette anzusehen.

Sie reckt das Kinn. »Guten Tag, Fritz.«

»Was willst du?«, fragt er. Es sind knappe Worte, aber sie sind nicht unfreundlich.

»Dich besuchen.«

»Ich muss arbeiten. Wenn es wieder um das Scheißblag geht, dann …«

»*Mais non.* Bei mir geht es nie um Blagen«, sagt Colette. »Ich weiß Blagen zu verhindern.«

»Sehr gut.« Er zeigt einen Hauch Anerkennung, für mehr ist keine Zeit. »Ich muss aber los.«

»*Non*, musst du nicht«, sagt sie mit einer Stimme wie aus weißer Schokolade. »Du arbeitest heute hier.«

Er schüttelt den Kopf und bindet seine Fliege. »Ich arbeite nie hier. Das hier ist privat.«

»Mhm … interessant.« Sie sieht sich in seinem Zimmer um. Die weißen Möbel, der schicke Perser, die duftigen Vorhänge … Wenn es ihr Zimmer wäre, wäre es auch ihr Arbeitszimmer. »Vielleicht sollte ich das auch trennen«, überlegt sie. Vielleicht muss man nicht in dem Bett schlafen, in dem man auch die Kunden bedient.

Er lächelt sie kurz im Spiegel an. »Mach, was du willst, Colette. Ich muss …«

»Ich kann nichts dafür, dass Natalia dich aus dem Bett geworfen hat, weißt du?«

Er dreht sich zu ihr. »Sie hat mich nicht aus dem Bett geworfen.« Er lacht. »Mich wirft keine Frau aus dem Bett. Und Natalia soll sich mal nichts einbilden. Ich wollte nur helfen.«

Colette nickt. »Das dachte ich mir.«

»Colette, ich habe wirklich keine Zeit.«

Sie öffnet ihren rosa Samtbeutel und kramt darin, während sie auf Fritz zugeht. Sie bleibt vor ihm stehen, und als sie den Kopf hebt, hat sie ein Bündel Scheine in der Hand. »Zwei Stunden, Fritz. Jetzt und hier.«

»Du willst …? Du?«

Sie fächert die Scheine auf. »Du sagst doch immer, dass du so gut bist.«

Er schaut auf den Fächer. »Das bin ich.«

Sie legt das Geld neben die Pomadendose und nimmt ihren Hut ab. Dessen rosa Feder streicht über Fritz' Wange, er weicht erschreckt zurück.

»Hast du dich denn gewaschen?«, fragt er.

»*Pardon?*« Sie hält inne, den Hut noch in der Hand, und starrt ihn wütend an. Als hätte er sie geschlagen. Da steht er in seinem weißen Zimmer wie der schwarze Teufel. Der schönste Mann, den sie je gesehen hat. Sie kann nicht weggucken, wenn er da ist. Nie. Immer muss sie ihn ansehen, selbst wenn sie nicht will. Sie riecht vom Scheitel bis zur Sohle nach ihrem besten Parfüm, ihre Wolkenwellen waren nie so schön, und von innen ist sie so sauber wie ein Operationssaal. Und er fragt sie das?

Ihr Blick ist finster. »Ich. Wasche. Mich. Immer. *Toujours.* Kannst du das Gleiche sagen?«

Fritz presst die Lippen aufeinander. Er ist zu weit gegangen. Das Geld auf dem Waschtisch ist das Gleiche, was er im Adlon bekäme. Geld stinkt nicht. Und so muss er wenigstens nicht raus zu den Falten, oder?

Er atmet durch und setzt ein Lächeln auf. »Verzeih. Du riechst fantastisch.«

Sie legt den Hut weg. »*Naturellement.* Das tu ich.«

»Komm her.«

Er streckt die Hand nach ihr aus. Sie legt ihre hinein. Fingerspitze für Fingerspitze zieht er ihren ersten Handschuh aus und küsst ihre Handfläche. Colette erschaudert und schließt die Augen. Als sie seine Lippen auf ihren spürt, vergisst sie alles. Seine Arroganz, seine Ignoranz – und Natalia. Fritz nimmt sie auf den Arm, trägt sie aufs Bett und legt sie ab. Langsam zieht er sich vor ihr aus und streift ihr das Kleid über die Schultern. Dann das Bustier. Er löst die Strumpfbänder und zieht an ihrem Schlüpfer. Er klebt an ihrer Muschi vor lauter Feuchtigkeit. Fritz küsst Colettes Brüste und ihre Schenkel, und dann liegt er über ihr.

Sie schlingt ihre Beine um seine Hüften. »Sag, dass du mich liebst.«

»Bitte?«

»Sag es«, verlangt sie leise.

»Dass ich dich … liebe?«

»Ich geb dir hundert extra.«

»Hundert?« Fritz sieht auf das Zuckerwattegesicht. Er fühlt nichts, aber er ist noch hart. Er beugt sich runter und küsst sie. »Ich liebe dich, Colette.«

Sie stöhnt auf. Er dringt in sie ein wie Romeo in Julia. Jeder Stoß ist Anbetung. Sie zerfließt in seinen Armen und glaubt ihm alles.

◇

Hedwig sitzt gerade über ihren Hausaufgaben mitten in der Gaststube, als die Tür aufgeht. Ein blonder Mann kommt rein, einen Rucksack über der Schulter. Seine Kleidung ist ihm zu klein. Er ist angezogen wie die Jungs in ihrer Schule. Dabei ist er doch schon erwachsen, groß mit breiten Schultern.

»Hallo?«, fragt er unsicher.

Hedwig legt die Kreide weg und verschränkt die Arme vor der Brust. »Emil?«

»Ja, ich bin … ich soll …?«

Er kratzt sich am Kopf. Ist er hier richtig? Das hier ist definitiv eine Ritze, das schmalste Haus, das er je gesehen hat. Aber ist das wirklich der richtige Ort für ihn? In der Gaststube stehen nur vier Tische, alles ist eng, der Boden klebt. Das hier ist doch kein Bordell, das ist eine Puppenstube. Ein Puppenbordell, und das da am Tisch … Das ist ein Kind. Die Kleine ist höchstens acht Jahre alt. Wenn überhaupt.

»Äh … Arbeitest du hier?«, fragt er und hält sich an seinem Rucksack fest.

Sie hebt ihr Stück Kreide und zeigt es ihm. »Ich mache Hausaufgaben, Emil. Das muss man, wenn man in die Schule geht.«

»Ich war auch mal in der Schule.«

»Du hättest dort bleiben sollen.«

»Mhm. Ja, wahrscheinlich.« Er sieht auf den leeren Hungerturm. »Vielleicht bin ich doch falsch hier.«

»Nein.« Das Kind schüttelt den Kopf. »Du wohnst jetzt in meinem Zimmer.«

Natalia betritt die Gaststube. »*Rybka*, du sollst doch niemanden reinlassen. Wir haben noch nicht …« Sie mustert Emil. »Du bist Stricher.«

Sie geht hinter den Tresen, nimmt drei Gläser und die Wodkaflasche. Sie füllt sie. Sie trinkt wieder. Es tut ihr gut. Sie ist zwar noch nicht wieder die Alte, aber solange sie auch Hedwig ein Glas Wodka gibt, ist sie Hedwigs Meinung nach nah genug dran.

»Willkommen«, sagt sie zu Emil.

Emil nimmt das Glas und hält sich mit der anderen Hand immer noch am Träger seines Rucksacks fest, als wär der ein Rettungsring und die Ritze die offene See. »Danke.«

Sie trinken. Der Wodka riecht nach Natalia und brennt in Hedwigs Kehle. Sie hustet und schüttelt sich.

»Emil, da biste ja«, sagt Minna. Die Küchentür schwingt hinter ihr zu, sie trocknet sich die Hände an ihrer Schürze ab. »Hedwig, wie siehst du denn aus? Natalia, haste ihr Wodka gegeben?«

»Natürlich. Wir haben Emil willkommen geheißen.«

Minna sieht sie tadelnd an. »Det ist kein Grund, dem Kind harten Alkohol zu geben.«

Hedwig kichert. »Ich mag Schnaps.« Sie mag ihn nicht, nur das Gefühl, wenn man ihn getrunken hat.

Natalia nickt anerkennend. »Weil du hast Geschmack.« Sie füllt die Gläser wieder, aber Minna nimmt Hedwig ihres ab, bevor es voll ist, und schüttelt den Kopf. »Willkommen, Emil.«

Sie trinken ohne Hedwig noch mal. Natalia mustert Emil.

»Also jut, Junge«, beginnt Minna. »Dein Zimmer ist im ersten Stock. Die Tür inner Mitte. Wir haben hier unten fließendes Wasser, eine Badewanne in der Küche, und det Klo ist im Hof. Zimmer kostet vierzig Mark die Woche, fünfundvierzig, wenn ick saubermachen soll. Ick mach dir kein Essen, du kaufst selbst, wat du brauchst, und packst es ins Regal oder den Kühlschrank unterm Fenster. Aber wenn es sich ergibt, essen wir alle zusammen, bevor ich den Laden aufmache. Du kannst ne halbe Stunde für acht Mark anbieten. Kannst dir auch Extras ausdenken, die es teurer machen, aber hier fangen alle bei acht an. Du musst die Männer zum Saufen animieren – und det muss sich erst rumsprechen, det du hier bist. Also vergraul mir nicht die Heten durchs Anquatschen.«

»Ich kenne meine Kunden«, sagt Emil.

Natalia mustert ihn noch immer. Er merkt es und hält sich wieder mit beiden Händen an seinem Rettungsring fest.

Minna hingegen lächelt ihn an. »Hast du noch Fragen?«

»Mir ist schlecht«, raunt Hedwig.

»Dann ab in den Hof mit dir«, sagt Minna, und das Mädchen läuft hinaus.

»Siehst du, Natalia, det kommt davon, wenn du ihr Wodka gibst.«

Emil räuspert sich. »Arbeitet sie hier?«

»Wat? Natürlich nicht. Sie ist acht.«

»Ja, weiß ich.« Emil räuspert sich. »Aber das hier ist doch kein Ort für ein Kind.«

»Und wat bist du? Ein Großvater?« Minna lacht.

»Nein, ist er nicht«, antwortet Natalia, ohne den Blick von ihm zu lassen.

»Junge, Hedwig ist meine Enkelin«, erklärt Minna. »Sie hat mit unserem Geschäft nüscht zu tun.«

»Gut.«

»Mhm«, macht Natalia, »du bist also ganz moralischer …«

»Ja, also, mittlere Tür hast du gesagt, oder, Minna?«, fragt Emil und weicht vor Natalias Blick zurück. »Dann schau ich mir mal das Zimmer an. In Ordnung?«

»Mach, wat du willst. Wir öffnen um fünf.«

Emil nickt und geht.

Minna hat einen Zigarillo zwischen den Lippen und sucht ihre Streichhölzer. »Und wasch dir vorher!«, ruft sie ihm nach.

»Minna, du weißt, was das ist für einer, oder?«, fragt Natalia.

»Ein Stricher aus dem Tiergarten. Kluger Junge.«

»Wilder Junge.«

Minna hat die Streichhölzer gefunden und zündet den Zigarillo an. »Der? Glaub ick nicht.«

»Doch. Der gehört zu ner Wilden Clique, Minna.«

Minna winkt ab. »Der ist viel zu weich.«

»Nein«, widerspricht Natalia. »Er hat Narben in der Handfläche von Blutsbruderschaft und Federn an Rucksack. Der gehört zu Indianer-Clique.«

»Quatsch.« Minna löscht das Streichholz. »Die würden niemals einen von ihnen einfach so gehen lassen.«

»Nein«, sagt Natalia. »Wahrscheinlich haben sie auch nicht.«

Minna nimmt den Zigarillo aus dem Mund, bevor sie dran gezogen hat. »Wat willste damit sagen?«

Natalia sackt erschöpft in sich zusammen. »Gar nichts, ich will trinken.« Sie nimmt die Wodkaflasche und geht die Treppen hinauf. Minna dreht den Zigarillo zwischen den Fingern.

Colette kommt rein und geht wie auf Wolken durch die Gaststube. Die rosa Feder tanzt auf ihrem Hut. »Minna, *mon amie*, wie geht es dir?«

»Du bist aber jut gelaunt. Keine Angst mehr vor der Konkurrenz?«

»Konkurrenz? *Moi?* Ich bitte dich, hast du mich mal angesehen?« Colette strahlt, nimmt ihren Hut ab und bringt ihn um die Ecke an die Garderobe. Sie zieht ihren Mantel aus und findet Emils Jacke. »Der Junge ist schon da?«

»Ja, mach's ihm nicht zu schwer, ja?«, bittet Minna.

»*Mais non.*« Colettes Stimme perlt. »Ich mach es allen immer ganz leicht. Das weißt du doch, *Madame.*«

»Fein.«

»Soll ich mal nach den Büchern gucken?«

»Mhm. Colette, du liest doch immer Zeitung, oder?«

»Ich lese alles, was ich zwischen die Finger kriege«, antwortet Colette und wirbelt durch die Gaststube. Sie öffnet den Schrank unterm Tresen und holt die Bücher unter der Geldkassette hervor. Sie tanzt damit zwischen den Tischen umher. »Sag mal, ist das ein neues Kleid, was du anhast?«

Minna antwortet nicht. »Wat weißt du eigentlich so über diese Wilden Cliquen?«

Colette beugt sich über den Tresen und angelt sich die Flasche *Berliner Luft.* Sie gießt einen Schluck in ein Champagnerglas, ohne die Bücher abzulegen. »Schlimme Banden von Jungs, die nichts zu verlieren haben. Meistens Waisen. Die heißen immer nach so Indianermythen. Wildwest oder Wild-Frei stand in der Zeitung. Apachenblut.«

Minna runzelt die Stirn. »Wissen die denn überhaupt, wat Apachen sind?«

»Kann denen doch egal sein.« Colette zuckt mit den Schultern. »Solange sie Zuckerlecker finden. Es gibt allein im Berliner Norden über zweihundert von diesen Banden, stand neulich im *Berliner Tageblatt,* alle brutal und verroht.«

»Und wenn einer gehen will?«, fragt Minna. »Die Clique verlassen?«

»Davon stand da nichts. Aber ich kann mir nicht vorstellen, dass die jemanden gehen lassen. Schließlich haben die alle Dreck am Stecken und müssen dafür sorgen, dass keiner redet. Ich schwör dir, die sind schlimmer als die Ringvereine.« Sie trinkt, legt den Kopf schief und betrachtet Minna. »Oder sind es die Haare? Du siehst wirklich toll aus heute.«

»Mhm.« Minna kaut auf ihrer Unterlippe. »Und du siehst aus, als hätteste wat genommen.«

»Hab ich nicht.«

»Det hoff ick.«

Colette schwingt sich auf den Tresen, lässt die Beine baumeln und schlürft grünen Pfefferminzlikör aus einem Sektkelch. Die Bücher liegen auf ihrem Schoß wie ein liebes Kind, dessen Kopf sie gern streichelt. »Soll ich dir die Haare färben, Minna?«

»Ick dachte, ick seh toll aus.«

»Geht immer noch besser.«

»Blöde Kuh.«

◇

Der Kapitän spielt Akkordeon und singt. Minna zapft und raucht. Colette springt von Schoß zu Schoß und denkt an Fritz. Emil lehnt am Tresen und wippt zur Musik mit dem Fuß. Was soll er auch sonst tun? Fünf Zuckerlecker sitzen in der Ritze und grölen mit ihren Kollegen um die Wette. Es ist das Zeitfenster der Arbeiter. Emil erkennt seine Kunden sofort. Aber er sieht auch, dass er sie nicht ansprechen darf. Entweder sie wissen selbst noch nicht, worauf sie wirklich stehen, oder sie haben es noch keinen sonst wissen lassen. Im Tiergarten ist es einfacher. Da macht er weniger pro Nummer, aber hier macht er ja erst mal gar nichts – außer den Fuß zur schiefen Musik zu bewegen. Wenigstens passt die zu seiner Matrosenmütze und dem Seemannskragen.

Minna schiebt ihm ein Glas Bier hin. »Oder willst du lieber Likör?«

»Eine Prise Kokain würde helfen.«

»Det machen wir hier nicht.«

Emil nickt und trinkt Bier.

Minna sieht ihn streng an. »Wenn ick dir damit erwische,

fliegst du, hörst du? Meine Wirtschafterin damals im Plüschbordell hat 1895 wegen Kackkokain sich selbst und det janze Haus ruiniert. Det schlimmste Jahr meines Lebens. Det will ick hier nicht haben.«

»Ich hatte also recht.«

»Und du hast mir hoffentlich verstanden.«

»Hab ich.«

Minna klopft ihm auf die Schulter. »Du musst den Männern Zeit geben, Junge.«

»Ich weiß.«

»Und du musst lächeln.«

»Ich weiß.«

Colette zieht mit einem Freier an der Hand an ihm vorbei. Sie ist alles, was die Kerle wollen. Wenn sie es nicht wirklich wollen, wenn sie lieber Brünette, Ältere, Molligere wollen, selbst dann tun sie so. Colette zu ficken macht den Mann zum Mann. Das denken sie alle. Nur Emil weiß es besser. Er trinkt Bier.

»Wo is'n Natalia?«, fragt irgendein Freier, und Minna antwortet: »Krank.«

»Ansteckend?«

»Natürlich nicht.« Minna ist empört. Ihre Mädchen doch nicht. Keiner hier im Haus ist ansteckend. »Von der kann sich keiner wat holen. Selbst wenn sie wat hätte. Wat sie nicht hat.«

»Ich vermisse sie«, jammert der Mann.

»Sie ist bald wieder hier unten. Bis dahin kriegste ne Molle aufs Haus.«

»Und nen Korn.«

Minna seufzt. »Und nen Korn.« Sie zapft, holt Bierflaschen und füllt zwei Schnapsgläser mit Korn. Während der Freier in der lachenden Menge verschwindet, kippt Minna den Schnaps. »Die macht mir noch arm.«

»Sie ist nicht krank«, sagt Emil und betrachtet Minna lauernd.

»Doch.«

»Meine Mutter war krank. Deine Stiefeldame ist so gesund wie nur irgendwas.«

»Wat wird det? Willste die Miete mit Fragen bezahlen?«

»Ich hab gar keine gestellt.«

»Ist auch besser so«, brummt Minna.

Colette kommt lachend zurück. »War wie immer ein Vergnügen, *minou.*« Sie winkt in den Gastraum, wirft irgendjemandem Kusshände zu und wendet sich an Emil. »Und du, Junge? Was stehst du hier rum wie bestellt und nicht abgeholt?«

»Es gibt zu viele Menschen, die nicht wissen, was sie wollen.«

»Weil Menschen dumm sind. Komm.« Sie nimmt Emil bei der Hand und zieht ihn hinter sich die schmalen Stiegen hinauf bis in ihre Dachkammer. Es ist sehr kalt hier oben. Rasch schließt sie das Fenster und wirft ein Holzscheit in den Ofen, während er die Zillezeichnungen mit den schicken Frisuren betrachtet.

»Du musst nach jedem Gast lüften. Merk dir das schon mal«, sagt Colette und zeigt auf den Hocker an ihrem Waschtisch. »Setz dich da hin.« Sie greift nach dem Maybelline-Block und einem kleinen Bürstchen. Sie taucht das Bürstchen in ihren Waschkrug und reibt es über den schwarzen Block.

»Schau mal auf meine Titten«, sagt sie. »Und beweg die Augen nicht.«

Er schaut auf ihr funkelndes Pailletten-Dekolleté, während sie mit dem Bürstchen über seine Wimpern fährt.

»Nicht bewegen, das muss trocknen.«

»Du bist sehr schön«, sagt er.

»Und du auch, Junge. Aber das weißt du schon, oder?« Sie lacht und nimmt ein Rouge-Döschen. Sie greift nach einem Pinsel und fährt über das rosa Puder.

Er grinst. »Genau wie du.«

Colette fährt mit dem Pinsel über seine Wangen. Es ist ein weiches Streicheln. Sie legt das Schminkzeug weg und betrachtet ihn. Dann sucht sie nach einem braunen Stift und malt seine Brauen nach. Wieder mustert sie ihn und nickt zufrieden. »Genau richtig. Soll ja keiner vergessen, dass du nen Schwanz hast. Reiß dir die Ärmel von dem Hemd ab.«

»Aber das ist mein einziges.«

»Ich kauf dir morgen ein neues«, sagt Colette. »Reiß die Ärmel ab, sonst siehst du aus wie ein Schuljunge.«

»Die Zuckerlecker mögen das.«

Colette beugt sich vor und befühlt seine Oberarme. Sie sind stark vom Holzhacken. Es hat Emil ausgelaugt, ihm das Denken unmöglich gemacht. Feuerholz für die Gemeinschaft. Dabei hat er nur sich selbst was gegeben: Ablenkung.

»Was für Muskeln …« Colette hebt anerkennend die Augenbrauen. »Wenn du die nicht zeigst, bist du dumm. Diese Wimpern, diese Oberarme – und dann das Matrosenhütchen: *C'est attrayant.* Die Kombination ist interessant. Nicht der Schuljunge. Davon rennen da draußen Tausende rum.«

»Na gut.« Emil reißt die Ärmel aus seinem Hemd. Colette schaut auf die tätowierten Federn an seinem Arm. Zwischen ihren dünnen Brauen bildet sich eine Falte.

»Ich … das …« Emil schluckt. »Hat ein Freund von mir gemacht.«

Sie nimmt seine Hand und schaut auf die Innenfläche. Ihre lackierten Fingernägel streichen über die Narben. »Wohl eher ein Blutsbruder?«

Er zieht die Hand weg. »Ich kann nicht dahin zurück. Ich kann nicht. Die sind … Ich kann nicht zurück.«

Colette steht auf, stemmt die Hände in die Taille und trommelt mit den Fingern auf ihre Seiten. Emil lächelt schief. »Vielleicht ist ihnen noch gar nicht aufgefallen, dass ich weg bin.«

Sie hebt eine Augenbraue.

»Oder sie freuen sich«, sagt er schnell. »Ich war kein guter Bruder. Hab mich nie gern geprügelt. In den Kämpfen mit den anderen Cliquen war ich nie ne große Hilfe.«

Colette seufzt und sinkt auf die Bettkante ihm gegenüber. »Mein Vater hat mich auch … Alles hat er. Ich musste auch weg.«

»Hat er je nach dir gesucht?«

»Bestimmt. Aber ich bin weit genug weg.«

»Klar. Er ist ja in Frankreich.«

Colette wendet sich ab und sortiert Pinsel auf ihrer Kommode. »*Oui. Oui. France.*«

»Vielleicht bin ich auch schon weit genug weg?«, überlegt Emil.

»Fünf Kilometer sind nicht so weit …«, wirft Colette ein.

»Soll ich meine Sachen packen?«, fragt er.

»Das entscheide ich nicht, aber …« Sie sieht ihn an, seine hängenden Schultern. Der hübsch geschminkte Blick ist gen Boden gerichtet. Colette denkt an ihre Flucht, an ihre Brüder und die Hölle, aus der sie entkommen konnte. Und dass

Minna sie von der Straße geholt hat. »Eins nach dem anderen, Emil. Erst mal müssen wir dich den Typen da unten schmackhaft machen.«

»Und dann?« Er sieht sie unsicher von unten an.

»*Je ne sais pas*. Lass uns die Tage in Ruhe mit Minna reden. Wenn du erst ein paar Kerle hast, die für dich wiederkommen und viel saufen, wird sie dich nicht gehen lassen wollen.«

»Aber Colette, selbst wenn ich bleiben darf, heißt das nicht, dass sie …«

»*Oui*. Ich weiß«, unterbricht sie ihn.

Fünf Kilometer sind wirklich nicht weit, und die Jungs aus den Wilden Cliquen kennen überall in der Stadt jemanden. Wenn Minna Emil bleiben lässt, heißt das vielleicht, dass sie hier bald eine ganze Clique vor der Tür haben, die ein Exempel …

Colette schiebt den Gedanken beiseite und zupft an ihrem Kleid. »Auch ich kann nicht alle Probleme auf einmal lösen. Und jetzt hoch mit deinem süßen Arsch, Emil. Wir fangen mal mit nem Dreier an. Du unten an nem Typ, ich oben. Und wenn der überzeugt ist, will der Nächste auch.«

◇

Der Rauch wird kalt, die Gaststube auch. Minna zählt Geld, den obligatorischen Zigarillo im Mundwinkel, ihr Goldzahn blitzt auf, wenn sie zieht, und Emil sitzt ihr gegenüber. Fassungslos schaut er seine Scheine an. Bis heute hat er in Münzen verdient, und das meiste davon an Winnetou abgeben müssen. Im Sommer im Tiergarten, im Winter in der Adonis-Diele. In der Spelunke gibt es keine Zimmer, nicht, um die Freier zu bedienen, und schon gar nicht, um zu schlafen. Dort macht man alles auf dem Klo. Und Geld gibt es eigentlich auch keins dafür. Die Zuckerlecker in der Adonis-Diele unten am Halleschen Tor haben selbst keine Kohle und zahlen mit Wurst oder Kaffee oder Bier. Dafür gibt's in der Adonis-Diele immer billig Kokain und Opium. Aber wer braucht Opium, wenn er ein Bett in der Ritze hat? Emil zählt seine Scheine noch mal durch.

»Kennste das Monte-Casino?«, fragt Minna.

»Die ehemalige Heideblume?«

»Ja, in Kreuzberg. Da bringen die Frauen ihre Männer selbst hin. Und während die Kerle hinten auf dem Klo von nem Stricher einen geblasen kriegen, schauen die Frauen vorne Revue.«

»Die Revue ist aber unterirdisch.«

Minna doziert mit ihrem Zigarillo. »Wat ich sagen will: Sex ist nicht schwarz-weiß. Homo, Hetero, die Grenzen fließen.«

Emil schüttelt den Kopf. »Nee, die feigen Säcke stehen einfach nicht dazu, dass sie Schwänze lutschen wollen.«

»So oder so: Auch verheiratete Angestellte und Arbeiter jehören zu deiner Kundschaft. Auch die, die hierherkommen. Muss sich nur erst rumsprechen.«

Emil runzelt die Stirn. »Und die sollen ihre Frauen mitbringen?«

»Von mir aus. Wenn die ordentlich wat saufen.«

Emil lacht. Und dann fliegt die Tür zur Ritze auf, obwohl sie längst geschlossen haben. Ein kalter Windhauch zieht durch die kleine Gaststube, vertreibt den Biergestank und löscht die Kerze auf dem Tisch vor Emil. Er wendet den Kopf. Draußen steht ein schwarzer Riese im Gegenlicht der Straßenlaterne auf dem schmalen Bürgersteig, und schon bevor der Schatten eintritt, weiß Emil, wer es ist.

»Scheiße.«

»Ist zu!«, ruft Minna. »Komm morgen wieder!«

»Ich komme überhaupt nie wieder«, sagt Winnetou, macht einen langen Schritt und steht im schummrigen Licht der Ritze zwischen den leeren Tischen und Stühlen.

Er schlägt die Tür hinter sich zu, die Deckenlampe neben ihm schaukelt. Draußen vor dem Fenster weitere Schatten, das Weiß vieler Augen leuchtet matt. Emil erkennt Hans, dessen Blick voll Enttäuschung ist. Und ist das daneben der rote Fuchs?

Winnetou hebt die Hand und zeigt auf die Narben in seiner Handfläche. »Bruder, du kannst mich nicht verlassen. Wir sind im Blut verbunden.«

»Familien trennen sich«, sagt Minna.

»Schnauze!« Winnetou packt Emil am Matrosenkragen, zieht ihn hoch und wirft ihn durch den Raum. Es kracht. Emil stürzt auf einen Tisch, dem ein Bein wegbricht, und fällt auf einen Stuhl. Auch der hält sein Gewicht nicht und bricht zusammen. Emil stöhnt auf.

Minna sammelt das Geld vom Tisch und steht auf.

Emil zieht sich hoch. »Ich muss gehen, Minna.«

»Nee«, sagt sie, »du musst dich schlagen, Junge.«

Winnetou lacht. Minna geht hinter den Tresen und sieht Emil an. Er lehnt sich an eine Stuhllehne und hält sich die Schulter.

Minnas Blick durchbohrt ihn. »Das Leben ist so oder so ein Schlachtfeld. Fang an zu kämpfen.«

Emil schaut von ihr zum Häuptling seiner Clique, seinem Boss, seinem Bruder. Winnetou grinst. Die anderen Jungs draußen auch. Die Erinnerung an eine Welt, von der Emil übel wird. Er kann nicht zurück. Lieber tot als zurück. Und Winnetou steht da wie ein Baum. Aber auch eine dicke

Eiche ist nur ein Baum. *Nur ein Baum*, denkt Emil und richtet sich auf. Nur ein Baum. Mit Bäumen kann er.

Emil schreit auf. Er stürzt auf Winnetou zu und treibt ihm seine Fäuste ins Gesicht. Der Häuptling ist überrascht, aber als er sich gefangen hat, landen zwei Haken in Emils Gesicht. Die Lippe platzt auf. Aber was ist schon eine aufgeplatzte Lippe gegen das Stoßsofa und den Ast, den sie ihm damals in den Arsch gerammt haben? Nichts. Emil schreit weiter und lauter. Winnetou fliegt gegen die Wand. Emil tritt und schlägt von oben. Winnetou zieht ihm die Füße weg, er fällt. Ein weiterer Stuhl zerbirst. Winnetou wirft sich auf Emil und rammt ihm seinen Ellbogen ins Gesicht.

Colette eilt in die Gaststube. »Was ist denn hier los?«

Minna deutet mit dem Kopf auf die prügelnden Jungs, Colette versteht. Emil rollt sich nach oben und rafft sich auf, in der Hand hält er das Tischbein. Er hebt es an und lässt es auf Winnetou niedersausen. Jetzt schreit der Häuptling. Kurz. Er bleibt bewusstlos liegen. Emil keucht. Die Jungs draußen sind baff vor Erstaunen.

Minna atmet aus, ihre Hände sind schweißnass. »Siehste. Bist stärker, als du denkst.«

Colette schluckt. »Ich glaube nicht, dass das reicht.«

»Was?«, keucht Emil.

»Ist ein bisschen Prügel genug, um eine Wilde Clique zu verlassen, Emil?«, fragt sie und schaut auf die Kinderschöpfe hinterm Fenster. »Oder kommen die dann einfach für weitere Schlägereien wieder?«

Emil wischt sich Schweiß und Blut von der Stirn und lässt das Tischbein fallen. Er sieht die Augen draußen. Lauernd und wartend. Emil geht zur Tür, schließt sie ab und schiebt einen Tisch davor.

Winnetou wimmert. Emil dreht ihn auf den Bauch, zieht ihm die Hose über den Arsch und öffnet seine eigene. Er presst Winnetous Kopf auf den Boden, während er seinen Schwanz in dessen Arsch rammt. Emil presst die Zähne aufeinander, stößt und starrt die Gesichter draußen vor der Tür an.

Winnetou wimmert wieder. Emil drückt seinen Kopf auf die Dielen. »Schnauze!«

Los Angeles, 1954

Noah räumt seine Sachen zusammen und zieht sein Jackett an. Sein Arm gleitet moralisch in die Ärmel.

»Es tut mir leid, dass es so war«, sagt Hedi.

»Schon gut. Wer frei ist, ist nicht unbedingt frei von Schuld. Ich versteh schon.«

»Haben Sie sich eigentlich schon Gedanken über das Foto gemacht?«

Er hält im Einpacken inne. »Wie bitte?«

»Der Verlag wird für Ihr Buch doch ein Bild von mir brauchen. Sie sollten das vom roten Teppich bei der Oscar-Verleihung nehmen.«

»Ach ja. Das Cover.« Er räumt weiter zusammen. »Nein, Sie werden einen Fotografen herschicken.«

»Bitte?« Hedi steht auf und weicht einen Schritt zurück. Ihre Kniekehlen schieben den Stuhl über die Eierschalenfliesen, bis er umfällt. Sie starrt Noah an.

»Sie werden jemanden aus L. A. beauftragen«, erzählt er. »Wenn Sie einen Favoriten haben, dann kann ich gern einen Namen weiterleiten.«

Hedi sieht an sich runter und zeigt auf den grauen Sack aus Leinen, den sie hier Kittel nennen, die ausgetretenen Schuhe. Sie zeigt auf ihr ungeschminktes Gesicht. Nicht vorzeigbar, nicht fotografierbar. Nicht mit ein bisschen Puder. Nicht im Geringsten. Sie zeigt an sich hoch und runter und sucht nach Worten.

Er lächelt. »Sie sehen gut aus, Hedi.«

Sie lacht freudlos. »Das sagen Sie nur, damit ich irgendwann über Ihren blöden Louis rede. Was ich aber hier erzähle, das könnte ein Bestseller werden. Ihr Durchbruch. Und ich soll darauf aussehen, als wär ich schon tot?«

»Ich kann Ihnen mehr Make-up mitbringen, wenn der Fototermin ist«, bietet Noah an.

»Make-up?«, fragt sie fassungslos. »Sie müssten eine voll ausgestattete Kostümbildnerin hier reinschmuggeln – und ein Kleid, nein, eine Auswahl an Kleidern. Und Schuhen. Wissen Sie, was eine gute Fotografie für eine Arbeit macht?«

»Hedi, Sie haben mehr Selbstbewusstsein als das.«

»Was wissen Sie denn von Selbstbewusstsein?« Sie schnaubt. »Nichts wissen Sie.«

»Hedi, ich bin nur Autor, ich entscheide das nicht. Aber was auch immer ich über Sie schreibe und wo auch immer das erscheint: Es ist von größerem Interesse, wenn die Leser Sie im Gefängnis sehen und nicht irgendein glamouröses Bild, das sie schon kennen.«

»Dann sollen sie ein unbekannteres nehmen.« Sie wirft die Hände in die Luft. Ein älteres sollen sie nehmen. Hedi hat mal ein Shooting am Meer gemacht, wovon nur ein Bild benutzt worden ist … Die Negative finden sich bestimmt irgendwo in der Agentur. »Rufen Sie meine Agentin an.«

Noah lächelt vorsichtig. »Mein Lektor hat schon gesagt, dass Sie im Gefängnis abgebildet …«

»Nein, nein«, fährt sie dazwischen. »Auf keinen Fall. So nicht. Dann können sie den Stuhl von mir aus jetzt schon aufheizen. Ich setz mich da heute noch drauf. Ich geb mir selbst die Kugel, wenn es sein muss.«

»Was reden Sie denn da?«

»Noah, ich habe nichts. Gar nichts. Keinen Mann, keine Familie, keine Freunde. Ich habe keine Karriere mehr, keinen Job, der mir Freude macht, ich werde den Scheiß-Oscar nie gewinnen. Da ist nichts. Außer dem, was von mir bleibt.«

»Das ist mir bewusst«, sagt er und glaubt seinen eigenen Worten in diesem Augenblick wirklich. »Aber Sie werden wundervoll aussehen.«

Hedi will was sagen, aber die Tränen sind schneller als die Worte. Sie presst die Lippen aufeinander und dreht sich weg von ihm. Noah stellt sich neben sie und legt eine Hand auf ihre Schulter.

Hedi Belles erster Mann hat sie nie ungeschminkt gesehen. Der zweite nur ein Mal. Eigentlich ist Noah der Erste, der …

»Geben Sie es zu«, sagt sie leise. »Als Sie hier das erste Mal reingekommen sind, haben Sie mich gar nicht erkannt.«

Er schweigt. Sie nickt wissend und befreit sich aus seinem Arm.

»Ich sehe hier ein gesellschaftliches Problem. Diese Masken überall, das muss doch aufhören«, sagt Noah.

»Vielleicht. Aber das ist nicht der Kampf, den ich kämpfe. Ich nicht. Nicht hinter diesen Mauern. Das kann keiner von mir verlangen. Und Sie am allerwenigsten.«

»Ich …« Er umfasst sie. Hedi lehnt ihren Kopf an seine

Brust und weint weiter. »Es tut mir leid, dass ich letzte Woche gesagt habe, dass Männer nur um sich selbst weinen. Ich mach ja auch nichts anderes. Heule um mich. Wenn jeder um sich selbst weint, wird am Ende ja auch für jeden eine Träne vergossen.«

»Ich bin sicher, dass alle zu Hause in der Ritze um Sie weinen würden, wenn sie wüssten ... Einige von denen müssen doch noch leben, oder nicht? Trotz Krieg.«

Hedi weint und sagt dazu nichts. Noah kann gern nach der Ritze und ihren Bewohnern von damals suchen. Aber das hier ist Hedis Geschichte, noch erzählt sie. Er kann nach allem suchen, was er will, wenn sie tot ist. Aber nicht jetzt. Jetzt hört er ihr zu. Er streichelt ihren Rücken und reicht ihr ein Taschentuch.

Sie trocknet die Tränen und betrachtet das Tuch. Es ist feucht, hellgrau gestreift und sauber. Hedi hält es in die Sonne. Das Tuch hängt in der Luft wie ein Fähnlein im Wind. Ein Luftzug weht durch die Gefängnisritzen. Das Taschentuch tanzt sanft in der kalifornischen Sonne, die durch die Oberlichter fällt.

»Man hinterlässt weniger Spuren, wenn man ungeschminkt ist«, stellt sie fest.

»Bitte?«, fragt Noah. Er ist wieder beim Tisch, hat gerade Lösungsmittel ins Glas gegossen und hält inne. Er sieht sie an.

Hedi faltet das Tuch. »Ungeschminkte Frauen hinterlassen keine Spuren. Wenn wir beide jetzt vögeln würden, Noah, hätten Sie keinen Lippenstift am Kragen. Als wär es nie passiert.«

Er räuspert sich. »Es *ist* nie passiert.«

»Nein, ist es nicht.«

Er wendet den Blick schnell ab, reißt einer Rose die Blütenblätter ab. Und hält Hedi die Hand hin. Aus seiner geschlossenen Faust quellen weiße Blütenblätter. Er öffnet die Finger, die Blätter segeln auf den Tisch. Sie nimmt eins von seiner Handfläche und tunkt es ins Glas.

»*Time's up!*«, ruft Bert von draußen. Der Schlüssel rasselt im Schloss.

Hedi nimmt den letzten Bissen der Woche. Noah packt den Rest zusammen und geht zu seiner Tür, sie steht vor ihrer. Sie sehen sich ein letztes Mal an, und dann geht jeder seiner Wege. Schritt für Schritt zurück in die Zelle, in der Hedi ein Huhn ist, das man schon vor der Schlachtung gerupft hat. Kein Panther. Und schon gar kein Tiger. Sie hatte unrecht.

DAS FRÜHSTÜCKSELIXIER

Los Angeles, 1954

Lieber Noah,

es tut mir leid, dass ich Sie vorgestern nicht empfangen konnte. Jetzt muss ich über mich selber lachen. Ich schreibe »empfangen«, als wär ich eine Königin und Sie ein wichtiger Diplomat. Wobei … das würde mir natürlich gefallen.
Sie denken vielleicht, dass ich Sie nicht sehen wollte, dass die Krankheit nur ein Vorwand war. Ich gebe zu, dass mich unser letztes Treffen zutiefst erschüttert hat. Zu wissen, dass ich mein Aussehen, mein Erscheinungsbild nicht kontrollieren kann … dass auch das nichts mehr ist, was ich gestalten kann … Es hat mir allen Lebensmut genommen. Nicht dass ich noch viel hatte, aber ein bisschen ist besser als nichts.

Wie dem auch sei, das war nicht der Grund. Es ist zum Verzweifeln. Ich esse doch so wenig, wie kann ich mir da was holen? Kurz: Es ist mein Magen, Details erspare ich Ihnen. Wobei Sie sicher sein können, dass ich nicht in der Lage bin, diese Details auch meinen Mitgefangenen zu ersparen. Zelle reiht sich hier an Zelle, die Wände sind dünn, zum Gang hin gibt es nur ein Gitter … Und wenn Sie das veröffent-

lichen, werde ich aus der Hölle auffahren und mich bitter an Ihnen rächen. So bitter, dass Sie sich wünschen, mich nie kennengelernt zu haben. Wenn Sie das nicht eh schon tun.

Aber da ich wieder aufrecht sitzen kann und genug Kraft habe, einen Stift zu halten, möchte ich Ihnen jetzt nicht vorenthalten, wie es damals weiterging. Nun, da ich zurückdenke, wird mir eine Sache bewusst, für die ich hier sehr dankbar bin: das Klo in meiner Zelle. Früher musste ich immer raus in den Hof, was bei einer Magenkrankheit natürlich eine Tortur ist. Hatten Sie im Grunewald auch ein Klo im Hinterhof? Nein, Sie hatten keinen Hof, sondern einen Garten. In dem stand sicher kein Klo. Sie hatten Badezimmer, nicht wahr? Und dann hat man Ihnen alles weggenommen. Oder sind Sie vorher ausgewandert?

Ich bin mit siebzehn nach New York gekommen, ganz allein. Es war ein Kinderspiel, mich konnte nichts mehr schockieren. Aber zurück ins Jahr 1927. Als die Welt mich noch erschüttern konnte …

Berlin, 1927

Den Arm voller Peitschen und Paddel, Leinen und Gerten stemmt Hedwig sich gegen Natalias Tür. Im Zimmer ist es kalt, die Kerzen sind schon lang nicht mehr angezündet worden, an den Fensterscheiben klettern täglich mehr Eisblumen empor.

»Rate, was ich in Colettes Fach in der Küche gefunden habe«, sagt Hedwig und lässt all das schwarze Lederwerkzeug auf die Holzdielen vorm Kreuz fallen.

»Kannst du werfen draußen ins Klo«, gibt Natalia zurück.

»Colette hat es dir gestohlen«, sagt Hedwig. »Weil sie neidisch ist, weil du das kannst und sie nicht.«

Natalia liegt auf dem Bett, nimmt ihren Blick von der Decke und sieht das Mädchen müde an. »Ich kann es auch nicht.«

»Zeigst du mir, wie's geht? Die Peitsche? Die lange?« Hedwig zieht die lange Lederpeitsche aus dem Haufen zu ihren Füßen. Sie ist verheddert mit all den anderen Utensilien. Wird Zeit, dass jemand Ordnung macht. Das Werkzeug muss immer in Ordnung sein. Der Rest ist egal, aber das Werkzeug … Hedwig sortiert. »Erst Peitschen und dann Würgen. Man nimmt die doch zum Würgen, oder?«

»Du darfst auf keinen Fall jemanden damit würgen.«

»Nicht?«

»Kannst du nicht spielen mit Colette?«, fragt Natalia und schaut wieder die Decke an.

»Ich spiele nie mit Colette. Ich hasse sie.«

Natalia seufzt. »Sie ist guter Mensch, Hedwig. Und du kannst lernen von ihr viel.«

Hedwig runzelt die Stirn. »Was denn?«

»Alles. Aus Colette wird mal was werden.«

»Quatsch. Du sagst ihr immer, dass sie in Paris scheitern wird.«

Sie schüttelt den Kopf. »Aber wird sie nicht. Ich will sie nur verletzen.«

Hedwig hält die Peitsche hoch. »Ich will auch verletzen.«

Natalia sieht sie an und schweigt. Hedwig hält die Peitsche noch höher, sie macht sich ganz lang, ihr ganzer Körper fühlt sich stark an.

»Du hältst Peitsche falsch«, beendet Natalia ihr langes Schweigen. »Nicht so weit oben am Griff. Außerdem musst du erst Paddel nehmen und Stelle, die soll geschlagen werden, durchbluten.«

Hedwig lässt die Peitsche fallen und sucht das Paddel. »Das?«

»Nein, lieber ganz breites Paddel«, antwortet Natalia. »Je besser du Haut weich kriegst, desto weniger sieht man hinterher, dass du gepeitscht hast darauf.«

»Aber am Arsch sieht man das doch eh nicht.«

»Ehefrauen schon.«

Hedwig wühlt sich durch Leder und Holz, es rumpelt unter ihren Fingern. Sie sind kalt, der Boden ist kalt. Und die Eisblumen an den Scheiben scheinen sich schon wieder vermehrt zu haben. Sie breiten sich aus wie die schnellsten Kletterrosen der Welt.

»Aber manche wollen doch auch, dass es blutet, oder?«, fragt Hedwig.

»Ja, manche … Hedwig, ich will grade wirklich nicht reden drüber.«

»Ich übe mit dem Paddel«, beschließt das Kind.

»An wem?«

»Weiß noch nicht. Kann ich die Peitsche auch haben?«

Natalia schaut wieder zur Decke und macht eine abfällige Bewegung mit der Hand. »Du kannst haben alles.«

»Juchhu!«

»Mir wär aber lieber, du schmeißt weg.«

Hedwig legt sich jedes Werkzeug einzeln in den Arm und drückt es an ihr Herz. »Nein, ich behalte es. Damit ich werde wie du. Hart und gefürchtet und reich.«

»Wenn du werden willst reich, dann musst du werden wie Colette. Rechnen muss man können.«

Hedwig streichelt das breite Paddel. »Klauen reicht doch.«

»Nein. Besser ist, du kannst auch rechnen. Und sparen. Wie Colette in ihrem Koffer.«

»Pffft, Koffer …« Hedwig schnaubt und denkt an das hässliche Teil unter Colettes Bett, in dem sie spart für das blöde Paris, für das sie wahrscheinlich ihre Mutter verkaufen würde. »Colette hat keine Freunde.«

»Sie hat doch uns«, sagt Natalia.

»Sie hat keinen Martin. Ich will Freunde wie Martin.«

Natalia nickt und sieht weiter die Decke an. Sie schluckt und wischt sich durchs Gesicht.

Hedwig steht mit allen Peitschen in der Tür, auch ihre Augen werden feucht. »Ich vermisse ihn.«

»Es tut mir so leid.«

»Vermisst du ihn auch?«, fragt Hedwig.

»Lass mich bitte allein, *Rybka*.«

◇

Hedwig sitzt auf dem Tresen und lackiert sich die Fußnägel. Am kleinen Zeh hat sie etwas übergemalt, aber der große sieht schon ganz gut aus. An Hedwigs Gürtel hängt die mittellange Peitsche von Natalia zusammengerollt. Sie wollte erst das Paddel an ihren Gürtel hängen, aber damit kann man nicht sitzen. Wenn der Schnee kommt, kann man mit dem Paddel vielleicht den Weinbergsweg runterrutschen wie mit einem Schlitten, nur besser, weil es aus Gummi ist. Aber für den Alltag ist es ungeeignet. Die Peitsche schmiegt sich immer schön an Hedwigs Körper an. Sie mag die Peitsche. Hedwig wechselt den Fuß. Minna spült Gläser, und Colette sitzt vorn rechts am Tisch direkt neben dem Tresen über den Büchern. Emil ist in der Küche und kocht Kaffee. Und singt.

»Seine Laune möchte ick haben«, grunzt Minna. »Nur für einen Tag in meinem Leben. Ach wat, für ne Stunde würde mir reichen.«

»Ich auch«, sagt Colette.

»Der hat sich nen Sandsack gekauft. Schleppt hier Sand ins Haus, um draufzuschlagen.«

»Wenn's Spaß macht«, brummt Colette.

»Und wer hat dir in den Schnaps gespuckt? Neulich warste doch auch so'n Scheißsonnenschein.«

Colette nickt und senkt den Kopf über die Bücher. Lustlos addiert und multipliziert sie Ein- und Ausgaben und legt das Geld für die Tennes zur Seite. Zahlen, alles voller Zahlen. Sie kennt von allem den Wert und hat einen Koffer voller Geld unter ihrem Bett. Aber ihr Bett ist leer. Und das andere Bett, das Fritz warm hält, das hat seinen Preis. Er ist so gut, wie er sagt. Sie ist drei Mal gekommen. Aber was sie wirklich berauscht hat, waren seine Nähe und seine Worte. Auch wenn sie das alles bezahlt hat, es war der Himmel. Aber der Rausch geht, und was dann kommt, ist ein schwarzes Loch der Einsamkeit. Danach ist die Einsamkeit immer größer.

»Und?«, fragt Minna. »Wie sieht's aus?«

»Könnte besser sein«, antwortet Colette. »Wird Zeit, dass Natalia ihre Peitsche wieder in die Hand nimmt.«

»Wo ist die überhaupt?«

»In ihrem Zimmer«, erklärt Hedwig. »Starrt die Decke an.«

»Colette, willste nicht mal hochgehen und ihr vorrechnen, wie viel sie det kostet?«, fragt Minna. »Dazuliegen und die Decke anzustarren.«

»Nein. Ich will mich dazulegen.«

»Nix da«, protestiert Hedwig. »Da lieg ich schon. Da ist kein Platz für drei.«

»Du sollst eigentlich bei mir schlafen«, sagt Minna.

»Kannst mich nicht zwingen.« Hedwig zuckt mit den Schultern und pinselt.

Minna nickt und spült. Hedwig teilt ihr Bett lieber mit Natalia, denn die ist schmal und kalt. Minna ist breit und heiß. Hedwig ist viel zu warm in Minnas Bett. Und sie hält nachts gern Natalias Hand.

Minna taucht die Gläser in das schaumige Wasser und dann in das klare. Asche fällt von ihrem Zigarillo auf den Schaumberg, sie ignoriert es und nimmt die nächsten Gläser.

Die Tür geht auf, und Bruno tritt ein. »Tag, die Damen.«

»Wir müssen tagsüber wirklich abschließen«, sagt Colette, und Minna sagt: »Tag, Arschloch.«

Er lacht und stellt sich an den Tresen, als könne er hier bestellen. Der Stern auf seiner Mütze funkelt mit Minnas Goldzahn um die Wette, seine Hand liegt auf dem Knüppel an seiner Seite. Er schaut Hedwig an.

»Ich bin nur zu Besuch«, sagt das Mädchen schnell.

»Natürlich bist du das«, brummt er.

»Wat willst du?«, fragt Minna.

Sein Blick wandert über Minna und bleibt an ihren Brüsten hängen. Er grinst. »Eine gute Zeit.«

Minna verschränkt die Arme vor der Brust. »Verkaufen wir grad nicht.«

Bruno tut verständnisvoll, seine Miene lügt, während er den Knüppel umfasst wie einen erigierten Schwanz. »Ich hatte nicht vor zu bezahlen.«

Colette sieht von dem Knüppel zu Minna und begreift sofort, was passiert ist. Obwohl Minna nie ein Wort gesagt hat. Colette springt auf und stellt sich zwischen Bruno und den Tresen. »Dann verpiss dich.«

»Verpiss *du* dich. Das ist was für Erwachsene.«

Emil kommt mit der Kaffeekanne aus der Küche, will gerade fragen, wer eine Tasse will, als er den Stern des Bullen sieht. Er setzt den Kaffee ab und stellt sich neben Colette. Er verschränkt die Arme vor der Brust und spannt alle Muskeln an.

»Geh zur Seite, Emil«, sagt Minna, »ick lass mir nicht von nem Mann beschützen.«

»Welcher Mann will dich beschützen?«, fragt Bruno. »Ich seh keinen Mann.«

»Weil du blind bist«, zischt Colette. »Und dumm.«

Bruno sieht Minna an. »Hab ich deine Enkelin da vor dem Verderben gerettet, oder nicht? Doch, das hab ich. Und jetzt zeigst du dich dafür einfach ein bisschen dankbar.«

Hedwig denkt an das Heim und den Geruch von Haferbrei und Schimmel. Die vollgepissten Betten und Kinder, die in einem Mittagsschlaf mehr Albträume haben als sie in ihrem ganzen Leben. Hedwig hört sie schreien. Jetzt hier in ihrem Ohr rufen sie nach Müttern, die es nie geben wird. Was weiß der Scheißbulle vom Verderben? Hedwig greift nach der Peitsche an ihrem Gürtel.

Emil dreht sich zu Minna. »Ich hab den in fünf Minuten draußen auf der Straße.«

Sie schüttelt den Kopf. »Nein, Emil, du kannst meine Schlacht nicht schlagen. Kein Mann kann das.«

Hedwig reißt den Arm mit der Peitsche hoch, springt auf und läuft los. Sie rennt barfuß über den Tresen, es sind zwei Sätze. Sie hüpft, fliegt durch die Luft und schwingt die Peitsche. Sie zischt durch Brunos Gesicht. Hedwig reißt ihn zu Boden und peitscht auf ihn ein. Dann lässt sie sich auf seinen Bauch fallen, wickelt die Peitsche um seinen Hals und zieht.

»Dich sollte man ins Kinderheim bringen!«, schreit sie. »In den Schimmelkeller sperren! Du Scheißbullenschwein!«

»Hedwig!«, sagt Minna fassungslos.

Emil zieht das Kind vom Bullen runter und nimmt ihm die Peitsche ab. Hedwig löst sich von Brunos Hals und zappelt in Emils Arm. Sie keift, während Minna um den Tresen herumkommt und sich über Bruno beugt, der noch immer nicht ganz begriffen zu haben scheint, was überhaupt passiert ist.

»Ich schlag dich tot!«, schreit Hedwig. »Tot schlag ich dich!«

»Ja, Hedwig, das machst du«, sagt Emil. »Aber nicht heute. Schsch.«

»Bitte entschuldige, Bruno«, sagt Minna über den Bullen gebeugt. »Unser Gast weiß sich nicht zu benehmen.« Sie grinst, zieht ein Bündel Scheine aus ihrem Dekolleté und wirft es ihm auf die Brust. »Hier, für den Arzt. Du siehst furchtbar aus.«

»Und jetzt verpiss dich«, sagt Colette, »bevor ich dem ganzen Scheunenviertel erzähle, dass eine Schwuchtel dich vor einer Achtjährigen beschützt hat.«

Bruno rafft sich auf, klopft seine Mütze sauber und geht rückwärts zur Tür. Er hebt den Zeigefinger und zeigt auf jeden einzelnen Bewohner der Ritze. »Das wird ein Nachspiel haben.«

Minna winkt ab. »Alles hat ein Nachspiel.«

Emil stellt Hedwig auf den Boden, als die Tür sich hinter dem Bullen schließt.

Sie richtet ihr Kleid und reckt das Kinn. »Ich habe euch alle vor dem beschützt. Ich will ein Bier.«

»Minna, warum hast du nichts gesagt?«, fragt Colette.

»Wat hätt ick denn sagen sollen?«

»Wann ist es passiert?«

»Als er Hedwig weggesperrt hat.«

»Was ist denn passiert?«, fragt Hedwig.

»Nichts«, antwortet Minna. »Hier dein Bier.« Sie reicht Hedwig eine Molle.

Diese läuft damit nach oben, um Natalia alles zu erzählen. Sie hüpft die Treppenstufen hoch, während Emil in der Gaststube die Stühle wieder gerade hinstellt.

»Ich hab mal ein Heten-Pärchen im Tiergarten belauscht«, erzählt er. »Er war ein braver Angestellter, sie ne behütete Jungfrau, und sie waren ganz verliebt und romantisch und so. Und sie waren sich einig, dass Sex und Liebe zusammengehören. Als wären Sex und Liebe ne Art Liebespaar für sich.«

Minna und Colette lachen.

»Dabei sind Sex und Gewalt ein Paar«, meint Emil.

»Nein, das stimmt nicht«, sagt Colette schnell und vergräbt sich wieder in den Büchern. »Liebe gibt es.«

»Ja?«, fragt Minna.

»Ja«, sagt Colette, aber sie blickt nicht mehr auf.

◊

Hedwig sitzt am Tresen und isst Omelette. Der Kapitän spielt Seemannslieder. Es ist noch früh. Jetzt sind erst die Angestellten da. Sie sind die Verklemmtesten von allen, aber unter ihnen hat Emil die meisten Kunden. Hedwig isst langsam, auf der Gabel liegt immer nur ein kleiner Krümel Ei.

Denn wenn sie aufgegessen hat, muss sie ins Bett. Und da ist es langweilig. Natalia starrt die Decke an und beachtet Hedwig nicht. Sie macht ihr manchmal Angst mit ihrem leeren Blick. Der Wodka hat sie nicht zu sich selbst zurückgebracht. Es sah kurz danach aus, weil alles nach einer Woche Entzug eine feine Wirkung hat. Aber dann kam die Gewöhnung. Die ist ein großes Problem für Erwachsene. Wenn sie sich einmal an was gewöhnt haben, dann sind sie abhängig. Unfrei. Kann Hedwig nicht passieren.

Emil zieht wieder einen Kerl mit sich nach oben in Hedwigs Zimmer. Sie nennt es immer noch so. Emil ist in Ordnung, aber es ist trotzdem ihr Zimmer. In dem sie ihn schlafen lässt. Weil sie gnädig ist.

»Wat ist denn mit dir los?«, fragt Minna. »Kein Hunger?«

»Doch.«

»Dann iss mal schneller.«

»Minna, wie machen es zwei Männer?«

»Wat?«

»Wie macht Emil das mit denen?«, fragt Hedwig. »Ohne Pussy?«

»Iss.« Minna runzelt die Stirn und schüttelt den Kopf. Dann geht sie und sammelt leere Gläser von den Tischen ein.

Einige der Angestellten schunkeln zum Akkordeon. Mutiger werden die nicht. Leben in Berlin, und mehr Sau haben sie nicht zum Rauslassen. Nur ein kleines Schunkel-Schweinchen. Hedwig ist acht Jahre alt und findet das sehr traurig.

Eine Frau im Herrenanzug bahnt sich den Weg zu ihr. Sie setzt sich neben Hedwig und stellt zwei Fläschchen mit klarer Flüssigkeit auf den Tresen. »Hier war doch frei, oder?«

Hedwig nickt langsam und betrachtet das Gesicht der

Frau. Die dünnen Brauen und die kirschroten Lippen. Ihre Haare sind ähnlich frisiert wie die von Colette. Nur dass sie dunkel sind. Dunkle Wolken. Gewitterwolken. Hedwig mag Gewitter – und sie kennt die Frau. Und zwar aus dem Kino. Ihr fällt die Kinnlade runter.

»Sie sind Anita Berber.«

»Ja, und Sie sind?«

»Hedwig. Hedwig Hallig.«

»Freut mich sehr, Fräulein Hallig. Ich habe gehört, dass man hier gut feiern kann. Können Sie das bestätigen?«, fragt Anita Berber.

»Klar«, antwortet Hedwig. »Hier ist immer Bombenstimmung.«

Die Schauspielerin lacht zufrieden, steht auf und geht hinter den Tresen. Einfach so, das hat sich noch kein Gast getraut. Sie nimmt einen Champagnerkelch und kommt damit zurück. Sie mischt die beiden Flüssigkeiten und zeigt Hedwig die Flaschen.

»Chloroform. Äther. Eins zu eins mischen.«

»Warum?«, fragt Hedwig. »Schmeckt das gut?«

»Nein. Es geht nicht immer um Geschmack.« Frau Berber nimmt die weiße Rose aus ihrem Knopfloch und reißt ein Blütenblatt ab. Sie reicht es Hedwig und zupft ein zweites für sich selbst aus. »Und jetzt, Fräulein Hallig, tunken wir die Blätter in das Glas und beißen ab.«

»Wir essen eine Blume?«

»Exakt.« Anita Berber hält den Champagnerkelch zwischen sie beide, und sie tunken ihre Blütenblätter hinein. Die Lösungsmittel tropfen von den zarten weißen Blättchen. Perlen fallen zurück ins Glas, kleine Lösungsmittelwellen im Champagnerkelch. Anita Berber nimmt den ersten Bissen,

Hedwig tut es ihr nach. Es schmeckt furchtbar, es stinkt und brennt. Im Mund und in der Nase.

Hedwig verzieht das Gesicht. Anita Berber lächelt.

»Und jetzt müssen wir uns duzen. Ich bin Anita.«

»Ich weiß.«

»Also«, beginnt Anita, lehnt einen Arm auf den Tresen und sieht sich über ihre Schulter hinweg im Laden um. »Wer ist die beste Schnecke hier?«

»Colette«, antwortet Hedwig. »Ist grad oben. Magst du Mädchen?«

»Du nicht?«

»Manche schon.«

Anita nickt wissend. »Ja, manche sind auch scheiße.«

»Ich habe neulich einen Bullen verprügelt«, erzählt Hedwig, denn eine Frau wie Anita sollte wissen, was Hedwig für eine Frau ist. Ein Kaliber ist sie nämlich.

»Im Ernst? Wahnsinn.«

»Ja.« Hedwig nickt. »Ich bin der Wahnsinn.«

»Möchtest du noch ein Blütenblatt?«

Hedwig will, Anita gibt ihr eins. Hedwig hält das Blütenblatt ins schummrige Licht der Lampe überm Tresen. »Woher kennst du das? Die Mischung?«

»Hab ich mir selbst überlegt.«

»Echt?«

»Ja«, sagt sie. »Ich nenne es Frühstückselixier.«

»Frühstück?«, fragt Hedwig. »Aber es ist doch keine Frühstückszeit.«

»Nicht? Wie viel Uhr haben wir denn?« Anita dreht sich zum Fenster und schaut auf die Straße, als könne sie am Tageslicht die Uhrzeit ablesen. Ist doch fast Winter. Ist doch immer dunkel jetzt.

Hedwig schaut auf die Uhr über der Küchentür. »Acht.«

»Aber Hedwig, das ist doch die beste Frühstückszeit.«

»Stimmt.« Das Mädchen beißt in das Blütenblatt und verzieht das Gesicht. »Anita, wie machen es zwei Männer?«

»Miteinander? Entweder mit der Hand, dem Mund oder mit dem Arsch. Ist keine Hexerei.«

»Verstehe.« Hedwig betrachtet ihre Bissspuren an dem Blütenblatt. Sie lacht. »Du gefällst mir.«

»Du mir auch.«

Hedwig wird ganz warm – und dann wird ihr schwarz vor Augen. Sie fällt vom Barhocker, klettert wieder hinauf und schläft vornübergebeugt auf dem Tresen ein. Emil trägt sie später rauf, aber das bekommt sie nicht mit. Anita wird derweil unten von einem weiteren Fan erkannt und badet in der Aufmerksamkeit wie Kleopatra in Eselsmilch. Sie tanzt auf einem Tisch, isst Rosenblütenblätter und lässt die Hüften kreisen.

»Was macht die denn da?«, fragt Colette.

»Das ist Anita Berber«, erklärt Emil. »Sie tanzt ihre berühmten Tänze.«

Colette verzieht das Gesicht. »Das ist kein Tanz.«

»Ist Kunst. Ausdruckstanz.«

»Sieht aus wie eine Krankheit.«

Anita zuckt und bebt von Tisch zu Tisch und stößt sich den Kopf an den Deckenbalken und Lampen. Sie scheint es nicht zu bemerken.

Emil lacht. »Wie auf dem elektrischen Stuhl.«

»*Oui*. Aufreizend ist das nicht.«

»Mir egal«, sagt Minna, die neben ihnen Gläser spült. »Die hat schon zwei Flaschen Sekt und nen halben Korn gesoffen. Von mir aus kann die hier Kaninchen opfern.«

Anita trägt nur noch Unterwäsche, als sie verschwitzt vom Tisch hüpft und vor Colette landet. Sie schlängelt um sie herum. »Tanzt du mit mir?«

»*Non*, da vergraul ich mir noch die Kunden«, antwortet Colette.

»Herzchen«, verkündet Anita, »ich bin dein Kunde.«

Sie zieht Colette mit sich. Colette stolpert hinter ihr her und wirft Emil noch einen hilflosen Blick zu. »Die steht auf Frauen?«

Emil grinst. »Viel Spaß.«

Los Angeles, 1954

Liebe Hedi,

lassen Sie mich Ihnen zuallererst gute Besserung wünschen. Ich hoffe, Sie sind bald wieder wohlauf. Machen Sie sich keine Gedanken, dass Sie mich versetzt haben. So konnte ich meine Notizen sortieren. Außerdem habe ich derweil zu Anita Berber recherchiert. Ich wusste nicht, dass sie so jung gestorben ist. Neunundzwanzig. Wir haben sie beide überlebt. Dass Otto Dix sie gemalt hat, wusste ich auch nicht. Sie ist die berühmte Frau in Rot.

Ich hatte keine Ahnung, dass das Frühstückselixier ihre Erfindung ist. Sie hat tatsächlich eine Szenedroge erfunden? Es ist, wie Sie sagen: Ich weiß nichts über Berlin. Gar nichts. Also, erzählen Sie mehr, bitte. Sie schreiben zum Beispiel wieder von den Albträumen der Kinder im Heim. Dass sie keine Mütter haben. Was ist eigentlich mit Ihrer Mutter? Ist sie jung gestorben? Haben Sie manchmal

Träume, in denen Sie nach ihr rufen? Ich freue mich, von Ihnen zu lesen.

Ihr Noah

◇

Lieber Noah,

ich kannte meine Mutter nicht. Sie hat in der Ritze gearbeitet, bevor Colette kam. Fritz hatte eine Affäre mit ihr. Er hat sie natürlich fallengelassen, als sie schwanger wurde. Minna hat ihr Petersilie besorgt. Und auch Adressen, aber sie wollte mich nicht abtreiben. Sie wollte mich allerdings auch nicht großziehen. In Berlin gab es für alles einen Markt damals, und in der Münzstraße war ein Strich für Schwangere. Frauen mit Babybäuchen konnten dort richtig Kohle machen. Denn ein Mann, der auf diesen Fetisch steht, zahlt viel. Und meine Mutter wollte ihren Umstand zu Geld machen. Sie ist eine Münzi geworden. So hießen die schwangeren Huren in der Münzstraße.

Mich hat sie dann später in die Ritze gebracht und ist verschwunden. Ich hab das alles erst erfahren, als die Münzstraße leergefegt war. Die Nazis haben das nicht geduldet. Nicht dass sie gegen Prostitution waren, nur eben gegen eine Straße voller werdender Mütter, die die deutsche Zukunft an Männer verkaufen. Man könnte meinen, sie hätten Moral gehabt …

Otto Dix war übrigens auch mal in der Ritze. Irgendwann waren sie alle da. Auch Marlene Dietrich und Hans Albers. Aber wenn Sie jetzt denken, dass Marlene mir geholfen hat, liegen Sie falsch. Ich hab es allein nach Hollywood geschafft. Marlene weiß nicht mal, dass ich das Mädchen aus der Ritze bin. Wie schon gesagt, ich habe es bis jetzt immer unter den Teppich gekehrt.

Aber Marlene hin oder her, Anita Berber hat den größeren Eindruck auf mich gemacht. Sie war wie ein Sexkobold aus einer anderen Welt – und im Gegensatz zu Marlene war sie 1927 ein Star. Das hat mich schon als Kind beeindruckt. Wenn Menschen mehr sind als sie selbst, wenn da noch was ist, was größer ist. Größer als sie, und vor allem größer als ich. Ich erinnere mich gern daran.

Heute kann ich keinen mehr bewundern, ich kann nur neiden oder auf andere herabsehen. Es gibt keine Stars mehr in meinem Leben. Ich habe sie mir weggenommen. Verrückt eigentlich, dass man immer nach oben will, auf die höchste und hellste Bühne, und wenn man da steht, hat man nichts mehr zu träumen. Wie sehr man es vermissen kann, andere zu bewundern … Ich dachte immer nur, dass ich es vermissen würde, bewundert zu werden. Nicht dass ich das nicht tue, aber ich würde gern noch einmal schwärmen. Von einem Leben träumen, das glitzert. Ohne den Preis dafür bezahlt zu haben oder diesen Preis auch nur zu kennen.

Berlin, 1927

Colette liegt nackt auf dem großen, weiß lackierten Bett. Ihre ausgestreckten Beine lehnen an der Wand. Sie ist eine Kerze in der Nacht, einen Seidenstrumpf trägt sie noch. Die goldenen Locken umkränzen ihren Kopf, sie liegen auf dem Laken zwischen feuchten Flecken. Es riecht nach Sex, Colette raucht und betrachtet Fritz. Er zieht sich an. Sie sieht ihn über Kopf, er ist verkehrt herum, aber das macht nichts. Er ist aus allen Blickwinkeln wunderschön.

»Willst du dich nicht auch anziehen?«, fragt er.

»*Non*, ich will für immer so hier liegen.«

»Das kannst du dir nicht leisten.«

Colette schließt die Augen und raucht. Als sie sie wieder öffnet, beugt Fritz sich über sie. »Verzeih, ich bin schlecht gelaunt, weil ich ins Adlon zu den alten Falten muss. Hat nichts mit dir zu tun.«

Er lächelt und nimmt ihre Zigarette. Er zieht und bläst den Rauch über ihre Brüste. Dann küsst er ihren Hals. Aus dem Augenwinkel sieht sie das Geld, das auf dem Nachttisch liegt. Es war ihrs, jetzt ist es seins. Seine Haare schmieren Pomade an ihre Wange.

»Ich hasse das Adlon«, sagt er.

»Ich weiß, *chéri*.«

Er steckt die Zigarette zurück zwischen ihre rosa Lippen und richtet sich auf. Das Bett federt, Colettes Brüste schaukeln hin und her. Eine tiefe Falte gräbt sich zwischen Fritz' Brauen. Er nimmt einen der Scheine vom Nachttisch, geht zu dem kleinen Schreibtisch am Fenster und zieht eine Schublade auf. Er legt eine lange Schachtel auf den Tisch, holt ein Papiertütchen heraus und rollt den Schein. Colette dreht sich auf die Seite und runzelt die Stirn.

»Guck nicht so«, sagt er. »Ist doch alles sonst nicht zu ertragen.«

»Ohne Kokain ist was nicht zu ertragen?«

»Du natürlich schon, *chérie*.«

»Und Kokain hilft?«, fragt Colette.

»*Chérie*, es ist nicht verboten …« Er bröselt das Koks auseinander und schiebt es zu einer geraden Linie zusammen.

Und dann schießt es durch ihr Geld in seinen Körper. Ist wahrscheinlich auch bezahlt von ihrem Geld. Und beim Sex sieht er sie immer an, als wäre sie die einzige Frau auf der Welt, das schönste Wesen, das je gelebt hat. Und je leben wird.

Fritz schnieft. Colette streckt sich zum Nachttisch und drückt die Zigarette aus. Er muss wirklich sehr unterm Adlon leiden. Sie braucht für keinen ihrer Kunden Kokain. Seine Arbeit muss zehnmal schlimmer sein als ihre. Er seufzt und knöpft sein Hemd zu. Das Koks wirkt noch nicht, er schaut noch immer drein, als trüge er die Last der ganzen Welt auf seinen Schultern. Ihn so zu sehen, bedrückt ihr Herz.

Sie setzt sich auf und angelt sich ihren zweiten Strumpf vom Boden. Sie schlüpft hinein und rollt ihn hoch. Und während Fritz' Rausch am Schreibtisch beginnt, flaut ihrer ab. Das letzte Mal hat dieser Rausch sie noch bis in die Ritze getragen, und diesmal fühlt sich schon alles schal an, als sie noch auf Fritz' Bettkante sitzt. Seufzend nimmt Colette ihren Strapsgürtel vom Bettpfosten und schnallt ihn um.

»Ich würde lieber hier bei dir bleiben«, sagt Fritz.

Sie nickt und will es glauben. Und als er sich zu ihr beugt und sie küsst, glaubt sie es tatsächlich. Immerhin ist sie jung. Sie ist die beste Kundin, die er hat. Die schönste. Sie weiß, dass sie nicht seine Liebste ist. Aber sie ist seine Lieblingskundin. Sie lächelt.

◇

Hedwig stellt die volle Wodkaflasche auf den Nachttisch.

Natalia sieht wie erwachend auf, vom Wodka zu ihr. »Danke, *Rybka.*«

»Wir sollten ins Kino gehen.«

»Nicht heute.«

»Wann dann?«, fragt Hedwig.

Natalia sagt was von nächster Woche, aber das hat sie letzte Woche auch gesagt, und davor auch. Sie hat schon lange nichts anderes mehr gesagt, und an der Wand gegenüber verstaubt ihr Kreuz. In der Emailleschüssel hat sich eine graue Staubwüste gebildet. Minna putzt nicht, solange Natalia das Bett nicht verlässt, und Natalia ist es egal.

»Ich will ins Kino«, sagt Hedwig. »Du hast versprochen, dass wir ins Kino gehen.«

»*Rybka*, lass mich einfach in Ruhe, ja?«

»Nein. Du hast jetzt genug hier rumgelegen«, bestimmt das Kind. »Im Babylon läuft ein Film mit Anita Berber. Anita und ich sind jetzt Freundinnen.«

»Dann geh doch mit ihr«, schlägt Natalia vor.

»Sie ist noch nicht wach.«

»Ich auch nicht.«

»Doch. Du lässt dich nur hängen. Komm, ich schnür dein Korsett, dann stehst du auch wieder gerade. Das hält dich zusammen.«

Natalia sieht Hedwig an, als hätte sie etwas sehr Kluges gesagt. Sie trägt nur ihren Männermorgenrock.

Hedwig geht zum Schrank, holt eins von Natalias schwarzen Korsetts heraus und legt es neben ihr aufs Bett. »Anziehen!«

»Das ist doch sinnlos.«

Hedwig nickt. »Alles ist sinnlos.«

Sie stöhnt genervt. »Hör auf, mir nachzuplappern. Ich bin kein Vorbild.«

»Doch. Und jetzt komm.« Hedwig klettert hinter sie,

nimmt das Korsett und legt es ihr um den Bauch. Sie zieht die Schnur durch die erste Öse.

»*Rybka*, lass«, brummt Natalia.

Hedwig überhört sie und zieht die Schnur durch die nächste Öse.

»Lass!«, verlangt Natalia wieder.

Hedwig macht weiter, Natalia schüttelt sich. Hedwig fällt die Schnur aus der Hand, sie nimmt sie wieder auf und schnürt weiter, Natalia schüttelt sich wieder.

»Halt still.«

»Nein!« Natalia packt sie und wirft sie aus dem Bett.

Hedwigs Hintern knallt auf den Holzboden, es rumst durchs ganze Haus. Es hat nicht wehgetan, aber wie Natalia Hedwig so von oben ansieht mit aufeinandergepressten Lippen und Augen wie Schlitzen, kommen dem Mädchen die Tränen.

Hedwig steht auf und wirft die Korsettschnüre aufs Bett. »Du kannst mich mal, du blöde Schlampe.« Sie schluchzt auf. »Ich zieh aus.«

Hedwig nimmt ihr Nachthemd vom Stuhl und geht zur Tür. Dann dreht sie sich um, stapft zurück in den Raum und reißt Natalia die Flasche aus der Hand. »Und deinen Scheißwodka kannst du dir selber holen.«

Hedwig knallt die Tür zu, geht nach nebenan und legt ihr Nachthemd in Minnas Zimmer auf den roten Samtsessel. Minna schläft noch und schnarcht. Die Wodkaflasche trägt Hedwig zurück in die Gaststube. Ihre Hand zittert vor Wut, als sie sie auf den Tresen stellt. Natalia hat Hedwig behandelt wie Fritz. Sie hat sie beide aus dem Bett geworfen. Als wär Hedwig genauso ein Abschaum wie er. Als wär sie gar nicht Natalias *Rybka*.

Hedwig nimmt die Flasche, schraubt sie auf und trinkt einen Schluck. »Bah!«

Hedwig schiebt den Wodka weg. Ihr Blick fällt auf die kleinen Glasflaschen von Anita. Sie stehen beim Hungerturm, in jeder ist noch ein kleiner Rest. Hedwig holt sich einen Champagnerkelch, geht um den Tresen herum und mischt die restlichen Lösungsmittel von Anita zusammen. Sie sieht sich in der Ritze um, aber Blumen gibt es hier keine.

Hedwig läuft durch die Küche in den Hinterhof, aber nicht mal die Bäume haben noch Blätter. Zurück in der Ritze steht sie neben dem Seiteneingang an der Garderobe. Mäntel, Handschuhe, Schals, ein Schirm, Natalias Lederkappen, die alle gleich aussehen. Colettes Hüte sind voller Blumen. Hedwig streckt sich, macht sich ganz lang und hüpft. Sie kriegt einen Hut zu fassen. Es sind keine Rosen drauf, sondern Mohn, und der ist aus Stoff. Aber besser als nichts. Hedwig reißt eine Blume vom Hut.

Sie klettert auf einen Barhocker, rupft die orangeroten Stoffblumen auseinander und tunkt die erste in den Champagnerkelch. Sie saugt sich voll. Hedwig kann sie nicht abbeißen und kauen, aber sie kann die Stoffblüte auslutschen. Sie tunkt und lutscht, bis ihr warm wird, wärmer, als wenn Natalia sie umarmt hat.

Wer braucht schon Natalia?

◇

Minna tritt auf die Straße, schließt die Tür der Ritze hinter sich und dreht den Schlüssel. Colette hat recht. Sie können tagsüber nicht immer auflassen. Minna steckt den Schlüsselbund in ihre Handtasche, nimmt den Korb und dreht sich zur Mulackstraße. Sie will einen Schritt machen, aber

Gustav stürmt auf sie zu, also bleibt sie seufzend stehen und holt einen Zigarillo hervor.

»Wat soll det?«, fragt er.

»Ick fliege zum Mond, Justav. Oder wat machst du mit nem leeren Einkaufskorb?«

»Tu nicht so. Wat soll det mit dem Jungen?«

»Emil?« Minna steckt die Zigarilloschachtel weg. »Der brauchte nen Zimmer in nem Puff. Ick hatte eins. Hedwig wohnt ja jetzt nicht mehr bei mir.«

Sie tastet ihren Mantel nach Streichhölzern ab.

»Dit hier ist keine Homostraße.«

Minna sucht nach Streichhölzern in ihrer Ledertasche. »Wat ist denn eine Homostraße?«

»Eine Straße für Zuckerlecker und Stricher«, antwortet Gustav, als wäre sie blöd.

»Emil geht nicht auf den Strich, zumindest nicht mehr. Scheiße, wo ist denn …?« Sie sieht zu ihm. »Haste mal Feuer?«

»Nicht für dich, du Luder. Vor fünfzehn Jahren wär dein Bursche fürs Schwanzlutschen noch hingerichtet worden.«

»Wenn du glaubst, det es bei den Preußen keine Homos gab, dann haste nie einen Offizier gesehen, der kommt, wenn man ihm die Pickelhaube in den Arsch rammt.«

»Wat?«

»Vom alten Fritz mal abgesehen.«

Gustav sieht sie entgeistert an. Sein Schnauzer zittert. »Minna, du schadest unser aller Ruf. Wir können hier nicht die Schwulen reinlassen.«

»Wir können hier jeden reinlassen, der feiern kann. Haben wir alle wat von. Du genau genommen natürlich nicht. Du hast ja keinen Burschen in deinen billigen Himmelbetten.«

»Det machst du nur, um mir zu schaden.«

»Haste eigentlich mal überlegt, einen echten Kristallleuchter in deine Gaststube zu hängen anstatt dieses Windspiel aus Glas?«

»Ist kein Glas.«

Sie lacht. »Du vergisst, wo ick herkomme. Det ick im Gegensatz zu dir schon unter Kristall gearbeitet habe.«

»Davon weiß ick nüscht, ick weiß nur, wo du gelandet bist.« Sein Blick huscht über die Fassade der Ritze. »In einer verlausten Fickbude.«

»Nenn die Ritze, wie du willst, Justav. Aber wenn du kein Feuer hast, muss ick jetzt wirklich weiter.«

»Ick bin noch nicht fertig mit dir.«

Sie nimmt den Zigarillo aus dem Mund, sieht ihn geduldig an und seufzt. »Und ick hab mit dir noch nicht mal angefangen. Hab ick gar keine Zeit zu. Ick plane mein Geschäft nicht um dich herum. Und meinen Tag schon gar nicht. Ick muss Streichhölzer kaufen.«

Er sieht sie grimmig an. Seine Stirn liegt in tausend Falten über den buschigen Augenbrauen. Er zieht Hölzer aus seiner Westentasche, entzündet eins und gibt ihr Feuer, ohne den Blick von ihr zu lassen. »Wie alt ist denn dein Stricher?«

»Bursche«, verbessert sie. »Geht dir jar nüscht an.«

»Also minderjährig.«

»Natürlich nicht«, widerspricht sie. »Und du tu mal nicht so scheißmoralisch. Dir sind die Schwulen doch egal. Du bist ein Arschloch, aber gegen die haste nüscht. Du hast nur wat dagegen, det mein Angebot breiter ist als deins. Und du ärgerst dich, det du nicht draufgekommen bist, dir nen Burschen zu holen.«

»Wenn ick mir recht erinner, war det meine Idee. Im weitesten Sinne.«

»Und?«, fragt Minna. »Haste sie umgesetzt?«

»Nee. Aber ick hatte auch nicht dieses Problem mit dem Pferdemartin aus Brandenburg.«

»Ick weiß nicht, wovonne redest. Ick weiß nur, det du dir jetzt wünschst, auch einen Burschen zu haben.«

»Mein Laden hat det nicht nötig.«

Minna raucht und sieht ihn an mit seinem roten Kopf. Vor ein paar Wochen noch hat Gustav sie maßlos aufgeregt. Aber was ist ein Gustav gegen den Mist, den sie seitdem erlebt hat? Was ist die Konkurrenz die Straße runter gegen einen toten Freier, einen schändenden Bullen und Mitglieder einer Wilden Clique, die sich in ihrer Gaststube vergewaltigten? Nichts. Gustav prallt an ihr ab. Es scheint ihn zu ärgern.

»Du siehst abgespannt aus«, sagt sie rauchend. »Komm mal vorbei, ick mach dir ne Molle aufs Haus, dann erholste dir wat.«

»Für die Gottlosen gibt es keine Ruhe, Minna. Det holt auch dich bald wieder ein.«

»Ist det ne Drohung?«

»Ein Hinweis unter Kollegen.«

»Zu gütig.«

»So bin ick«, sagt er. »Gütig. Ein beliebter Arbeitgeber. Die Huren stehen bei mir Schlange.«

»Die Burschen nicht.«

»Wir werden sehen.« Er grinst, tippt sich an den Hut und lässt Minna stehen. Natürlich will er sich die Schwulen als Kunden nicht entgehen lassen. Und natürlich wird er jetzt was unternehmen. Jungs akquirieren. Minna seufzt. Und dann muss Emil bald gegen eine Armada an hübschen Burschen anficken.

»Kacke«, sagt sie.

◇

Emil tänzelt vor seinem Sandsack und schlägt darauf ein. Er keucht. Der Sandsack baumelt von der Decke und bringt das ganze Haus zum Beben. Emil steht zwischen Sack und Fenster und schlägt. Er hat einmal einen professionellen Boxkampf gesehen und erinnert sich an die Haken und Schritte. Er stellt sich vor, dass Schmeling das genauso macht. Nur dass Emil nicht komplett um den Sandsack herumtänzeln kann, denn dort ist schon die Wand. Abends schnürt er ihn hoch an die Decke, damit seine Freier ein bisschen Platz haben. Aber jetzt prügelt er darauf ein. Es ist besser als Holzhacken. Er versetzt dem Sack einen Seithaken, der Sack baumelt nach links und gibt den Blick auf Minna frei. Sie lehnt in der Tür und sieht ihn fragend an.

Keuchend hält er den Sack fest, schiebt ihn zur Seite und nickt ihr zu. »Alles erledigt.«

»Wat heißt det genau?«, fragt sie.

»Dass ich im Tiergarten war«, antwortet Emil, »und mit ein paar Jungs gesprochen hab. Sie respektieren mich jetzt.«

Minna lächelt wissend. »Sie fürchten dir.«

»Ja, kann sein.« Emil wischt sich mit dem Handgelenk Schweiß von der Stirn. Seine Hände sind bandagiert. »Von denen geht jedenfalls keiner zum Hundegustav. Sie verbreiten, was Sache ist: Wer hier im Scheunenviertel arbeiten will, muss zu mir kommen. Zu dir. Gustav wird keinen Stricher in Berlin finden, der bei ihm Zuckerlecker bläst.«

»Jut. Danke.«

»Kein Problem. Hab's auch für mich getan.«

»Ist Winnetou noch da?«

Emil schüttelt den Kopf. Er hält den Sack im Arm wie etwas, das ihm gleichzeitig Halt gibt und das er halten muss.

»Glaubste, der ist tot?«, fragt Minna.

»Ich weiß nicht …«

Minna mustert ihn. »Doch, det weißte.«

»Ja. Ja, ich denke, dass sie ihn umgebracht haben.« Emil senkt den Blick und schaukelt den Sandsack. Der Schweiß läuft ihm aus den Haaren über das Gesicht und die nackte Brust.

»*Du* hast ihn nicht umgebracht, Junge. Det warst nicht du.«

»Doch, Minna. Ich hab ihn umgebracht, und ich hab kleine Jungs … Das war alles ich.« Seine bandagierte Faust zeigt auf seine nackte Brust. »Ich. Wer sonst?«

»Der hat noch gelebt, als wir ihn auf die Straße gezerrt haben«, sagt Minna eindringlich. »Deine Brüder haben keine Leiche mitgenommen. Und überhaupt: Manchmal heißt es fressen oder gefressen werden.«

»Ja. Genau. Man hat eine Wahl.«

»Det ist keine Wahl.«

»Doch«, widerspricht Emil. »Ist es nicht besser, unschuldig zu sterben, als schuldig zu leben?«

»Niemand stirbt unschuldig. Keiner, Emil.« Sie seufzt und geht.

Emil zwängt sich am Sack vorbei und folgt ihr auf den Flur. Hinter ihm baumelt der Sack wie ein frisch Erhängter. Als wäre der Sand zum Tode verurteilt. Dabei hat der Sand nie gelebt.

»Die Clique ist nur noch halb so groß, Minna.«

Minna nickt anerkennend. »Hast sie alle zum Aussteigen inspiriert …«

»Nein. Sie sitzen im Gefängnis, Minna! Auch die ganz Kleinen. Weil sie gesagt haben, dass sie den Pferdetypen bedient haben.«

»Wat?«

Emil nickt, seine Stimme wird dünner. »Einige sind erst acht.«

»So alt wie Hedwig«, murmelt Minna.

»Es sind jetzt ständig Bullen im Tiergarten. Was ist denn mit diesem Kerl passiert?«, fragt er.

»Spielt keine Rolle«, wiederholt sie seine Worte. »Und die Jungs sind selbst verantwortlich. Du hast sie schließlich bezahlt dafür, det sie det sagen. Sie hätten det Geld nicht nehmen müssen.«

»Ja … nein …« Emil weiß nicht, was er noch sagen wollte. Er hat einen Knoten in der Magengrube und keine Worte dafür. »Ich muss weiter trainieren.«

Minna nickt und verschwindet in ihrem Zimmer. Sie schließt die Tür, aber als sie die Hand von der Klinke nimmt, zittern ihre Finger. Acht Jahre alt. Im Gefängnis.

◇

Hedwig tapst gähnend in die Küche und dreht das Licht an. Sie nimmt eine Blechtasse vom Regal, geht zum Wasserhahn und lässt die Tasse volllaufen. Sie muss unbedingt lernen, wie man Kaffee kocht. Sie stellt sich direkt vor den Ofen. Er ist noch ein bisschen warm von gestern. Draußen vor dem Fenster ist es dunkel. Hedwigs Magen knurrt, aber Martin kommt nicht, um ihr Frühstück zu bringen. Nie wieder. Die Wolkenmeier fragt oft nach ihm, und Hedwig gehen die

Ausreden aus. Sie stellt die Tasse auf dem Tisch ab, als ein brauner Kopf mit wüsten Wuschellocken von der Bank hochfährt.

»Anita?«

»Was zur Hölle … Was machst du da?«

»Ich frühstücke«, antwortet Hedwig.

Anita verzieht das Gesicht und beugt sich vor. Es sieht eher so aus, als würde sie ihren Oberkörper auf den Tisch werfen. Sie riecht an der Tasse. »Bah!«

Hedwig runzelt die Stirn und zeigt auf den Kasten auf der Anrichte. »Ich wollte gerade gucken, ob noch Brot da ist.«

»Bah!«

»Ich hätte auch lieber Brötchen«, sagt Hedwig und seufzt.

Anita sackt zurück auf die Bank und stöhnt. »Als hätt ich dir nicht beigebracht, was ein gutes Frühstück ist.«

»Wir haben keine Rosen«, erklärt Hedwig.

»Scheiße. Wie viel Uhr ist es?«

»Halb acht.«

»Was?«, fragt Anita, als wäre diese Zeit der Tod. »Warum?«

»Ich weiß nicht …« Hedwig zuckt mit den Schultern. »Ich muss in die Schule.«

»Bah!«

»Fährst du mich?«

Jetzt schaut die Schauspielerin Hedwig an, als spräche die eine andere Sprache.

»Hast du denn keinen Wagen, Anita?«

Anita lacht, aber Hedwig findet das gar nicht witzig. »Ein Filmstar muss einen Wagen haben.«

»Sag das dem Studio.« Anita schlägt mit der flachen Hand auf den Tisch. »Ja, sag denen das mal!«

»Also fährst du mich nicht«, resümiert Hedwig.

Anita rollt von der Bank und krabbelt über die kalten Fliesen unter dem Tisch durch. Ihr Anzug ist zerknittert. Die Bluse, die sie gestern noch getragen hat, ist weg. Hedwig sieht direkt auf ihr Bustier.

Anita krabbelt bis zum Ofen. »Schätzchen, ich kann nicht mal gehen. Ich kann dich auf keinen Fall fahren. Selbst wenn ich nen Wagen hätte. Oh. Schön warm …«

»Aber das macht doch dann eh der Fahrer.«

»Wer?«

Hedwig runzelt die Stirn. Ist Anita denn so dumm? »Zu einem Wagen gehört immer auch ein Chauffeur«, erklärt Hedwig.

»Ist das so?«, fragt Anita und betrachtet ihre schwarzen Handflächen. »Bist ja ne richtige Prinzessin. Na ja, wenn du mir das alles organisiert hast, kannste mich gern wecken. Und bring Frühstück mit. Richtiges Frühstück.«

Sie plumpst vor dem Ofen auf den rußigen Boden und schläft ein. Hedwig nimmt einen harten Kanten Brot aus dem Brotkorb und nagt daran. In diesem Haus ist auf keinen mehr Verlass. Sie vermisst Martin.

Hedwig trinkt noch einen Schluck Wasser, als Anita schon wieder hochfährt. »Biste schon zurück?«

»Nee, Schule geht bis drei.«

»Pah. Schule.« Anita fuchtelt mit den Armen in der Luft rum. »Geh zum Film, dann musste nicht in die Schule.«

»Wirklich?«

»Klar. Du hast auch so'n Filmgesicht. Hübsch biste.« Anita will den Kopf schief legen, aber er fällt einfach zur Seite wie bei einer Puppe. »Wie alt?«

Hedwig sieht sie streng an. »Zu jung für dich.«

»Ist ja gut, ist ja gut. Alle so harsch hier. Die blonde Maus lässt mich auch nicht bei sich schlafen.«

»Du meinst also, ich muss gar nicht in die Schule?«

Anita nickt ernst. »Ich weiß, dass du nicht musst.« Vielleicht ist sie doch sehr klug. »Keiner muss. Müssen macht den Menschen kaputt. Außer … Ich muss kacken.«

Hedwig zeigt mit dem Brotkanten zur Tür. »Klo ist im Hinterhof.«

Anita nickt sehr langsam, als würde sie abschätzen, ob sie wirklich in der Lage ist, den Weg zu schaffen. Nach einer gefühlten Ewigkeit schaut sie wieder zu Hedwig. »Dann bring mich da mal hin, Prinzessin.«

Sie zieht sich an Hedwig hoch und legt sich quer über deren Schultern. Hedwig muss sie quasi raus in den Hof tragen. Und dann muss sie Anita die Hose aufmachen, nachdem die sich zwei Mal auf das Klo gesetzt hat, ohne sie überhaupt auszuziehen.

◇

Colette steht im Licht der Straßenlaterne vor dem neobarocken Luxushotel. Sie hat ihr schönstes Kleid angezogen und wippt in ihren Samtpumps ungeduldig vor und zurück, während Pagen neben ihr Koffer schleppen und Rollwagen schieben. Teure Autos halten an, Chauffeure öffnen Gästen, die im Hotel verschwinden. Colette steht vor den Fenstern des Restaurants.

Lampenschirme erhellen den Raum, livrierte Kellner bedienen die Gäste mit feinsten Speisen. Colette steht draußen und friert in ihren Seidenstrümpfen. Es ist Dezember. Um ihren Hals liegt der Fuchsschwanz, bald wird es Zeit für den Pelz. Einige Damen, die an ihr vorbei ins Hotel huschen, tragen ihren Pelz bereits. Es sind schöne Mäntel, und Colettes kann mit ihnen mithalten. Aber diese Frauen können nicht mit ihr mithalten. Sie ist keine von denen. Sie ist unabhängig.

Als Fritz endlich kommt, rast ihr Herz noch schneller. Sie dachte, dass es weniger wird, wenn er sie erst regelmäßig im Arm hält, aber es wird immer nur mehr.

»Colette, waren wir verabredet?«, fragt er.

»*Non, chéri.* Ich wollte dich abholen.« Sie lächelt. »Und nach Hause bringen.«

»Aber ich kann heute nicht mehr …«, er senkt die Stimme, »ficken.«

Sie nickt und sieht an ihm vorbei. Hinauf zu den Fenstern, hinter denen er eben noch genau das getan hat. Fremde Frauen so angesehen, wie er sie ansieht. Ein Gefühl in sie reingestoßen, das nicht echt ist. Colette atmet durch. Die Luft ist kalt. Wenigstens ist sie hübscher. Und er wird sich schon an sie gewöhnen.

Sie lächelt. »Ich will nur plaudern.«

»Na gut.« Er reicht ihr den Arm, und sie gehen zusammen *Unter den Linden* entlang.

»Wie war dein Tag?«

»Hart.«

Sie lacht, er stimmt mit ein.

»Und feucht«, ergänzt er.

Sie legt ihren Kopf an seine Schulter. Fritz geht weiter und schweigt. Er führt sie steif die Straße entlang. Sein Körper will es nicht. Aber das ist nur, weil er zu erschöpft ist, weiß Colette. Er ist zu lange anschmiegsam gewesen. Es ist kein Anschmiegen mehr übrig in seinem schönen Körper.

»Du solltest dich nicht immer so schinden, *chéri*«, sagt sie.

»Meine Rede.«

»Urlaub. Du solltest mal Urlaub vom Adlon machen.«

Er schnaubt. »Urlaub ist für die Gäste *im* Hotel. Nicht für die Gigolos.«

Sie schaut ihn von der Seite an. »Hattest du schon mal eine Freundin? Eine, die dich versorgt …«

»Eine alte Witwe vor ein paar Jahren. Ist aber dann gestorben. Und hat mir nichts hinterlassen. Blöde Schlampe.«

»Du bist so bitter.«

»Ja, tut mir leid. Liegt an meinem Beruf.«

Sie tätschelt seinen Unterarm. »Ich weiß, ich … Hättest du gern wieder eine Freundin?«

»Die müsste auf jeden Fall jünger sein. Unter fünfzig.«

Colette strahlt und bleibt stehen. Sie strafft die Schultern und reckt das Kinn. »Du hast eine.«

»Das wüsste ich aber.«

Sie sieht ihn vielsagend an, lächelt und wartet, bis der Groschen fällt.

»Ach, dich? Du meinst, dass du …?«

»Ich hab Geld, Fritz. Ich zahl dir einen Monat.«

»Du?«, fragt er, als habe sie vorgeschlagen, er solle die preußische Kronprinzessin ficken. »Einen Monat?«

»Ist mein Geld immer noch nicht gut genug? Ich hab einen ganzen Umschlag in der Tasche. *Pour toi.* Und ich bin weder alt noch Witwe.«

Fritz schaut auf ihren Samtbeutel. Das Geld darin ist nicht gut genug. Es ist aus der Ritze, die Ritze ist schmutzig. Colette trägt ein mintgrünes Seidenchiffonkleid unter einem Mantel aus einem Kaufhaus hier im Westen. Mit Fuchs. Er sieht, dass Colette feine Sachen trägt. Modisch macht sie alles richtig, aber sie ist keine höhere Tochter. Sie ist eine Hure aus dem Scheunenviertel. Sie ist der Dreck, von dem er wegwill. Aber das sagt er nicht.

Er sagt stattdessen: »Ja, und ich bin gern für dich da. Aber ich kann unmöglich dein ganzes Geld nehmen.«

Sie fixiert ihn. »Du kannst oder du willst nicht?«

»Ich kann nicht. Die Damen im Adlon zahlen mich aus der Portokasse.«

»Du denkst, dass du mich finanziell ruinierst?« Sie lacht. »Das braucht ein bisschen mehr als deinen süßen Arsch.«

»Schsch …«, macht er, »so kannst du hier auf der Straße nicht reden.«

»*Pourquoi?* Bin ich dir peinlich?«

»Natürlich nicht.«

»Dann nimm mein Geld.« Sie holt den Umschlag raus und hält ihn vor Fritz' Gesicht. »Einen Monat nicht ins Adlon. Einen Monat kein Kokain, weil alles so schrecklich ist und du das Leben nicht aushältst.«

Fritz sieht auf den Umschlag in ihrer behandschuhten Hand. Sein Blick lässt den Umschlag nicht los. Als könne er ihn röntgen und das Geld zählen. »Und du wäschst dich auch wirklich nach jedem Kerl in der Ritze?«

Colette weicht einen Schritt zurück. Sie schüttelt den Kopf, stopft den Umschlag in ihren Samtbeutel und geht davon. Ihre Absätze klackern übers Pflaster, ihre Augen füllen sich mit Tränen. Wie oft hat sie ihm das versichert? Als wäre er nicht dreckig auf die Welt gekommen. Wir kommen alle dreckig in diese verdammte Welt, und sie hat sich noch immer wieder sauber gekriegt. Sie läuft unter den Gaslaternen durchs dunkle Berlin. Autos und die ein oder andere Kutsche fahren an ihr vorbei. Der Bahnhof Friedrichstadt ist erleuchtet, aber das Licht prallt an Colette ab. In ihr ist alles schwarz. Bis sich eine Hand auf ihre Schulter legt.

»Warte, es tut mir leid.«

»Du bist ein Arsch. *Pauvre connard!*«

»Es liegt nicht an dir. Oder an der Ritze«, sagt Fritz mit Augen voller Reue. »Also, es liegt schon an der Ritze, aber nicht am Lokal an sich.«

»Deine Mutter?«

Er lacht freudlos. »So darf ich sie nicht nennen.«

»*Je sais.* Ich hab ihr von Anfang an gesagt, dass sie dich besser behandeln muss und nicht andersrum. Dass sie selbst schuld ist, wenn du sie nicht mit offenen Armen empfängst.«

»Du bist eine kluge Frau«, sagt er und lächelt. »Ich nehm das Geld.«

»Natürlich nimmst du das Geld.« Sie zerrt den Beutel auf und knallt ihm den Umschlag in die Hand. »Weil du eine Hure bist wie wir alle, Fritz. Mit Haarwichse. Du tust immer so fein. So fein. Als wär das ein Wert. Vornehmheit.«

Seine Faust umschließt den Umschlag. »Ist es das nicht?«

»Nein, Liebe und Freundschaft und Unabhängigkeit. Das sind Werte.«

»Ich hab keine Freunde.«

»Wundert mich nicht. Wenn du jedem immer sagst, dass er sich waschen soll.«

»Aber du willst meine Freundin sein?«, fragt er.

Sie schüttelt den Kopf. »Ich dachte, das wär ich schon, Fritz. Und nur weil Minna keine Gefühle hat, die du verletzen kannst, heißt das nicht, dass andere die auch nicht haben.«

»Es tut mir leid.«

»Gut.« Sie zeigt auf das Geld in seiner Hand. »Nur ich. Keine andere. Einen Monat lang.«

»Abgemacht.«

Sie lächelt. Ein Lichtstrahl dringt in ihr Inneres, das Schwarz weicht. Colette fühlt sich leicht.

Fritz beugt sich vor, ganz nah zu ihrem Ohr und flüstert: »Und vielleicht hab ich doch jetzt schon Lust. Auf dich.«

Los Angeles, 1954

Lieber Noah,

mir tut die Hand weh. Ich bin es leid, Ihnen zu schreiben. All diese Briefe, da kann ich ja gleich selbst ein Buch über mich schreiben. Das will ich nicht, Schreiben ist lästig. Ich bin froh, dass Sie das übernehmen. Der Arzt sagt, ich bin wieder ganz gesund und darf Besuch empfangen. Sie kommen doch, oder? Kommen Sie, sobald Sie das hier lesen. Ich erwarte Sie täglich.

Ihre Hedi

PS: Ich vermisse Sie.

AM KREUZ

Los Angeles, 1954

Noah legt ein Päckchen auf den Tisch. Ein Klumpen, der in ein blau-weiß kariertes Küchentuch gewickelt ist. Hedi riecht es, bevor sie es sieht. Ein Hefezopf.

»Meine Frau ist zu Besuch«, sagt er. »Sie hat für Sie gebacken. *Challah.*«

Hedi schaut von Noah zu dem Zopf und zurück. Er hätte ihr auch getrocknete Insekten mitbringen können. Was soll sie denn mit einem Hefezopf?

»Noah, ich esse nicht.«

Er schmunzelt. »Sie essen Rosen.«

»Ich sauge sie eher aus.«

Er hebt die Hände, als hätten sie keine Macht und er dennoch wirklich alles versucht. »Ich hab ihr gesagt, dass Sie nicht essen, aber sie hat darauf bestanden und gebacken.«

Ein Zopf Mitleid also. Hedi versteht und nickt. »Mitleid ist wahrscheinlich alles, was sie hat.«

»Sie wissen, dass das eine Beleidigung ist, oder?«

»Wollen Sie mir das auch noch nehmen?«, fragt sie. »Was bleibt mir denn noch, außer mich mit braven Hausfrauen zu vergleichen. Der einzige Vergleich, den ich gewinne.«

»Hedi, Sie sind eine armselige Narzisstin, die niemals genug Aufmerksamkeit bekommen wird, um ihren Hunger nach Applaus zu stillen.«

»Doch«, widerspricht sie, »wenn sie mich hinrichten. Dann wird die ganze Welt mir ihre Aufmerksamkeit schenken.«

Er verschränkt die Arme. »Aber das werden Sie nicht mitbekommen. Und vielleicht wären Sie satter, wenn Sie mal was essen würden.«

Hedi schiebt das Glas und die Rosen über den Tisch zu ihm. »Frühstückselixier?«

»Nein«, antwortet er. »Sind Sie sauer, dass meine Frau zu Besuch hier ist?«

»Nein. Sie?«

»Ich? Sauer? Ich bin froh, dass meine Frau da ist.«

»Wirklich?«

»Natürlich. Sie kann wirklich ausgezeichnet backen«, sagt Noah und schiebt den Hefezopf in dem karierten Tuch näher zu Hedi.

Sie rückt von ihm ab, von Noah und dem Zopf. »Wenn ich das esse, werde ich dick. Dann bin ich dick auf dem Coverfoto von Ihrem Scheißbuch.«

»Nicht von einem Stück Zopf. Und selbst wenn: Ihr Vater hatte unrecht, was dicke Frauen angeht.«

»Nein.« Hedi sieht Noah an. »Und das wissen Sie auch.«

»Sie waren krank, Sie konnten tagelang nichts essen. Sie müssen völlig geschwächt sein.«

Sie nickt. »Es war nicht leicht. Und ich musste Ihnen trotzdem noch schreiben.«

Er lächelt. »Nein, Sie *mussten* nicht, Hedi.«

Aber Hedi hat es trotzdem getan. Sie hat noch nie Liebesbriefe auf Deutsch geschrieben. Sechsunddreißig Jahre nicht.

Was nicht heißen soll, dass die Briefe an Noah Liebesbriefe waren. Waren sie natürlich nicht. Noah setzt sich und holt sein Notizbuch so vergnügt raus, als wären es aber doch welche gewesen, und keine professionelle Korrespondenz von gesellschaftlich relevanter Tragweite.

Berlin, 1927

Emil geht die Zellen entlang. Die Wände sind unverputzt, die braunen Ziegelsteine verschlucken den Gang, die Zellen und die Menschen darin. Hinter den Gittern sieht Emil nur schwarze Löcher.

Der Bulle vor ihm bleibt stehen und zeigt auf eins der Löcher. »Da. Du hast zehn Minuten.«

Emil tritt ans Gitter heran, seine Augen haben sich endlich etwas an die Dunkelheit gewöhnt. Er erkennt dreistöckige Pritschen, eine Kanne mit Wasser und einen Eimer mit Deckel. Auf den Pritschen verteilt liegen und lungern die Jungs herum. Wenigstens sitzen sie alle zusammen.

»Hans?«, fragt Emil in die Zelle hinein.

»Emil …?« Hans löst sich aus der Dunkelheit der lungernden Schatten und tritt ans Gitter. Seine blonden Haare wirken fast braun vor Schmutz. Er hat ein blaues Auge und eine Platzwunde an der Lippe. Sein linker Arm hängt baumelnd herab, als könne er ihn gar nicht mehr benutzen.

»Ich hab gehört, dass ihr sitzt. Was ist denn passiert?«

»Wahnsinn, Emil.« Hans strahlt. »Wir kriegen sonst nie Besuch. Der Scheißmetzger drei Zellen weiter kriegt zweimal die Woche Besuch von seiner Frau. Und von einem Anwalt. Zu uns kommt keiner.«

Sie wollten Emil auch erst nicht reinlassen. Es hat ihn ein paar Mark gekostet, aber darauf kommt es jetzt nicht mehr an. Sind andere Zeiten, seit er in der Ritze ist. Für sie alle offensichtlich.

Emil schluckt. »Was ist mit deinem Arm, Hans?«

»So ne Verhörsache.«

Emil runzelt die Stirn. »Was für ne Sache?«

»Dass ich die Antwort nicht weiß.«

»Was fragen sie denn?«

»Wo dieser Scheißtyp ist«, erzählt Hans und hebt die Schulter, die er noch bewegen kann. »Dabei hab ich nur ein Mal einem Bullen gesagt, dass ich gehört habe, dass jemand anders diesen Typ mit dem Pferd vielleicht manchmal bedient.«

»Warum redest du mit Bullen?«, fragt Emil. Irgendwie hat er gehofft, dass einer der Kleinen sich verplappert und mit einem blauen Auge davonkommt. Aber doch nicht, dass sie alle sich verdächtig machen …

Hat Emil das wirklich geglaubt? Ja. Weil er es gehofft hat, weil er glauben wollte, dass ein gutes Ende eine Möglichkeit ist. Natürlich wäre Emil draufgekommen, dass jemand den Preis zahlt – wenn er hätte draufkommen wollen. Aber dann hätte er die Clique nie verlassen, und vor allem wollte er das. Nur weg.

»Der war nicht in Uniform«, erklärt Hans. »Der sah aus wie ein Zuckerlecker. Eins-a-Homo. Wollte voll viel springen lassen. Und eh ich mich's versah, war ich in Handschellen und sitze hier. Wir alle. Neun von uns. Hier drin.«

»Da sind nur sechs Betten«, zählt Emil.

»Ja. Und der kleine Federhengst kann seit dem letzten Verhör nur noch liegen.« Hans schaut über die Schulter in die Zelle hinein auf seine Clique. Sie sehen noch hungriger aus als sonst im Winter.

»Wir wissen alle nichts«, erzählt Hans weiter. »Das hier soll Untersuchungshaft sein, aber wir sind fertig untersucht. Manchmal glaub ich, der Kerl, um den es geht, war überhaupt nie im Tiergarten.«

»Meinst du?«, fragt Emil mit einem Krächzen in der Stimme.

»Ja«, antwortet Hans und schaut wieder durch das Gitter zu Emil. »Wollen die Bullen aber nichts von wissen. Ich glaub, da hat jemand nur ein Gerücht in Umlauf gebracht.«

»Kriegt ihr zu essen?«, fragt Emil schnell.

»Bisschen Brot. So bleiben wir klein und dünn. Wird den Zuckerleckern gefallen, wenn wir wieder draußen sind.«

»Ist dein Arm mal untersucht worden?«

»Machst du Witze?«, fragt Hans.

Es war eine dumme Frage, aber Ärzten trauen die Apachenblut-Jungs eh nicht. Keiner in der Clique geht zum Arzt. Geht auch gar nicht darum, dass ein Arzt was kosten könnte. Geht um Kraft. Entweder du bist stark genug oder eben nicht. Werden eh nur die Starken gebraucht in der Clique.

Emil sieht auf den schmalen Jungen in der unteren Pritsche.

»Wie geht's dem Federhengst?«

Hans schaut wieder über die Schulter. »Ich weiß nicht. Vielleicht kommt er durch.«

»Vielleicht?«, fragt Emil.

»Klar. Vielleicht«, antwortet Hans und dass er hofft, dass der Kleine irgendwann wieder laufen kann.

Emil hat schon vergessen, wie es ist, der Welt egal zu sein, aber nun schleudert es Hans ihm ins Gesicht. Wie eine Ohrfeige, und ehe Emil weiß, was er tut, hält er auch die andere Wange hin. Er saugt alles auf.

◇

Emil steht im Schatten eines Hauseingangs und wartet. Statt des Matrosenhütchens trägt er eine schwarze Mütze, seinen neuen schwarzen Wollmantel und die gestrickten Handschuhe. Wie warm einem im Winter sein kann, wenn man einen dicken Mantel hat. Und ein Zuhause, in das man zurückkehren kann. Gut gelaunt wippt er vor und zurück. Er erkennt ihn im Licht der Straßenlaterne. Der Knüppel an der Seite, der schwere Gang und die hohe Mütze …

Bruno kommt näher.

Emil atmet flach und wartet. Als der Bulle direkt an ihm vorbeigeht, packt Emil ihn und schleudert ihn gegen die Hauswand. Er zieht Bruno den Knüppel aus dem Gürtel der Uniform und holt damit aus. Er hält oben in der Luft inne. »Wenn du noch einmal Ansprüche an Minna oder die Ritze stellst, hetze ich dir alle Jungs aus dem Tiergarten auf den Hals. Alle. Egal, wo du bist, sie werden dich finden. Oder deine alte Mutter. Oder deine Schwester. Haben wir uns verstanden?«

»Ich hab doch nur …« Bruno stammelt. »Das machen doch alle.«

»Nicht mehr«, zischt Emil. »Nicht in der Ritze.«

»Ganz ruhig, Mann. Sie wollte es doch auch.«

Emil verengt die Augen zu schmalen Schlitzen und stößt mit seiner Nase an Brunos. »Sie wollte nicht. Sie wollte dich nicht. Weil du ein respektloses Arschloch bist. So geht man nicht mit Menschen um.«

»Ist ja gut. Verstanden.«

Emil holt mit dem Knüppel aus und schleudert ihn über die Straße in den Park. Er ballt die Hand zur Faust und rammt sie Bruno in den Bauch. Der Bulle stöhnt auf.

»Und jetzt verpiss dich, bevor ich Lust auf mehr bekomme.«

Bruno läuft davon. Emil sieht ihm nach und schaut auf seine Faust. Ihm ist ganz leicht ums Herz. Alles, was er im Gefängnis gesehen und gehört hat, lag in diesem Schlag. Als hätte er dem Bullen seine eigene Schuld in den Leib geprügelt.

◇

Minna läuft die Straße entlang nach Hause. Es ist noch Nachmittag, aber schon fast dunkel. Dieser vermaledeite Winter … Aber die Tennes hat heute sogar Tee gemacht, als Minna das Geld für Hedwig gebracht hat. Die Tennes ist eine kluge Frau. Dankbar. *Man sollte nur mit Frauen zusammenarbeiten*, denkt Minna. Und mit Emil. Der Junge war ein Glücksgriff. Löst seine eigenen Probleme und bringt Geld ran. Aber natürlich wusste Minna das, als sie ihn im Tiergarten ausgewählt hat. Denn sie hat Menschenkenntnis. Geht den meisten ab, Minna nicht. Minna sieht hin.

Jetzt zum Beispiel sieht sie, dass zwei alte Frauen in den Hundegustav gehen. Sie sind ihr nicht bekannt. Sie bleibt stehen und betrachtet die zwei. Sie sind so alt wie sie selbst, die eine sogar älter.

Gustav öffnet das Fenster und lehnt sich auf den Sims. »Na? Neidisch?«

»Auf deine Putzfrauen?«, fragt Minna und sieht zu ihm hoch.

»Putzfrauen? Und du willst dir in der Branche auskennen. Lächerlich.«

Minna stemmt eine Hand in die Hüfte. »Wie läuft's eigentlich so mit der Akquise von Burschen?«

Gustav winkt ab. »Hab ick gar nicht erst mit angefangen. Ick will hier keine Homos.«

»Ist beides gelogen. Aber erzähl dir, wat du willst, Justav.«

»Die Damen«, er zeigt unter sich auf die Tür, durch die die Frauen verschwunden sind, »sind Huren, Minna.«

Sie lacht. »Wer macht sich jetzt lächerlich?«

»Ick hab mir bei meinen Kunden umgehört«, erzählt Gustav. »Die wollen keinen Stricher, die wollen erfahrene Frauen.«

»Wollen sie nicht.«

Gustav streicht sich über seinen Bart. »Man muss mit den Kunden reden, Minna. Denen nicht einfach irgendwat vorsetzen.«

Minna lacht in sich hinein. »Die beiden Weiber von eben sind ja älter als ich.«

Gustav grinst und nickt, als gäbe es da wirklich einen Markt für. Der Wind fegt über die Mulackstraße und bläht Minnas Rock auf. Gustav reibt sich die Hände. »Ick werde so viel Geld machen, det ick mir damit den Arsch abwischen kann.«

»Sie werden dich auslachen.«

Gustav hält sich eine Hand hinters Ohr, lauscht in sein Haus hinein und die Straße runter. »Lacht keiner, Minna. Außer mir, wenn ick meine Kohle zähle.«

Sie schüttelt leicht den Kopf und geht ohne ein weiteres Wort weiter. Gustav ist verrückt geworden. Dass er sich einbildet, ein vornehmes Haus zu sein – geschenkt. Dass er denkt, er hält die Monarchie am Leben, obwohl er so elegant ist wie die Kakerlaken unter Minnas Küchenschrank – sie findet es amüsant. Aber alte Huren? Er hat den Verstand verloren. Sie schaut noch über die Schulter. Gustav lehnt noch immer aus dem Fenster. Irrt sie sich, oder starrt er auf ihren Hintern?

Los Angeles, 1954

»Und wenn *ich* was von dem Hefezopf esse?«, fragt Noah.

»Dann hoffe ich, dass es Ihnen schmeckt«, antwortet Hedi.

Er lacht und rührt den Zopf nicht an.

»Ich hab mal Werbung für Schokolade gemacht. Und dann für Bier«, erzählt sie.

»Tatsächlich?«

»Ich hab damit meine Schauspielausbildung finanziert. Und die Sprecherziehung, um den deutschen Akzent wegzukriegen. Mit Werbung und mit Aktbildern. Letzteres gab gar nicht so viel Geld, wie immer alle denken. Und es hat dafür gesorgt, dass ich aus dem *Barbizon* geflogen bin.«

Noah runzelt die Stirn. »Sie haben im *Barbizon Hotel for Women* gewohnt?«

Hedi denkt zurück an damals und lacht. Der konservativste Schuppen in ganz New York. Sie hätte ahnen können, dass sie da nicht reinpasst. »Die Verhaltensregeln und ich … Wir waren keine Freunde.«

»Bereuen Sie die Aktbilder?«, fragt er.

Sie tunkt ein Rosenblatt ins Ätherglas. »Einige sind ganz schön. Und ich glaube, dass Felix Hope sie gesehen hat und mich nur deshalb zum Vorsprechen an den Broadway geholt hat. Wegen meiner Titten.«

»Wo Sie für den Film entdeckt worden sind.«

Hedi nickt und knabbert am Blütenblatt. »Ich hab immer mit Männern zusammengespielt, die doppelt so alt waren wie ich. Am Theater und auch in den Filmen. War Ihnen das bewusst?«

»Nein.«

»Fällt kaum jemandem auf. Wir sind es gewohnt, zwanzigjährige Frauen mit vierzigjährigen Männern zu sehen.«

»Zumindest auf der Leinwand.«

»Sonst nicht?«, fragt sie und wartet keine Antwort ab. »Jedenfalls hätte jeder von ihnen mein Vater sein können. Und ich hätte jeden von ihnen lieber gehabt als Fritz.«

Noah sieht von seinen Notizen auf. »Warum haben Sie immer den Vamp gespielt?«

»Wegen der roten Haare. Und der Titten«, antwortet sie. Hedi Belle sieht nun mal nicht aus wie Grace Kelly. Und sie kann auch nichts dafür, dass sie einen immer für das Gleiche besetzen.

Noah nickt und notiert. »Was haben Sie gemacht, als Sie den Oscar nicht bekommen haben?«

»Marlon Brando gevögelt.«

Wieder Aufschauen. »Und Ihr Mann?«

Sie überlegt kurz. »War im Nebenzimmer, glaube ich.«

Er seufzt. »Bereuen Sie wenigstens das?«

Hedi grinst. »Das hätten Sie gern, oder?«

»Ich *hätte* gern, dass Sie was essen.«

»Ich hatte schon einen Platz für den Oscar, Noah. Ich hab bei einer Auktion in Wien einen Hungerturm entdeckt«, sagt sie und schaut aus dem Fenster in den Himmel. »Genau so einen wie in der Ritze. Ich hab ihn gekauft, nach L.A. bringen lassen und dann nie vom Speicher geholt. Er steht wahrscheinlich immer noch da, obwohl das Haus längst verkauft ist.«

Er schaut wieder auf den Hefezopf in dem karierten Tuch. »Und wenn das *Challah* in diesem Hungerturm wäre? Würden Sie es dann wenigstens mal probieren?«

»Sie geben wohl nie auf.«

»Sieht so aus.«

Berlin, 1927

Natalia sitzt in ihren schwarzen Mantel gewickelt auf dem feuchtkalten Boden im Hinterhof. Ihre Lederkappe tief ins Gesicht gezogen. Unter ihr gefriert die Erde, über ihr funkeln ein paar Sterne. Auf ihren Knien steht eine volle Flasche. Sie hält sie mit einer Hand fest und schaut auf das kleine Stück Land, unter dem Martin liegt. Die Tür der Ritze geht auf, und Emil tritt hinaus zu ihr.

»Natalia? Was sitzt du denn hier draußen?«, fragt er. »Ist dir nicht kalt?«

»Russische Seele friert nicht.«

»Verstehe.«

»Du verstehst gar nichts.«

»Wenn du meinst.« Er zuckt mit den Schultern und öffnet die Holztür des Kloverschlags.

Sie hört es plätschern, als er pinkelt. Ihr Körper erschaudert vor Kälte. Es stimmt nicht, dass sie nicht friert. Es ist nur egal. Die Klotür quietscht. Emil stapft zurück über die lockere Erde.

»Geh da nicht lang!«, verlangt Natalia.

»Was? Wo?« Er bleibt stehen und sieht sich um.

»Runter da. Geh an Mauer lang.«

Emil springt zur Seite, lehnt sich neben Natalia an die Mauer und lacht. »Ist das ein Grab, oder was?«

»Mach dich nicht lächerlich.«

Emil betrachtet sie, wie sie da sitzt und sich an der Flasche festhält. Und auf einmal ist ihm alles klar: »Es ist ein Grab!«

Er rutscht mit dem Rücken die Mauer runter, bis er neben ihr sitzt. Er reibt sich die Schultern, bibbert und schnieft.

»Geh rein«, sagt Natalia. »Da ist warm.«

Er schüttelt den Kopf und greift nach der Wodkaflasche. Sie hält sie noch fest. »Darf ich?«

Natalia lässt die Flasche los. Auch schon egal. Vielleicht macht Trinken wieder mehr Spaß zu zweit.

Er schluckt und wischt sich den Mund mit dem Handrücken ab. »Hast du ihn umgebracht?«

Sie schenkt ihm einen Seitenblick. »Wenn du denkst, dass du darauf Antwort kriegst, du bist sehr dumm.«

»Neun Jungs sitzen wegen mir unschuldig im Gefängnis. Insgesamt habe ich dreizehn Jungs vergewaltigt, und mindestens einer ist wegen mir umgebracht worden. Erschlagen wahrscheinlich.« Emil steht auf, nimmt noch einen Schluck und stellt die Flasche zurück in Natalias Schoß. »Manche Sachen muss man auch mal aussprechen.«

Er steigt über ihre Beine hinweg und geht zum Haus.

»Sie sitzen wegen mir«, sagt sie leise, als er schon fast drin ist. »Deine Jungs. Im Gefängnis.«

»Ich weiß.«

»Wie kannst du schlafen?«, fragt sie und sieht ihn an.

»Gar nicht. Entweder ich mach es wieder gut, oder …«

»Wie das denn?«, wirft sie ein.

»Indem ich Gutes tue?«

Sie runzelt die Stirn, dreht die Flasche in ihrer Hand und sieht aufs Grab. »Wie viel Gutes willst du denn tun?«

Es müsste viel sein, das weiß er, wie man so viel Gutes tut oder wo man anfängt, das hingegen nicht. »Oder«, überlegt er, »ich werde bestraft.«

»Von wem?«, fragt sie.

»Keine Ahnung.«

Schwarz hockt sie in der schwarzen Nacht vor der schwarzen Mauer. Alles nur Schatten, am Himmel sind die Sterne verschwunden. Mit der Flasche in der Hand zeigt sie auf Emil. »Du glaubst, irgendwer kommt und bestraft dich?«

»Ich hoffe es. Du nicht?«

Natalia sieht auf den Wodka in ihrer Hand und trinkt. Und es ist ein bisschen, als würde sie etwas von ihrem alten Selbst in sich zurückfüllen. Zu zweit trinken ist besser. Aber Emil ist verschwunden. Wahrscheinlich ist er drinnen am Hungerturm. Der Junge frisst den jede Nacht alleine leer. Egal, wie viel Buletten und Eier da drin sind. Emil schafft sie alle. Die einzige Hure mit Appetit.

Er kommt wieder raus und sieht Natalia nachdenklich an. »Ich hab nachgedacht.«

»Ich auch.« Sie schraubt die Flasche zu. »Aber Denken hilft nicht. Denken macht nur schlimmer.«

Er kniet sich neben sie und sieht sie an. »Natalia, vielleicht können wir uns gegenseitig helfen.«

◊

Ein Schrei gellt durch die Nacht. Hedwig schlägt die Augen auf. Minna schnarcht neben ihr. Minnas Mund steht offen.

Wenn Vollmond ist, dann funkelt ihr Goldzahn manchmal in dem silbernen Licht. Hedwig ist, als höre sie das Zischen einer Peitsche. Wimmert da jemand? Jetzt ist es wieder still. Es ist noch dunkel draußen. Dezembernacht. Ruhetag. Hedwigs Nase friert. Minna ist warm und riecht nach Schnaps und Bier. Vielleicht hat Hedwig nur geträumt? Bei Minna schläft sie schlechter als bei Natalia. Es ist so heiß und eng. Aber Natalia hat sie aus dem Bett geworfen, und Hedwig musste nun mal Konsequenzen ziehen. Sie legt sich zurück aufs Kissen, ihr fallen die Augen zu.

Dann wieder Schreie. Minna fährt hoch. »Wat war'n det?«

»Hast du's auch gehört?«, fragt Hedwig.

»Natürlich. So alt bin ick auch noch nicht.«

Ein weiterer Schrei. Minna wirft die Decke zurück und springt aus dem Bett. Hedwig klettert ihr nach. Minna reißt die Tür auf, sie rennen barfuß auf den Flur.

Colette kommt die Stiege runter. »Was ist denn hier los?«

Minna öffnet die Tür zu Natalias Zimmer. Emil hängt nackt an ihrem Kreuz, sein Körper ist krebsrot, er blutet und kann sich selbst kaum auf den Beinen halten. Seine Füße stehen in der Schüssel und rutschen immer wieder über die nassrote Emaille. Natalia steht ihm gegenüber, die Peitsche in der erhobenen Hand. Als sie die anderen Frauen sieht, lässt sie die Peitsche sinken und strahlt sie an.

Sie flüstert: »Ich kann es noch.«

Minna, Colette und Hedwig starren sie an. Sie jubelt jetzt. »Ich kann es noch!«

»Natürlich kannst du's noch. Hab ick immer gesagt.« Minna stößt die Tür ganz auf und geht zum Kreuz. Sie stützt Emil und zeigt auf die Seile um seine Handgelenke. »Hedwig. Schnell.«

Colette und Hedwig lösen die Fesseln. Sie sind blutverschmiert. Emil stöhnt.

»Wat hast du denn mit dem Jungen gemacht?«, fragt Minna.

»Schläge bringen manchen Menschen Lust«, erklärt Hedwig. »Ist kompliziert.«

»Sei still, Hedwig«, herrscht Minna sie an. »Hol Wasser und Handtücher.« Sie wendet sich an Natalia. »Musstest du ihn so zurichten?«

»Er wollte es.« Natalia strahlt.

Colette beugt sich über den verschwitzten blonden Schopf. »Wirklich? Emil, stehst du auf Schmerzen?«

»Ich kenn mich damit aus«, keucht er.

Colette runzelt die Stirn. »Das ist keine Antwort.«

Hedwig kommt mit einer Waschschüssel und einem Handtuch zurück. Minna reißt ihr beides aus der Hand und tunkt das Tuch ins Wasser. Sie wringt es aus, das Wasser plätschert zurück in die Schüssel. Minna säubert und kühlt Emils Wunden. Er stöhnt.

»Wir brauchen Wodka«, sagt Colette, und Natalia nickt. »Ja. Viel.«

»Du hättest dich bei jemandem ausprobieren können, der wirklich drauf abfährt, Natalia«, schnauzt Colette. Je wütender sie ist, desto besser ist ihr Deutsch. »Und der dafür zahlt.«

»Nein, schon gut«, wimmert Emil. »War meine Idee.«

»Schlechte Idee, *mon cœur.*«

»Er lebt noch«, stellt Natalia stolz fest. »Ich hab ihn gelassen am Leben.«

»Ja, herzlichen Glückwunsch«, spottet Colette.

»Hört ihr jetzt mal auf!«, fährt Minna dazwischen. »Holt

den Scheißwodka, ihr Zankschlampen. Und du bringst Emil frische Kleidung, Hedwig.«

Ihr Blick duldet keinen Widerspruch. Eine nach der anderen huschen Natalia, Colette und Hedwig aus der Folterkammer. Minna bleibt zurück bei Emil. Sie taucht das Handtuch wieder in die Waschschüssel und wäscht das Blut raus. Es tanzt in rotbraunen Wölkchen durch das Wasser.

»Es war wirklich meine Idee«, sagt Emil. »Natalia kann nichts dafür. Sie hat nur gemacht, was ich wollte.«

»Mhm …« Minna wringt den Lappen aus. »Und hat es funktioniert?«

»Was meinst du?«

»Fühlst du dich jetzt weniger schuldig?«

Er überlegt und senkt den Blick. Sie tupft über seine Stirn. »Du willst dich bestrafen für die Jungs im Tiergarten und für Winnetou und alles, ick versteh det. Aber det hier … Emil, det ist nicht die Lösung.«

Emil richtet sich etwas auf und lehnt sich an Natalias Nachtschränkchen. Er schiebt sich eine schweißnasse Haarsträhne aus der Stirn und verzieht das Gesicht. Er atmet durch. »Hast du ne bessere Idee?«

Sie tupft über die Striemen an seiner Schulter. »Sich halb zu Tode prügeln lassen, det ist jedenfalls der falsche Weg.«

»Was tust du dagegen?«, fragt er.

»Meine Schuld ist kleiner.«

»Ja?«

Minna taucht das Tuch schnell ins Wasser und wäscht es aus. »Ja.« Sie wäscht weiter und rubbelt das Tuch an ihren Fingern sauber. Sie rubbelt und wäscht, bis ihre Knöchel schmerzen.

◇

Colette dreht das Licht an und nimmt den Wasserkessel vom Herd. Natalia folgt ihr und lehnt sich an den Türrahmen. »Ich kann wieder arbeiten heute Abend.«

Colette stellt den vollen Wasserkessel auf den Herd, legt Holzscheite nach und nimmt die Streichhölzer vom Regalbrett. Sie zündet ein Stück alte Zeitung an und wirft es in den Ofen. »*Bien.* Wird auch Zeit.«

»Freust du dich nicht für mich?«

Colette wirft eine Handvoll Kaffeebohnen in die Mühle und schließt sie. Sie drückt sie Natalia an die Brust. »An der Kurbel drehen.«

»Was ist denn los mit dir?« Natalia runzelt die Stirn und kurbelt.

»Emil ist mein Freund. Wenn du den auch …« Sie reibt sich die Nasenwurzel. Sie kann nicht aufhören, daran zu denken. Sie hat immer noch das Bild vor Augen, wie er da hing. Sein Blut ist aus der Schale auf den Holzboden geschwappt. Wie Wasser. »Emil hat genug durchgemacht.«

»Wir alle haben durchgemacht mehr als genug.«

»Jaja. Wir sind alle arme Teufel.«

Natalia stellt die Kaffeemühle ab. »Ich wusste, was ich tue. Ich weiß wieder.«

»Wie schön.«

»Ich hätte mich gefreut für dich.«

Colette schenkt ihr einen sprechenden Blick, schweigt und nimmt die Kaffeemühle. Sie kippt den Kaffee in den Filter.

»Gut«, räumt Natalia ein. »Ich hätte vielleicht nicht gezeigt. Aber ich hätte dir eingeschenkt Wodka und zugeprostet.«

Colette wirft die Kaffeemühle mehr zurück ins Regal, als

dass sie sie stellt. »Ich schmeiß den Laden hier seit Wochen. Allein. Sozusagen. Seit Monaten. Emil und ich ficken uns durchs ganze Scheunenviertel und erzählen, dass du krank bist und auf Reisen und was nicht alles. Und wir sagen deinen Scheißstammkunden, dass du zurückkommst und sie dich nicht aufgeben sollen.«

»Danke, Colette.«

»War das so schwer?«

»Ja«, antwortet Natalia. »Natürlich. Du kennst mich doch.«

»Die Welt dreht sich nicht nur um deine Peitsche, Natalia. Es gibt …« Der Wasserkessel pfeift und unterbricht Colette. Ein dunkler Wuschelkopf fährt schreiend von der Küchenbank auf. Anita starrt Natalia und Colette an.

Colette hält sich die Brust. »Was zur Hölle …«

»Wer ist die?«, fragt Natalia.

»Was macht ihr hier?«, fragt Anita schmatzend.

Natalia sieht sie streng an. »Was machst *du* hier?«

»Ich wollte schlafen, aber da kann ich jetzt wohl drauf scheißen.«

»Natalia, das ist Anita. Anita, das ist Natalia«, stellt Colette sie einander vor.

Natalia zeigt auf das gähnende Elend auf der Bank. »Die schläft hier?«

»*Oui.* Sieht so aus.«

»Einfach so?«, fragt Natalia.

Colette wendet sich an den Wuschelkopf. »Anita, zahlst du Minna was für den Platz da?«

»Haha.« Sie lacht und furzt. »Nein.« Anita rollt sich von der Bank, plumpst auf den Boden und krabbelt unter dem Tisch durch. Auf allen vieren kriecht sie zwischen Natalias und Colettes Beinen zum Küchenschrank.

Natalia schaut auf die Frau im Herrenanzug, die jetzt eine Schranktür nach der nächsten öffnet.

»Ich sag Minna, dass sie ne neue Mieterin hat. Die Küchenbank gibt es nicht umsonst. Hier gibt es nichts umsonst.« Colette steigt über Anita hinweg und geht.

Natalia schaut immer noch auf die Frau zu ihren Füßen und sucht nach Worten.

»Sie kann sehr süß sein, weißt du«, erklärt Anita und schaut auf die Tür, hinter der Colette verschwunden ist. »Musste aber für zahlen.«

»Das weiß ich.«

»Wo hat die Kleine denn mein Elixier?«, fragt Anita und gräbt sich in den Schrank.

»Was soll Colette von dir haben?« Keine Antwort. »Wovon redest du?«, fragt Natalia und tippt sie mit dem Fuß an.

»Von dem Kind«, erklärt das Elend im Schrank.

»Hedwig?«

»Ja, die. Die hat mir Frühstück gekauft und hier irgendwo …« Anita kommt mit Fläschchen im Arm wieder aus dem Schrank. »Ha! Da.« Sie stellt die Glasflaschen strahlend vor sich auf den Boden.

Natalia beugt sich zu ihr runter.

»Willste auch?«, fragt Anita fröhlich.

Natalia riecht an den Fläschchen und verzieht das Gesicht. Putzmittel. Dann schaut sie in den Schrank. Er ist voll von den Glasflaschen.

◇

Fritz schubst Hedwig auf der Schaukel an. Sie fliegt hoch hinaus. Trotz Handschuhen frieren ihre Finger an der Kette. Aber sie will immer mehr. Und weiter.

»Höher.«

»Jaja.« Fritz zieht abwechselnd an einer Zigarette und schubst seine Tochter an. Minna sitzt auf der Parkbank etwas abseits und wirft ihnen prüfende Blicke zu. Damit sie sich auch ja miteinander beschäftigen.

»Wirst du Colette heiraten?«, fragt Hedwig ihn.

»Hä?«

»Ihr seid doch jetzt immer zusammen. Wie ein Liebespaar.«

»Wir sind kein Liebespaar«, brummt er und schubst widerwillig weiter.

»Aber sie liebt dich.«

»Kannst du nicht wenigstens die Klappe halten, während du schaukelst?«, fragt er. Der Wind pfeift. Hedwig erreicht den höchsten Punkt, an den die Schaukel kommt, klappt die Beine ein und beugt sich vor.

»Ist die Zeit denn noch nicht rum?«, fragt er, und sie lehnt sich zurück und streckt die Beine wieder aus.

»Das bestimmst du nicht.«

»Ach nee.«

»Minna würde sich weniger für dich schämen«, erklärt Hedwig ihm, weil man den Erwachsenen immer alles erklären muss. Ist einfach ihre Erfahrung. »Wenn du eine Frau wie Colette hättest. Sie mag Colette.«

»Jaja.« Fritz wendet sich ab von seiner Tochter und ruft über den Spielplatz: »Mutter, kann ich jetzt gehen?«

Hedwig ruft auch: »Ja, bitte. Bitte, Minna! Lass ihn gehen.«

Minna verdreht die Augen, nickt aber. Hedwig springt von der Schaukel und läuft zu ihr. Als sie sich umdreht, ist Fritz schon weg.

Minna schüttelt den Kopf. »Kann sich nicht mal verabschieden.«

»Penner.«

»Du sagst es«, stimmt Minna zu.

»Wenn er Colette heiratet, muss ich nicht mehr zu ihm, oder?«, fragt Hedwig.

Minna sieht zu ihr runter. »Wie kommst du denn da drauf?«

»Weil *sie* sich dann lieb um ihn kümmert«, erklärt das Mädchen. »Müssen wir beide dann nicht mehr machen.«

»Ach, Herzchen, die heiraten doch nicht. Eher kommt der Kaiser aus Holland zurück, als det mein Sohn eine Hure heiratet. Und schon jar nicht Colette.«

»Aber sie ist doch immer bei ihm.«

Minna seufzt. »Ich weiß, auch so ein Dorn in meinem Auge.«

»Aber wenn sie ihn doch mag ... Ich mag ihn nicht. Und wenn er Colette hat, dann ...«, setzt Hedwig wieder an.

»Hedwig, du musst doch nicht zu dem, nur damit der nicht allein ist.«

»Warum denn dann?«

Minna hält ihr die Hand hin, Hedwig nimmt sie, und sie gehen Hand in Hand den Parkweg entlang. Ihr Atem schickt kleine Wolken in den Nachmittag. »Um ihn zu bestrafen«, antwortet Minna.

»Ich muss ihn bestrafen?«

»Leider ja. Für all det, wat er den Frauen antut«, erklärt Minna.

»Kannst *du* das nicht machen?«

»Ick würde ja, aber du hast mehr Macht über ihn. Weil du seine Tochter bist. Und det zählt wat.«

»Was denn?«, fragt Hedwig.

»Irgendwann, wenn du erwachsen bist, verstehste, wat ick meine. Und dann wirste an meine Worte denken.«

Ihre Hände schaukeln zwischen ihnen. »Hast du deinen Vater auch bestraft?«

Sie lacht. »Mehr als genug.«

»Müssen alle Väter bestraft werden?«, fragt Hedwig.

»Ach, Herzchen, ick hoffe nicht.«

◇

Die Ritze ist voll, die Stimmung gut. Es hat sich fast so etwas wie eine Schlange für Natalia gebildet. Dass sie zurück ist, hat sich schnell rumgesprochen.

Minna zapft, Colette verabschiedet ihren letzten Freier mit einem Klaps auf den Hintern und wendet sich an Minna. »Hast du noch Essig?«

»Schon wieder?«

»Ich kann doch nichts dafür, dass jedes dritte Scheißfromms reißt.«

»Steht inner Küche«, sagt Minna und betrachtet Colette, die matt neben dem Tresen steht, als wäre sie nie ein funkelnder Diamant der Nacht gewesen. Minna versucht ihren Blick einzufangen, vergeblich. »Sag mal, ist alles in Ordnung?«

»Ja. Muss nur spülen.« Colette verschwindet in der Küche, und Minna sieht ihr nach.

»Entschuldigung, Madame.«

Minna reißt den Blick von der Küchentür los und dreht sich um. Am Tresen steht ein weißhaariger Mann im Anzug. Er trägt eine runde Brille und einen Schnauzbart.

»N'Abend«, sagt sie. »Molle? Korn?«

Sein Blick sucht das Regal hinter dem Tresen ab. »Wein haben Sie nicht, oder?«

»Sekt kannste haben.« Sie zeigt mit dem Zigarillo auf den Hungerturm. »Bulette? Solei?«

»Ein Bier dann.«

Minna nickt und zapft. »Der Junge ist noch oben. Kommt gleich runter.«

»Bitte?«

Minna seufzt und kippt den abgegriffenen Zapfhahn. Das Bier läuft ins Glas, perfekte Schaumkrone. Sie stellt es vor ihn hin und stützt sich mit einem Arm auf der Theke neben dem Hungerturm ab. »Willste mir weismachen, dette kein Zuckerlecker bist?«

»Ja, nein. Ich will ...« Er atmet durch. »Mein Name ist Doktor Magnus Hirschfeld, und ich bin wegen etwas anderem hier.«

Sie hebt eine Augenbraue. »Wegen wat anderem als Sex?«

»Nein, eigentlich geht es schon um Sex. Sexualwissenschaft.«

»Wat?«, fragt sie, weil sie tatsächlich glaubt, dass sie was falsch verstanden hat.

»Sexualwissenschaft«, sagt Magnus wieder. »Ich forsche in Sachen Sexualität. Ich bin Arzt.«

Minna lacht. »Sex ist doch keine Wissenschaft.«

»Doch«, beharrt er und sitzt mit seiner Brille und dem gelehrten Schnauzbart ganz ernst in ihrem Bordell am Tresen. »Eine noch sehr junge Forschungsdisziplin, aber daher als wissenschaftliches Feld umso interessanter.«

Minna lacht wieder, dann verstummt sie. »Ach so. Ick verstehe. Arzt ...« Sie zwinkert ihm zu. »Ist dein Tick im Bett. Du spielst den Onkel Doktor, weil dich det heiß macht.«

Magnus runzelt die Stirn. »Nein, wirklich nicht. Ich bin

hier, um Ihre Huren zu bitten, mir Fragen zu beantworten. Als Professionelle sozusagen.«

Minna nickt. »Ist klar.«

»Ich habe ein eigenes Institut in Charlottenburg.«

Sie tätschelt seine Hand. »Natürlich haste det, mein Großer.« Sie dreht sich zur Seite und ruft in den Flur: »Emil, mach hinne. Du hast Kundschaft.«

Als Minna sich umdreht, steht Colette vor ihr und murmelt: »Bin fertig.«

»Du musst auch mal wieder lächeln, Colette.«

»*Non.* Ich muss dir deine Miete bezahlen. Das ist alles.«

»Mademoiselle Colette«, wendet Magnus sich an sie.

»Ach, Herr Doktor … Sie sind tatsächlich gekommen?«

»Ja, so kann ich mir gleich ein Bild von Ihrem ganzen Arbeitsumfeld machen.«

»Viel Spaß«, sagt sie, als glaube sie nicht, dass er, sie oder irgendwer welchen empfinden könnte. Als hätte Spaß als solcher überhaupt nie existiert.

»Colette, wat ist denn los mit dir?«, fragt Minna und nimmt sie zur Seite. Sie drückt Colettes Arm und sieht sie eindringlich an. »Du hast den einen Tag genug jute Laune für det ganze Scheunenviertel, und dann plötzlich läufste rum, als hätte dir jemand in den Schnaps gepisst. Liegt det an meinem Sohn? Ick hab dir gesagt, du sollst die Finger von dem lassen. Der ist schlecht fürs Herz.«

Colette macht sich los. »Was weißt du denn von Herzen? Du hast ihn nie geliebt. Und Hedwig wolltest du auch weggeben. Lass mich einfach in Ruhe.«

Und bevor Minna noch ein weiteres Wort sagen kann, ist Colette in der grölenden Menge verschwunden. Zwischen gierigen Blicken, die sie auffressen wollen. Dabei ist alles, was an Colette nagt, in ihr drin und hat gar nichts mit diesen Männern zu tun. Minna zapft weiter.

Emil hat inzwischen den Herrn Doktor in Beschlag genommen. Sie sitzen zusammen auf dem kleinen Podest, auf dem der Kapitän steht und spielt. Der Junge lässt seine Füße kokett von der kleinen Bühne baumeln. »Also, mein Süßer, was trinken wir?«

»Ich hab noch.«

Emil lacht. »Aber ich nicht.«

»Natürlich, natürlich«, sagt Magnus schnell und ruft Minna zu: »Madame? Madame?« Er schaut Emil an. »Was willst du denn?«

»Das weiß sie schon.«

»Natürlich, natürlich.«

»Süßer, du musst wirklich nicht so steif sein. Du kannst mir doch nicht erzählen, dass es dein erstes Mal ist.«

»Ja, nein.« Magnus räuspert sich. »Also, es ist mein erstes Mal im Bordell. Sonst kommen meine Probanden immer zu mir.«

Minna bringt Emil einen Sekt, und Emil stürzt sofort das halbe Glas hinunter. »Probanden, sagst du?« Er rülpst. »Na, du kannst mich nennen, wie du willst.«

»Emil, ich fürchte, du verstehst mich nicht ganz … also …« Magnus trinkt einen kleinen Schluck Bier und räuspert sich wieder. »Weshalb ich hier bin: Es geht um meine Forschung. Ich erforsche die menschliche Sexualität und brauche dazu Einblicke in deine Arbeit.«

Emil streichelt sein Knie. »Kriegst du, kriegst du.«

»Das ist mein Ernst«, sagt Magnus, will Emils Hand wegschieben, hält sie dann aber einfach fest, als wären sie beide ein Paar. »Würdest du meinen Fragebogen ausfüllen?«

»Du kannst mich auch einfach so fragen.« Emil lächelt und trinkt.

»Nein, der Bogen ist anonym«, erklärt Magnus.

Emil lehnt sich vor und dreht sein Glas in der Hand. Er mustert den Herrn, den er allmählich tatsächlich für einen Arzt hält. Emil hat im Tiergarten genug Ärzte gesehen und bedient. »Ich kenne so Vögel wie dich«, sagt er und zieht seine Hand aus Magnus'. »Du willst mich umerziehen.«

»Wie bitte? Nein.« Empört sieht Magnus ihn an, aber Emil lässt sich nicht von einem Blick beirren.

»Doch, du willst mich mit Elektroschocks zur Hete machen. Als wär ich krank.«

Emil steht auf und sieht auf das weiße Haupt hinab. »Aber das bin ich nicht. Ich bin gesund, und du kannst gar nichts daran ändern, wie ich bin.«

Er schüttet Magnus den restlichen Inhalt seines Sektglases ins Gesicht und verschwindet mit wiegenden Hüften zwischen den engen Tischen. Magnus blinzelt, der Sekt perlt an seinen Wimpern. Er sucht nach seinem Taschentuch und trocknet sich das Gesicht. Er seufzt, steht auf und sucht nach Emils blonden Haaren in der Menge. Das Matrosenhütchen tanzt auf dem Schoß eines Arbeiters. Magnus überlegt zu gehen. Er kann sich kein Gehör verschaffen, wenn hier alle arbeiten müssen. Wer will schon der Forschung dienen, wenn er auch Geld verdienen kann?

Emil klettert von Schoß zu Schoß und lacht durch die ganze Ritze. Ein leuchtender Matrose in der finsteren Nacht. Der Junge strahlt wie fünfzehn Engel. Nur dass er mehr Erfahrung hat. Und er hat dieses Gesicht, Kindergrübchen und blaugrüne Augen. Aber seine Seele ist alt – alt und schön.

Magnus schiebt sich durch die engen Stühle und Tische und tippt Emil auf die Schulter. »Was kostet die ganze Nacht?«

Der Junge schiebt seine Matrosenmütze keck zur Seite. »Siebzig Mark, Herr Doktor.«

»Abgemacht.«

◇

Colette öffnet die Schnalle an ihrem Strapsgürtel und rollt gähnend den Seidenstrumpf über ihr Knie. Dann die andere Seite. Sie fühlt sich wie gerädert. Sie schläft so schlecht in letzter Zeit. Das macht die Arbeit noch anstrengender. Es ist spät. Oder früh. Im Sommer würde die Sonne längst aufgehen. Aber es ist Winter. Als es klopft, glaubt sie für einen Augenblick, dass es nur in ihrem Kopf ist. Wie das Pochen, das sie jetzt oft durch die Tage und Nächte begleitet. Aber dann klopft es wieder.

Sie seufzt und sagt widerwillig: »Herein.«

Fritz schiebt seinen lackschwarzen Schopf durch den Türspalt. Das schummrige Licht spiegelt sich in seinem glänzenden Haar. »Guten Abend, *chérie*.«

»Was machst du denn hier?«

»Dich besuchen«, verkündet er, öffnet die Tür mit großer Geste und beschert sich einen eigenen Auftritt in ihrer kleinen Dachkammer.

»Jetzt?«, fragt sie verwirrt.

Er tut beleidigt. »Freust du dich nicht?«

»Doch, sehr. Komm rein.«

Fritz schließt die Tür hinter sich und schlingt die Arme um sie. Er reibt seinen Schwanz an ihrem Arsch und riecht nach Schnaps.

Sie will ihn von sich schieben. »Ich kann jetzt nicht, Fritz. Ich habe gearbeitet.«

»Aber das hier ist Liebe«, behauptet er mit schwerer Zunge.

»Du bist ja betrunken.«

»Du doch auch.« Er grinst und stupst ihre Nase an. »Nach der Arbeit bist du immer betrunken.«

Sie muss lachen. »Ich vertrag genug.«

»Ich will ficken.« Er zieht sich aus, wirft seine Klamotten überallhin und steigt aus seiner Unterhose. Sein Schwanz ist hart, er umfasst ihn und reibt sich, während er auf Colettes Brüste starrt. »Komm schon, *chérie*. Nur ein bisschen.«

»Ich bin schon ganz wund.«

»Das macht mir nichts.« Er winkt mit der freien Hand ab. »Ich hatte so Sehnsucht nach dir.« Er steht breitbeinig da und holt sich einen runter. »Weil du so schön bist. *Chérie* …«

Sie schweigt und sieht ihn an, wie er ihre Titten anstarrt. Sein Blick flattert. »Bisschen ficken …«, murmelt er.

Sein harter Schwanz steht wie eine Frage im Raum, und Colette hasst offene Fragen. Sie hat die Antwort, sie will Harmonie, sie will, dass er glücklich ist. Dass er sie glücklich macht. Und jetzt will er. Von sich aus. Ist auch noch nicht vorgekommen.

Fritz stöhnt und bumst seine Hand, gleich braucht er sie nicht mehr.

»*Bien*«, sagt sie schließlich. »Na gut.«

Sie sitzt noch nicht ganz auf dem Bett, da wirft er sich schon auf sie, schiebt ihren Schlüpfer beiseite und dringt in sie ein. Er grunzt und stöhnt in ihr Ohr. Colette kann sich nicht auf ihre Muschi konzentrieren. Er stößt und massiert ihre rechte Titte. Er knetet sie wie ein Stück Teig, das er nie backen wird, weil er zu ungeduldig ist. Über sich sieht

Colette die Zillefiguren in heißen Posen und mit schönen Haaren. Colette betrachtet sich selbst, wie süß sie an der Wand da oben aussieht. Wie aufreizend …

Endlich ein kleiner Funken Lust. Colette seufzt.

Fritz stöhnt, stöhnt lauter und kommt. Er sackt auf ihr zusammen. »War geil, *chérie.*«

Colette liegt unter ihm und sieht an die schräge Decke. Der Putz bröckelt an genau drei Stellen. Es ist ihr noch nie aufgefallen. Fritz scheint Tonnen zu wiegen. Und jedes Gramm davon hat sie benutzt. Sie hat sich noch nie benutzt gefühlt, von keinem Freier. Eine Träne rollt über ihre Wange, aber er verschmiert sie mit seinem Kinn, als er sich aufrichtet.

Er sieht sie an. Er lächelt, und seine dunklen Augen strahlen. »Du bist die Beste.«

Und es wird wieder besser. Colette wird warm ums Herz. Er küsst sie wie ein Romeo, zart und liebevoll. Sie schlingt die Arme um ihn. Er war betrunken, das ist ihr auch schon passiert. Er meint es nicht so. Immerhin ist er zu ihr gekommen. Weil er sich nicht nur an sie gewöhnt hat, sondern weil er sie inzwischen auch vermisst. Er küsst und küsst, als hätte er alle Zeit der Welt, als wäre der Kuss der eigentliche Grund dafür, dass er gekommen ist. Als ihre Lippen sich wieder lösen, ist Colette die glücklichste Frau, die je gelebt hat und je leben wird.

»Das war doch für dich auch schön, oder?«, fragt Fritz.

»Mhm. *Naturellement.*« Sie hat schon gelogen, bevor sie es gemerkt hat. Es ist der Du-warst-fantastisch-Reflex.

»Und, *chérie,* meinst du, es war eine kleine Extramünze wert?«, fragt er jetzt und lächelt sie an.

»Was?«

»Nur eine kleine … Ich bin den ganzen Weg aus dem Westen hierher. In meinem dünnen Mantel. Es ist schrecklich kalt.«

»Was? Aber …« Sie sucht noch immer nach Worten.

Er bohrt seine Finger in ihre Haut, sie tanzen auf ihrem Unterarm. »Es ist doch nur, weil ich einen neuen Mantel brauche.« Er küsst sie auf die Lippen, die Stirn und die Nasenspitze. »Ich muss meinen prächtigen Schwanz doch warm verpacken. Damit ich meiner Süßen zu Diensten sein kann. Immer hart und bereit.«

Er gleitet aus ihr raus und rollt sich neben sie. Sie sieht ihn aus großen Augen an. Er stützt sich auf den Unterarm und streichelt ihre Brüste. »Ich habe im KaDeWe ein feines Exemplar gesehen. Genau das Richtige, um neben einer Klassefrau wie dir über den Ku'damm zu flanieren.«

»Ich mag den Ku'damm gar nicht«, sagt sie leise, mehr zu sich selbst.

»Dann gehen wir eben in den Luna-Park. Und in den Toppkeller. Du und ich.« Er gähnt. »Wir werden wunderschön sein.«

»Du kannst mir den Mantel ja mal zeigen.«

»Fein«, murmelt er, »er wird dir gefallen.« Und während sie noch überlegt, was sie darauf sagen soll, wird er ganz schwer in ihrem Arm. Er klebt an ihr und verschwindet dennoch.

»Schläfst du? Fritz?«

»Bist die beste Kundin, die ich je hatte«, murmelt er und schnarcht.

»Ich habe gesagt, dass es unromantisch wird«, entschuldigt sich Hedi.

Noah wiegt den Kopf mit den schwarzen Locken hin und her. »Colette würde Ihnen widersprechen. Sie würde sagen, dass es sehr romantisch ist, oder?«

»Colette ist nicht hier.«

»Hassen Sie sie noch immer?«, fragt er.

Hedi schüttelt den Kopf und nimmt eine Blüte vom Tisch. Das Blütenblatt ist einsam, als Hedi es in das Elixier tunkt. Sie klopft es am Glasrand ab, kleine Tropfen fallen zurück ins Lösungsmittel. Hedi hält Noah das Blütenblatt hin.

»Nein danke, ich …«

»Lassen Sie eine Dame doch nicht immer allein frühstücken, Noah.«

»Haben Sie mal mit Marlon Brando gefrühstückt?«, fragt er.

»Eifersüchtig?«

»Das ist Gift, Hedi.«

»Die meisten Frauen benutzen Gift, haben Sie gesagt.«

»Zum Töten, ja.« Er lehnt sich zurück, als habe er Angst, dass sie in ihn hineinkriecht. »Woher hatten Sie eigentlich die Waffe?«

»Das hier ist Amerika, Noah. Ich hatte sie einfach. Immer dabei.«

Er runzelt die Stirn. »Jetzt nicht mehr.«

Sie verdreht die Augen und lehnt sich ebenfalls zurück. Wenn er keine Nähe will … kriegt er eben keine. »Natürlich habe ich hier drin keine Waffe. Haben Sie Angst, dass ich Sie töten will?«

»Nein«, antwortet er. »Aber ich habe Angst, dass Sie es aus Versehen trotzdem tun.«

»Ich töte nicht aus Versehen.«

»Nein. Sie töten kaltblütig.«

»Er hat es verdient«, sagt Hedi. »Das und mehr. Emil hätte ihn auf dem Stoßsofa totficken sollen.«

»Kannte Emil ihn denn?«

Sie lächelt vielsagend und zuckt mit den Schultern.

»Kannte Colette ihn? Aus Frankreich?« Noah beugt sich interessiert vor und zeigt auf das Rosenblatt in Hedis Hand. »Wenn ich davon probiere, erzählen Sie mir dann, woher Sie Louis Mercier kannten?«

»Nein.« Hedi seufzt. »Aber ich esse ein Stück von dem Hefezopf.«

»Weil Sie nämlich doch hungrig sind.«

Sie hält ihm das Blütenblatt dichter vors Gesicht. »Ja oder nein?«

Noah zögert. Sein Stift trommelt auf das Schreibheft. Dann schlägt er das Küchentuch zurück, bricht etwas von dem Zopf ab und hält es ihr hin. Sie tauschen. Blüte gegen Hefezopf. Sie führen die Hand gleichzeitig zum Mund und öffnen die Lippen gleichzeitig. Er legt Blütenblatt, sie Zopf auf die Zunge. Sie schließt den Mund erst, als er ihn auch schließt, kaut erst, als er das Rosenblatt kaut – und dann schmeckt sie den Teig …

Er ist luftig weich und etwas süß. Er ist köstlich. Hedi schließt die Augen und kaut. Sie beißt noch einmal ab und dann noch mal, und sie merkt es erst, als ihre Hand leer ist. Sie öffnet die Augen und sieht auf ihre Finger. Zwei Krümel sind in ihre Handfläche gerollt.

Noah lächelt. Aber er schaut nicht Hedi an, er sieht durch

sie hindurch. Denn dort ist eine watteweiche Welt, die er bislang nicht kannte – und die er jetzt lieben lernt. Er verliert sich, vielleicht lernt er fliegen. Er ist schön, wenn er glücklich ist.

»Sie sind mein Untergang, Hedi«, raunt er.

»Und Sie sind der Grashalm, an den ich mich kralle, während alles andere stirbt«, gibt sie zurück, weil er sich eh nicht daran erinnern wird, wenn er wieder nüchtern ist.

Er nickt und betrachtet das weiße Blatt in seiner Hand. »Stirbt alles. Auch die Rosenblüten.«

»Die besonders«, stimmt sie zu und nimmt sich noch ein Stück Zopf.

DOKTORSPIELE

Los Angeles, 1954

Noah beugt sich vor und gibt Hedi Feuer. »Würden Sie sagen, dass Sie ein glückliches Leben hatten?«

»Nein.« Sie nimmt den ersten Zug und schüttelt den Kopf. »Ich hatte ein spannendes Leben. Sie?«

»Wären Sie gern glücklich gewesen?«, fragt er, statt zu antworten, und zündet seine eigene Zigarette an.

»Ein paar Mal war ich es.«

Er legt die Zigarette ab, beugt sich über seine Notizen und nimmt den Stift auf. »Wann?«

Sie lacht. »Noah, haben Sie einen Fragebogen dabei?«

»Immer.«

Mit der Zigarette zwischen den Fingern kratzt Hedi sich an der Stirn und seufzt. »Also gut. Ich war glücklich, als ich meine erste Filmrolle hatte. Kurz vor Drehbeginn, als ich noch dachte, dass es jetzt losgeht, dass mir die Welt zu Füßen liegen wird.«

»Es ist dann doch genau so gekommen«, sagt er schreibend. »Es ist losgegangen, Filmstudios haben sich um Sie gerissen, die Welt lag Ihnen zu Füßen.«

Er hat recht. Sie lächelt traurig. Und doch hat er unrecht.

Denn das, was er sagt, das bekommt man gar nicht mit. Das Einzige, was man sieht, ist, dass noch mehr möglich wäre. Das Studio könnte dir noch mehr bezahlen, die Rollen könnten noch besser sein, die Filmsäle noch voller.

»Ja, aber es ist nie genug, Noah.«

Er unterbricht das Schreiben, um zu rauchen. »Das klingt anstrengend.«

Hedi greift nach dem Äther- und dem Chloroformfläschchen und schiebt sie ihm hin. Sie dreht die Glasflaschen hin und her und lässt sie auf dem Weg zu ihm über den Tisch tanzen. Wenn er das hier für eine gefährliche Droge hält, sollte er nie, niemals Ruhm kosten. Nichts berauscht so sehr, nichts macht so süchtig und nichts führt zu einem so schrecklichen Kater wie Ruhm. Nach dem ersten Rausch sind alle anderen unbefriedigend. Und sie werden immer unbefriedigender. Das Einzige, was mehr wird, ist der Kater. Und irgendwann ist alles ein einziger Kater ohne Rausch.

»Wären Sie lieber Hure geworden?«, fragt er.

»Bin ich das nicht?«, fragt sie zurück. »Wie, glauben Sie, kommt man an Studioverträge? An Rollen? Aktfotos allein reichen nicht.« Sie ascht die Zigarette ab und zieht wieder daran. »Es ist ganz genau so, wie alle insgeheim denken. Genau genommen können Sie als Frau nicht mal Aktfotos machen, ohne dem Fotografen nachher nicht mindestens einen runterzuholen. Machen alle Mädchen in dem Geschäft.«

»Sie haben …?« Er nimmt den Stift wieder auf.

Nicht nur, dass Hedi Belle im Tausch gegen Vorteile mit wichtigen Männern geschlafen hat. Sie musste trotzdem noch schön sein. Und talentiert. Und die Aufnahmeprüfung auf der Schauspielschule bestehen. Und vorsprechen. Sie musste an allen Fronten arbeiten. Frau sein … Schöne Sache, nicht wahr? Er will mehr davon hören, aber sie schüttelt nur knapp den Kopf. Dazu haben doch alle anderen schon was gesagt. Wenn er mehr dazu wissen will, soll er Marilyn fragen. Die kann ein Lied davon singen. Jede kann das, es macht keine von ihnen besonders. Nur Hedi ist besonders, und es hat nichts mit den Studiobossen zu tun, denen sie einen geblasen hat. Die Ritze macht Hedi besonders.

Noah weiß es. »Glauben Sie, dass Minna je glücklich war?«, fragt er.

Berlin, 1927

Minna schiebt die Küchentür auf. Sie erscheint ihr tonnenschwer. Sie stöhnt, es dröhnt in ihrem Kopf. Meistens weckt Hedwig sie, wenn sie zur Schule muss. Zum Glück wacht das Kind in der Regel von selbst auf. Pech nur, dass Hedwig das jetzt in Minnas Bett tut.

Das hab ich nicht durchdacht, als ich an Emil vermietet hab, denkt Minna, und jedes Wort ist wie ein Hammerschlag in ihrem Kopf. Ein innerer Schlag auf das Gehirn. Erneutes Klopfen, und es geht weiter mit der Tortur. Das Klopfen gleicht einer Abrissbirne, und Minna trottet zur Tür, nur damit es aufhört. Mit mechanischen Bewegungen schließt sie auf und öffnet.

Sie schaut den Besucher an und verzieht das Gesicht. »Scheiße.«

»Guten Morgen«, sagt Bruno.

»Verpiss dir, bevor ick meine Enkelin aus der Schule holen lasse.«

»Bitte nicht«, sagt Bruno und scheint es auch ein bisschen witzig zu meinen.

Er will witzig sein? Minna weicht etwas zurück, um ihn besser betrachten zu können. Er steht im Schneematsch, trägt den Wintermantel seiner Uniform, den Schlagstock darüber und dieselbe beschissene Mütze wie immer. Aber sein Gesicht sieht fast friedlich aus.

»Das war ein Witz«, erklärt er jetzt.

»Dann such dir jemanden, der um die Uhrzeit schon lachen kann.« Sie will die Tür schließen, aber da lächelt er sie an.

»Hast du nen Kaffee?«

Er fragt das einfach. Die Hände hinterm Rücken verschränkt, kein Fuß in der Tür, nichts. Minna ist zu müde, um ihre Stirn zu runzeln. »Seit wann fragste vorher, wenn du wat willst?«

»Darf ich reinkommen?«

Sie ist so verblüfft, dass er die Ritze oder ihre Pussy immer noch nicht mit Gewalt gestürmt hat, dass sie einen Schritt zur Seite geht und ihn reinlässt. Sie drückt die Eingangstür zurück ins Schloss und fragt sich, ob sie vielleicht noch träumt.

»Kaffee ist noch nicht fertig.«

»Das macht nichts.« Er steht mitten im Raum und wippt in seinen Stiefeln wie der Mensch, der die Freundlichkeit erfunden hat. »Ich wollte dir nur etwas erzählen, also dass … der Mann, nach dem ich im Oktober ein paarmal gefragt habe. Da haben wir ne Spur. Die führt woanders hin.«

»Äh, natürlich«, sagt Minna schnell und geht zum Tresen. »Det hab ick ja von Anfang an gesagt.«

»Genau genommen führt die gar nicht hier vorbei. Nicht durch die Mulackstraße.«

»Fein. Und?«, fragt Minna.

»Nicht dass du dir da noch Sorgen machst.«

»Mach ick nicht. Hab ja wie gesagt jar nüscht damit zu tun.«

Bruno lehnt sich an den Tresen und tippt mit Nachdruck zwischen die getrockneten Bierpfützen von gestern. »Und die Verdächtigen werden hart rangenommen. Damit wir den Schuldigen finden.«

»Die Verdächtigen?«

»Ja.« Bruno nickt ein preußisches Nicken. »Keine Gnade. Scheißhomos.«

Minna wird schummrig. Sie lehnt sich an den Spülstein und ringt sich ein Lächeln ab. »Jut.«

Sie nimmt ein dreckiges Bierglas vom Tresen, füllt es, ohne hinzusehen, mit Wasser aus dem Hahn hinter sich und trinkt in großen Schlucken.

»Alles in Ordnung?«, fragt der Bulle.

»Ja, zu viel Schnaps jestern.«

»Soll ich dir nen Kaffee machen?«

Sie lässt das Glas sinken. Wasser tropft auf den Boden. »Du? Mir?«

»Minna, es tut mir leid, dass ich dich … Aber es hat dir doch auch gefallen, oder?«

Sie hört ihm kaum zu. »Scheißhomos«, hat er gesagt. Die Kinder … das sind doch nur Kinder. Bruno plappert immer noch, jetzt räuspert er sich.

»Und da dachte ich, wir beide könnten doch …«

»Ficken?«, fragt sie, als sie endlich doch hinhört. »Als Belohnung dafür, det du mir von der Spur erzählt hast, die woanders hinführt?«

»Ich bezahl dich natürlich auch.«

Jetzt ist Minna doch wieder sicher, dass sie noch schläft, dass sie träumt.

»Wie viel kostet die ganze Nacht?«, fragt er. »Kannst du Dienstag?«

Sie ringt die Hände. »Ick bin raus aus dem Geschäft, Bruno.«

»Quatsch.« Er grinst sie verschwörerisch an. »Du doch nicht.«

Minna atmet tief durch und stellt das Glas neben den Hungerturm. Sie nimmt Bruno bei den Schultern und schiebt ihn zur Tür. »Doch, bin ick.«

Sie schließt die Tür hinter ihm und lehnt sich erschöpft an. Sie betrachtet ihre Ritze. Die klebrigen Tische, den dreckigen Boden, der noch nicht gefegt wurde, und die Batterie an Gläsern auf dem Tresen. Das muss alles gespült werden. In dem Leuchter über dem Tisch vorne rechts ist was mit der Gasleitung. Er leuchtet nicht mehr. Darum muss Minna sich auch noch kümmern. Die Aschenbecher sind noch voll, und es stinkt nach altem Schweiß, altem Rauch und alter Lust. *Wir sind alle alt*, denkt Minna. Aber offensichtlich nicht alle alt genug. Eine graue Haarsträhne löst sich aus ihrem Knoten und fällt ihr ins Gesicht. Sie nimmt sie auf, will sie zurückstecken und hält inne. Sie betrachtet die silberne Strähne. *Du sollst die Scheißkerle abschrecken*, denkt sie. *Nicht anziehen. Ick kann zu dem ganzen Kackbetrieb hier nicht auch noch die Beine breit machen. Wie viel soll eine Frau denn schuften?*

Die Küchentür geht auf, und Natalia zieht Anita in die Gaststube. Sie hält die berühmte Tänzerin am Ohr wie ein ungezogenes Kind. »Mach Tür auf, ich muss Müll rausbringen.«

»Seit wann kümmert dich der Müll, Natalia?«, fragt Minna.

Anita stolpert und lallt: »In der Küche stinkt es auch nach Müll.«

Natalia zerrt sie vor Minna. »Wusstest du, dass die wohnt hier?«

»Nicht mit Sicherheit, nein.«

»Wirtin hat ihr gekündigt«, erklärt Natalia. »Seitdem schläft sie auf Küchenbank.«

»Und jetzt willste, det ick Miete von ihr nehme?«

»Ich zahl doch nix für ne Scheißküchenbank«, protestiert Anita. »Weißt du, wie hart die ist?«

»Schnauze«, zischt Natalia. »Mach Tür auf, Minna.«

»Warte, vielleicht sollten wir nichts überstürzen«, antwortet die. »Det ist Anita Berber. Die hat doch Kohle.«

Natalia schnaubt. »*Njet*, hat sie versoffen alles.«

»Die süße Blondine hat das versoffen«, korrigiert Anita, als habe sie selbst nie einen Tropfen Sekt angerührt. »Die von unterm Dach. Die Frau macht einen arm.«

»Nur wenn man vorher schon bescheuert ist«, sagt Natalia verächtlich, und Anita beteuert: »Ich liebe sie.«

Natalia zieht Anita hinter sich her. Anita stolpert durch die Ritze, stößt an Tische und Stühle. »Au. Sagst du Colette, dass ich sie liebe?«

Minna geht zur Seite, Natalia öffnet die Tür und schmeißt Anita raus in den Schneematsch.

Sie knallt die Tür zu und wendet sich zu Minna. »Sie hat Hedwig Drogen gegeben, Minna!«

»Drogen?«

»Cocktail aus Lösungsmitteln. Hast du gar nicht mitgekriegt, Minna?«

»Wat soll denn dieser Vorwurf?«, fragt Minna zurück. »Du gibst ihr ständig Wodka.«

»Ist ganz was anderes.«

◇

Emil sitzt am Fußende des Bettes und raucht. Er ist in eine Wolldecke gewickelt und betrachtet den Mann, der leise in sein Kissen schnarcht. Emil streckt die Hand nach Magnus' Hand aus und streichelt über die Finger, die ihn berührt haben, dann den Arm, der ihn gehalten hat. Emil konnte nicht einschlafen neben dem Arzt, der so überraschend gut riecht. Magnus dreht sich um und schlägt die Augen auf.

»Guten Morgen«, sagt Emil.

Magnus lächelt, schiebt sich etwas hoch und lehnt sich an das Kopfteil des Bettes. Er nimmt seine Brille von dem kleinen Regal über ihm und setzt sie auf. »Warum hast du mich nicht rausgeworfen?«

»Weil du die ganze Nacht wolltest.«

»Aber das heißt doch nicht, dass ich in deinem Bett schlafe, während du da unten am Fußende sitzt.«

»Ich hab auch geschlafen.«

Magnus schaut ihn über den Rand seiner Brille hinweg an. »Wirklich?«

Emil nickt, obwohl er kaum ein Auge zugedrückt hat. Er hat die ganze Zeit seinen eigenen Herzschlag gehört. Als hätte sein Herz nie zuvor geschlagen. Es war seltsam laut.

Er hält Magnus die Zigarette hin. »Willst du nen Zug?«

Magnus nimmt die Zigarette, und Emil rutscht auf der Matratze hin und her. »Dieses Institut …«

»Für Sexualwissenschaft.« Magnus bläst Rauch in Emils kleine Kammer. »Das ist in Charlottenburg.«

»Das gibt es wirklich?«

»Natürlich«, antwortet Magnus.

Er ist viel ruhiger als gestern Nacht. Die Unsicherheit ist weg, vielleicht rausgevögelt. Emil weiß, dass man sich eine ganze Menge aus dem Körper rausficken kann. Der Doktor sitzt einfach da, in Emils schmalem Bett, mit der Eleganz eines reichen Mannes und einem Blick, der alles durchschaut.

»Und ich befrage wirklich Menschen zu ihrer Sexualität«, erklärt Magnus jetzt, »damit Ärzte und auch die Menschen selbst die Sexualität besser verstehen. Oder hast du nicht den Eindruck, dass die Gesellschaft viel zu wenig weiß?«

»Die Menschen wissen nichts über das Ficken. Schämen sich immer nur.«

»Eben.«

»Und deshalb bist du mit mir hoch?«, fragt Emil. »Damit ich den Fragebogen ausfülle?«

»Nein, ich bin mit dir raufgegangen, weil du mir gefällst.«

»Ich soll den Bogen also nicht ausfüllen?«

»Doch«, widerspricht Magnus. »Ihr alle hier. Wir können viel von euch lernen.«

»Ach so. Ja, klar. Ich frag mal.«

»Bist du enttäuscht?«

Emil steht auf und schüttelt den Kopf. Er ist noch immer in die Decke gewickelt. Er zieht sie enger um sich, seine Füße frieren auf dem kalten Boden. Durch die Ritze unter der Tür zieht eisige Luft und fegt über die Holzdielen.

»Wenn es mir nur um den Fragebogen ginge, wär ich einfach heute noch mal wiedergekommen, Emil«, sagt Magnus.

Emil verschränkt die Arme unter der Decke vor der Brust, was Magnus gar nicht sehen kann, also reckt er auch noch das Kinn. »Weißt du, was die Sache mit uns Huren ist? Wir durchschauen das. Wenn es nur ums Geld geht. Oder um so was wie deine Fragen. Wenn es nicht um den Menschen geht.«

Magnus setzt sich auf, legt seine Hände auf Emils Hüften und sieht zu ihm hoch. Er lächelt. Alles wird plötzlich warm. Emil vergisst die Kälte an den Füßen.

»Menschen wollen oft mehr als nur eine Sache. Menschen sind kompliziert.« Magnus zieht die eine Hälfte der Wolldecke beiseite. »Du willst ja auch mehr von mir als mein Geld. Sonst wärst du jetzt nicht eingeschnappt.«

»Ich bin nicht eingeschnappt.«

Magnus schiebt die andere Hälfte der Wolldecke zur Seite und betrachtet Emils Schwanz. Magnus zieht Emils Hüften zu sich heran, Emil wird hart.

»Doch, bist du.«

»Nein, ich …«, protestiert Emil, aber weiter kommt er nicht, weil Magnus in dem Moment über seinen Schwanz leckt.

Emil schließt die Augen, stöhnt und legt die Hände auf Magnus' grauen Kopf. Die Wolldecke fällt runter. Magnus krallt die Hände in Emils Arschbacken und bläst ihn, während Emil sich in seinen Mund stößt. Emil will sich verlieren, will alles vergessen, besonders den Scheißfragebogen …

Die Tür fliegt auf. »Emil, wir müssen reden«, sagt Minna.

Emil und Magnus fahren auseinander. Minna steht in der Tür, stemmt die Hände in die Hüften und sieht ihn vorwurfsvoll an. Dass Emil nackt und sein Schwanz hart ist, interessiert sie nicht. Magnus wischt sich den Mund ab.

»Jetzt?«, fragt Emil.

»Hast du Bruno inne Zange genommen?«, fragt sie zurück.

»Minna, können wir das nicht …«

»Hast du dem Bullen gedroht, damit er mich in Ruhe lässt?«, fragt sie streng.

»Ja, vielleicht habe ich ihn gebeten, dich mit Respekt zu behandeln …«

»Du hast ihn jebeten?« Minna hebt eine Augenbraue. »Mit Grußkarte und Pralinen, oder wat?«

»Nicht ganz, nein«, antwortet Emil und beugt sich zu der Decke runter.

Minna kommt in den Raum und hebt den Zeigefinger. Sie zeigt auf den nackten Emil und fixiert ihn. »Du musst mir nicht beschützen. Wenn überhaupt, beschütze *ick dir*. Ick bin hier die Chefin. Und jeder …« Ihr ausgestreckter Finger zeigt von Emil auf Magnus und wieder zurück. »Jeder, auch die Freier, sollen wissen, det kein Mann mich beschützen muss. Det mach ick selbst.«

Emil wickelt sich wieder ein. »Aber das führt doch nur dazu, dass …«

»Dann ist det eben der verfickte Preis, den ick zahle«, unterbricht sie ihn harsch. »Ick will nicht in einer Welt leben, in der Männer sich *vor* mir stellen. Kein Mann stellt sich in keiner Situation vor mir. Hast du det verstanden?«

»Nein!«, ruft er aus. »Warum willst du denn meine Hilfe nicht annehmen?«

»Weil ick kein Opfer bin.«

»Doch, in dem Fall schon«, beharrt Emil. »Und so Scheißkerle müssen lernen, dass das Konsequenzen hat.«

Ihr Blick wird finster, der Zeigefinger verleiht jedem ihrer Worte Nachdruck. »Du! Bist! Nicht! Mein! Retter!«

»Und wenn doch?«, fragt Emil. »Ich will doch nichts dafür haben.«

»Doch, du willst Vergeltung«, widerspricht sie. »Aber darum geht's nicht. Es geht um mich und die Gesellschaft und … Weißt du, wat passiert ist? Der Scheißbulle will jetzt dafür bezahlen, det ick ihn ficke.«

»Aber das ist doch gut.«

Sie wirft die Hände in die Luft. »Lächerlich ist det! Absolut lächerlich. Ick bin vierundfünfzig Jahre alt. Ick bin doch bloß ein Fetisch für den. Ein Fick im Kuriositätenkabinett.«

»Das glaube ich nicht«, wirft Magnus ein.

Minna sieht ihn an, als wäre er aus dem Nichts aufgetaucht. »Wat?«

»Wenn ich mich als Sexualwissenschaftler kurz …«

»Ach, Herr Doktor will auch noch mal kurz«, höhnt sie. »Und dann will er den Schwanz von dem Siebzehnjährigen weiterlutschen.«

»Achtzehn«, verbessert Emil schnell.

»Natürlich. Achtzehn.« Minna nickt, denn der Schein muss gewahrt werden. »Du bist achtzehn.«

Magnus steht auf, rückt seine Brille gerade und zieht an seinem Schnurrbart. Man könnte fast meinen, er bereite sich auf einen Vortrag vor. Wenn er nicht nackt wäre. »In meinen Forschungen beschäftige ich mich damit, was Menschen Lust macht, und bislang komme ich zu dem Ergebnis, dass es so was wie die Norm nicht gibt. Also gibt's auch keinen Fetisch.«

»Natürlich gibt's den«, widerspricht Minna. »Und wenn Dinge verboten sind, sind die Freier extra geil. Altes Lied.«

»Und wenn diese Dinge nicht verboten wären?«, fragt der Doktor.

»Dann wär ick pleite.«

»Oder alle würden sich frei lieben.« Magnus hebt dozierend die Hand. »Ohne Scham und Gewalt.«

»Aber dann zahlt doch keiner.«

»Minna, was ich sagen will: Du bist nicht zu alt. Der Bulle findet dich wahrscheinlich wirklich geil.«

Sie nickt. »Weil er krank ist.«

Magnus wiegt den Kopf hin und her. »Krankheit ist in diesem Hinblick das falsche Wort …«

»Nein, der ist wirklich gestört«, sagt Emil. »Glaub mir.«

»Meinetwegen«, lenkt Magnus ein. »Aber von dem Bullen abgesehen: Sex ist nicht das Vorrecht der Jugend und derjenigen, die genug Geld haben.«

Minna schnaubt. »Doch.«

»Nein.«

Minna zeigt auf die beiden Männer. »Seht euch doch mal an. Jung und schön – alt und reich. Det sagt doch schon alles.«

»Ein Einzelfall sagt nie alles«, doziert Magnus wieder.

Minna lacht. »Ihr seid kein Einzelfall. Ick hab so wat wie euch Hunderte Male gesehen. Tausende.«

»Und was ist mit dir?«, fragt Magnus sie. »Hast du denn keine Lust auf Sex?«

»Icke?«, fragt sie verwirrt. »Nein … Manchmal. Aber ick hab genug gefickt. Hab ick gar keine Kraft mehr für. Alles andere ist anstrengend genug. Ist auch egal.«

»Wirklich?«

»Ja«, sagt sie mit Nachdruck. »Fetisch, Kuriositäten oder Scham … Hauptsache, Emil hört auf, mir zu beschützen.«

»Ich werd's versuchen.«

»Ick bitte darum.« Sie sieht ihn scharf an, dann seufzt sie und geht zur Tür. »Weitermachen.«

»Wo waren wir?«, fragt Magnus, als sie wieder allein sind.

»Ich *war* hart.« Emil zeigt auf seinen schlappen Schwanz.

Magnus lacht und setzt sich aufs Bett. »Das kriegen wir wieder hin. Komm.«

◇

Colette kniet auf dem Boden vor ihrem Bett und betrachtet den kleinen burgunderroten Lederkoffer. Er ist offen, der Deckel lehnt am Bettgestell, und Colette streift mit der Hand über ihr Geld. Sie berührt Schein für Schein. Das obere Viertel links ist schon fast leer. Es war mal voll, dieses Viertel. Ein Stapel liegt noch auf dem karierten Stofffutter des Koffers. Aber es ist ja nur Papier. Colette hört Emil nicht, als er reinkommt und sich vor sie aufs Bett setzt. Als sie ihn bemerkt, wirft sie den Deckel zu.

»Keine Angst«, sagt Emil. »War nie ein Dieb.«

»Ich hab keine Angst.«

»Außerdem verdien ich jetzt selbst genug«, plaudert er fröhlich.

»Es ist nie genug«, sagt sie leise. »*Jamais.*«

»Wie lange, denkst du, dass du noch sparen musst?«

»Sparen …« Sie legt ihre Hand wieder auf den Koffer, als könne sie das Geld so spüren. Aber es rinnt ihr ja eh durch die Finger.

»Drei Jahre? Vier?«, fragt er.

»Mhm.«

»Ich komm dich auf jeden Fall in Paris besuchen.«

»Schön.«

Emil legt sich hin und stützt das Kinn auf seinen Handflächen ab. »Hast du Lust, mit mir ins Institut für Sexualwissenschaft zu kommen? Nen Fragebogen ausfüllen, der die Gesellschaft sexuell revolutionieren wird.«

»Keine Zeit.«

»Wann hast du denn Zeit?«, fragt er. »Du bist doch die Expertin für die ganzen Heten.«

»Nicht für alle.«

»Aber für genug von ihnen. Pass auf, es geht darum, anonym über Sexualität zu berichten. Mit Kreuzchen und so. Zum Beispiel, ob Tiere dich sexuell erregen.«

»Was? Iiihhh.« Sie verzieht das Gesicht.

»Colette, es geht darum, Menschen nicht für das zu verurteilen, was sie erregt«, erklärt Emil und kommt sich selbst schon ein bisschen vor wie ein Wissenschaftler.

»Haha. Das wär schön.«

Er nickt. »Das ist Magnus' Ziel.«

»Bist du verliebt in den?«, fragt Colette zurück.

»Quatsch.«

Sie betrachtet ihn. »Doch. Doch, das bist du.«

Emil zieht sich auf dem Bett etwas nach vorn, dass ihre Nasenspitzen sich berühren. Er strahlt sie an. »Der bläst wie ein Gott, Colette.«

»Das ist keine Liebe.«

»Eben.« Emil rückt wieder zurück und legt sich lässig in ihre Kissen. »Ja … Nein, ich bin ja auch nicht verliebt.«

»Und wenn, wüsstest du nicht, was das ist«, murmelt sie. »Dass es eigentlich hauptsächlich wehtut.«

»Wovon redest du?«, fragt er und dreht sich auf den Rücken.

»Entschuldige, ich bin mit meinen Gedanken woanders heute.«

»Sollen wir also lieber morgen nach Charlottenburg und den Fragebogen ausfüllen?«

»Vielleicht nächste Woche«, antwortet sie. »Wenn er was zahlt.«

»Ich muss Magnus aber genau sagen, wann wir kommen. Er ist sehr beschäftigt. Hat viele Patienten und hält Vorträge und so.«

»Dann geh doch erst mal alleine.« Sie sieht ihn streng an. »Und mach das nicht umsonst!«

Colette schaut wieder ihren Koffer an. Der Koffer hält sie nicht im Arm und sagt nicht, dass er sie liebt, egal, wie viel Geld sie in ihn hineinstopft. Und das Geld selbst … das schweigt auch. Sie hat sich den Arsch aufgerissen für diese Scheine, und was ist der Dank? Sie schweigen. Scheine schweigen immer. Geld ist stumm.

Emil sieht die Decke an. »Ich kann nicht lesen.«

»Bitte?«, fragt Colette.

Er dreht das Gesicht zu ihr. »Nicht so gut, und ich dachte, wenn du neben mir sitzt, kannst du mir helfen.«

»Hast du nicht gesagt, dass der Fragebogen anonym ist?«

»Ja. Aber wir können bestimmt im gleichen Raum sitzen, wenn wir die Seiten ausfüllen.« Er zwinkert ihr zu. »Dann schreib ich bei dir ab. Oder male bei dir ab … Schreiben geht auch nicht so gut.«

»Emil, sag deinem Herrn Doktor einfach, dass du nicht lesen kannst.«

»Was denkt der denn dann von mir?«

Sie seufzt. »Dass du ein Straßenjunge warst, der's bis zu nem stattlichen Burschen geschafft hat.«

»Aber er ist so klug. Ich schwör dir, er hat jedes Buch gelesen, das existiert.«

»Der denkt trotzdem nicht, dass du aufs Gymnasium gehst.«

Emil schaut sie unglücklich an. »Ich hab Angst, dass er mich dann verachtet.«

»Er wird's überleben«, sagt Colette genervt. »Und du auch.«

Sie öffnet den Koffer wieder, greift nach ihrer großen Lederhandtasche und stopft ein Geldbündel nach dem nächsten hinein. »Hauptsache, ihr habt einander. Das ist die Hauptsache.«

Emil runzelt die Stirn und folgt ihren Handbewegungen mit dem Blick. Sie knallt die Bündel auf den Boden der Handtasche, als wäre es ein Sport.

»Bringst du dein Geld doch auf die Bank?«, fragt er.

»*Non*, ich vertraue keiner Bank.«

»Gibst du es Fritz?«

»Ich will mir auch mal was gönnen.«

»Dir oder ihm?« Emil setzt sich auf.

»Er hat es nicht leicht, Emil. Und es ist Weihnachten.«

»Was?« Emil runzelt verärgert die Stirn. »Keiner hat es leichter als der. Muschis pudern im Adlon. Und zwischendurch Champagner. Der hat die leichteste Arbeit der Welt.«

»Nein, das ist für ihn eine große Belastung. Die ganzen alten Frauen.«

»Weil sie alt sind?«

Sie schenkt ihm einen kurzen Blick. »Hat nicht jeder so nen Vaterkomplex wie du.«

»Nein, aber trotzdem geht's einem Gigolo im Adlon verglichen mit allen anderen Huren der Stadt ganz ausgezeichnet, Colette.«

»Ihm nicht!«, schreit sie und springt auf. Sie hält ihre Handtasche in der einen Hand und hat die andere zur Faust geballt. »Und ich hab es verdient, mir was Gutes zu tun. Ich genieße die Zeit mit ihm. Er ist sehr gut zu mir.«

»Wie viel bezahlst du ihm denn?«, fragt Emil und schaut

in den Koffer. Das karierte Innenfutter ist jetzt gut zu sehen, das Futter und die Leere.

Colette tritt nach dem Kofferdeckel. Er fällt runter. »Fritz ist jeden Pfennig wert.«

»Aber Paris?«, fragt er. »Was ist mit deinem Bordell?«

»Ach das. Ja, später vielleicht«, sagt sie und gibt sich ganz geschäftig mit ihrer Handtasche.

»Mensch, das ist dein Lebenstraum, hast du gesagt. Du sparst darauf, seit du fünfzehn bist.«

»Ich bin dir keine Rechenschaft schuldig.«

»Nein, aber Colette … Paris. Paris, Mann«, begehrt er auf. »Und jetzt willst du stattdessen Fritz finanzieren?«

»Das hat gar nichts mit ihm zu tun. Paris war eine Schnapsidee.« Sie wischt mit der Hand durch die Luft. »Ich kenn mich da doch gar nicht aus.«

»Na und? Du bist Französin. Du wirst schon klarkommen.«

Colette senkt den Blick und betrachtet ihre Schuhspitzen. Kalbsleder, das so geprägt ist, dass es aussieht wie Schlange. Schlange ist teurer. Was ist eigentlich das französische Wort für Schlange, fragt Colette sich selbst. Dann murmelt sie: »Ich kann kein Französisch.«

»Du …«, beginnt Emil und hält inne, »was?«

»Ich bin aus Hannover«, antwortet sie ohne jeden Akzent.

Emil will etwas sagen, aber er findet keine Worte. Er sieht Colette nur an. Sie steht mit hängenden Schultern in ihrer sauberen Dachkammer. Sie stellt die Ledertasche ab und fährt sich durch die kleinen goldenen Locken.

»Hannover?«, fragt er ungläubig.

»Ich hab ein paar Redewendungen auswendig gelernt. Der Akzent ist nicht echt, ich hab ihn eingeübt, weil er mir gefällt und sich das gut verkauft.«

»Wissen die anderen …?«

»Minna und Natalia? Natürlich.«

»Dann heißt du gar nicht Colette?«

»Nein.«

»Sondern?«

Sie schweigt.

Emil rutscht neugierig hin und her. »Komm schon … Sag!«

»Karola.«

Emil lacht.

»Was?«, fragt sie. »Die meisten Huren haben Künstlernamen.«

Er grinst. »Ja, aber gleich einen ganzen Künstlerakzent …«

»Eine Hure, die keinen Akzent hat, hat doch keine Persönlichkeit. Da kannst du auch gleich ein altes Milchbrötchen ficken. Das ist auch viel billiger.«

Emil wirft sich vor Lachen zurück. Colette lacht mit. Nur ein bisschen, aber ihre schmalen Schultern schütteln sich kurz. Milchbrötchen … Sie hat einen kleinen Witz gemacht, sie hat schon ewig keine Witze mehr gemacht.

»Das müsstest du mal anbieten«, sagt Emil. »Nen Dreier mit dir und dem Milchbrötchen.«

»Dann muss ich vielleicht gar nichts mehr machen, außer reden. Stoß das Brötchen, du geiler Bock. Beschmier es mit deiner Butter, du wilder Hengst«, sagt sie, und Emil lacht.

Bis eben dachte er, dass Colette aus Frankreich kommt, es ist zu viel für ihn, einfach zu viel. »Also, wer da nicht hart wird …«

»Du zum Beispiel?«

Beide lachen. Colette betrachtet Emil, der sich auf ihrem Bett kringelt. Es scheint alles so leicht in seinem Leben.

Selbst die härteste Scheiße. Eine kleine Albernheit, und sein Lachen ist frei und fliegt in die Welt. Sie fragt sich, wie er es macht. Ob es leichter wär, nicht so gut rechnen zu können. Und den Preis von allem nicht so genau zu kennen. Wenigstens nicht vorher schon. Man macht sich ja immer Gedanken. So viele Gedanken. Zu jeder Rechnung und dann noch zu jedem Gefühl. Sie seufzt und nimmt ihre Tasche.

Emil kriegt gar nicht mit, dass sie geht.

◇

Joseph steht an einem Tisch und tunkt ein Brötchen in seine Erbsensuppe. Er trägt eine braune Hose und ein graues Hemd. Seine blaue Dieneruniform hängt in seinem Spind im Adlon. Fritz kommt zu ihm und stellt zwei Bier zwischen die Suppenflecken. Der Boden ist voller Krümel und Zigarettenkippen. Die Menschen essen schnell und holen sich Berge von Brötchen, denn die kosten hier in Aschingers Bierquelle nichts.

»Ich krieg achtzig Pfennig«, sagt Fritz.

»Im Ernst? Du hast doch jetzt ne reiche Freundin.«

»Hab ich nicht.«

»Die süße Blonde in dem Pelz?«, fragt Joseph kauend. »Ich hab euch zusammen im Restaurant im Adlon gesehen.«

»Sie ist nicht reich«, widerspricht Fritz. Colette weiß zwar, wie man reich aussieht, aber im Grunde hat sie nichts. Und Fritz will auch nicht über Colette reden. Er trifft sich hier doch nicht mit Joseph, um dann wieder an Colette zu denken. »Wie geht's im Hotel, Joseph?«

»Alles wie immer. Gerti war wieder in der Stadt. Hat nach dir gefragt.«

»Alte Schabracke.«

»Na, du hast ja jetzt ne Junge.«

»Du kannst sie haben.«

Joseph lacht und trinkt. »So eine will mich nicht.«

»Für acht Mark schon.«

»Was?«

»Nichts. Warum müssen Frauen einem immer so auf die Nerven gehen?« Fritz' Stirn zeigt viele Furchen. »Nach Amerika müsste man, wo einen keiner kennt. Ne reiche Witwe finden. Noch nicht zu alt natürlich.«

»So was Ähnliches hast du doch auch hier.«

Fritz schüttelt den Kopf. Hat er nicht. Er muss entweder ins Adlon, oder er muss Liebhaber spielen. Gefühle. Immer Gefühle spielen. Die er nicht hat. Nicht für Colette jedenfalls. Das weiß sie, aber sie will, dass er so tut. Das ist so anstrengend. Das zahlt einem keiner.

»Ist alles anstrengend«, sagt er. »Dieser Aufwand hier drin.« Fritz zeigt auf sein Herz.

Joseph runzelt die Stirn und spült einen Schrippenbiss mit Bier runter.

Fritz sieht, dass Joseph ihn nicht versteht, und trinkt auch noch einen Schluck. »Noch zehn Jahre, und die Blonde ist fett, weißt du? Ich kenn so Frauen. Und dann? Soll ich die dann immer noch vögeln?«

»Bisschen was dran. Ist doch geil.«

»Also langsam beneide ich dich um deine Geschmacklosigkeit. Klingt nach nem leichten Leben.«

»Du bist ein Arschloch.«

Fritz schüttelt den Kopf. »Wenn du wüsstest, wo ich herkomme, würdest du's verstehen. Wenn du meine Mutter kennen würdest.«

»Danke, hab selber eine.«

»Und willst du nicht manchmal ganz weit weg von der, von dem Loch, aus dem du gekrochen bist?«, fragt Fritz. »Dahin, wo keiner nach deiner Herkunft fragt? Und wenn du sagst, deine Mutter war eine brave preußische Hausfrau, dann glauben die das. Und dann kannst du was machen aus deinem Leben.«

»Was denn?«

Fritz schüttelt den Kopf und leert sein Bier. Wer das nicht weiß, wird so arm sterben, wie er geboren wurde. Aber nicht Fritz. Auf keinen Fall. Um sie herum tragen Männer Erbsensuppe über Schrippenkrümel. Bier schwappt in Gläsern hin und her. Das Aschinger ist eine Suppenfabrik mit Hunderten Tischen. Die Ritze würde hier zehn Mal reinpassen, und trotzdem schaffen sie es, hier Tischdecken aufzulegen. Aber Minna natürlich nicht. Weil sie eine faule Sau ist. Deshalb. Sie hat Fritz auch nie die Hemden gebügelt. War ihr immer egal, wie er aussieht.

»Ich würde nicht allein weggehen«, sagt Joseph in Fritz' Gedanken hinein. »Nur mit nem Mädchen. Gemeinsam neu anfangen.«

»Ist aber teuer.«

»Ich würd sparen.« Joseph strahlt. »Zu zweit ist schöner.«

Fritz lehnt sich zurück und betrachtet Joseph nachdenklich. Vielleicht ist der Hoteldiener doch nicht ganz so doof. Das mit dem gemeinsamen Weggehen zumindest ist doch keine schlechte Idee. Natalia und er am Meer? In Paris? In New York. Keine reichen Witwen, dafür Natalia? Fritz lächelt, er sieht es vor sich. Allerdings muss er dann wirklich sparen. Und mehr verdienen. Zum Glück ist Colette so großzügig.

◇

Als Colette aufwacht, dämmert es. Sie kann nicht lange geschlafen haben. Sie dreht sich um, sie ist allein im Bett. Es muss noch früh am Abend sein. Fritz darf keine Frau bei sich haben, hat er gesagt. Wegen der Wirtin. Vor Mitternacht muss sie immer gehen. Sie sieht einen Schatten am Schreibtisch, hört es rascheln. Fritz sitzt nackt am Fenster und beugt den Kopf. Er schnupft.

Colette richtet sich auf. Er schnupft Kokain. Dabei musste er doch gar keine Alte ficken. Er muss doch gar nicht mehr ins Adlon. Sie hat ihn bis Februar bezahlt. Und die Miete auch, damit er nicht zur Wirtin ins Bett muss. Und Geschenke gemacht. Alles, was er wollte. Er hat doch jetzt die hübscheste Frau der Stadt im Bett. Und sie hat ihm einen geblasen wie keine je zuvor. Das hat er doch gesagt, oder? Dass es ihm gefallen hat …

Aber er sitzt da und kokst, als wär er noch immer in der Hölle. Nur jetzt eben mit ihr.

◇

Emil ist allein nach Charlottenburg gekommen. Colette ist verschwunden, während er sich Brötchenalbernheiten ausgedacht hat. Es ist nicht ganz klar, wann sie zurückkommt und wie ansprechbar sie dann ist. Und Emil konnte nicht mehr auf sie warten, es hat ihn hierher gezogen, ins Institut für Sexualwissenschaften.

Eine junge Frau bringt Emil ein Glas Apfelsaft, während er auf Magnus wartet. Sie riecht nach Lavendel und Rosen, ihre hellbraunen Haare sind kinnlang, ihre Wasserwellen liegen perfekt auf ihrer schmalen Stirn. Ihr Kinn ist markant, aber ihre Lippen weich und rot. Erst als sie zur Tür geht und Emil sie von hinten sieht, erkennt er, dass diese

Frau ein Mann ist. Sie wiegt die schmalen Hüften genau wie Colette. Denn man kann alles lernen, ob Mann oder Frau.

Sie bleibt in der Tür kurz stehen. »Magnus kommt gleich.«

»Bist du … eine Patientin?«, fragt Emil.

»Nicht mehr. Ich bin Hannah. Ich passe auf Magnus' Termine auf.« Ihr Blick fixiert Emil. »Und auf ihn.«

Er nickt langsam. »Danke für den Saft.«

Sie schaut ihn vielsagend an und geht. Emil sitzt am Tisch im Beratungszimmer im obersten Stockwerk des Instituts. Hannah hat die Tür zum Flur hinter sich geschlossen, aber die Flügeltür zum angrenzenden kleinen Saal ist offen.

Emil geht hinüber und findet sich zwischen Schrifttafeln wieder, die von der Decke hängen. Die Tafeln zeigen auch Fotografien von nackten Menschen mit Brüsten und Schwanz. Beides an einer Person. Emil hat davon gehört, aber gezeigt hat ihm das keiner. Mit ner Pussy kommt man nicht weit im Tiergarten. Emil wandert durch Bilder, durch gespreizte Beine und Frauen mit Bärten. Er steht vor Schaukästen mit Büchern in Sprachen, deren Buchstaben er noch nie gesehen hat, und Dildos, in die man offensichtlich etwas einfüllen kann, was dann vorn rausspritzt. Einen Kasten weiter sind die Dildos an kleine Dampfmaschinen angeschlossen. Die Folterinstrumente an der Wand kennt Emil aus Natalias Zimmer. Noch weiter hinten im Zimmer findet er eine Kautschukmuschi und hält sie ins Licht. Er befühlt das Gummi und die einzelnen Lippen. So viele Hautlappen …

»Hast du schon mal eine gesehen?«, fragt plötzlich Magnus hinter ihm.

Emil fährt herum, die Pussy fällt ihm aus der Hand und kullert über den Boden zwischen seine Stiefel.

»Nur von vorn«, antwortet Emil. Denn es gab eine Zeit,

in der er ein Zuhause hatte und Nachbarn und Zeit für Doktorspiele. Er war klein zu der Zeit, aber er wusste schon damals, dass Muschis nichts für ihn sind.

»Jetzt liegt dir eine zu Füßen.« Magnus lacht, beugt sich runter und legt die Pussy zurück in den Kasten zu den anderen.

»Es sind so viele verschiedene.«

Magnus nickt. »Menschen sind verschieden. Das hier sind die Utensilien von transsexuellen Huren.«

Emil sieht sich um. »So viele Sachen …«

»Ich sammle seit Jahren. Manchmal bekomme ich Geschenke. Wie die Stiefeletten da vorn. Größe 47. Der Träger hat sie sehr geliebt. Als er gestorben ist, hat er sie meinem kleinen Museum vermacht.«

Emil geht zu einem Kasten neben der Tür. Es liegt Spitzenunterwäsche darin. Höschen und Bustiers mit aufwendigen Borten. »Aber du hast auch normale Wäsche?«

»Das ist die Wäsche von Offizieren. Kriegshelden. Sie sind auf dem Schlachtfeld gestorben – und trugen das unter ihrer Uniform.«

»Warum müssen wir alles verstecken?«, fragt Emil.

»Weil wir dazugehören wollen. Bist du bereit für den Fragebogen?«

Emil nickt, aber seine Hände schwitzen. Er folgt Magnus zurück in den Beratungsraum. Der Arzt schließt die Flügeltüren, während Emil verloren neben dem Tisch steht. Er kommt sich dumm vor und setzt sich schnell. Selbstbewusst hinsetzen ist bestimmt das Richtige.

Magnus geht zum Schreibtisch und zieht eine Schublade heraus. Er bringt einen Stapel Papier an den großen Tisch und legt ihn vor Emil hin.

Emil reibt seine verschwitzten Hände an der Hose ab. »Und worum geht es genau?«

»Um deine sexuellen Vorlieben und Erfahrungen.«

»Und genauer?« Emil schielt hinunter auf die Buchstaben. Er legt eine Hand auf den Stapel und schiebt die Papierbögen auseinander. Papier für Papier fächert sich auf. Schreibmaschinenschrift. Es hört gar nicht auf. Frage folgt auf Frage, Blatt auf Blatt. Das ist kein Fragebogen, das ist ein Buch. Die Nummern am Rand werden dreistellig.

»Zum Beispiel darum, ob sich männliches Aussehen weiblicher und weibliches Aussehen männlicher Familienmitglieder bei dir findet«, erklärt Magnus.

»Männliches weiblich …«, wiederholt Emil murmelnd. Sein Blick rast über das Papier und sucht nach den Buchstaben, die das ergeben könnten, was Magnus gerade gesagt hat. Wie würde das aussehen? Er weiß, wie man »Mann« schreibt, seinen Namen und den seiner Mutter. Er kann die meisten Buchstaben einzeln erkennen, aber je länger die Wörter sind, desto schwieriger wird es. Er schluckt.

»Oder darum, wie jung oder alt die Personen sein müssen oder dürfen, die dich sexuell erregen«, erklärt Magnus weiter. »Und bitte sei ehrlich. Ich bin nicht hier, um dich zu verurteilen. Und eine ehrliche Antwort ist kein Verbrechen.«

»Und wo genau steht die Frage mit dem Alter?«

»Punkt 93. Das siehst du dann schon.«

»Das sind sehr viele Fragen.«

»Geht es dir gut?«, fragt Magnus. »Du bist auf einmal so blass.«

»Doch, alles bestens.« Emil nimmt den Stift und beugt sich über das Papier. Er runzelt die Stirn, drückt den Stift auf und malt »Emil« oben rechts auf den ersten Bogen.

»Nicht«, sagt Magnus schnell. »Das ist doch anonym.«

»Es macht mir nichts, dass du meine Antworten kennst.« Emil lacht nervös.

»Aber mir.« Magnus nimmt den obersten Bogen und geht zum Schreibtisch zurück. Er zieht die Schublade auf, will ein neues Papier rausholen und hält inne. Sein Blick heftet sich an den Namen. Er sieht über den Rand seiner Brille zu Emil. »Kannst du nicht schreiben?«

»Doch, natürlich, meine Hand ist nur ein bisschen müde von gestern. Ich musste drei Typen hintereinander einen runterholen.«

Magnus nickt nachdenklich. Er lässt das Blatt sinken und betrachtet Emil. »Kannst du lesen?«

Emil schnaubt. »Klar.«

Magnus legt das Blatt weg und nimmt die Brille ab. »Du warst nie auf einer Schule«, sagt er.

»Doch, kurz.«

Magnus deutet ein Nicken an, geht zur Tür und verlässt das Beratungszimmer. Emil bleibt unschlüssig sitzen und schaut auf die geschnitzten Türen, die wahrscheinlich so viel kosten wie die ganze Einrichtung der Ritze. Soll er jetzt einfach gehen? Wird Hannah ihn holen? Er traut sich nicht, sich überhaupt zu bewegen. Die Tür fliegt wieder auf, Magnus ist zurück.

»Vergiss den Fragebogen«, sagt er. »Das ist jetzt unwichtig.« Er legt ein schmales Buch auf den Tisch, nimmt seine Brille vom Schreibtisch und setzt sich neben Emil.

»Was ist das?«

»Meine alte Lesefibel«, erklärt Magnus. »Ich bring dir Lesen bei. Und Schreiben.«

»Warum?«

»Weil du es brauchst.«

Emil nickt. »Damit ich deinen Fragebogen ausfüllen kann.«

»Nein, damit du lesen kannst.« Magnus lächelt ihn an, schlägt das Büchlein auf und blättert es durch. Tiefe Falten graben sich in seine Stirn. Er schüttelt den Kopf. »Das ist ja ganz abgegriffen. Völlig überholt. Kurrent …« Er schnaubt und ruft: »Hannah! Hannah!«

Sie streckt den Kopf zur Tür rein. »Ja?«

»Kannst du bitte beim Buchhändler eine Lesefibel besorgen?«, bittet Magnus. »Eine, die nicht aus dem letzten Jahrhundert ist?«

»Äh … Natürlich.« Hannahs schmaler Wasserwellenkopf verschwindet wieder.

»Warum machst du das alles?«

Magnus strahlt. »Weil du es lieben wirst. Bücher … Karl May … Mary Shelley …«

Emil strahlt mit. Weil er es lieben wird.

◇

Natalia sitzt im schwarzen Kimono auf dem Tresen und fettet ihr Lederkorsett ein. Colette sitzt an Minnas Lieblingsplatz und beugt sich über die Bücher. Ihr Kopf ist schwer. Die Zahlen verschwimmen vor ihren Augen. Sie greift nach der Flasche *Berliner Luft* und setzt sie an. Aber es kommt nichts, kein Tropfen.

»Merde.«

Colette wirft die Flasche auf den Boden. Sie kullert über die verdreckten Holzdielen und bleibt am Bein des neuen Stuhls liegen. Der Stuhl, den Emil von seinem ersten selbstverdienten Geld gekauft hat, nachdem der halbe Laden zertrümmert worden ist, um Winnetou loszuwerden. Die *Berliner Luft* liegt jedenfalls da unten. Eine Flasche voller Luft.

»Willst du nicht aufheben?«, fragt Natalia.

»Eigentlich nicht, nein.«

Natalia hebt eine Augenbraue. Seit wann erträgt Colette Unordnung? Sie wendet das Korsett und tunkt den Lappen ins Lederfett. »Was sagen die Bücher?«

»Dass Geld nicht glücklich macht.«

Natalia lacht. »Seit wann sie sagen das?«

Colette gräbt sich mit finsterem Blick tiefer in die Abrechnungen. »Nerv mich nicht, Natalia, ich muss mich konzentrieren.«

»Um ein paar Mark zusammenzurechnen? Das du doch sonst machst im Schlaf.«

»Halt einfach die Klappe.«

Natalia runzelt die Stirn und fettet. »Ich kann nichts dafür, dass Fritz dich nicht liebt.«

»Doch, natürlich.« Colette sieht auf. »Weil er *dich* liebt. Neulich ist er neben mir eingeschlafen und hat deinen Namen gesagt.«

Natalia poliert weiter. »Da habe ich nicht drum gebeten. Und du wusstest das alles vorher.«

»Ich wusste nichts. Und du weißt noch weniger. Weil du kein Herz hast. Du weißt nicht, was Liebe ist.«

»Du offensichtlich auch nicht.«

Colette schaut wieder auf die Abrechnungen. »Er wird sich an mich gewöhnen.«

»Wenn du meinst.«

»Doch, wird er. Weil das nämlich oft passiert. Auch in Ehen zum Beispiel. Man gewöhnt sich.«

Natalia hält inne und betrachtet Colette. »Ich hab dir gar nicht widersprochen.«

»Aber gedacht hast du es.«

»*Njet*«, sagt Natalia. Sie denkt viel weniger über Colette nach, als Colette immer glaubt, dass alle über sie nachdenken. Meistens denkt Natalia an Wodka. Den Rest der Zeit an Hedwig.

»Doch«, beharrt Colette. »Weil du mir immer widersprichst. Und immer alles besser weißt. Du könntest mir auch beistehen. Ich sollte mich für dich freuen. Das hast du von mir verlangt, als du endlich wieder arbeiten konntest. Freu dich doch für mich, dass ich mir Fritz leisten kann.«

Natalia seufzt. »Wenn es nur nicht wäre Fritz …«

»Ich war für dich da, als *du* Scheiße gebaut hast.« Colette presst die Lippen aufeinander, und Natalia legt den Kopf schief.

»Willst du sagen, dass du gebaut hast Scheiße, als du dir genommen hast Gigolo?«

»Siehst du? Siehst du?«

Natalia versucht milde zu schauen. »Ich *sehe*, dass du bist sehr unglücklich.«

»Das ist nur die Kehrseite vom Glück. Das gehört zusammen.«

Natalia nickt und seufzt. Es ist ihr schon wieder zu anstrengend. Trinken ist leichter. Leder einfetten ist leichter. »Wenn du meinst, Colette.«

»Doch, natürlich. Da kannst du jeden fragen, der jemals glücklich war. Jeden.«

Natalia legt ihr Lederzeug beiseite. Sie hüpft vom Tresen, hebt die leere Flasche auf und geht damit hinter die Bar. Sie stellt die leere Flasche in die Kiste zu den anderen, nimmt zwei Gläser aus dem Regal und eine neue Flasche Wodka. Sie schenkt ein, geht zu Colette und stellt ihr ein Glas hin. »*Za zhenshhin.*«

»Ich will deinen Kackwodka nicht. Alkohol hilft nicht.«

Natalia zuckt mit den Schultern und trinkt ihr Glas leer. »Was hilft dann?«

»Halt einfach die Fresse«, sagt Colette, steht auf und geht.

Natalia sieht ihr nach. Menschen mit zu viel Gefühl … Das ist alles sehr schwer zu verstehen. Das ist das Gefährliche an Sex, er kann Türen zu Gefühlen öffnen, die einen dann überschwemmen. Und Natalia kann nicht schwimmen. Sie kann weder sich selbst noch andere aus diesen Fluten retten. Auch wenn sie Colette gern rausziehen würde aus diesem schwarzen Meer. Sie kann nicht. Sie findet ja nicht mal die richtigen Worte.

Minna öffnet die Tür und stellt ihre Einkaufskörbe auf den ersten klebrigen Tisch. Sie dreht sich um und verschließt die Tür hinter sich. »Ick hab Justavs neue Huren bei der Modistin getroffen. Die Alten. Die scheinen ein Heidengeld zu machen.«

»Schön für sie«, sagt Natalia und schenkt zwei neue Wodka ein.

»Als ick angefangen hab, im Kaiserreich, da waren die Alten keine guten Huren … Nur die ganz armen Weiber haben über vierzig noch angeschafft. Und sie haben nichts dafür gekriegt. Nen Kaffee vielleicht.«

Natalia nimmt die Gläser in die Hand. »Zeiten ändern sich.«

»Ick versteh det nicht, Natalia. Ick versteh det nicht.« Minna schaut durch das kleine Fenster raus auf die Mulackstraße zum Hundegustav. »So sollte det nicht sein. Det ist doch der einzige Vorzug des Alters, det man keine Muschi mehr ist. Det man Geschäftsfrau sein kann.«

Natalia kommt zu ihr und reicht ihr ein Glas. Sie stoßen an und trinken. Natalia folgt Minnas Blick hinaus auf die Straße und sieht nichts als den geschlossenen Hundegustav. »Minna, möchtest du den Alten verbieten, zu ficken? Oder willst du eine von den Alten sein?«

»Es geht doch gar nicht um mich«, sagt Minna und schaut weiter rüber zum Hundegustav.

Natalia hebt eine Augenbraue und sieht sie schweigend an. Endlich wendet Minna den Kopf und schaut zurück. »Ick bin nicht mehr fickbar.«

»Nein«, widerspricht Natalia. *»Ich* bin nicht fickbar. Du bist Minna.«

Los Angeles, 1954

Noah schlägt sein Heft zu und schraubt den Deckel auf den Stift. Sein Finger ist wieder blau. Hedi knabbert ein paar letzte Blütenblätter, bevor Bert anklopft.

»Ich musste nie mit jemandem schlafen, um etwas zu bekommen«, sagt Noah leise.

»Fragen Sie mal Ihre Frau, ob das für sie auch gilt.«

»Wie bitte?«

Hedi macht eine wegwerfende Handbewegung. »Nur ein Gedankenspiel. Viele Hausfrauen tauschen Sex gegen etwas, das sie von ihrem Mann wollen.«

Noah runzelt verärgert die Stirn. »Das klingt nach einem Satz, den Huren sich erzählen, um ihre Arbeit zu rechtfertigen.«

Hedi zuckt mit den Schultern. »Wollen Sie ihnen das wegnehmen?«

»Nein«, sagt er. »Ich will … Meine Frau und ich sind sehr glücklich.«

»Wirklich? Glücklich?« Er ist Jude, seine Ehe war arrangiert, danach muss sie gar nicht fragen. Es ist klar. Was nicht klar ist: »Waren Sie je verliebt? Haben Sie je mehr gewollt?«

Er denkt nach. Sehr lange.

»Noah?«

»Ja«, antwortet er, aber es ist eine Reaktion auf seinen Namen, keine Antwort auf Hedis Frage. Er greift nach einem Rosenblatt und taucht es ins Glas. Er tunkt das Blütenblatt immer wieder rein und raus, dann hält er es hoch, und sein Blick folgt den Tropfen, die zurück ins Glas fallen. »Ich will mehr. Mehr als Klatschreporter und mehr als … Sex im Dunkeln.«

Sie lacht. »Dann machen Sie doch das Licht an.«

»Ist nicht so einfach.«

»Haben Sie keinen Strom?«

Er schenkt ihr einen vielsagenden Blick, weil er weiß, dass sie weiß, was er eigentlich meint.

Sie beugt sich zu ihm. »Sie wissen, dass nur Sie Ihre Situation ändern können, oder?«, fragt sie. »Sie haben Ihr Leben noch in der Hand, Noah.«

LEERE BETTEN

Los Angeles, 1954

Noah steht am Fenster mit dem Rücken zu Hedi, er wippt vor und zurück. Seine Hemdsärmel sind aufgerollt. Sein Hut liegt neben dem Korb voller Rosen auf dem Boden. Die Tür hinter Hedi schließt sich, er wippt weiter und schaut aus dem Oberlicht in den blauen Himmel Kaliforniens. Als er sich umdreht, sieht er gehetzt aus. Im ersten Augenblick hält Hedi ihn für glücklich.

Er strahlt heller als die Sonne draußen. Sein Blick flackert. »Ich habe mich getrennt.«

Sie sieht ihn fassungslos an, er nickt bekräftigend. »Es musste was passieren.«

»Sind Sie verrückt?«

Er schüttelt den Kopf. »Sie hatten recht, ich war unglücklich. Aber das ist jetzt vorbei.«

Hedi beugt sich runter. Sein Hut liegt auf den kalten Eierschalenfliesen. Sie greift danach, richtet sich wieder auf und klopft den Hut ab. »Haben Sie das nicht vielleicht etwas überstürzt?«

»Das fragen ausgerechnet Sie mich?«

»*Sie* haben sich offensichtlich nicht hinterfragt.«

»Doch, natürlich.«

»Noah, das hier ist eine Ausnahmesituation«, sagt Hedi und legt den Hut an seinen Platz auf den Tisch. »Sie ist bald vorbei. Dann bin ich tot, und die Geschichte ist aufgeschrieben. Sie schlafen wieder zu Hause in New York und nicht allein in einem Hotel. Keiner erzählt Ihnen mehr wilde Sexgeschichten aus einer untergegangenen Welt. Sie sind aufgekratzt und überwältigt. In dieser Lage trifft man keine so schwerwiegenden Entscheidungen.«

Er stützt sich auf der Stuhllehne ab und sieht sie an. »Was, wenn das hier das wahre Leben ist?«

»Ist es nicht.« Sie zeigt auf das vergitterte Oberlicht. »Das hier ist ein Gefängnis.«

»Was, wenn Ihre Geschichten mehr Leben enthalten als die Geschichten meiner ganzen Familie der letzten hundert Jahre?«

»Es können doch nicht alle Menschen in Rotlichtbezirken leben und Orgien feiern, Noah«, sagt sie. »Das geht doch gar nicht.«

»Nein, aber ich kann das vielleicht schon.«

Sie lächelt. »Nein.«

»Nicht direkt im Rotlicht. Aber freier … wilder …« Er sieht Hedi an und atmet schneller als sonst. Seine Stirn ist feucht, seine Augen glänzen. Der Glanz vergangener Zeiten, als Hedi sich noch mit Männern verabredet hat.

Sie sinkt auf den Stuhl, sein Blick lässt sie nicht los. Hinter beiden Türen stehen Wärter. Hedi sieht Schultern und Teile von Uniformen. Berts schiefe Mütze. Noah sieht nur sie an. Ihr wird heiß in dem kratzigen Kittel.

»Haben Sie schon mal wirklich was bereut in Ihrem Leben?«, fragt sie.

»Nein«, antwortet er heiser. »Und es wird Zeit dafür.« Sein Blick ist eindringlich. Er taucht in sie ein, und dort erzählt er ihr alles, was er will. Er rast durch sie durch, weil er explodieren will und nicht kann. Und er macht auch sie unruhig.

»Selbst wenn, Noah. Wir sind nicht allein«, sagt sie leise.

Er sieht nach rechts und links zu den Türen und Wärtern. Ratlos schaut er zurück zu ihr.

»Wir sollten weitermachen mit der Geschichte«, sagt sie. »Setzen Sie sich.«

»Ich werde verrückt über all das.«

»Ich weiß. Es ist bald vorbei.«

»Wie meinen Sie das?«, fragt er erschrocken.

»Jede Geschichte hat ein Ende«, antwortet sie leichthin, während alle Unruhe in ihr wie Blei zu Boden sinkt und sie beschwert wie Fußfesseln, an denen eine Kanonenkugel hängt.

»Haben Sie einen Termin für ... für die Hinrichtung?«, fragt er.

»Setzen Sie sich.«

Er sinkt erschöpft auf den Stuhl. Hedi holt sein Notizbuch raus, schraubt seinen Füllfederhalter auf und legt alles bereit.

Er sieht sie unbeirrt an. »Wann?«

Sie will lächeln und kann nicht. »Viel zu früh, Noah.«

»Aber Sie sagen mir doch noch, wann, oder?«

Sie schweigt, es zieht sie nach unten. Halbtot ist sie schon und tonnenschwer. Sein Blick wiederholt die Frage, er ist eine Platte mit Sprung.

»Natürlich«, sagt sie schließlich. »Wem soll ich es sonst erzählen?«

Berlin, 1927

Minna zieht die letzte Haarnadel aus ihrem Knoten. Er löst sich, und eine Flut aus silbernen Strähnen fällt auf ihre Schultern. Sie legt die Nadel vor sich und nimmt eine Haarsträhne. Silbern wie der Mond in einer schönen Nacht, in der man feiern kann und kein Morgen kommt, dessen Sonne in den Augen brennt. Aber die Spitzen sind sehr dünn.

Die Küchentür schwingt auf, und Colette schlurft zum Herd. »Morgen.«

»Es ist Nachmittag.«

»Auch gut.«

»Schneideste mir die Haare?«, fragt Minna. »Der Knoten jeht mir auf die Nerven.«

»Nicht dass du das bereust, Minna.«

»Glaub ick nicht.«

Colette mahlt Kaffee und spricht so leiernd wie die Kurbel an der kleinen Mühle. »Manchmal denkt man nur, dass man was haben will. Ist aber dann gar nicht so.«

»Ick dachte, ick muss meine Haare dringend schneiden. Waren doch deine Worte.«

Colette zuckt mit den Schultern und füllt Wasser in den Kessel. »Vielleicht sollten wir anderen Menschen nicht mehr unseren eigenen Willen aufzwingen. Keiner von uns keinem von uns.« Sie setzt das Wasser auf. »Als man Samson die Haare abgeschnitten hat, war er plötzlich ganz schwach.«

»Seh ick aus wie Samson, oder wat?«, fragt Minna.

»*Je suis fatiguée*. Ich will wieder ins Bett«, quengelt Colette.

»Schlafen?« Minna lacht. »Du? Anstatt dir die Augenbrauen zu zupfen. Oder die Nägel zu machen? Oder aufzuräumen? Oder eine Varietéshow zu planen?«

»Gott, ich war nervig, oder?«, fragt Colette müde.

»Lustig warste. Und jetzt hol die blöde Schere und mach mir nen Bubikopf.«

»Kann das nicht jemand anders machen?«

»Wer denn?«, fragt Minna und betrachtet den blonden Schatten in dem gerüschten Morgenrock. Colette war die Sonne der Nacht, jetzt scheint sie eher wie ein Stern, der längst verglüht ist. Aber Strahlkraft hin oder her. Colettes Frisur sitzt immer wie eine Eins. »Wem, denkst du, soll ick meine Haare anvertrauen? Mhm?«

Colette seufzt ergeben. »Stimmt. Das kann keine außer mir.«

»Eben. Ick brauch dir, Colette.«

»Mhm.«

Minna beugt sich vor und fängt Colettes Arm aus der Luft. Sie umschließt ihre schmale Hand und drückt sie, bis Colette ihr in die Augen schaut. »Hörste, Mädchen?«, sagt sie. »Ick brauch dir.«

Colette lächelt leicht, zieht ihre Hand zurück und dreht sich zum Küchenbuffet. Sie zieht die Schublade auf und holt die Schere hervor. »Wenn wir schon dabei sind, können wir auch färben.«

»Nein.«

»Aber das macht wirklich jünger.«

Minna schnaubt. Wer sagt, dass sie jung aussehen will? Schön will sie aussehen, nicht jung. »Fang an zu schneiden.«

◇

Gustav rollt ein Bierfass die Rampe hoch in seine Gaststube. Auf halbem Weg hält er inne und verschnauft. Minna sieht auf ihn herab. Sie steht in der Kellertür, über ihr hängt der

Kronleuchter, den sie Windspiel nennt. Er erkennt sie schon an ihrem Schatten. Gustav stemmt sich gegen das Fass, damit es nicht wieder runterrollt.

»Haste keinen Burschen für so wat?«, fragt Minna. »Ach, stimmt ja. Du hast keinen Burschen.«

»Wat willst du?«

»Dir besuchen.«

»Geh da weg«, verlangt er. Sie tritt bereitwillig einen Schritt zur Seite, und er schiebt keuchend das Fass an ihr vorbei. Es gleitet polternd in die Gaststube. Er richtet sich auf, wischt sich den Schweiß von der Stirn und zupft seinen Schnurrbart gerade.

»Wat ist mit deinen Haaren passiert?«

»Sie sind ab.«

»Aber det sah immer so vornehm aus.«

Minna lacht. »Vornehm …«

»Ja, wie eine Dame. Bei den jungen Dingern weiß man ja heute oft jar nicht, ob die nicht lieber Jungs wären.«

»Ja, wir mochten die alten Zeiten beide, oder?« Minna denkt an damals und lächelt in sich hinein. Bilder flackern auf, von rotem Samt und Plüsch und echtem Kristall. Von Schlössern, in die sie bestellt wurde, und Herzögen, die ihr die Füße geküsst haben. Sie schiebt alles beiseite. »Die Zeiten sind vorbei.«

»Kommen wieder«, sagt Gustav. »Kommt alles wieder.«

»Det glaub ick nicht.« Minna nimmt ihre Tasche und legt sie auf einen der Tische. Sie geht zu Gustav. »Und ick will ganz sicher kein Junge sein.«

»Sondern?«

»Eine Frau, Justav.« Sie lächelt und legt eine Hand in seinen Schritt. »Und du bist ein Mann.«

Sie drückt ihre Hand etwas fester auf seinen Schritt, er verfolgt ihre Bewegung mit dem Blick. Sie reibt seinen Schwanz durch die Hose und lächelt. Er zögert, aber nur kurz. Er reißt sie an sich und küsst sie. Sie legt die Arme um ihn, zieht ihn aus, lässt sich ausziehen und geht mit ihm zu Boden. Sie rollen über die Holzdielen, zwischen Tischen, Stühlen und Kleidungsstücken hin und her. Sie stöhnen, stoßen gegen das Fass und schubsen es zurück auf die Rampe. Es rollt polternd in den Keller. Minna und Gustav halten inne. Halbnackt und verschlungen schauen sie dem Fass nach. Er liegt unten, sie oben.

»Ach, Scheiße«, sagt er. »Jetzt muss ick det noch mal hochrollen.«

Minna gleitet auf seinen Schwanz und bewegt ihre Hüften. Vor und zurück, ihre Brüste wackeln vor seinem Gesicht. »Mach doch«, neckt sie seufzend. »Hol doch dein Scheißfass.«

Gustav starrt ihre Titten an und krallt sich in ihre Hüften. »Mach ick später.«

»Besser spät als nie«, keucht sie und reitet ihn.

◇

Das ganze Haus donnert. Der Boden unter Minna bebt, als sie die letzte Stufe in den ersten Stock nimmt. Sie kann sich nicht erinnern, wann das Treppensteigen das letzte Mal so wenig Anstrengung von ihr gefordert hat. Leichtfüßig will sie in ihr Zimmer, als ihr Blick durch Emils offene Tür fällt. Er drischt auf seinen Sandsack ein, dass alle Balken beben. Er tänzelt leicht, aber jeder Faustschlag schleudert den Sack durch die kleine Kammer und reißt an der Zimmerdecke.

»Ihr hattet vielleicht recht«, sagt Minna. »Magnus und du.«

»Ja? Womit?«

»Mit der Altersfrage.«

»Mhm.« Emil hört eher auf das Donnern seiner Faust als auf sie.

Minna lässt sich nicht beirren. »Es tut mir leid, det ick gesagt hab, ihr seid ein Klischee. Ick seh doch, wie er dich ansieht. Det es ihm nicht darum geht, wat Junges zu vögeln.«

»Mhm.«

Minna positioniert sich im Türrahmen und streicht sich eine silberne Welle zurück in die Frisur. Aber Emil hat keinen Blick für den neuen Bubikopf oder dafür, dass sie strahlt. Sie weiß, dass sie strahlt. »Sag mal, willste den Sandsack zerstören?«

»Vielleicht.«

»Det ist doch kein gutes Boxen.«

»Egal.«

»Na dann …« Minna dreht sich um und geht. Sie wird sich diesen geilen Nachmittag nicht von einem störrischen Burschen vermiesen lassen. Soll er doch lieber den Sandsack kaputt prügeln, als ihr den Tag zu versauen.

Aber er folgt ihr keuchend. Sie dreht sich um, Emil steht hinter ihr. Atemlos und verschwitzt. »Magnus liebt mich. Er hat es nicht gesagt, aber er bringt mir Lesen bei. Stundenlang. Und er will nichts dafür. Nicht mal, dass ich ihm einen blase. Das ist Liebe, oder?«

»Wahrscheinlich.«

»Aber ich hab das doch gar nicht verdient.«

»Wer hat det schon?«

»Ich träume nur noch von Gittern, Minna. Die immer mehr werden. Gitter hinter Gitter, und irgendwo ganz tief in nem dunklen Loch sitzen meine Jungs aus dem Tiergarten.

Und dann wach ich auf, und Magnus' Blick sagt, er liebt mich. Als würde der mich kennen.«

Emil dreht sich auf dem Absatz um und verschwindet wieder in seinem Zimmer. Minna presst die Lippen aufeinander und folgt ihm. »Du könntest auch alles auf dich nehmen und selbst ins Jefängnis gehen, anstatt immer nur zu jammern!«

»Ja?«, fragt Emil höhnisch. »Soll ich denen die ganze Wahrheit sagen? Kommt ihr dann alle mit ins Gefängnis?«

Er knallt die Tür vor ihrer Nase zu. Das Haus donnert wieder. Minna zuckt unter den dumpfen Schlägen hinter der Tür zusammen. Sie seufzt und schließt die Augen. Und dann sieht sie die Jungs auch. Und die Gitter. Und als sie die Augen wieder aufmacht, scheinen die Gitter immer noch da zu sein.

◇

Hedwig gähnt und hält die Hände vor sich in die Luft, Handflächen nach oben. Die Wolkenmeier bleibt stehen. Hedwig dreht die Hände um.

»Mund zu, Hedwig«, sagt die Wolkenmeier. »Du bist kein Karpfen. Und was ist das denn für ein Dreck?«

Hedwig schaut von ihrer Lehrerin zu ihren Fingern, unter dem Zeigefingernagel ist es ein bisschen schwarz. Aber nicht viel. Hedwig schielt hoch zur Wolkenmeier, über dem graugrünen Wollkleid ein strenger Blick. Er ist immer härter geworden in den letzten Wochen.

Die Wolkenmeier hat aus dem Fenster gesehen, wenn Hedwig auf den Schulhof gekommen ist. Sie hat nicht mehr nachgefragt, aber sie weiß auch so, dass Martin Hedwig nicht noch mal bringen wird. Sie wird den Besitzer des feinen Wagens nie kennenlernen. Nicht mal seinen Fahrer.

Der Rohrstock zeigt zum Lehrerpult. »Los. Nach vorn.«

Die anderen Kinder halten den Atem an. Hedwig protestiert: »Aber das letzte Mal waren meine Finger viel schmutziger und …«

»Tatsächlich?«, unterbricht die Wolkenmeier barsch. »Schmutziger als heute? Dann schuldet der Rohrstock dir wohl noch ein paar Schläge mehr.«

Sie geht hinter Hedwig her, schiebt sie zwischen Tafel und Pult und packt sie am Nacken. Sie drückt Hedwigs Oberkörper auf den Schreibtisch und holt mit dem Stock aus. Er zischt durch die Luft und donnert auf Hedwigs Hintern. Ein Mal, zwei Mal, drei Mal …

»Ich dulde keinen Dreck in meinem Klassenzimmer«, sagt die Wolkenmeier zwischen den Schlägen. Oder währenddessen, Hedwig weiß es nicht genau.

Es brennt, sie weint ab dem vierten Schlag. Die anderen Kinder lachen sie aus. Die Wolkenmeier lässt es zu. Der Schlagstock saust durch die Luft. Mit jedem Schlag tut es mehr weh, und das Lachen wird lauter. Vor den dreckigen Fenstern ein graubraunes Berlin und ein grauer Tag. Keine Vögel mehr am Himmel, nur noch Wolken, und selbst die sieht man nicht mehr, weil es so viele sind. Der Rohrstock zischt durch die Luft, und zu Hause hat Hedwig zwölf Peitschen und ein Paddel, das die Haut vorher weich macht, damit keine Striemen bleiben. Die Wolkenmeier hat kein Paddel. Es tut so weh. Zehn Schläge, obwohl insgesamt nur sieben Finger schmutzig waren. Die Wolkenmeier hält inne. Hedwig muss sich aufrichten. Dann kommen die Finger dran.

◇

Emil liegt in der Badewanne in der Küche unter Wasser. Er hält die Luft an und schwebt. Er ist ganz leicht, sauber und leicht. Früher war er das nie. Die Luft wird knapp, aber Emil schwebt weiter. Das Wasser ist warm, sein Schwanz liegt müde in seinem Schoß. Emil tippt ihn an. Der Schwanz treibt über die rotblonden Schamhaare auf die andere Seite seines Schoßes wie eine Wasserpflanze im Teich. Als wäre er unschuldig. Emil taucht auf. Er greift nach Schwamm und Seife.

»Soll ich dir helfen?«, fragt Magnus. Er beugt sich über die Wanne und lächelt.

»Was machst du denn hier?«, fragt Emil und blinzelt Wasser aus seinen Wimpern.

»Wir sind verabredet. Lesestunde.«

Emil nickt, während Magnus sich einen Stuhl heranzieht und neben die gusseiserne Wanne setzt. Er küsst Emil auf die nasse Schulter und nimmt ihm den Schwamm aus der Hand. Magnus seift den Schwamm ein und drückt ihn sanft auf Emils Rücken. Er reibt über Emils Haut. Emil schließt die Augen, dann reißt er sie wieder auf und rückt von Magnus ab.

»Was ist los?«, fragt Magnus.

»Ich kann das nicht.«

»Lesen?«

»Nein. Glücklich sein«, antwortet Emil. »Ich hab zu viel Scheiße gebaut.«

»Wir haben alle Scheiße gebaut.«

»Nicht solche. Nicht du.«

»Emil, mach dir nicht so viele Gedanken, wer wie viel Glück verdient«, sagt Magnus. »Glück ist eh kein Dauerzustand.«

»Du hast was Besseres verdient als mich.«

Magnus lacht. »Ich entscheide selbst, was gut für mich ist.«

Emil schüttelt den Kopf und steht auf. Wasser rauscht an ihm herunter und schwappt über den Wannenrand. Er steigt auf den Boden und reißt die Tür zur Gaststube auf. Splitternackt und triefend nass streckt er den Arm aus. »Da drüben hab ich einen Jungen verprügelt, vergewaltigt und ihn dann auf die Straße geworfen. Ich wusste, dass es sein Tod ist, wenn ich ihn da raus … Ich wusste, dass die anderen ihn umbringen, wenn ich ihn besiege. Ich hab meinen Blutsbrüdern die Bullen auf den Hals gehetzt, die sie jetzt im Gefängnis foltern. Und ich hab dreizehn kleine Jungs gefickt, bis ihre Ärsche geblutet haben.«

Magnus schluckt und nickt. Er ist blass, aber er steht auf und geht auf Emil zu. Er streckt die Hand nach ihm aus. »Das ist aber jetzt vorbei. Das liegt hinter dir.«

Emil schlägt seine Hand weg und weicht in die Gaststube aus. Das Licht ist schummrig, die Stühle sind hochgestellt. Emil steht zwischen den Tischen, fröstelt und verschränkt die Arme. Wasser tropft von seinen Schamhaaren auf die Holzdielen.

»Emil, so was hab ich mir schon gedacht. Deine Tätowierungen und Narben …«, sagte Magnus. »Ich bin doch nicht blöd.«

»Doch, wenn du bei mir bleibst, dann schon.«

Magnus folgt ihm in die Gaststube und lächelt. »Das ist meine Entscheidung.«

»Magnus, bitte geh einfach. Das ist besser so.«

»Das willst du doch gar nicht.«

»Bitte geh.«

»Ach, Emil …«

»Das ist immer noch in mir!«, brüllt Emil. »Ich bin ein Monster!«

»Emil, du bist nicht deine Vergangenheit, sondern deine Entscheidungen. Da ist nichts *in* dir.«

»Doch.«

»Nein.«

Ehe Emil weiß, was er tut, fliegt seine Faust durch die Luft und landet in Magnus' Gesicht. »Doch!«

Magnus will noch was sagen, aber Emils Faust dreht durch. »Das! Ist! Immer! Noch! In! Mir!«, schreit er und schlägt zu.

Magnus' Brille fliegt gegen den Hungerturm, seine Lippe platzt auf, er taumelt gegen den Tresen. Er ist jetzt ein alter Mann, der schwach an einem Barhocker lehnt. Emil steht ihm keuchend gegenüber. Noch immer nass, blutverschmierte Fäuste und ein harter Schwanz.

Emil schaut in seinen Schoß. »Ein Monster. Siehst du?«

Magnus röchelt und blinzelt halbblind in den Raum. Emil steigen Tränen in die Augen. Er dreht sich um und läuft nach oben. Er tritt auf Magnus' Brille, Scherben schneiden in sein Fleisch und dringen immer tiefer, während er die Treppe hinauf in sein Zimmer geht. Das er auch nicht verdient hat.

◇

Hedwig schneidet das Papier so aus, dass es aussieht wie ein Rosenblütenblatt, und taucht es in den Champagnerkelch. Sie hat das Glas von unten mit hochgenommen. Die Fläschchen mit den Reinigungsmitteln hat sie auf dem Schulweg gekauft. Aber weiße Rosen gibt es im Januar nur im Westen, und sie sind so teuer. Also schneidet Hedwig Blütenblätter aus Schreibpapier. Das war auch teuer genug. Es ist zu hart, sie merkt es sofort, weil sie inzwischen ja auch erfahren mit dem Frühstück ist. Aber bis es wieder wärmer ist und sie sich Rosen leisten kann, muss sie Papier nehmen.

Sie schneidet sich mit der Kante in den Finger. »Au! Verdammt.«

Hedwig leckt das Blut weg und wartet, bis es aufhört. Die Hände schmerzen noch vom Rohrstock. Wenn sie groß ist, dann hat sie eine Wohnung am Savignyplatz, weiße Rosen in jedem Zimmer zu jeder Jahreszeit, und Papierschnittwunden sind Geschichte. Sie wird an diese Zeit zurückdenken und erkennen, wie klug sie war. Und wie weit sie gekommen ist.

Sie tunkt das Papier in den Champagnerkelch. Es wird dunkel vor Lösungsmittel. Sie lässt es abtropfen und führt es zum Mund, als es klopft.

»Hedwig?«, fragt Natalia draußen. »Bist du da?«

Das Mädchen wirft das Papier zurück ins Glas und schiebt es mit den Flaschen unter Minnas Bett. »Nicht für dich.«

»Wollen wir gehen ins Kino?«

»Nein.«

»Komm schon, das wird schön«, verspricht Natalia. »Wir waren schon so lange nicht mehr im Kino.«

Hedwig stampft zur Tür und reißt sie auf. »Ich habe kein Interesse daran, mit dir auszugehen. Danke.«

»*Rybka*, wie lange willst du mir noch sein böse?«

»Für immer. Du hast Anita rausgeworfen.«

Natalia nickt. »Sie war drogensüchtige Schlampe, die dich ausgenutzt hat.«

»Warum sagst du das? Das ist gemein.«

»*Rybka*, das ist Wahrheit. Es tut mir leid, aber Anita war nicht gut für dich.«

»Doch. Wenn ich groß bin, werde ich ganz genau wie Anita.«

»Nein, du wirst glücklich.« Sie lächelt. »Und du wirst eigenes Haus haben und nicht bei Fremden auf Küchenbank schlafen.«

»Anita hat ein Haus.«

»Hat sie dir das erzählt?«

»Ich sag dir nicht, was sie mir erzählt hat, denn das war unser Geheimnis, und du warst weg. Zwei Monate warst du gar nicht hier, obwohl du hier warst. Immer hast du die Decke angestarrt wie ein Geist.«

Das Lächeln auf Natalias Gesicht erlischt. Sie kraust die Nase. »Wonach riecht's denn hier?«

»Minnas Zigarillos«, antwortet Hedwig schnell.

»Nein, da ist noch was anderes …«

»Weiß ich nicht.«

»Doch … weißt du. Hast du wieder getrunken Äther?«

»Geht dich nichts an.«

Natalia schiebt Hedwig beiseite und kommt ins Zimmer. Sie dreht sich um sich selbst und schnüffelt. Sie steht auf den nackten Dielen zwischen Kommode und Bett. Der Läufer ist im Garten vergraben.

»Ich hab nicht gesagt, dass du reinkommen darfst«, bellt Hedwig.

»Schsch!« Natalia hebt einen Finger und heißt das Mädchen schweigen. Wie das Fräulein Wolkenmeier. Nur im Korsett. Natalia geht auf die Knie, Hedwigs Herz klopft, und Natalia schaut unters Bett. Sie zieht die Frühstückszutaten hervor. Erst das Glas, dann den Äther, Papier, Schere. Eins nach dem anderen gleitet über den Boden, zuletzt das Chloroform.

»Das ist meins, das hab ich für mich gekauft«, sagt Hedwig. »Von meinem Geld.«

Natalia setzt sich auf ihre Fersen und sieht das Kind besorgt an. »*Rybka*, das ist Gift. Verstehst du das denn nicht?«

»Wodka ist auch Gift«, erklärt Hedwig.

»Nein, ist er nicht.«

»Wohl. Und du bestimmst nicht über mich.«

Natalia seufzt, sammelt Hedwigs Sachen auf und steht auf. »Doch. Und ich nehme dir jetzt weg.«

»Das ist alles, was du kannst. Sachen wegnehmen. Anita wegnehmen. Martin wegnehmen. Er hat mir Frühstück gemacht und mich zur Schule gebracht, aber du hast ihn getötet.«

»Das war Unfall.«

»Ich hasse dich.« Hedwig schubst sie. Natalia ist so überrascht, dass sie sich nicht wehrt. Hedwig schubst sie weiter durch das ganze Zimmer zur Tür. »Ich! Hasse! Dich!«

Sie knallt ihr die Tür vor der Nase zu.

Los Angeles, 1954

Noah schreibt und schreibt. Hedi ist nie aufgefallen, wie muskulös seine Unterarme sind. Er beißt sich auf die Unterlippe, Schweiß perlt auf seiner Stirn.

»Wollen Sie sich was aus dem Körper rausschreiben?«, fragt sie.

»Ja.«

»Funktioniert's?«

Er sieht zu ihr. Zusammengepresste Lippen, fokussierter Blick. »Nein.«

Hinter ihr sind Wärter, hinter ihm auch. Neugierige Augen. Sie gucken immer wieder rein, ihre Blicke wandern prüfend durch den Eierschalenraum.

»Hören Sie auf«, verlangt er. »Sie locken mich an und stoßen mich weg. Sie flirten und wollen mit mir tanzen und schreiben mir, dass Sie mich vermissen. Und Sie sagen, dass ich es verdient habe, glücklich zu sein.«

»Ich meinte, dass Sie mit Ihrer Frau sprechen sollen«, sagt Hedi. »Sie verführen, Begehren lernen. So Sachen.«

»Ja, aber eben haben Sie sich vorgebeugt, als Sie erzählt haben, und mir diesen Augenaufschlag geschenkt und …« Noah atmet tief durch. »Wollen Sie mich verführen, Hedi?«

»Ich sitze seit fast zwei Jahren«, sagt sie statt einer Antwort. »Hier drin. Auf dem Trockenen. Immer unter Beobachtung. Natürlich will ich Sex, Noah.«

»Mit mir?«

Sie lächelt. »Ich wette, das haben Sie noch nie jemanden gefragt.«

»Nein, habe ich nicht. Und Sie schulden mir noch eine Antwort.«

»Ich schulde Ihnen gar nichts.«

»Also ja.«

»Wann sind Sie so mutig geworden?«

»Irgendwann zwischen dem ersten Mord und der zweiten Vergewaltigung«, sagt er.

»Martin war ein Unfall und kein Mord«, widerspricht sie.

Er schüttelt den Kopf. »Sie wollen doch gar nicht über Martin reden. Zumindest jetzt nicht.«

Eventuell ist Hedi beim Erzählen vorhin der erste Knopf am Kittel oben aufgesprungen. Und der zweite vielleicht auch. Und jetzt hebt schneller Atem ihre Titten, und kleine

Schweißperlen laufen in die Spalte zwischen ihnen. Es kitzelt sie. Alles. Überall.

Sie atmet tief durch und setzt sich gerade hin. Förmlich und aufrecht. »Ich werde nie wieder Sex haben. So ist es nun mal.«

Er lehnt sich zurück und fährt sich mit beiden Händen durch die Haare. »Darüber habe ich noch nie nachgedacht.«

»Warum auch?«, fragt sie. »Sie können da draußen so viel ficken, wie Sie wollen.«

»Ich will nicht da draußen … so viel … Darum geht es doch gar nicht.«

Sie schüttelt wissend den Kopf. »Nein, darum geht es erst, wenn man eingesperrt ist. Allein.«

Noah nickt dem dicken Wärter in ihrem Rücken kurz zu. Es ist eine knappe Geste durch die Tür und das Gitter. Noah hat es schon ein Dutzend Male gemacht. Alles wie immer, aber dann spürt Hedi eine Berührung an ihrem Knie. Noahs Arme liegen auf dem Tisch, seine Hände sind ineinander verschränkt. Er sieht Hedi an, lächelt leicht. Die Berührung wandert weiter zu ihrem Schenkel. Innen. Sie weiß nicht, wann er sich die Schuhe ausgezogen hat. Sie spreizt langsam die Beine, Noah sinkt tiefer auf seinem Stuhl. Sein Bein wird länger.

»Vielleicht war das letzte Mal nicht das letzte Mal …«, raunt er.

Sein Zeh drückt gegen ihre Muschi. Ihr Schlüpfer ist nass. Hedi presst sich gegen seinen Fuß und krallt sich in den Tisch. Er tritt sie. Kleine feste Bewegungen in ihre Muschi. Hinter ihm zieht jetzt Bert vorbei, bleibt stehen und mustert Hedi. Sie ringt sich ein Lächeln ab und winkt Bert mit letzter Kraft, während Noahs Fuß sie weiter fickt. Bert dreht sich weg, und Hedi rammt ihren Unterleib gegen Noahs Fuß. Sie unterdrückt das Stöhnen und dann den Schrei. Aber die Explosion ist da.

Sie hängt keuchend über dem Tisch. »Noah! Was war das?«

»Sie sehen wunderschön aus, wenn Sie kommen.«

»Und Sie?«

Noah lacht. »Wahrscheinlich nicht.«

»Nein, ich meine, was ist mit Ihnen?«, fragt sie keuchend.

»Ich werde einfach nachher an Sie denken«, antwortet er und nimmt seinen Stift. Er beugt sich über sein Buch. »Wenn keiner mich sehen kann.«

»Einfach so?«, fragt sie.

Er zuckt mit den Schultern. »Wäre nicht das erste Mal.«

»Das wusste ich.«

Er sieht nicht auf. »Jaja. Sie wissen alles.«

Berlin, 1927

Fritz steht mit Blumen in Natalias Tür. Die sind natürlich für Colette, aber sein Lächeln ist für Natalia. »Wie geht es dir?«, fragt er. »Ich hab gehört, du arbeitest wieder.«

Sie nickt in Richtung seiner Blumen. »Du auch.«

»Ich arbeite immer.«

»Armer Junge.«

»Es tut mir leid, wenn ich dir damals zu nahegetreten bin.«

»Gut, sollte es auch.« Natalia legt den Kopf schief und mustert ihn in seinem feinen Wollmantel mit dem schwarzen Pelzkragen, das dünne Bärtchen, die lackschwarzen Haare. Er ist ein selbstsüchtiges Arschloch, aber er scheint sie wirklich nicht unglücklich machen zu wollen. Und sie beide haben jetzt was gemeinsam. »Deine Tochter hasst mich.«

»Kann ich mir nicht vorstellen.«

»Natürlich nicht.« Sie lacht. »Dafür du brauchst Einfühlungsvermögen.«

»Was ich mir vorstellen kann, ist, dass du dich allein fühlst.«

Natalia nickt und dreht sich weg, damit er ihre feuchten Augen nicht sieht.

»Ich bin auch immer allein«, sagt er. »Willst du …«

»Nein«, unterbricht sie ihn. Egal, wie seine Frage geendet hätte, sie will nichts von ihm.

Er schweigt, aber er geht nicht. Und was heißt es schon, dass er Natalia nicht unglücklich machen will? Bei allen anderen Menschen ist es ihm ja egal, ob er sie verletzt.

»Ich mach das mit Colette nur, um dich öfter zu sehen, Natalia«, sagt er jetzt.

»Raus, bevor ich Messer hole aus der Schublade!«, erwidert sie.

Er geht, und Natalia schaut aufs Bett. Hedwig hat immer zwischen ihr und der Wand geschlafen. Das Kind braucht nicht viel Platz. Es hat Natalias Hand gehalten. Ich hasse dich, hat Hedwig gesagt, und in Natalias Kopf sagt sie es immer noch. Jeden Tag, immer wieder.

Natalia beißt sich auf die Unterlippe. Eine Träne tropft von ihrer Wimper auf die Wange. Dann noch eine. Hedwig ist nicht an sie gebunden wie Fritz an Minna. Natalia und Hedwig sind keine Familie, Hedwig kann sich auch gegen Natalia entscheiden – und das hat sie. Natalia setzt sich auf das Bett und legt die Hand auf die Stelle des Kissens, wo Hedwigs Kopf immer lag.

Ohne Hedwig ist da niemand, der Natalia liebt.

◇

Colette steht an der Stiege wie festgewurzelt. In der Hand hält sie die Kanne von ihrem Waschtisch. Sie wollte Wasser holen. Zum Waschen für nachher. Dann hat sie Fritz' Stimme gehört. Seitdem steht sie in ihrem pfirsichfarbenen Seidenmantel auf der Treppe und lauscht, wie er Natalia um Verzeihung bittet.

Als hätte Fritz ihr irgendwas getan. Als hätte er sich nicht geplagt für sie. Natalia müsste *ihn* um Verzeihung bitten. Nicht andersrum. Sie müsste ihm auf Knien für das Loch im Garten danken, das er ausgehoben hat. Aber sie nimmt nicht mal seine Entschuldigung an. Weil sie denkt, dass sie über allem steht. Und Fritz' Stimme klingt so sanft und aufrichtig, wie Colette sie noch nicht gehört hat.

Er sei immer allein, sagt er. Colette starrt auf die Stufen. Er ist doch nie allein. Sie ist doch meistens bei ihm. Immer wenn sie frei hat. Und sie redet mit ihm über Themen, die ihn interessieren. Hunderennen und Amerika. Wo er es sehr viel besser hätte, wo man ihn schätzen würde. Ganz New York läge ihm zu Füßen, wenn er nur dort wäre. Sie lässt ihn reden und bewundert ihn. Sie bläst ihn, bis er singt. Sie kauft ihm Sachen. Bestimmt trägt er jetzt den Scheißwintermantel, der allein ein Viertel ihres Koffers gekostet hat, und kommt sich vor Natalia damit besonders schön vor. Schön und einsam.

Colette geht einen Schritt rückwärts. Sie hat genug gehört. Sie taumelt zurück in ihr Zimmer, stößt sich die Schulter am Türrahmen und wirft die Wasserkanne aufs Bett. Ein paar letzte Tropfen spritzen auf die Decke. Sie werden trocknen. Nichts hinterlässt je Spuren in diesem Bett. Nicht mal, wenn Colette will.

»*Chérie*, da bin ich.« Fritz steht schon im Raum, wirft seinen Mantel mit großer Geste zum Krug auf das Bett. Er drückt ihr die Blumen an die Brust und küsst ihre Wange. Sie schaut ihn nur an.

»Ich hol uns rasch etwas Sekt, ja?«

Sie antwortet nicht. Er ist schon wieder weg. Colette lässt die Blumen fallen. Sie tritt auf zwei Blüten, als sie zum Bett geht. Sie beugt sich über den schweren Mantel und durchsucht die Taschen. Sie findet ein kleines Briefchen aus braunem Packpapier, öffnet es und sieht das weiße Pulver. Immer noch schnupft er. Warum? Damit er sie erträgt? Er sie? Kommt nur wegen Natalia zu Colette. Nicht mal wegen des Geldes. Alles hat er bekommen, und es war nicht genug. Wie soll *Colette* das alles ertragen? Wie sie sich alle immer einreden, dass sie einsam sind ... Was ist denn mit ihr? Allein in der Dachkammer, und alle denken, sie wüssten, was gut für sie ist. Und hören nicht zu.

Colette schaut zur Tür, hört Stimmen unten in der Gaststube. Gläser klirren, Minna singt, Hedwig schimpft Fritz aus, jemand lacht. Aber nicht Colette, sie lacht nicht. Sie hält das Tütchen an die Nase und schnieft. Und es stimmt. Danach geht Lachen wieder.

Los Angeles, 1954

Noah schlägt sein Notizbuch zu und sieht Hedi an. Er schlägt es wieder auf. »Sie sagten vorhin, dass Sie einen Termin haben ...«

Sie weiß nicht, ob sie darauf antworten will. Aber so oder so kommt ihr nichts über die Lippen.

»Wann?«

Kein Wort, sie hat kein einziges Wort in sich, das sie darauf sagen könnte. Die Sonne wirft ein Lichtrechteck auf den Fliesenboden. Es hat die Größe eines Bettes. Oder eines Sargs …

»Ist es … bald?«

Hedi schluckt, schaut auf den Sonnensarg und schüttelt den Kopf. »Nein. Es sind noch Monate.«

»Ich muss es wissen. Wann?«

»Ich sag es Ihnen. Früh genug.« Sie würde hineinpassen in dieses Bett aus Licht. Sie wird, wenn es so weit ist. Und sie wird die Kälte der Fliesen nicht spüren und die Eierschalfarbe an der Decke nicht mehr sehen. Nichts wird sie noch sehen oder spüren. Nicht mal Noah.

Er glaubt ihr die Monate. Weil er ihr glauben will. Hedi atmet erleichtert aus und reißt den Blick vom Boden. Das Nichts ist nicht zu verstehen. Außen soll alles so bleiben, und innen kommt das Nichts? Wie soll das gehen? Noah lächelt. Noch ist er da.

»Nächste Woche bringe ich den Fotografen mit.« Er steht auf und zieht sein Jackett an. »Habe ich Ihnen geschrieben, dass der Verlag doch jemanden schickt?«

»Nein.«

Er sagt, sie hätten sich nicht überzeugen lassen, ein altes Bild zu nehmen. Sie bestünden darauf, es hier aufzunehmen. Aber es käme auch eine Stylistin. Garderobe nicht, es solle nach Gefängnis aussehen. Das wird Hedi so oder so. Gefängnis ist innen und außen. Ihre Ausstrahlung ist Gefängnis. Keine Schauspielerin der Welt ist gut genug, um ein Gefängnis zu überspielen.

»Aber ich werde geschminkt?«, fragt sie.

»Ja.«

Sie strahlt ihn an und fällt ihm um den Hals. Aus Dank für alles, aus Angst vor allem, aus Sehnsucht nach allem. Draußen klopft es an der Tür, Schlüssel rasseln. Berty sagt: »*Distance, please!*«

Hedi und Noah fahren auseinander.

»*No touching!*«

»*Of course*«, antwortet Noah. »*Sorry. No touching. Never.*«

»Niemals«, schmunzelt Hedi. Sie sehen sich an, als teilten sie das größte Geheimnis, das dieses Gefängnis je gesehen hat.

»Danke, dass Sie wegen des Fotos insistiert haben, Noah.«

Er zuckt bedauernd mit den Schultern. »Es hat ja nichts gebracht.«

»Hach, was ziehe ich nur an?«, überlegt sie. »Meinen grauen Kittel? Oder meinen grauen Kittel? Oder soll ich den grauen Kittel … Was denken Sie, Noah?«

»Ich werde mich einfach überraschen lassen. Wie der Bräutigam am Altar.«

Er lacht, als er geht, und Hedi folgt dem Dicken durch sämtliche Türen. Auf, zu, auf, zu. Dafür, dass es hier nach Eierschale aussieht, ist es bemerkenswert bruchsicher. Und sind Eier nicht dafür gemacht, dass etwas aus ihnen herausbricht? Hier schlüpft aber nichts. Hier sterben Raubkatzen. Langsam. Und wenn sie auf den Stuhl gesetzt werden, sind sie schon tot.

UNTER RATTEN

Los Angeles, 1954

Es riecht nach Talkum. Wenn Hedi die Augen schließt, ist sie wieder auf einem Studiogelände in Hollywood. Unweit von ihr bauen sie Schlösser und Urwälder in großen Hallen und leuchten das Innere von Bauernhäusern aus. In ihrer Garderobe stapeln sich die Blumen, und zu Hause gibt sie heute Abend eine Party. Clark Gable wird kommen, und die Cocktails werden viel zu süß sein. Hedi wird sich an Martini halten.

»Möchten Sie ein Wasser, Hedi?«, fragt Noah.

Sie sitzt vor einem mitgebrachten Spiegel, von Glühbirnen umrahmt. In einer alten Zelle, in der schon ewig niemand mehr saß. Bert hat erzählt, dass sie die Maske ursprünglich in der Kantine der Häftlinge aufbauen wollten, aber das hätte zu Neid und Missgunst geführt. Die Gefängnisleitung hat entschieden, dass die Bilder mit Hedi Belle in einem etwas älteren, verlassenen Flügel des Gefängnisses gemacht werden sollen. Damit die anderen Frauen sie nicht sehen. Damit sie die Kamera nicht sehen. Nicht dass noch eine Insassin auf die Idee kommt, ein Buch schreiben zu lassen. Das alles könnte den Frieden hier drin stören, die Abläufe.

Dabei wäre es vielleicht nur etwas Abwechslung für die Frauen.

Die Stylistin wirbelt in einem gelben Kleid um die erwachsene Hedwig herum und cremt ihr Gesicht ein. Sie wird ihr Hedi Belles Gesicht wieder auf den Kopf malen, ihre Handbewegungen sitzen. Hedi hofft, dass die Stylistin gut ist. Wer keine Wahl hat, hat nur Hoffnung. Wenn überhaupt. Hedi glaubt eigentlich immer noch, dass sie ihre eigene Hoffnung überlebt hat. Andererseits hofft sie wirklich auf ein gutes Bild …

Hedi sieht schrecklich aus. Sie sah besser aus, als sie das Arschloch erschossen hat. In der Nacht, als sie zur Mörderin wurde, war Hedi umwerfend. Als hätte er das verdient. Und jetzt sitzt sie hier seit Wochen mit Noah wie ein Sack Asche. Ihre Schönheit ist draußen geblieben. Nicht irgendwo in der Welt, sondern bei Louis Mercier. Er hat sie am allerwenigsten verdient. Hedi hasst ihn dafür, dass er ihre Schönheit mit ins Grab genommen hat und wahrscheinlich denkt, dass sie diese Schönheit eh ihm zu verdanken hat. Kann er sie auch mitnehmen. Gar nichts hat sie ihm zu verdanken. Nichts. Aber sie hasst ihn schon ihr ganzes Leben und für so vieles, dass es darauf auch nicht mehr ankommt.

Noah schiebt das Wasserglas zu Hedi rüber, während die Stylistin ihren Knoten löst. Hier drin trägt Hedi ihre Haare im Nacken verschlungen. Es ist nicht in Wellen gelegt oder toupiert. Es glänzt nicht, die rote Farbe ist bis zu den Ohren rausgewachsen. Sie schaut auf das Wasserglas.

Noah hält ihr eine weiße Rosenblüte hin. »Frühstück?«

»Nicht vor dem Fotografieren, Noah. Es ist das letzte Shooting meines Lebens. Ich will es nicht verpassen.«

Die Stylistin breitet Hedis Haare auf ihren Schultern aus.

Es gibt ein paar milchige Spiegel in den schummrigen Waschräumen und das Spiegelchen in der Puderdose, aber eigentlich weiß sie kaum noch, wie sie aussieht. Sie schaut auch gar nicht mehr hin – bis jetzt. Der Ansatz auf ihrem Kopf ist nicht so dunkel, wie sie dachte. Graue Strähnen. Sie hat immer gefärbt, seit ihrer ersten Rolle hat sie rote Haare. Darunter sind einige Strähnen schon grau. Zu viele. Sie presst die Lippen aufeinander.

»Ich nehme an, dass Sie färben wollen?«, fragt die sonnengelbe Frau.

»Ja, bitte.«

Sie wendet sich einem ihrer Koffer zu. Hedi starrt ihre grauen Strähnen an.

Noah nimmt ihre Hand. »Es sind nur Haare.«

Sie hat einen Kloß im Hals. Stirbt man jung, wenn man mit grauen Haaren stirbt?

Die Stylistin wendet sich an Noah. »Wenn Sie wüssten, wie viele Männer schon heulend bei mir saßen, weil die Pracht nicht nur grau wurde, sondern verschwunden ist … Große Schauspieler.«

Als hätte Hedi sonst keine Sorgen. Aber andererseits hat sie die ja auch nicht. Sie hat ihre Sorgen erschossen und ihre Träume geopfert. Da bleibt nicht viel.

»Da kommen Sie auch noch hin, Noah«, sagt die Stylistin. »Und dann will ich den Satz, dass es ›nur Haare sind‹, gern noch mal von Ihnen hören.«

Er hebt die Hände. »Ich bin ja schon ruhig.«

Sie zeigt auf die Tür. »Sie können mir warmes Wasser holen.«

Er steht auf und spricht mit Bert. Sie reden, und Bert zeigt den Gang entlang.

Hedi sucht den Blick der Stylistin im Spiegel. »Danke.« Sie zwinkert ihr zu.

Berlin, 1927

Die Gläser klirren, die Gäste lachen, und der Kapitän spielt auf. Er kann seine Augen nicht von Minna lassen. Sie wirbelt am Zapfhahn herum und summt zu jedem Lied. Sie reiht Biergläser auf dem Tresen auf wie Showgirls, die eine eigene Choreographie haben.

»Studenten, Richter und ooch Assessoren«, singt Minna. *»Die kieken stets nach meine Beene hin. Selbst mein Kapellmeister sagt unverfroren: ›In Ihre Beene liegt Musike drin‹.«*

Colette tanzt auf einem der Tische. Sie bewegt sich in doppelter Taktgeschwindigkeit oder lässt ihn ganz außer Acht.

Natalia nimmt sich einen Wodka und schüttelt den Kopf. Sie betrachtet Colette. »Und sie wollte werden Tanzgirl. Hier Varieté machen.«

»In dem Tempo schafft sie drei Varieté-Shows an einem Abend *und* fuffzehn Kunden«, sagt Minna.

Natalia nickt und trinkt. »Und keiner ist zufrieden.«

Colette dreht die Arme durch die Luft wie ein Mühlrad und stampft mit den Beinen auf den Tisch.

»Sollen wir ihr sagen, det det Einzige, wat sie nicht kann, tanzen ist?«, fragt Minna.

Natalia legt den Kopf schief. »Sie kann auch nicht singen.«

»Stimmt. Aber sie ist in letzter Zeit so schwermütig.« Minna seufzt. »Vielleicht ist det gerade einfach der falsche Moment, Colette ihre Schwächen aufzutischen.«

Colette dreht sich um sich selbst und fällt mit einem lauten Rums vom Tisch. Sie springt vom Boden hoch, reißt die Arme in die Luft und lacht mit aufgerissenen Augen. Die Arbeiter um sie herum jubeln. Sie wirft sich auf einen Schoß, krault den Bart ihres Sitznachbarn und zieht keine Sekunde später einen dritten Kerl mit sich die Treppe rauf.

Minna sieht ihnen nach. »Wollte der Jute überhaupt schon mit? Sie hat gar nicht verhandelt.«

Natalia trinkt Wodka und zuckt mit den Schultern. »Der wird schon wollen.«

»Wat hat sie's denn so eilig?«

»Vielleicht sie will nachher noch zu Fritz«, überlegt Natalia.

»Der sorgt noch dafür, det die beste Hure der Stadt die schlechteste wird.«

Natalia nickt. »Wär nicht das erste Mal.«

Ein Freier gesellt sich zu den beiden und sieht Natalia fragend an. Sie stürzt den Wodka, den sie sich gerade nachgeschenkt hat, und zeigt mit ausgestrecktem Finger nach oben. »Was stehst du rum, du Wurm? Du kennst Weg, hol Scheißteil.«

Er nickt hastig und eilt nach oben. Als er mit dem Sklaventhron wieder runterkommt, befördert Natalia ihn mit Tritten raus in den Hinterhof. »Jeder einzelne Dorn ist noch zu gut für dich, Abschaum Nummer 156.«

Natalia verschwindet im Flur und dann im Hinterhof. Minna schnappt sich das Tablett und sammelt leere Gläser von den Tischen. Sie zapft, öffnet Flaschen und versorgt Emil mit Fromms-Nachschub. Jeden Abend das Gleiche, Stunde für Stunde. Immer wieder Gläser einsammeln. Als sie sich erneut durch die Stühle schiebt, stolpert sie über einen Fuß. Sie fängt sich, kann das Tablett gerade noch abstellen und stützt sich am Tisch ab. Darunter entdeckt sie Colette. Sie kniet auf dem Boden und bläst einem Arbeiter einen. Unterm Tisch. In der Gaststube.

»Wat zur Hölle? Ey!« Minna klopft Colette auf den Hintern.

Colette nimmt den Schwanz aus dem Mund und dreht sich zu ihr.

»Wat soll det denn werden?«, fragt Minna. »Wir sind hier nicht im Hundejustav!«

»Ich kann hier unterm Tisch inner halben Stunde Geld für zwei Stunden machen«, rechnet Colette ihr vor. »*Vite. Vite.* Bin gleich fertig.« Sie will sich wieder zu dem erigierten Schwanz drehen, der noch immer aus der Arbeiterhose lugt, aber Minna packt sie am Gürtel und zieht sie unterm Tisch hervor.

»Bedient wird oben. In den Hurenstuben.«

»Aber wenn ich mit jedem einzeln hochgehen muss, kostet das Zeit, und Zeit ist Geld, und so sind doch alle *satisfait.*«

»Ick nicht«, sagt Minna. »Ick bin hier gar nicht saftitäh.«

»Die Herren schon, oder, Jungs?«

Die Gäste grölen, aber Minna lässt sich nicht beeindrucken. Sie packt Colette bei den Schultern und schiebt sie durch die Gaststube. Colette stolpert rückwärts vor ihr her, lacht und winkt einigen Gästen zu. Sie wirft Kusshände durch die Rauchschwaden. Hinterm Tresen bleiben sie stehen.

»Biste krank?«, fragt Minna.

»Nein, du?«

»Du lachst, als hätteste den Verstand verloren.«

Colette streichelt Minna über den Kopf. »Hast du was mit deinen Haaren gemacht, Minnachen?«

»Nein, *du* hast wat damit gemacht.«

»Sieht sehr schön aus«, sagt Colette und dreht eine Pirouette. »Ich muss zurück.«

Minna packt sie am Arm. »Nee, Fräulein. Du bist ja nicht du selbst.«

»Wer bin ich dann?«, fragt Colette und kichert.

»Ick dulde keine Nummern hier unten«, sagt Minna scharf. »Det ist ein anständiges Haus. Und du bist keine Fickattraktion auf'm Jahrmarkt.«

»Könnt ich aber sein. Die größte Attraktion auf der ganzen Welt. Weil ich sehr schön bin und biegsam und schnell und blase wie ein feuchter Südwind.«

»Aus Frankreich?«

»Genau. Ich rieche auch so.« Colette hebt ihren Rock an und riecht an dem Zipfel. »Lavendelfelder.«

Sie hält Minna den Rockzipfel unter die Nase. Minna verzieht das Gesicht und weicht zurück. »Da hat jemand draufgewichst.«

Colette kichert und wippt hin und her. Sie kann gar nicht ruhig stehen, ihr Blick flackert. Minna mustert sie von oben bis unten und atmet tief durch. *Das ist nur Colettes seltsame Liebeshysterie*, sagt sie sich. Eine Folge ihrer Beziehung zu Fritz, ihrer Liebe zum falschen Mann. Die Gefühle gehen mit ihr durch, Gefühle haben viel Macht über den Körper. Die Gedanken rasen durch Minnas Kopf, sie sagt sich das alles noch mal, dann nimmt sie Colette bei der Hand und zieht sie hinter sich her nach oben.

»Du hast genug gearbeitet für heute. Det hier ist die Ritze und kein Schwanzlutsch-Kuriositätenkabinett für Notgeile. Wenn wir damit anfangen, kommen die Leute nicht mehr zum Ficken, sondern nur noch zum Gucken. Einer zahlt, und zehn spritzen ab, det rechnet sich nicht. Und du minderst deinen Wert.«

»Das geht gar nicht«, widerspricht Colette, »denn ich bin unbezahlbar. Sehr wertvoll. Ich muss zurück.«

»Den Wert deiner Arbeit, mein ick. Und jetzt komm.« Minna zerrt Colette, die inzwischen hinter ihr hertanzt, die Treppe hoch. Minna hat alle Mühe, sie in ihre Dachkammer zu bugsieren. Sie schließt Colette ein. Minna hört ihre Absätze über die Dielen klackern. Lachen und Singen. Colette bewegt sich noch immer.

Minna schließt die Augen und lehnt sich ans Geländer der Stiege. *Bitte nicht*, denkt sie. Diesen Frohsinn und das Tempo. Sie kennt das. Bitte kein Kokain. Bitte nicht Colette.

◇

Colette schlägt die Augen auf. Sie liegt auf dem Boden, es zieht unter der Tür durch, ihr Kopf platzt. Immer und immer wieder scheint er zu explodieren. Colette richtet sich auf, etwas klebt an ihrer Wange. Sie greift danach. Es ist ihr smaragdgrünes Samtkleid. Um sie herum liegt ihr ganzer Kleiderschrank. Der Wäschekorb ist umgestoßen, Bett- und Unterwäsche liegen im Zimmer verteilt. Die eine Hälfte ist gefaltet und nach Farben sortiert, die andere Hälfte wahllos unter ihr ausgebreitet. Ihr Bein schmerzt, sie hebt es an und sieht geronnenes Blut. Auf dem Boden liegt ihre Schere. Hat sie sich ins Bein geschnitten?

Colette dreht sich um und tastet nach den Kleidern. Sie hebt sie auf. Sie sind zerschnitten, alle zerteilt in Rock und Oberteil. Kleiderfetzen bilden überall im Zimmer kleine Hügel. Dunkel erinnert sich Colette daran, dass sie ihre Garderobe aufhübschen wollte. Sie erinnert sich ans Räumen und Anprobieren. Auf ihrem Waschtisch steht eine leere Flasche *Berliner Luft*, daneben liegt ein Papierbriefchen. Sie sieht schnell weg.

Colette kriecht zum Fenster und zieht sich an dem Rahmen der Dachluke hoch. Ihr Hosenbein rutscht dabei runter. Sie betrachtet ihre Beine. Sie trägt ihre burgunderrote Leinenhose, beziehungsweise die Hälfte davon. Offensichtlich hat sie es letzte Nacht für eine gute Idee gehalten, die Hose genau in der Mitte durchzuschneiden und nur ein Hosenbein anzuziehen. Es schlackert jetzt an ihrem Fuß. Sie schüttelt das Bein, damit die Hose abfällt. Ihr ganzer Körper gerät ins Wanken. Ihr wird schlecht. Sie öffnet die Luke und saugt frische Luft in die Lunge. Sie ist eisig und beißt ihr ins Gesicht. Helfen tut sie nicht.

Die Mulackstraße liegt in trostlosem Licht. Die Häuser drum herum sind grau. Die Menschen auf der Straße dick verpackt. Sie eilen vorbei, als wollten sie jetzt gerade genau hier nicht sein. Weiter und weiter. Colette lehnt den Kopf an den Rahmen. Aber wohin? Wohin gehen sie denn? Wo ist es denn besser?

Die Luft reicht immer noch nicht, um die Übelkeit zu vertreiben. Colette streckt sich weiter aus der Luke, ihr Oberkörper liegt schon halb auf den Dachziegeln. Der Fensterrahmen drückt in ihren Bauch, sie muss würgen. Schnell krabbelt sie ganz aufs Dach. Sie kniet auf der Schräge, die Hände in der Regenrinne, die nackten Knie auf den Ziegeln. Die mintgrüne Seidenbluse flattert um ihren Körper. Colette friert. Sie guckt über die Dachrinne runter auf die Straße, fünf Meter tief. Sie kommt hoch und greift zum aufgeklappten Fenster hinter sich. Sie hält sich fest und stellt den rechten Fuß auf, dann den linken. Mit zitternden Beinen richtet sie sich auf und beugt sich vor. Unten Kopfsteinpflaster, ein paar Schneereste. Wieder hebt sie den Fuß und setzt ihn vor. Er schwebt in der Luft über der Dachschräge. Nur ein Schritt, und es ist alles vorbei. Am besten kopfüber. Nicht dass sie überlebt. Gibt Sachen, die willst du nicht überleben …

Und dann wird Fritz schon sehen, was er verloren hat. Dann wird er weinen. An Colettes Grab. Nur einen Schritt, und das Herz hat Ruhe. Ein Schritt und endlich wieder schlafen. Endlich wieder …

Eine heiße Träne löst sich aus ihren Wimpern, hinterlässt Tuschereste in ihrem Gesicht und läuft über ihren Hals. Nur einen Schritt, und das ist so ähnlich wie Paris.

Oder? Oder nicht? Oder doch?

Bestimmt.

Colette atmet durch und setzt den Fuß zurück. Sie kann ihn nicht verlassen, nicht ohne seinen Duft noch einmal zu riechen. Und im Grunde hatte Fritz ja kaum Zeit, sich an sie zu gewöhnen. Die paar Monate. Eher Wochen. Das reicht nicht. Natürlich nicht. Colettes Fuß sucht die Fensterluke hinter ihr, sie will zurückkrabbeln und fällt durch das offene Dachfenster auf den Holzboden.

Sie landet auf dem Rücken, auf ihren Kleidern, und sieht nach oben in den Himmel. Er ist grau. Und man sieht die Wolken vor lauter Wolken nicht.

Im Schloss dreht sich ein Schlüssel, Minna kommt rein. »Du kannst jetzt wieder rauskommen, Colette.«

»War ich eingesperrt?«, fragt sie kopfüber.

Minna sieht sich kopfschüttelnd um. »Wat ist mit deinen Kleidern?«

»Ich glaube, ich brauche neue.«

◇

Die Tennes kommt mit zwei Teetassen herein und will sie abstellen. Sie hält inne und schaut auf den Stapel Scheine, der vor Minna auf dem Tisch liegt.

»Es ist mehr als sonst, ick weiß«, sagt Minna.

Die Tennes stellt die Tassen ab. »Was muss ich dafür tun?«

Minna schüttelt den Kopf. »Die Frage ist, wat *können* Sie dafür tun?«

Die Tennes setzt sich seufzend zwischen die beiden Aktenschränke und sieht das Geld an. Hinter ihrer Stirn arbeitet es, während draußen die Kinder über die Gänge toben.

»Ick höre, Sie haben unser Geld in det Heim investiert.«

»Zum Teil, ja«, erzählt die Tennes. »Der Zustand in den Schlafsälen war nicht mehr haltbar.«

»Es sieht jetzt fast freundlich aus.«

»Nächste Woche kommen neue Betten.«

Minna lächelt. »Sie sind ein juter Mensch.«

Die Tennes nickt langsam. »Und Sie wären gern einer, nicht wahr?«

Minna beugt sich vor und tippt mit dem Finger auf die Scheine. »Zurück zu diesem Batzen hier. Wat halten Sie davon, det man unschuldige Kinder ins Gefängnis steckt?«

»Nichts. Kinder gehören nicht ins Gefängnis. Sie müssen erzogen werden. Und sie brauchen ein Zuhause.«

Minna nickt ernst und bestürzt zugleich. »Mir ist zu Ohren gekommen, det in Tiergarten ein paar Jungs in Haft sitzen, obwohl man ihnen nichts beweisen kann. Sie werden nicht entlassen, weil sie kein Zuhause haben. Und weil die Bullen wat aus ihnen rausquetschen wollen.«

»Was denn? Informationen? Worüber?«

»Ist mir absolut schleierhaft«, antwortet Minna.

Die Tennes hebt beide Augenbrauen. »Wenn Sie wirklich ein guter Mensch werden wollen, müssen Sie mit den Lügen aufhören.«

»Aber ick bezahle Sie doch dafür, det Sie mir trotzdem glauben.« Minna lächelt und nimmt ihre Tasse auf. Sie schlürft einen Schluck. »Ausgezeichneter Tee. Ausgezeichnet.«

Die Tennes seufzt und faltet die Hände. »Angenommen, ich glaube Ihnen.«

»Dann werden Sie den Jungs in Tiergarten natürlich helfen. Die sind minderjährig, haben keinen Anwalt und niemanden, der sich für sie einsetzt. Schon jar keinen, der sich mit den Rechten von Kindern auskennt.«

»Mein Heim ist nicht zuständig für Tiergarten, Moabit oder Charlottenburg«, sagt die Tennes und zeigt auf einen Ordner, auf dem vorn ein Schild vom Bezirksamt klebt. »Wir kümmern uns nur um die Friedrichstadt.«

»Selbstredend.« Minna untermalt ihre Worte mit ausladenden Gesten. »Aber ne Kapazität, wie Sie es sind, kennt sich natürlich aus. Und kennt die Leiter der anderen Heime in Berlin.«

»Vielleicht …«, sagt die Tennes, lehnt sich zurück und trommelt mit den Fingern auf ihren Schreibtisch.

Minna stellt ihre Tasse ab, greift in ihre Handtasche und legt noch zwei Scheine auf den Stapel. »Jehen Sie noch mal in sich, Fräulein Tennes. Lassen Sie sich Zeit beim Denken.«

»Es ist möglich, dass ich die zuständige Heimleiterin dienstags zum Kartenspielen treffe.«

Minna hält einen weiteren Schein in der Hand. »Und wäre es möglich, det besagte Heimleiterin die Sache in die

Hand nimmt, ohne det irgendeine Verbindung zu Ihnen oder mir entsteht?«

»Mhm …«

»Ick bin gern anonym wohltätig, wissen Sie? Ick möchte mich nicht als große Spenderin hervortun.« Minna macht ein ernstes Gesicht und spreizt den kleinen Finger von ihrer Teetasse ab. »So wat empfinde ick immer als Heuchelei. Reiche, gelangweilte Damen zeigen auf die armen Kleinen, damit sie selbst mehr Wertschätzung bekommen. So bin ick nicht.« Minna drückt die Teetasse an ihre Brust. »Ick möchte einfach nur helfen.«

»Verstehe.«

Minna fixiert die Tennes. Sie scheint wirklich zu verstehen, und natürlich will sie das Geld. »Keine Verbindung zu uns?«, fragt Minna.

»Keine.«

Minna legt den Schein ab und lehnt sich zurück. Sie trinkt noch einen Schluck Tee und sieht sich in dem grauen Büro um. »Wie macht sich Hedwig?«

»Ausgezeichnet. Sie ist mein Lieblingskind im Heim.«

Minna lacht trocken. »Det können Sie nur sagen, weil sie nie hier ist. Ick kann Ihnen flüstern, sie ist ein anstrengendes Kind. Sie treibt einen durch dieses Leben … Man kommt gar nicht zur Ruhe.«

»Von wem sie das wohl hat?«

Los Angeles, 1954

Die gelbe Frau schlingt das Handtuch um Hedis Haare und lächelt sie im Spiegel an. »Entschuldigen Sie mich kurz?« Sie geht. Die einzigen Toiletten, die hier im Trakt funktionieren, sind weit.

Noah sitzt auf der Pritsche. Es liegt keine Matratze drauf. Es ist nur ein Gestell mit einer Blechplatte, nicht mal ein Lattenrost. Die Farben im alten Flügel sind anders. Keine Eierschale. Hier ist alles grüngrau und dunkler. Es passt sehr gut zu Hedis Augen. Und selbst ihr Kittel kommt vor dieser Wand halbwegs gut zur Geltung.

Drei Zellen weiter soll das Foto gemacht werden. Der Fotograf richtet dort gerade das Licht ein, und der Hausmeister des Gefängnisses organisiert eine Matratze und einen Stuhl. Hedi hat ihre privaten Sachen mitgebracht, damit es nach ihrer Zelle aussieht. Es ist nicht viel, ein Kaktus, ein bisschen Briefpapier, ein Bild von ihrer Katze. Sie hat sie verschenkt. Sie war eine reinrassige Siam, deshalb hat sie schnell ein neues Zuhause gefunden. Aber natürlich wird sie dort niemals mit jemandem schmusen. Sie wird ihr Leben lang nur Hedi lieben.

Hedis Haare sind wieder rot. Während die Farbe eingewirkt hat, hat die gelbe Frau sie geschminkt. Das Gesicht im Spiegel ist eine alte Freundin. Sie ist nicht immer nett, und sie hat Hedwig von Kamera zu Kamera gescheucht. Aber sie hat sie beschützt, wenn sie konnte. Sie hat nichts mit der Todesstrafe zu tun. Dafür kann nur die ungeschminkte Hedi was. Eigentlich ist das ganz und gar Hedwig zuzuschreiben, dem Kind von damals.

Gleich wird sie geföhnt und frisiert, und dann muss sie rüber. »Ich bin nervöser als vor meinem ersten Fototermin. Man ist sich selten darüber bewusst, dass man etwas zum letzten Mal tut. Aber wenn man es weiß, dann ist es eine große Aufregung.«

»Ich bin auch aufgeregt«, sagt Noah.

Hedi steht auf und geht zur Tür. Die Zellen hier haben noch Türen, die Fenster darin sind glaslose Luken, vor die man einen Sichtschutz schieben kann. Hedi schiebt ihn vor und zurück. Kein Wärter reagiert. Sie schiebt den Sichtschutz wieder zurück und sieht durch die Tür den Gang runter. Die Wärter sind alle hinten bei der anderen Zelle. Weil sie neugierig sind und keine Sets kennen. Oder Fotoshootings. Hedi schaut wieder zu Noah, wie er auf der harten Pritsche sitzt, die gern ein Bett wäre.

»Wir sind allein«, sagt sie.

»Wirklich?«

Sie lehnt die Tür hinter sich an, schließt sie fast. Das letzte Mal musste Noah gehen und allein im Hotel an sie denken, aber jetzt sind sie hier. Hedi und Noah und niemand sonst und keine Fenster. Sie haben bestimmt fast zehn Minuten Zeit – und sind so allein, wie sie es nie wieder sein werden. Er lächelt. Sie geht auf ihn zu, kniet sich vor ihn und legt die Hand auf seinen Gürtel. Sie zieht das Leder durch die Schnalle und will den Dorn aus dem Loch ziehen, als Noah ihre Hände nimmt und festhält.

»Noah, wir haben nicht so viel Zeit.«

»Ich weiß«, flüstert er, beugt sich zu ihr und küsst sie.

Er lässt ihre Hände los und hält ihr Gesicht. Er rutscht von der Pritsche, sie knien voreinander und küssen und küssen sich, bis die gelbe Frau sich räuspert. Hedi löst ihre Lippen von seinen und weiß nicht mehr, wo sie ist. Nur dass das der Kuss aller Küsse war.

Noah sieht die Stylistin an. »Entschuldigen Sie.«

»Äh … gern … Natürlich … Sie …« Sie streicht aufgeräumt über ihre gelbe Schürze. »Wollen wir weitermachen?«

Hedi setzt sich wieder vor den Spiegel und zeigt auf die verschmierten Lippen. »Das tut mir sehr leid.«

»Mir nicht.« Noah fängt ihren Blick im Spiegel ein und lächelt.

»Nein, mir auch nicht.«

Berlin, 1927

Emil liegt auf dem Rücken auf dem Bett und tritt mit dem Fuß gegen den Sandsack. Er sieht die Decke an, der Sack schwingt über ihm hin und her.

Minna öffnet die Tür, ohne zu klopfen. »Die Tennes hat mir vorhin gesagt, det die Jungs raus sind aus'm Knast. Sie sind jetzt im Heim in Moabit.«

»Da bleiben die doch nie.«

»Mir egal«, gibt sie zurück. »Ick kann mir nicht um alles kümmern. Hauptsache, die sind auf freiem Fuß. Die kommen schon klar.«

»Mhm«, brummt Emil.

Minnas Blick folgt dem schwingenden Sandsack. Sie lehnt sich an den Türrahmen und verschränkt die Arme. »Warum kommt dein Doktor eigentlich nicht mehr?«

»Er braucht was Besseres als mich.«

»Wird er nicht finden.«

»Wir haben uns gestritten, und ich habe ihn geschlagen«, erklärt Emil.

»Bist du bekloppt?«

»So kommt er wenigstens nicht wieder.«

»Du Arschgeige.« Minna schüttelt den Kopf.

»Ja«, stimmt er zu.

Minna betrachtet das blonde Häufchen Elend. Der Sandsack saust über Emils Kopf hinweg, donnert an die eine Wand, dann an die andere. Und weshalb dieser Lärm? Weil Emil eigentlich noch ein Kind ist, das endlich erwachsen werden muss. Minna kann hier keine Kinder gebrauchen, nicht mal in Hedwigs Kammer.

»Emil, wenn du dir nicht mit Magnus verträgst, dann fliegste hier raus.«

Er setzt sich auf. »Was?«

»Hast mich schon verstanden«, sagt sie. »Den Mist guck ick mir nicht länger an. Mach dich so unglücklich, wie du willst. Aber doch nicht Magnus. Er ist ein juter Mann.«

»Ich wollte ihn beschützen …«

»Da hat doch niemand nach gefragt.« Sie wirft die Hände in die Luft. »Niemand!«

»Mhm«, brummt Emil wieder.

»Schon mal drüber nachgedacht, det es gar nicht um dir geht, sondern um ihn? Fahr nach Charlottenburg und mach Magnus zu nem glücklichen Mann. Bis er dir nicht mehr will. Oder stirbt. Hör endlich auf, immer nur an dich selbst zu denken!«

»Mhm.«

Minna zeigt hinaus in den Flur. »Jetzt sofort, Junge!«

Emil rappelt sich auf und zwängt sich an ihr vorbei in den Flur. »Ick wollte nie Kinder«, sagt sie in seinen Rücken. »Keins. Und jetzt hab ick fünf. Ick könnte kotzen.«

»Deine neuen Haare sind übrigens toll«, sagt Emil, während er die Treppe hinabsteigt.

»Ick weeß!«, ruft sie ihm nach.

◇

Gustav steht in der Gaststube. Zwischen Tischen mit hochgestellten Stühlen wartet er in der dunklen Ritze. War die Tür schon wieder auf? Minna stellt Putzeimer und Schrubber neben der Küche ab und dreht das Licht an. Der eine Leuchter ist immer noch kaputt. Kacke.

Gustav lächelt. In der Hand hält er einen Blumenstrauß. »Wie geht es dir?«

»Wieso bringst du mir Blumen?« Sie seufzt erschöpft. »Bitte sag mir nicht, det du mir ausführen willst. Ick geh nicht mit dir ins Theater oder so'n Scheiß. Det kannst du dir gleich abschminken.«

»Du findest mir eher tot inner Spree als im Theater.«

»Mir auch«, sagt sie, und beide lachen. Minna nimmt ihm die Blumen ab und stellt sie in den Putzeimer. »Schön sind se ja. Willste nen Kaffee? Oder nen Schnaps?«

»Schnaps.«

»Musste dir beruhigen?«, fragt sie. »Wirkst so aufgeregt.«

»Nee, ach wat. Schnaps ist einfach immer jut.«

»Det is'n Wort.« Sie holt zwei Pinnchen aus dem Regal und eine Flasche Korn. Gustav lächelt sie an. Das Schweigen ist ihr unangenehm, aber sie weiß auch nicht, was sie jetzt sagen soll. Es war einfacher, als sie sich noch gehasst haben. Sie schiebt ihm ein Glas hin, sie stoßen an. »Prost.«

»Prost. Sag mal, Minna, haste schon mal überlegt zu vergrößern?«

»Die Ritze? Jeden Tag. Ick pass hier ja allein kaum in die Gaststube.«

Er stellt das Schnapsglas ab und streicht sich über den Schnauzer. »Wir sollten uns zusammentun.«

»Wat sollten wir?«

»Unsere Häuser zusammenlegen. Die Straße einnehmen.

Wird dann ne Bordellstraße. Heißer Sex vonner Ritze bis zum Hundejustav.«

»Wir beide als Geschäftspartner?«, fragt Minna, zeigt auf ihn und sich und greift nach der Schnapsflasche.

»Könnte funktionieren«, meint Gustav.

Minna stellt die Flasche wieder ab. »Du willst doch nur anne Ritze drankommen. Weil du kein Eigentum hast.«

»Wir könnten det Geschäft in der ganzen Friedrichstadt in die Hand nehmen.« Seine Augen leuchten.

Sie beugt sich vor, runzelt die Stirn und fixiert ihn. Vielleicht hat sie sich doch verhört. »Du und ick? Zusammen?«, fragt sie.

»Ja. Wir passen viel besser zusammen als jedacht.« Er zwinkert ihr zu. »Oder?«

»Äh ...«, macht sie und nimmt die Flasche wieder an sich.

»Wir teilen alles genau auf.« Gustav erklärt und gestikuliert, fährt mit den Fingern über den Tresen, als wäre der die Mulackstraße. »Jeder wohnt weiter in seinem eigenen Haus. Außer du willst, det wir zusammenziehen.«

»Äh ...« Minna schüttet ihnen Schnaps nach, trinkt und füllt ihr Glas gleich noch mal.

»Also, nur wenn du willst«, schiebt Gustav nach.

Minna trinkt und sagt mehr zu sich: »Wer hat dir denn ins Gehirn geschissen?«

»Aber ... ick dachte ...« Sein Blick wird finster. Sie schweigt ihn an, er runzelt die Stirn. »Wat zur Hölle wolltest du dann neulich von mir?«

»Sex.«

»Ick bezahl dir nicht.«

»Mir bezahlt keiner mehr, Justav.«

Er zeigt auf den Putzeimer. »Ich will hier det Richtige tun.«

Sie sieht von den Blumen im Eimer zu ihm und runzelt die Stirn. »Heiraten oder wat?«

»Willst du denn keine ehrbare Frau sein?«, fragt er zurück.

»Nein.«

»Aber die alten preußischen Werte … Minna, für die stehst du doch auch.«

Sie hebt eine Augenbraue. Für die steht nicht mal er selbst.

Er rutscht vom Hocker, der umkippt und auf die Holzdielen fällt. »Ick hab dir ne Chance gegeben.«

Minna schüttet noch mal ein, nur sich selbst diesmal. »Det muss ick überhört haben. Ick hab nur gehört, det du meinen Puff haben willst. Du willst mir schlucken.«

»Wo wir gerade beim Schlucken sind. Du bläst beschissen.«

»Ist ja auch nicht viel da zum Blasen.«

Gustav reißt den Blumenstrauß aus dem Putzeimer. Wasser spritzt durch die ganze Gaststube. Er geht mit langen Schritten zur Tür und knallt sie hinter sich zu.

Minna schenkt sich noch einen Schnaps ein, trinkt und lächelt. Alles ist so leicht auf einmal. Ein schönes Gefühl. Wenn Emil und Colette sich jetzt noch fangen, dann brechen goldene Zeiten an für die Ritze.

◇

Emil tritt durch die schwere Eichentür des Instituts. Hannah sitzt am Empfang und hebt den Kopf. Ihr Blick ist finster.

»Hallo«, sagt Emil freundlich. »Ist Magnus zu sprechen?«

»Nicht für dich.«

»Ich will mich entschuldigen.«

Hannah sieht ihn nicht an. »Mir egal.«

»Es tut mir wirklich sehr leid.«

»Sollte es auch.«

»Kann ich zu ihm?«

»Natürlich nicht.« Sie hebt den Kopf und zeigt mit dem Stift auf ihn. »Ich hoffe, dir passiert das Gleiche, wenn du sechzig bist.«

Emil nickt. Im Grunde hofft er genau das auch, dass irgendjemand ihm das Herz bricht und ihn zusammenschlägt. Dass er nicht immer nur gewinnt, egal, was er wem antut. Aber vielleicht bekommt er im Alter die gerechte Strafe. Einsamkeit, Krankheit und alles. Er baut darauf, aber jetzt hat er was anderes vor. »Ich will das alles erklären.«

Hannah schnaubt. »Und ich hätte gern ne echte Muschi. Wir kriegen eben nicht immer, was wir wollen.«

Emil runzelt die Stirn. »Das ist doch nicht das Gleiche.«

»Das behaupte ich auch gar nicht.« Sie zeigt mit dem Stift an ihm vorbei. »Da ist die Tür.«

Emils Blick folgt dem Stift. Er will schon gehen, als er eine Informationstafel zu den Beratungsangeboten des Instituts entdeckt. Mit zusammengezogenen Brauen entziffert Emil die Sprechzeiten und lehnt sich wieder über den Empfangstresen. »Ich habe Probleme mit meiner Homosexualität.«

»Was?«

»Ja.« Emil nickt ernst. »Ich brauche einen Arzt. Ich will in die Sprechstunde. Ich halt das alles nicht mehr aus. Die Schwänze in meinem Kopf und so.«

»Spinnst du jetzt?«

»Sie wollen mich auffressen.«

»Die Schwänze?«

»Ich bin ein Patient auf der Suche nach Hilfe.«

»Ein Lügner bist du.«

»Ist es im Sinne dieses Instituts und Doktor Magnus Hirschfelds Forschung, einen jungen schwulen Mann mit Seelenpein abzuweisen?«

»Du hast keine Pein«, sagt Hannah.

»Doch.« Emil baut sich vor dem Tresen auf, als wolle er Wurzeln schlagen. »Und ich werde hier warten, bis Herr Doktor Hirschfeld sich meinem zerrissenen Inneren annimmt.«

»Verpiss dich!« Unerschütterlich sitzt Hannah da und tötet ihn mit ihren Blicken.

Er nimmt die Arme wieder runter und sieht sie flehend an. »Hannah, bitte!«

»Ich ruf die Bullen, Emil.«

Er schaut links an dem kleinen Tor vorbei, das sie ihm nie öffnen wird. »Da kommt Magnus ja.«

Sie folgt seinem Blick, und bevor sie begriffen hat, dass niemand kommt, beugt er sich blitzschnell vor, angelt Papier und Stift von ihrem Schreibtisch und läuft raus auf die Straße.

◇

Magnus sitzt mit einem blauen Auge am Schreibtisch. Das Büro mit den dunklen Möbeln und schweren Teppichen unterscheidet sich in keiner Weise von anderen bürgerlichen Arbeitszimmern. Magnus hat den massiven Cambridge-Schreibtisch von seinem Vater geerbt wie andere Ärzte auch. Nur dass in seinen Schubladen heute Fragebögen liegen, die nach Sadismus, Masochismus und Voyeurismus fragen – und er darauf einen Brief an einen seiner Patienten schreibt, der Polizeichef in einer Kleinstadt ist, liebevoller Vater und heterosexueller Mann, der gern Frauenkleidung trägt. Das ist ihm nur während seiner Berlinbesuche bei Magnus möglich, und nun muss Hirschfeld für diesen Patienten einen Termin im Sommer finden. Aber er kann sich nicht konzentrieren. Er würde gerne behaupten, er wäre bei Emil mit einem blauen Auge davongekommen. Ist er aber nicht. Das Herz, das verdammte Herz …

Es klopft am Fenster. Magnus sieht von seinen Unterlagen hoch. Sein Kopf schmerzt noch, wenn er schnelle Bewegungen macht. Am Fenster gegenüber von seinem Schreibtisch pappt ein Zettel, eine Faust klopft ans Glas, und zwischen dem Efeu lugen blonde Haare hervor. Magnus steht auf und geht an dem runden Tisch vorbei. Je näher er dem Zettel im Fenster kommt, desto deutlicher werden die Buchstaben. Sie sind krakelig, Großbuchstaben, mehr gemalt als geschrieben, das B ist falschrum. Magnus runzelt die Stirn, nimmt seine neue Brille ab und putzt sie. Er setzt sie wieder auf und liest: *Ich liebe dich.*

Magnus öffnet das Fenster und sieht hinaus. Emil steht auf einem Sims in sieben Metern Höhe und hat seine Arme im Efeu verschlungen. Er sieht mit hochrotem Kopf zu Magnus auf.

»Ich liebe dich«, sagt er angestrengt. »Ich hab noch nie geliebt, ich bin nicht gut darin. Aber ich liebe dich.«

Magnus will etwas sagen, aber Emil hängt im Efeu und redet einfach weiter: »Und es tut mir leid. Aber das weißt du sicher schon, oder? Weil du klug bist und mich durchschaut hast. Dass ich dich nur geschlagen habe, damit du gehst, weil ich dich zu sehr lieb hab, um es zu ertragen. Und das ist alles sehr, sehr dumm, und du bist doch der Letzte, den ich je verletzen wollte.«

»Emil, um Gottes willen, das ist ja lebensgefährlich.« Magnus beugt sich vor und packt Emils Arme.

Der Liebeszettel segelt hinunter auf die Straße, und Emil krabbelt über das Fensterbrett in Magnus' Arme. Sie stolpern, fallen übereinander und landen auf dem Teppich.

»Hannah hat mich nicht reingelassen«, erklärt Emil keuchend. »Und ich wollte mich entschuldigen. Es tut mir so leid. Kannst du mir je verzeihen?«

»Mein Rücken …«, ächzt Magnus.

»Ich bin gekommen, um dich glücklich zu machen. Krieg ich noch ne Chance, Magnus?«, fragt Emil.

Magnus antwortet nicht. Nur weil er alt ist und Rückenschmerzen hat, ist er nicht leicht zu haben. Also zumindest nicht sofort.

»Magnus? Bitte verzeih mir.«

Magnus' Hand sucht Emils, ohne dass er es will. Er hatte nicht vor, gleich nachzugeben, aber sein Körper ist ungeduldiger als er selbst. Sie liegen Schulter an Schulter auf dem Boden und sehen die Decke an. Ihre Finger umschließen einander.

Magnus lacht. »Du schwuler Romeo an meinem Fenster.«

»Wer?«

»Romeo und Julia«, erklärt Magnus. »Wenn du das lesen kannst, lass ich dich wieder in mein Bett.«

Emil setzt sich auf. »Alles klar, wo finde ich das?«

◇

Natalia legt das Geld auf den Blechschreibtisch und schiebt es in Richtung der Tennes. Die bedankt sich, aber Natalia macht eine wegwerfende Bewegung.

»Wir danken *Ihnen.*«

Sie zieht ihre schwarzen Handschuhe aus, legt sie auf ihr Knie und wippt mit dem Fuß. Draußen auf den Gängen toben die Kinder, vor dem Fenster fällt grauer Schneeregen. Natalia atmet tief durch. »Fräulein Tennes, ich … ich möchte adoptieren.«

»Wie bitte?«

»Ein Baby. Ein Mädchen.«

»Ich …«, setzt die Tennes an, dann: »Wie … Sie wollen ein Kind?«

»Ja, Sie haben doch so viele.«

Die Tennes blinzelt. Für einen Moment ist sie sprachlos. Sie räuspert sich. »Ja. Natürlich, und ich freue mich über Adoptionen, aber …«

»Aber nicht von Huren.«

»Natalia, Sie sind unverheiratet und leben in einem Bordell. Eine rechtmäßige Adoption ist völlig unmöglich. Sind Sie überhaupt hier gemeldet? In Deutschland?«

»Ich bin sicher, Details kann man klären mit Geld. Kind darf nicht zu alt sein. Unter acht, unter sechs. Ein Baby am besten. Und kein Junge. Männer langweilen mich.«

»Das hier ist kein Babykaufhaus.«

»Ich will Tochter. Für mich allein.«

Die Tennes beugt sich vor und fragt leise: »Können Sie sich nicht einfach schwängern lassen?«

»Nein«, erklärt Natalia in normaler Lautstärke. »Ich ficke nicht.«

»Nie?«, fragt die Tennes, und ganz offensichtlich sucht sie in ihrem Kopf jetzt nach Bildern, die Natalias Beruf veranschaulichen. Sie versteht es nicht.

»Nein. Aber ich will Tochter.«

»Selbst wenn ich ein Kind für Sie hätte, ich kann es Ihnen

nicht geben. Ich kenne die Ritze, sie ist zu klein für die Menschen, die jetzt drin leben. Wie soll das gehen? Ich kann Ihnen nicht guten Gewissens ein Kind zuteilen. Auch nicht, wenn es offiziell weiter im Heim leben würde.«

»Aber ich wäre gute Mutter«, insistiert Natalia.

»Vielleicht … Geht es Ihnen gut, Natalia?«

»Mein Leben ist nicht vollständig ohne Kleines …«

»Das klingt, als geht es eher um Sie als um Kindeswohl.«

»Es geht mir nur um Kindeswohl. Nur!« Natalia schlägt mit der Faust auf die Armlehne. »In Zukunft werde ich immer aufpassen, dass nichts passiert. Dass Kleine nicht anfängt, Putzmittel zu trinken. Ich weiß, das war meine Schuld, aber kommt nicht wieder vor. Ich werde bessern mich. Das war doch nur, weil ich Schuldgefühle hatte … Aber ist vorbei. Man kann mir wieder vertrauen! Sie kann mir wieder vertrauen!«

»Äh …« Die Tennes sieht sie mit großen Augen an. »Ich will gar nicht wissen, wovon Sie reden. Aber Natalia, was auch immer in Ihnen vorgeht: Ein Kind ist nicht die Lösung. Ein Kind ist immer ein Problem. Auch wenn Sie es lieben, es wird Ihnen Probleme machen. Mehr, als Sie ahnen.«

»Sie können nichts tun für mich?«, fragt Natalia, aber es ist eher ein leises Begreifen.

»Nicht für alles Geld der Welt. Es tut mir leid.«

Als Natalia draußen vor den Flügeltüren des rußschwarzen Gebäudes steht, findet sie haufenweise Geld in ihren Taschen. Sie hat gedacht, dass sie vielleicht schon ein Baby mitnehmen kann. Der Schneeregen legt kleine Wasserperlen auf ihre glänzende Lederkappe. Natalia hat die Hände in den Taschen, jede Faust voll mit Scheinen, und sie ist immer noch allein.

Vielleicht, wenn sie die Augen zumacht und wartet und einen Mann nimmt, der ganz schnell abspritzt? Vielleicht erträgt sie es dann? Und dann ist es wirklich ihrs. Wäre das nicht viel besser?

Sie betrachtet die Männer, die vorbeiziehen. Lange Mäntel und Hüte tief ins Gesicht gezogen. Irgendjemand wird sich schon finden, und mit viel Wodka wird Natalia es aushalten. Wird schon gehen. Wenn's muss, geht alles.

◇

Colette kniet auf dem Boden vor dem Bett, öffnet und schließt ihren Koffer. Aber sooft sie den Deckel auch hebt, der Koffer wird nicht voller. In der Ecke liegen noch zwei zusammengerollte Scheine. Hundert Mark. Drei Monate mit Fritz, ein Pelzmantel, zwei Paar neue maßgeschneiderte Schuhe für ihn, die Hüte und das teure Essen im Kempinski … Das Kokain. Ihre eigene Garderobe, die sie ersetzen musste, nachdem sie sie zerschnitten hatte. Die Teile, die sie gekauft hat, damit es ihr besser geht. Weil neue Kleider sie immer glücklich gemacht haben. Der Kleiderschrank hinter ihr ist wieder voll, der Koffer leer, und wo das Glück ist, das weiß der Teufel.

Es klopft, und Colette lässt den Kofferdeckel ein letztes Mal fallen. Natalia steckt den Kopf zur Tür rein. »Willst du nicht essen mit uns unten?«

»Das fragt die Richtige.«

»Ich habe gegessen mehr als du. Was Sorgen macht.« Natalia sieht auf den Koffer. »Zählst du dein Geld?«

»*Non.*« Colette tritt den Koffer hastig unters Bett.

»Du musst ihn gehen lassen«, sagt Natalia und ist selbst überrascht, wie sanft ihre Stimme klingen kann.

»*Non*«, sagt Colette und tritt weiter nach dem Koffer. »Er macht mich glücklich.«

»Fritz macht glücklich niemanden, schon gar nicht dich. Hör doch mal auf, Koffer zu treten. Willst du, dass drüben bei Malzkes aus Wand kommt?«

»Von mir aus.«

Natalia runzelt die Stirn. »Es ist dir egal, ob eklige Nachbarn Schatz von dir in die Hände kriegen? Dein Ein und Alles?«

Colette schnaubt verächtlich. »Ein und Alles …«

Natalia kniet sich neben Colette, beugt sich runter und zieht den Koffer unterm Bett hervor. Sie dreht ihn zu sich und hebt den Deckel an. »Was … Aber …«

»Was?«, schnauzt Colette. »Das war *mein* Geld!«

»Das war *Traum* von dir.«

»Den du immer lächerlich fandst.«

»Ich finde lächerlich alles.« Natalia sieht Colette an. »Und dir war meine Meinung immer egal. Hast du das alles gegeben Fritz?«

»Er hat es gebraucht.«

»Colette, wie konntest du nur?«, fragt Natalia fassungslos.

»Wenn du ein Herz hättest, dann wüsstest du das«, ereifert sich Colette. »Und warum glaubst du, dass du irgendwas besser gemacht hast als ich? Ich sorge für den Lebensunterhalt eines Mannes. Du hast einen umgebracht.«

»Das war Unfall.«

»Red dir das nur ein. Ich brauch jedenfalls keinen Rat von einer Mörderin, die nicht mal ihre eigenen Spuren allein verwischen kann. Ich war überhaupt nicht schuld. Ich war kein Teil davon. Nur du!«

»Ich hab Hedwig aus Kinderheim geholt.«

»Jaja.« Colette winkt verächtlich ab. »Du hast den Handel mit der Tennes eingestielt. Und? Hat es dir was gebracht? Nein, Hedwig hasst dich. Und ich hasse dich auch.«

Colette springt auf und rennt raus.

Draußen auf der Treppe läuft sie Minna in die Arme. Sie hält ein Papierbriefchen hoch. »Was ist das?«

»Hast du in meinem Mantel gewühlt?«, fragt Colette.

»Du warst schon wieder nicht beim Essen. Ick hab mir Sorgen gemacht.«

Colette schüttelt den Kopf. »Nee. Ausspioniert hast du mich.«

»Weil du schnupfst«, gibt Minna zurück. »Ick dulde kein Kokain in meinem Etablissement.«

»Das ist Medizin.«

»Vom Pussypresser, oder wat?«, fragt Minna. »Colette, du warst seit Monaten nicht beim Arzt.«

»Obwohl du sonst gehst regelmäßig.« Natalia steht hinter Colette in der Tür zur Dachkammer wie eine Richterin. Lang und dünn, schwarz und hart, die Arme vor ihrer Brust verschränkt.

»Und?«, fragt Colette. »Du warst in deinem ganzen Leben noch nicht beim Arzt, Natalia. Ich hab früher übertrieben. Jetzt lass ich es lockerer angehen.«

»Aber nicht mit Kokain«, sagt Minna. »Nicht in meinem Haus.«

»Ich vertrage das alles sehr gut.«

»Nein, du bläst die Kerle unten in der Gaststube wie die letzte Steinhure. Ick dulde det nicht.«

»Wir wollen nur dein Bestes«, sagt Natalia, und Colette lacht freudlos.

»Am Arsch. Du willst, dass der Rubel rollt, Minna. Und

du, Natalia, willst die Liebe von nem Kind. Dafür müsstest du aber Sex haben. Jemand muss seinen Schwanz in dich reinstecken und abspritzen. Und selbst dann weiß ich nicht, ob bei dir was fruchtet.«

»Was?«

Colette nickt. »Du hast keinen gastlichen Körper. Und wenn ich ein Baby wär, das in dir wächst, ich würd abgehen.«

Natalias verschränkte Arme sinken. »Was?«

»Es reicht, Colette!«, sagt Minna donnernd, und Colette sagt leise: »*Oui.* Es reicht.«

Sie zwängt sich an Minna vorbei die Stiege runter und verschwindet.

Minna schaut durch das Treppengeländer hindurch zu Natalia, die ihren Bauch hält. »Hör nicht auf sie. Frauen wie du sind fruchtbarer als Ratten.«

Natalia lächelt leicht. »Ich bin eine Ratte?«

»Wär doch schön, oder?« Unten fällt die Tür ins Schloss, das Haus erzittert. »Wo will sie denn hin? Ick hab kein jutes Gefühl.«

»Ich auch nicht.«

◇

Colette rennt mit klackernden Absätzen über die Gänge. Einige Polizisten kennen sie von ihrer Zeit auf der Straße. Oder weil sie auch in die Ritze kommen. Sie nicken ihr zu und lächeln. Colette beachtet sie kaum. Ihre bewundernden Blicke interessieren sie nicht. Sie sieht sich suchend nach rechts und links um. Dann biegt sie abrupt ab und reißt eine Bürotür auf.

»Bruno, ich will eine Aussage machen. Es geht um den Mord.«

»Welchen …«

»Um den an Martin? Herrgott, bist du blöd? Natalia hat ihn erwürgt, wir haben ihn im Hinterhof der Ritze vergraben.«

Bruno starrt sie wortlos an.

Sie zeigt auf irgendwelche Formulare auf seinem Schreibtisch. »Willst du das nicht protokollieren?«

»Hat Emil dich geschickt?«, fragt Bruno vorsichtig.

»Was? Nein. Was soll die Frage? Stehst du jetzt doch auf Jungs, oder was?«

»Nein.« Bruno nimmt einen Papierbogen von einem Stapel neben seiner Schreibmaschine, ohne den Blick von Colette zu wenden.

Sie verdreht die Augen. »Dann fang an zu schreiben.«

Als Colette die Wache wenig später verlässt, kommen Natalia und Minna angelaufen. Die Schöße ihrer Wintermäntel wehen hinter ihnen her.

Minna bleibt keuchend stehen. »Wat hast du getan, Colette?«

Panik liegt in ihren Blicken. Natalia prallt gegen Minna, sieht von Colette zur Wache und zurück. Sie weiß nicht, ob sie wegrennen oder zusammenbrechen soll.

»Wat hast du denen gesagt?«, fragt Minna.

»Alles«, antwortet Colette.

Los Angeles, 1954

Es ist vorbei. Hoffentlich sind die Bilder gut geworden. Vielleicht kann Hedi die Abzüge noch mal sehen. Sich selbst noch einmal bewundern, bevor alles vorbei ist. Noah bespricht etwas mit dem Fotografen. Hedi trägt Handschellen und wartet in der Maskenzelle. Die gelbe Frau packt alles zusammen. Sie schließt ihre Schminkkoffer und entfaltet ein dickes graues Tuch. Sie schüttelt es aus und will es über den Spiegel hängen.

»Warten Sie. Darf ich noch mal …?«, fragt Hedi.

Die Stylistin geht einen Schritt zurück und lässt Hedi noch einmal in den Spiegel schauen. Da ist sie. Der Star, die Schönheit. Hedi wird sie nie wiedersehen.

Sie zeigt auf ihr Spiegelbild. »Diese Frau hat mal fast einen Oscar gewonnen. Die Kameras haben sie geliebt.«

»Nicht nur die Kameras«, sagt Noah. Der Fotograf ist weg, und er lehnt im Türrahmen.

Hedwig schaut den großen Filmstar noch ein letztes Mal an. Sie schaut sich ein letztes Mal an. Sie ist ganz ruhig, hebt die Hand und winkt sich zu. »Manche Menschen muss man gehen lassen, Noah.«

Die gelbe Frau verhängt den Spiegel. Hedi dreht sich zu Noah um. Er hat Tränen in den Augen.

Sie lächelt. »Aber nicht alle. Holen Sie Ihre Frau zurück.«

»Hedi …«

»Sie backt einen Hefezopf, der so gut ist, dass ich ihn esse. Ich«, sagt sie. »Ich esse nie. Sie muss eine wunderbare Frau sein. Und Sie brauchen eine wunderbare Frau, Noah.«

Er lächelt gerührt und doch voller Schmerz. Seine Frau ist wunderbar, er würde nie etwas anderes sagen. Es ist nur, dass er etwas anderes will. Jemand anderen.

Hedi redet unbeirrt weiter. »Sie können sie glücklich machen, und Sie können glücklich werden. Sie lassen sie auf keinen Fall gehen, bevor Sie nicht Sex bei Licht hatten. Bevor Sie sie nicht geleckt haben.«

»Aber …«

Hedi duldet keinen Widerspruch. »Wenn Sie das nächste Mal herkommen, haben Sie sich mit ihr versöhnt. Verstanden? Oder ich erzähl nichts mehr. Kein einziges Wort.«

Hedi lässt sich wegführen, bevor Noah antworten kann. Sie riecht nach Haarspray und Talkum und geht die leeren Gänge entlang. Tür auf, Tür zu.

Sie ist glücklich.

AUF DIE FRAUEN

Los Angeles, 1954

»Haben Sie sich mit Ihrer Frau versöhnt?«, ist das Erste, was Hedi fragt, als sie sich in der Besucherzelle wiedersehen. Sie sagt nicht einmal Hallo. Sie setzt sich und sieht Noah erwartungsvoll an. Sie kann ihn nicht allein in dieser Welt zurücklassen. Ihn nicht.

»Ja«, antwortet Noah. »Sozusagen. Wir reden wieder miteinander. Aber …«

»Sie müssen sich versöhnen«, verlangt Hedi.

»Meine Frau ist allerdings nicht allein mit einer Entschuldigung zurückzuerobern. Sie ist sehr stolz. Aber, Hedi, ich …«

»Gut. Vielleicht sollte sie auch ein kleines Abenteuer haben.«

»Wie bitte?«

Hedi nickt. »Das wird Ihnen beiden guttun.«

»Ich weiß nicht …«, sagt er und lässt das Thema fallen. »Hedi, ich habe recherchiert.«

»Schon wieder?«

»Ich habe mich durch mehr Meldeämter telefoniert, als Sie sich vorstellen können«, erzählt er. Und dass Louis

Mercier kein Sohn französischer Einwanderer war, wie alle Medien behauptet haben. »Zwei Ehen mit Französinnen, und er hat auch mal in Frankreich gelebt – aber er war kein Franzose. Er kam aus Deutschland. Seine Namen, und er hatte viele in den letzten zwanzig Jahren, sind zum Teil erfunden, zum Teil von den Ehefrauen übernommen. Seinen echten Namen hat er abgelegt, weil in den Vierzigerjahren kein Einwanderer in New York City für einen Deutschen gehalten werden wollte. Sein wirklicher Name war verschüttet.«

Hedi schaut ihn eindringlich an. »Wollen *Sie* die Geschichte weitererzählen?«

»Sein wirklicher Name war Friedrich Pfeiffer.«

Ihr Blick wird finster, sie presst die Lippen aufeinander. Er nimmt ihr alles weg. Er weiß alles? Alles?

»Hedi, Louis Mercier ist …«, fährt Noah fort, »er war Fritz. Sie haben Ihren Vater umgebracht.«

»Er war ein Monster«, sagt sie, aber darum geht es doch gar nicht. »Warum recherchieren Sie überhaupt auf eigene Faust?«

»Weil das mein Job ist. Weil Sie mir keine Antwort gegeben haben.«

»Ich hätte das schon noch erzählt«, schnauzt sie ihn an. »Sie haben nicht auf Ihr Gefühl gehört, sondern alles überstürzt.«

»Verzeihen Sie, wenn ich emotional durcheinander bin, nachdem Sie wochenlang mit mir gespielt haben und ich meine Frau verlassen habe«, spottet er.

»Sie haben alles kaputt gemacht! Das war *meine* Pointe!«, schreit sie. »Meine Neuigkeit. Für Sie. Und jetzt haben Sie es am Telefon von irgendeiner Französin erfahren.«

»Einer Deutschen. Einem Fräulein in Berlin.«

»*Ich* bin Ihre Quelle. Ich! Das war *meine* Geschichte!«

»Ist es doch noch immer.«

Hedi wendet sich von ihm ab und steht auf. Er braucht sie gar nicht mehr. Sie schaut in den sonnigen Himmel. Hinter ihr auf dem Boden der leuchtende Sarg. Kann sie sich gleich da reinlegen und für immer schweigen. Noah hat seine Geschichte.

»Es tut mir leid, ich wollte Ihnen nicht zu nahetreten«, sagt er jetzt.

Sie sieht ihn nicht an. Nahetreten … Was auch immer. Ist er aber. Sie schweigt.

»Hedi, erzählen Sie bitte weiter.« Noah setzt sich an den Tisch und schlägt sein Notizbuch auf. Er setzt den Stift aufs Papier und sieht sie an.

Hedi bleibt stehen und sieht auf ihn hinunter. »Wenn Sie erst alles wissen, Noah, habe ich der Welt alles gegeben, was ich noch zu geben hatte. Dann will die Welt nichts mehr von mir, und ich bin leer. Eine Hülle für den elektrischen Stuhl. Mit guter Frisur.«

»Ihre Haare sitzen noch immer.«

»Ja, ich wasche sie nicht.«

»Hedi, warum haben Sie Ihren Vater umgebracht?«

Berlin, 1927

Minna eilt über die Gänge, rempelt fast zwei Polizisten an und entschuldigt sich nicht. Sie stößt die Tür zu Brunos Büro auf und atmet tief durch. Sie setzt ein Lächeln auf und schließt die Tür hinter sich. »Mein Lieblingsbulle …«

Bruno hält ein ausgefülltes Formblatt hoch und strahlt, als gehöre ihm das Glück der ganzen Welt. »Du wirst nicht glauben, was ich hier in der Hand halte.«

»Colette weiß nicht, wat sie redet«, sagt Minna außer Atem.

»Mhm …« Er tut nachdenklich und schaut auf sein Formular. »Aber es ergibt so viel Sinn. Wenn man sich das Punkt für Punkt vor Augen führt. Dass Martin verschwunden ist, euer Verhalten …«

Minna atmet durch, jetzt nur nicht zu schnell sprechen, nicht panisch wirken. »Det ist det Kokain, wat aus ihr spricht. Du solltest sehen, wat die inzwischen schnupft. Die taumelt von einer Wahnvorstellung in die nächste.«

Bruno lächelt, legt das Formular ab und glättet es mit der flachen Hand. »Wenn dieses Papier mein Büro verlässt, dann kann dir dein Prügelstricher auch nicht mehr helfen.« Er streicht noch immer über das Papier. Seine Hand fährt unaufhörlich über die Tinte. Sie ist trocken, er verwischt sie nicht. Die Worte bleiben lesbar. Wie in Stein gemeißelt. Für immer in all ihre Leben geschrieben.

»Ich hab noch einen Durchschlag«, erklärt der Bulle jetzt. »Den werden meine Kollegen finden, sollte mir was passieren.«

Minna setzt ein Lächeln auf. »Gott bewahre, det dir wat passiert, Bruno.«

»Ein Polizist, der seinen Dienst ernst nimmt, lebt heutzutage gefährlich.« Er legt die Hand kurz auf seine Brust. »Und ich nehme meinen Dienst ernst.«

Seine Hand streicht wieder über das Papier, streicht und streicht. Minna beugt sich vor und hält seinen Arm fest. Er bleibt auf dem Formular liegen.

Sie sieht ihm in die Augen. »Und det schätz ick sehr an dir.«

»Ich dachte, du hasst mich.«

»Ganz und gar nicht«, widerspricht sie. »Det ist ein Missverständnis zwischen uns. Ick mag ernsthafte Männer. Die unser Land und seine Bürger schützen.«

»Und das tue ich. Am Ende geht es ja um Gerechtigkeit. Taten haben Folgen.« Er lehnt sich zu ihr. »Die schlechten. Und die guten. Man tut etwas Schlechtes und wird bestraft. Man tut etwas Gutes und ... man wird belohnt, Minna.«

Minna wird übel. Bruno stinkt aus dem Mund, und sein Haar ist schmierig. Das ist der Preis. Auf einmal steht sie doch wieder zum Verkauf. Es ist alles wie früher. Nein, es ist schlimmer. Dafür hat sie sich die Haare nicht schneiden lassen. Nicht dafür. Sie will kotzen. Aber sie lächelt und kniet sich vor ihn. Sie öffnet seine Hose und schenkt ihm ihren besten Augenaufschlag.

»Det, wat jetzt kommt, kannst du jede Woche haben. Sollte det Papier da oder ein Durchschlag davon dieses Büro jemals verlassen, Bruno, musst du dir wieder heimlich einen runterholen, während deine Mutter dir nebenan die Hemden wäscht. Dann kann ick nicht weiter nett zu dir sein, verstehste?«

»Versteh ich«, murmelt er, und sie holt seinen Schwanz aus der Uniformhose.

»Ich könnte das Papier ja erst mal hierlassen«, schlägt er vor.

»Würdest du det für mir tun?«, fragt sie.

»Wenn du nett zu mir bist ...«

Sie öffnet die Lippen und ist nett zu ihm. Schmeckt alles immer noch besser als Gefängnis, sagt sie sich. Aber Bruno stöhnt so laut, dass sie ihre eigenen Gedanken kaum hören kann.

◇

Colette betritt Emils Zimmer. Es ist leer. Sie legt die Hand auf den Sandsack und schubst ihn leicht an. Er baumelt von der Decke, sie schubst härter, er saust durch den kleinen Raum, erfasst sie und stößt sie aufs Bett. Colette lässt sich gern umhauen. Sie liegt auf Emils Bett, hebt die Beine und tritt nach dem Sack, als wäre er ihre eigene Seele.

»Ist das wahr, was Minna erzählt?« Emil steht plötzlich im Zimmer, fängt den Sandsack ab und sieht finster auf Colette hinab.

»Ich dachte, es ist besser so«, murmelt sie.

»Du kannst denen doch nicht alles sagen!«, schleudert er ihr entgegen. »Du kannst dem Bullen doch nicht schriftlich geben, was ihr alle getan habt.«

»*Ich* hab nichts getan.«

»Du hast dem euer Leben auf einem Stück Papier geliefert. Der hat euch jetzt in der Hand!«, ruft er verzweifelt. »Ich kann Minna nicht beschützen, wenn so ein Zettel auf der Wache liegt. Mit deiner Unterschrift!«

»Ich hab nichts ...«, wiederholt Colette und zeigt schwach und unbestimmt auf die Wände um sich herum. »*Die* haben ... Die spielen sich auf wie Richter über meine Gefühle. Und haben selber so viel Dreck am Stecken. Und ich muss das ausbaden, und Fritz. Fritz braucht mich.«

»Aber der will dich nicht«, sagt Emil mit Nachdruck, als wäre sie dumm. »Du hast deine Familie verraten. Alle hier in der Ritze. Warum, zur Hölle? Weil sie gesagt haben, dass du aufhören sollst mit dem Kokain?«

»*Non.* Es geht um mehr. Immer denken sie, dass sie wissen, was gut für mich ist und …«

»Scheiß drauf«, unterbricht er sie. »Du kannst nicht zu den Bullen gehen. Nicht deshalb. Ich hätte nie gedacht, dass du … Wie konnte ich mich so in dir irren?«

»Ich hab einen schlechten Tag, Emil. Kann ich hier einfach ein bisschen liegen und nach dem Sack treten?«

»*Non, chérie*«, äfft Emil sie nach. »Nein, kannst du nicht.« Er schiebt den Sack hinter sich und hält ihn mit beiden Händen von Colette fern. Als wolle er den Sack vor ihr schützen.

»Aber ich wollte doch nur, dass das alles aufhört.«

»Dass was aufhört?«, fragt er. »Deine Scheiße ist doch eine ganz andere als die Sache mit Martin im Oktober damals.«

»Das sollte eine Feier werden«, sagt sie sehnsüchtig. »Der erste Oktober … Wegen dem Gesetz. Weil wir doch seitdem legal sind.«

»Ich nicht«, widerspricht ihr Emil. »Natalia nicht. Und Hedwig wohnt hier auch nicht legal.«

Colette dreht den Kopf und sieht ihre Hand an, die mit einer goldenen Haarsträhne spielt. »Es war ein großer Tag für die Huren.«

Emil seufzt. »Du müsstest eigentlich dankbar sein für das hier. Für Minna und Natalia und dein schönes Leben.«

»Emil, ich brauch jetzt einen Freund.«

Er schüttelt den Kopf. »Ich kann aber nicht dein Freund sein. Ich will auch nicht. Ich bin froh, dass dein Geld alle ist und du nicht nach Paris kannst. Denn du hast es gar nicht verdient, dass dein Traum wahr wird.«

Colette richtet sich auf und blinzelt die Tränen aus ihren Wimpern weg. Sie wischt sich durch das Gesicht.

»Verschwinde«, sagt er.

»Aber wir beide …«, beginnt sie.

Er schüttelt den Kopf. »Raus!«

Colette steht auf und geht. Emil tritt die Tür mit dem Fuß hinter ihr zu. Es donnert durchs Haus. Und dann steht sie allein auf dem engen dunklen Flur, und der Winter zieht durch alle Ritzen. Als ob es niemals Frühling werden will.

◇

Hedwig sieht sie schon von Weitem am Tor stehen. Groß und dünn und schwarz. Wie eine Priesterin. Der schwarze Mantel reicht bis zu ihren Knöcheln, auf dem Kopf trägt sie eine ihrer Lederkappen. Die Menschen ums sie herum ducken sich unter Schirmen oder versuchen, sich in ihren aufgeschlagenen Mantelkrägen zu verstecken. Natalia trotzt dem Wetter. Unerschütterlich steht sie da. Bei Sonnenschein wäre ihre Haltung nicht anders. Ein bisschen Schneeregen kann ihrer russischen Seele nichts anhaben.

»*Rybka* …« Sie lächelt ein schattiges Lächeln.

»Was machst du hier?«

»Dich abholen«, erklärt sie.

»Ich kann alleine gehen«, sagt Hedwig und marschiert an ihr vorbei.

»Ja, aber ist doch schön, abgeholt zu werden.« Natalia hält Schritt.

Hedwig sieht sie nicht an. »Wenn du meinst.«

Sie gehen nebeneinander die Straße entlang. Hedwig nimmt die Schultern zurück und hält das Gesicht in den Schneeregen. Wenn Natalia das kann, kann sie es auch. Sie wird nicht neben ihr hergehen wie ein geprügelter Hund.

Das Wetter macht Hedwig nicht zum Hund, und es prügelt schon gar nicht. Es ist nur Wetter.

Natalia mustert sie von der Seite. Ein Lächeln umspielt ihre Lippen. Sie ist stolz auf Hedwig, darauf, wie sie durch das Wetter marschiert. Hedwig ist nicht aus Zucker. Das ist gut.

»Das hab ich nicht von dir«, sagt das Mädchen schnell. »Hab ich von Anita. Anita geht auch immer so.«

Hedwig ist nie mit Anita zusammen durch den Regen gegangen, und obwohl sie Anita mag, bezweifelt selbst Hedwig, dass Anita tagsüber aufrecht irgendwohin schreitet. Wahrscheinlich kann sie gar nicht schreiten. Wahrscheinlich ist sie auch nicht so toll, wie Hedwig denkt. Aber Natalia hat ihr alles weggenommen. Sie respektiert Hedwig nicht. Wenn Natalia Hedwig respektieren würde, dann hätte sie ihr wenigstens das Elixier gelassen. Hat sie aber nicht. Hedwig hasst sie.

»*Rybka*, ich muss reden mit dir …«

»Interessiert mich nicht.« Hedwig sagt diesen Satz mit gerecktem Kinn. Es gefällt ihr, diejenige zu sein, die umgarnt wird. Sie hat etwas, das Natalia will. Natalia will ihre Liebe zurück, und sie wird viel dafür tun. Aber Hedwigs Liebe ist nicht leicht zu haben. Sie merkt zum ersten Mal, dass sie etwas wert ist, und reckt das Kinn noch höher.

»Ich muss wahrscheinlich Gefängnis bald.«

»Weil du mir mein Frühstückselixier geklaut hast?«, fragt Hedwig.

»Nein.«

»Doch«, widerspricht Hedwig. »Du bist eine Diebin.«

Sie bleiben stehen und lassen Autos, einen Bus und eine Straßenbahn vorbeifahren. Da vorn ist die Auguststraße, die Straße der Armen und des reichsten Preußen. Aber das war früher. Jetzt ist alles anders. Während Natalia noch nach rechts und links guckt, läuft Hedwig schon los. Sie ist mutig, sie kennt den Weg. Soll Natalia doch sehen, dass sie mit ihr mithält. Sie tut das natürlich mühelos. Ihre langen Beine haben Hedwig mit zwei Schritten eingeholt, sie läuft neben ihr und sieht sich um.

Natalia räuspert sich und spricht leiser: »Nein, wegen Martin. Colette hat mich verpfiffen an Bruno.«

Hedwig bleibt stehen und sieht zu ihr auf. »Was?«

»Ja, sie ist sehr wütend wegen vieler Dinge und gibt mir die Schuld.«

»Du bist doch nicht schuld, dass sie all ihr Geld meinem Scheißvater gibt.«

»Nein, aber ich habe umgebracht Martin.«

»Das war ein Unfall«, hört Hedwig sich sagen und weiß gar nicht mehr so genau, warum sie eigentlich sauer auf Natalia war.

Natalia lächelt traurig. »Gibt trotzdem Gefängnis dafür. Und ich muss vielleicht sogar zurück nach Russland.«

Natalia könnte verschwinden? Wirklich verschwinden aus Hedwigs Leben? Nach Russland ...? »Das ist aber weit weg«, murmelt das Kind.

»Ja.«

»Das ist bestimmt schlimm da.«

»Ist nicht schön. Weder dort noch hier im Gefängnis. Aber noch ich bin ja nicht ...«

Hedwig lässt Natalia nicht ausreden und wirft sich weinend an ihren Bauch. Sie hält sie fest, ganz fest. »Aber ich will nicht, dass du gehst. Du sollst bleiben.«

Natalia nimmt das Mädchen in den Arm und drückt es an ihren schwarzen Mantel. Sie lächelt, erst leicht, dann breit.

Sie strahlt in den Regen und streichelt über Hedwigs Wollmütze. »Nicht weinen, *Rybka*. Noch bin ich ja hier. Minna hat Abmachung mit Bruno.«

»Ich hasse Bruno«, sagt Hedwig und schluchzt.

»Ich auch, aber Minna hat ihn …«

»Er soll dich nicht holen kommen. Ich lass ihn nicht. Ich schlag ihn tot. Ich kann das. Ich …« Hedwigs Heulen verschluckt ihre Worte.

»Ich weiß, ich weiß«, sagt Natalia. »Deshalb sag ich dir alles ja auch. Weil ich brauche deine Hilfe. Deine Fäuste. Wenn er noch mal kommt.«

Hedwig heult in den schwarzen Mantel. Natalia kniet sich ihr gegenüber auf den nassen, schmutzigen Bordstein und hält sie fest. Und Hedwig hält sie fest, denn Natalia braucht sie. Nicht nur Hedwigs Liebe, sondern auch ihre Stärke.

»Du kannst auf mich zählen«, schluchzt Hedwig, während der Regen wie ein Vorhang fällt.

»Danke, *Rybka*«, sagt Natalia. »Du bist beste Freundin, die eine Frau haben kann.«

»Du auch.«

Natalia steht auf und hält Hedwig die Hand hin. Sie gehen Hand in Hand durch den Schneeregen. Er kann ihnen nichts anhaben. Denn sie sind zusammen. Natalia drückt Hedwigs Hand, und es macht ihr Herz ganz leicht. Sie lächelt, und Hedwig lächelt zurück. Der Regen perlt an ihnen ab. Tropfen für Tropfen. Sie sind unverwundbar.

◇

Colette kniet auf allen vieren im Bett, und Fritz fickt sie von hinten. Er stößt sie, sein Schwanz gleitet raus und rein, doch sie spürt ihn kaum. Sie schaut auf den Nachttisch, wo ihr letztes Geld liegt. Er kommt, und sie fallen nebeneinander aufs Bett.

Colette hat ihm den Rücken zugewandt. Sie kann ihn nicht mehr so gut ansehen, weil sie sich selbst in seinen Augen sieht. Und das gefällt ihr nicht. Sie hatte sich schöner in Erinnerung, wie eine strahlende Sonne zwischen goldenen Schäfchenwolken. Aber das erkennt sie nicht, wenn sie in Fritz' Augen blickt.

Wenn sie nicht bei ihm ist, ist alles noch schlimmer. Sie erträgt sich nicht und keinen anderen Menschen auf der Welt. Fritz erträgt sie wenigstens. Solange sie sich nicht in seinen Augen spiegelt.

Als es klopft, sagt er: »Nein.«

Die Tür geht trotzdem auf. Colette hebt müde den Kopf. Ein Koffer schiebt sich in ihr Blickfeld, dann noch einer. Sie kennt die Koffer. Sie setzt sich etwas auf. Das sind ihre. Minna wirft einen Leinensack auf den Boden, Natalia einen bis zum Rand gefüllten Wäschekorb.

»Was soll das werden?«, fragt Fritz.

»Das sind meine Sachen«, sagt Colette.

»Ich warte unten.« Natalia geht, Minna schließt die Tür hinter sich und nimmt ihren Hut ab. Sie wischt sich den Schweiß von der Stirn.

»Du kannst nicht mehr inner Ritze arbeiten, Colette. Oder wohnen.«

»Was?«

»Ick vertrau dir nicht mehr. Keine von uns tut det. Ick kündige dir hiermit det Zimmer.« Minna zieht ihre Handschuhe aus und holt einen Stapel Zeichnungen aus ihrem Mantel. Sie knallt sie auf Fritz' Schreibtisch.

»Du brauchst mich«, sagt Colette.

»Wofür?« Minna schnaubt. »Du hast uns alle verraten.«

Fritz wird unruhig. »Was hast du?«

Sie tätschelt sein nacktes Bein. »Nicht dich, *chéri*.«

»Det sieht dir ähnlich«, sagt Minna finster. »Uns alle ans Messer liefern und den hier verschonen.«

»Du wirfst sie raus?«, fragt Fritz. »Aber sie kann hier nicht wohnen.«

»Warum nicht?« Minna mustert die beiden Nackten auf dem Bett. »Sie kümmert sich doch jut um dir.«

Colette setzt sich auf und stellt ihre Füße auf den Boden. Sie will aufstehen, aber ihr Körper ist so schwer. Und sie hat auch schon wieder vergessen, warum oder ob sie protestieren sollte. Oder wie das geht.

»Sag du auch mal was, Colette«, verlangt Fritz.

»Die hat alle ihre Worte schon auf'm Revier verbraucht«, wirft Minna ein.

»Sie will doch gar nicht bei mir wohnen«, beharrt Fritz. »Oder, Colette?«

»Die will«, widerspricht Minna. »Und sie wird, weil sie nämlich zu alt fürs Kinderheim ist und nicht mehr in die Ritze reinkommt.«

»Das ist doch nicht mein Problem.«

»Doch, ist es, Fritz. Und du kannst Colette so schlecht behandeln, wie du willst. Sie wird bei dir bleiben. Weil der alles lieber ist, als wenn du sie gar nicht beachtest. Ick hab versucht, ihr det klarzumachen. Aber sie will sich nun mal für'n Arschloch aufopfern.«

»Während du blöde Fotze nicht mal so getan hast, als würdest du mich lieben!«

»Doch, det hab ich«, sagt Minna.

»Du hast *ein Mal* so getan«, schleudert er ihr an den

schweißnassen Kopf. »Aber du warst schlecht darin. Du wolltest mich nicht, und das habe ich jeden Tag gespürt. Und am Ende sind doch alle Frauen so.«

»Ja, bist ein armes Opfer«, spottet Minna. »Red dir det nur ein. Ist mir auch alles egal. Ick will keinen von euch beiden je wiedersehen. Verschwindet aus meinem Leben!«

»Ich warte seit Jahren auf den Tag, an dem das endlich möglich ist.«

Das Nächste, was Colette hört, ist das Knallen der Tür. Dann landet ihre Wäsche neben und auf ihr. Fritz bewirft sie mit ihrer Kleidung. »Komm, zieh dich an. Wir müssen dir ein Zimmer suchen.«

»Du willst mich nicht bei dir haben?«, fragt sie.

»Doch, doch«, antwortet er schnell und schlüpft in seine Unterhose. »Aber die Wirtin erlaubt das nicht. Wir sind schließlich unverheiratet, *chérie.*«

»Und wenn wir heiraten?«

Fritz lacht und kratzt sich am Hintern. »Du machst mir Spaß. Als ob wir für immer … Colette, das ist doch nichts für uns. Also, wie viel kannst du für ein Zimmer bezahlen?«

»Nichts.«

»Was?«

»Ich hab nichts mehr.«

»Wo ist das ganze Geld denn hin?«, fragt er und nimmt seine Hose vom Stuhl. »Kannst du denn nicht darauf aufpassen? So ist das mit Frauen. Können einfach nicht mit Geld umgehen.«

»Können wir morgen nach dem Zimmer suchen?«, fragt sie.

»Vielleicht finden wir gleich ein Bordell«, überlegt er laut. »Das ist praktischer. Oder willst du auf der Straße arbeiten?«

»*Non*«, antwortet sie. Aber eigentlich ist es egal. Sie sinkt zurück aufs Bett und sieht die Decke an. Akanthusblätter im Stuck. Sie kennt sie alle. Weil sie beim Sex immer hochschaut, anstatt die Augen zu schließen und zu genießen. Sie ist schon lange nicht mehr gekommen.

»Macht es dir was aus, auf dem Boden zu schlafen?«, fragt Fritz in ihre Gedanken hinein. »Ich schlaf so schlecht, wenn ich das Bett teile.«

Sie setzt sich wieder auf und schaut ihm dabei zu, wie er Decken und ein kleines Kissen auf dem hellen Teppich ausbreitet.

◇

Natalia lässt heißes Wachs auf ihre Hand tropfen und stellt die flackernde Kerze zur Seite. Sie formt das Wachs gerade zu einer Kugel, als Fritz durch den Türspalt schaut.

»Hast du einen Augenblick?«

»Nein.«

»Es tut mir leid, was Colette getan hat.«

»Mir auch«, erwidert sie.

»Ich hoffe, sie schmort in der Hölle dafür.«

Natalia hebt eine Augenbraue und legt die halb geformte Blume auf dem Holzkreuz ab. »Ich hoffe, *du* schmorst in der Hölle.«

»Ich habe ihr Angebot nur angenommen, um in deiner Nähe zu sein. Und ich habe Geld.«

»Ja, ihrs.«

»Ich habe das Geld verdient. Mit meiner Arbeit. Lass uns zusammen weggehen«, schlägt er vor. »Dahin, wo du in Sicherheit bist. Ich bring dich weit weg von Bruno und den deutschen Bullen. Wohin du willst. Ich habe extra viel zur

Seite gelegt, du musst nicht mehr arbeiten, wenn du nicht magst. Ich will auch nichts von dir, nur dass wir zusammen sind.«

»Geh zu deiner Frau.«

»Sie ist nicht meine Frau« sagt er. »Ich werde sie so schnell los, wie ich kann. Ich werde ihr nie verzeihen, was sie dir angetan hat.«

»Ich schon«, sagt Natalia. »Irgendwann.«

Er schaut sie verwirrt an, scheint es aber abzuschütteln. Er atmet durch. »Ich liebe dich. Und ich könnte dir ein Kind machen, Natalia ... Ein eigenes.«

»Verpiss dich, bevor ich hole Peitsche, mit der ich erwürgt habe Martin. Und diesmal es wird kein Unfall sein.«

Er schluckt, er will noch was sagen, aber ihr Blick lässt es nicht zu. Langsam geht er rückwärts zur Tür, damit sie viele Gelegenheiten hat, ihn aufzuhalten. Aber sie tut es nicht. Er würde wirklich nichts von ihr verlangen, er würde sie auch nie wieder anfassen. Er will nur bei ihr sein. Aber ihr Blick ist hart.

◇

Als Colette aus einem unruhigen Schlaf erwacht, ist es still im Zimmer. Sie hört nicht mal Fritz' Atmen. Sie setzt sich auf, ihr Rücken schmerzt, ihr Hintern drückt auf den harten Boden. Sie sieht nach rechts zu seinem Bett. Es ist leer. Er ist weg. Er lässt sie auf dem Boden schlafen und verschwindet dann.

Ich will auch verschwinden. Das ist der erste klare Gedanke, den sie seit Tagen fassen kann. Ein scharf gezeichneter Wille in ihrem Kopf, umgeben von Nebel. Sie steht auf und zieht den Wollmantel mit dem Fuchs über das seidene Nachthemd. In die Stiefeletten schlüpft sie barfuß. Sie weiß, wo Fritz das Geld immer hinlegt. Er denkt, dass sie nicht hinschaut, aber eine Hure schaut dem Geld nach wie Männer schönen Frauen, und Colette weiß, welche Schublade in seinem Schrank einen doppelten Boden hat. Sie zieht sie auf, hebt die erste Bodenplatte an und holt eine Handvoll Scheine heraus. Sie stopft ihre Taschen voll, bis sie ausgebeult sind. Dann geht sie hinaus aus dem Zimmer, der Wohnung und dem Haus. Raus in die Nacht.

Sie läuft die Charlottenburger Straßen entlang zwischen hohen Häusern und prächtigen Fassaden. Sie bleibt stehen und schaut ins Schaufenster der Apotheke. Die braunen Glasflaschen und vielen Schubladen liegen im Dunkeln. Sie schluckt, geht um die Apotheke herum und sucht die kleine Seitentür im Hofeingang.

»Fräulein Colette«, sagt der Apotheker verwundert. »Ein Nachtbesuch? Sie kommen sonst immer tags.«

Sie nickt und sieht sich unsicher um, sie reibt ihre Schultern gegen die Kälte.

»Also wollen Sie was Verbotenes? *Sie?*« Er hebt die Augenbrauen und taxiert sie.

Sie nickt und tritt näher an die schmale Holztür heran. Der Apotheker hat geschlafen, aber er ist es gewohnt, geweckt zu werden.

Er reibt sich die Augen und gähnt. »Schwanger?«

»Nein, es ist … Ich will … brauche … Haben Sie Zyankali?«

Der Apotheker weicht etwas zurück und schüttelt den Kopf. »So etwas kann ich nicht unterstützen. «

Colette greift in ihre Manteltasche und hält ihm eine Faust voll Geld entgegen.

Er schaut das Geld an. »Es ist nicht meine Art, Fragen zu

stellen. Aber Sie wissen, dass Zyankali sich nicht in Alkohol auflöst, oder?«

»Ich …«, beginnt sie ratlos, den Arm noch immer ausgestreckt.

»Nur in Wasser«, erklärt er. »Wollen Sie das? Es muss getrunken werden. Möchten Sie Wasser … reichen?«

»Nein, Schnaps wär gut.«

Er nickt. »Dann möchten Sie Blausäure haben.«

»Haben Sie welche da?«

»Ich habe alles da.« Der Apotheker dreht sich zur Seite und hantiert an einem Regal, rückt die Waage nach vorn und nimmt eine kleine braune Papiertüte. Er faltet sie auseinander und stellt sie bereit. Dann schließt er ein Fach auf. Der Schlüssel hängt um seinen Hals. Er holt ein kleines braunes Fläschchen hervor.

»Viele Menschen nehmen den Geruch von Blausäure gar nicht wahr«, erklärt er. »Aber die, die ihn wahrnehmen, empfinden ihn als sehr unangenehm. Stechend, bitter, scharf. Ich hoffe für Sie, dass, wer auch immer Ihren Schnaps trinken soll, keine feine Nase hat.«

»Ich … Ich weiß nicht.«

»Andererseits lähmt die Säure die Geruchs- und Geschmacksnerven so schnell, dass die Einnahme selbst oft gar kein Problem darstellt«, sagt er und hält das braune Tütchen hoch, in dem jetzt die Flasche steckt.

Sie lässt das Geld in seine Hand fallen, nimmt die Tüte und geht einfach, ohne ein weiteres Wort.

◊

Colette schließt die Tür auf. Es ist Ruhetag, und Minna hat vergessen, Colette ihren Schlüssel abzunehmen. Minna war in Rage, sie hat nicht alles bedacht. Aber sie hat es sich gut überlegt. Daran, dass sie den Rausschmiss ernst gemeint hat, zweifelt Colette nicht. Sie legt den Schlüssel auf Minnas Lieblingsplatz, den Tisch vorn neben dem Tresen. Darunter schiebt sie ihre Lieblings-Zille-Zeichnung. Ein Bild von ihr selbst mit lustigen Locken. Colette zündet eine der Kerzen beim Hungerturm an. Sie ist hier nicht mehr willkommen. Sie weiß es, aber wo soll sie denn hin? Sie hat kein anderes Zuhause, und manche Dinge schafft man nur daheim.

Colette geht hinter die Bar und sucht das Regal ab. Keine *Berliner Luft*. Sie ist kaum einen Tag weg und schon aussortiert. Colettes Augen werden feucht. Vor ihren Lippen bilden sich Atemwolken. Sie nimmt eine andere Flasche aus dem Regal und stellt sie auf den Tresen. Auch egal. Sie dreht den Deckel ab und holt ihr kleines Fläschchen aus der Manteltasche, sie findet noch Scheine darin. Sie stellt das Fläschchen ab, öffnet den Hungerturm und wirft die Scheine zu den letzten hartgekochten Eiern und Buletten. Mit beiden Händen stopft sie das unterste Fach des Turms voll und schließt die Tür wieder.

Colette schraubt das kleine Fläschchen auf. Jetzt nur nicht nachdenken. Das hört eh bald auf. Wer nicht ist, kann nicht denken, und wenigstens werden sie Colette dann alle vermissen. Sie will sich nicht mehr fragen, ob Fritz um sie weinen wird, aber sie tut es. Hoffnung. Überall Hoffnung. Wenn sie was fühlt, dann ist es das. Aber das Gefühl verglimmt wieder. Sie schüttet die Blausäure in den Wodka, hebt die Flasche und setzt sie an.

Noch bevor sie trinken kann, wird ihr schlecht. Sie stellt die Flasche ab, dreht den Deckel wieder drauf, aber der Geruch von der kleinen Flasche ist genauso ekelhaft.

Colette trägt die kleine braune Flasche mit spitzen Fingern raus in den Hinterhof. Nicht dass am Ende das Fläschchen bleibt. Das soll nicht bleiben. Nur Bilder in den Köpfen der anderen: von ihr, ihren schönen Wolkenlöckchen, dem Zuckergesicht und dem sinnlichen Körper. Sie muss würgen. Der Geruch ist wirklich widerlich. Soll sie es auf den Müll werfen? Oder ins Klo? Unentschlossen steht sie auf Martins Grab. Sie schaut auf ihre Füße. Sie hat die Erde hier draufgeworfen. Schaufel für Schaufel. An dem Tag, als Fritz und sie zum ersten Mal wirklich gesprochen haben.

Oben im ersten Stock liegt Hedwig mit dem Kopf auf Natalias Schoß und schläft. Natalia streicht über ihre Haare und betrachtet sie. Natalia trägt nur den dünnen seidenen Morgenrock, obwohl es winterkalt ist im Zimmer. Das Fenster ist voller Eis- und Wachsblumen, aber russische Seele friert nicht. Natalias Bein ist eingeschlafen, ihre Augen wollen nicht zufallen, so glücklich ist sie.

Sie gibt der Tennes recht. Sie will gar kein Kind. Sie will nur Hedwig, Hedwig kann man nicht ersetzen. Und Natalia hat sie. Hedwig und ihren geliebten Wodka. Sie leert die Flasche, die auf dem Nachttisch steht. Ihr zweites Bein schläft auch ein. Sie nimmt Hedwigs Kopf, hebt ihn an und legt ihn vorsichtig auf das Kissen. Sie deckt das Kind zu und küsst seine Stirn.

Natalia eilt die Treppe runter, der seidene Männermorgenrock weht hinter ihr her. In der Gaststube flackert eine Kerze. Sie erlischt, als Natalia den Raum betritt. Aber Natalia arbeitet oft im Dunkeln und kann sehr gut sehen. Sie erkennt die Wodkaflasche auf dem Tresen sofort, schraubt sie auf und prostet dem glimmenden Docht zu. »*Za zhenshhin.*«

Sie nimmt einen großen Schluck, dann noch einen. Natalia japst nach Luft und keucht. Die Flasche fällt auf den Boden, Natalia stürzt.

Sie liegt auf den klebrigen Dielen, von denen Colette immer dachte, sie seien wie Zucker. Der restliche Wodka läuft aus der Flasche und tränkt Natalias schwarze Haare. Still liegt sie da. Russische Seele friert nicht, und russische Seele wärmt niemanden mehr.

Colette huscht zurück ins Haus. Diese Kälte draußen. Sie reibt sich zitternd die Oberarme, als sie die Gaststube betritt. Ihr Fuß stößt an etwas, sie stolpert gegen den Hungerturm, hält sich fest und sieht nach unten. Ein weißer Fuß, schwarzer Stoff …

»Natalia?«

Colette lässt sich neben den blassen Körper fallen. Schlaff liegt Natalia in einer Lache aus Wodka. Colette blickt von der Flasche auf ihre Freundin. Wie eine Schwester war Natalia. So viel weicher, als sie aussah. So viel schöner. Und immer anderer Meinung. Und jetzt? Jetzt widerspricht sie Colette nicht mehr. Still und schwarz und blass liegt sie da.

Colette springt wieder auf die Beine, atmet schwer. Der beißende Blausäuregeruch hat sich ausgebreitet. Sie würgt wieder. Ihr schwindelt. Sie will weinen und kotzen, aber nichts passiert. Die Nacht schweigt. Keiner sagt ihr, was sie jetzt tun soll.

Es war ein Unfall. Colette wollte das nicht. Sie ist keine Mörderin. Das war ein Unfall! Und dann, plötzlich, wird Colette ruhig.

Sie dreht sich um und geht nach oben. Stufe für Stufe. Ihre alte Kammer ist leer. Erst als Colette neben dem nackten

Bett steht, wird ihr kurz bewusst, dass es längst neu bewohnt sein könnte. Es gibt genug Huren in Berlin. Aber sie ist eben doch nicht so schnell zu ersetzen. Colette lächelt.

Sie öffnet die Dachluke und klettert hinaus. Jetzt ist es nicht mehr kalt. Die Mulackstraße liegt ihr zu Füßen. Aber das war natürlich schon immer so.

Colette schließt die Augen und springt.

Los Angeles, 1954

Hedi greift in die Brusttasche ihres Kittels und holt ein Papier hervor. Sie faltet es auseinander und legt es auf den Tisch. Sie streicht es glatt und dreht es so, dass Noah es sehen kann. Die harten Striche, die lustigen Locken und das hübsche Gesicht.

»Als wir sie fanden, war sie nicht mehr so … Sie sah nicht gut aus.«

Noah sieht Hedi fassungslos an.

»Sie war kaputt. Sie lag zerbrochen auf der Straße«, sagt sie. »Und Natalias Körper war mit roten Flecken übersät. Beide Huren kaputt. Und Sie hatten gehofft, dass es gut ausgeht, nicht wahr?«

Er antwortet nicht. Hedi hat es ja selbst gehofft damals. Sie haben sie begraben. Minna hat die Hurenstuben neu vermietet, aber es war nie wieder wie vorher.

»Es ist ein schönes Bild, nicht wahr?«

»Die Zeichnung?«, fragt er, tief in Gedanken. »Ja.«

»Ich schenke sie Ihnen«, sagt Hedi. »Wenn das Buch kein Erfolg wird, können Sie die Zeichnung verkaufen und eine Weile davon leben. Ist schließlich von Zille.«

»Und von Colette«, ergänzt er.

»Ja.« Hedi betrachtet sie, ihre kleinen Wolkenlocken, den koketten Mund … »Vielleicht sollte der Verlag das hier als Cover nehmen.«

»Statt einem Foto von Ihnen?«

»Ja.«

»Ich kann es ja mal vorschlagen«, bietet er an. »Was heißt das eigentlich, was Natalia immer auf Russisch gesagt hat?«

»*Za zhenshhin?*« Hedi lächelt. »Auf die Frauen.«

»Das ist schön.«

»Nicht wahr?« Hedi schaut noch immer Colette an. »Und in gewisser Weise ist es gut ausgegangen. Minna musste Bruno keinen mehr blasen. Sie hat einfach alles auf Natalia und Colette geschoben.«

»Und Fritz?«, fragt Noah.

»Er ist schon vor der Beerdigung nach Paris. Von Colettes Geld nach Paris. Wichser.«

»Und dann 1940 in die USA.«

Hedi zuckt mit den Schultern. »Wann auch immer.«

Noah seufzt. »Ich weiß wirklich nicht so viel, wie Sie denken, Hedi. Wann haben Sie Fritz wiedergetroffen?«

New York City, 1953

Er sitzt in einem der grünen Samtsessel im Foyer des Ritz-Carlton. Hedi hat ihn siebenundzwanzig Jahre nicht gesehen. Sie war acht Jahre alt, als er abgehauen ist, und sie erkennt ihn trotzdem sofort.

Sie steht auf dem Marmorboden mitten im Foyer. Sie trägt die weiße Marabu-Jacke über ihrem roten Samtkleid und vergisst, dass alle sie erkennen und ihr verstohlene Blicke zuwerfen. Um sie herum das Treiben der Großstadt, die High Society aus der ganzen Welt, die im Theater oder im Kino war. Sie sind es gewohnt, hier und da mal eine Bekanntheit von Weitem zu sehen, aber ein Star wie Hedi Belle lässt ihre Augen groß werden.

Hedi hatte Pressetermine für den letzten und Anproben für den nächsten Film, den sie aber nie drehen wird. Wegen dem Mann im Schein der elfenbeinfarbenen Tischleuchten, drüben in der holzvertäfelten Nische. Seine Schläfen sind silbern, und er trägt keinen Schnurrbart mehr, aber der Teufel ist der Teufel, egal in welchem Aufzug.

»Hedwig.« Er hat sie gesehen und kommt lächelnd auf sie zu. Er tänzelt über den Marmor, als wäre der Boden allein sein Tanzparkett. Als wäre das hier das Adlon und sie alle seine Kundinnen.

»Du siehst fantastisch aus, Schätzchen.«

Sie weicht vor ihm zurück und sucht nach Worten.

»Ich bin es, Hedwig. Dein Vater.«

»Ach? Auf einmal?«

Er lächelt das Lächeln, dem man alles glauben will. Hedi kann es nur lächeln, weil er es kann. Aber es ist das erste Mal, dass dieses Lächeln ihr gilt, seiner Tochter. »Wie schön, dich zu sehen.«

Sie schüttelt den Kopf und rafft ihr Kleid. »Nicht hier. Suite 6c. Gib mir fünf Minuten.«

Sie geht zum Lift und lässt sich in den sechsten Stock fahren. Sie öffnet ihre Zimmertür, hängt ihre Jacke auf und legt das Täschchen ab, als wäre dies ein Abend wie jeder andere. Sie schlüpft in ihre Pantoffeln, die mit der Federborte, und geht zum Schrank. Erst als sie den Koffer aufs Bett hievt und nach dem kleinen Lederetui sucht, merkt sie, dass ihre Finger zittern. Sie hat noch einen Pelz im Koffer und zwei Kleider, die sie nur im Notfall anziehen wollte. Sie ist nicht sehr ordentlich und wühlt und wühlt, während ihr Herz rast.

Fritz tritt wenig später ein, noch immer lächelnd, bleibt neben ihrer Marabu-Jacke stehen und strahlt. »Du bist so schön geworden. Ich bin sehr stolz auf dich.«

Hedis Hände finden das Etui.

»Ich wusste immer, dass du es aus dem Drecksloch rausschaffst«, sagt er. »Wir beide, wir gehören nicht in die Gosse, Hedwig.«

»Heißt das, du bist keine Hure mehr?«, fragt sie.

»Natürlich nicht. Nicht mehr … Es ist natürlich alles eine Frage des Geldes …«

»Das du nicht hast.«

Sein Blick gleitet über ihr rotes Dior-Kleid. »Wie schlank du bist. Und so talentiert. Du hättest den Oscar verdient.«

»Du hast mir aufgelauert, weil du Geld willst?«, fragt sie überflüssigerweise.

»Nein, ich will mich vor allem entschuldigen.«

»Und Geld.«

»Ich war kein guter Vater.«

Sie zieht die Waffe und richtet sie auf ihn. »Du warst gar kein Vater.«

Hedi drückt ab, der Schuss peitscht durch das feine Zimmer. »Es war alles deine Schuld. Alles!«

Aber er hört sie nicht mehr. Sein Blut ist auf die Marabu-Jacke gespritzt, die jetzt an der Garderobe hängt wie ein Schwan, der nie mehr fliegen wird. Fritz liegt ihr zu Füßen und stirbt.

Hedi lässt die Waffe sinken und bereut nichts.

»Vergeltung … Emil wäre stolz auf Sie«, sagt Noah.

»Ach, Emil …«

»Wissen Sie, was mit ihm passiert ist?«

Hedi zuckt mit den Schultern. »Die Nazis sind passiert.«

»Meiner Familie auch. Aber wir hatten noch Glück.«

»Ja«, sagt sie und lächelt. »Sie sind ein glücklicher Mensch.«

Noah lehnt sich zurück und betrachtet sie. Sein Zeigefinger ist blau von Tinte. Jetzt gibt es keinen Grund mehr für ihn, wiederzukommen. Er wird trotzdem kommen wollen – und er wird zu spät sein.

Der Termin ist morgen. Noah weiß es nicht. Er würde zusehen und alles verhindern wollen. Dass er das nicht kann, wird ihn umbringen. Hedi hat genug Leben zerstört. Und er … er soll so heil aus der Sache rauskommen wie möglich.

Die Familie des Opfers darf immer zugucken. Es soll helfen, ein Gefühl der Gerechtigkeit herzustellen. Nur dass »Louis Mercier« keine Familie hat. Außer Hedi. Außer seiner Mörderin. Wenn sie das wüssten, würden sie vielleicht einen Spiegel vor den Stuhl stellen. Wie gut, dass wenigstens ihre Haare wieder rot und schön sind. Statt der Henkersmahlzeit will sie Lippenstift. Sie wird ihn bekommen, denn keiner der Wärter hier ist ein Unmensch. Der Unmensch ist Hedi.

»Sie wissen, dass Sie die Todesstrafe anfechten können, oder?«, fragt Noah. »Sie hatten ein Motiv. Sie waren ein Kind damals, diese Geschichte …«

»… ist doch kein Beweis, der vor Gericht Bestand hat.«

»Ein guter Anwalt lässt die Todesstrafe verschwinden«, beharrt er.

»Selbst wenn«, sagt sie und glaubt ihm nicht. »Dann sitze ich lebenslänglich.«

»Lassen Sie mich einen Anwalt suchen.«

»Noah, Sie haben sich genug mit mir befasst. Ich nehme viel zu viel Raum in Ihrem Kopf ein. Und in Ihrer Ehe.«

»Wollen Sie denn nicht leben?«, fragt er.

Nicht hier drin. Und wenn sie in fünfzehn Jahren rauskommt? Oder in nur fünf? Was erwartet eine Hollywoodschauspielerin mit vierzig? Mit fünfzig? Die Welt da draußen hat Hedi Belle nichts mehr zu bieten. Anderen Frauen? Sicher. Aber doch nicht ihr.

»Denken Sie übers Altern nach?«, fragt Noah und betrachtet sie forschend. Er kennt sie gut inzwischen. »Denken Sie an Minna. Das Alter ist nicht das Ende.«

Hedi lacht und greift über den Tisch nach seiner Hand. »Meinetwegen. Suchen Sie nach einem Anwalt. Und holen Sie Ihre Frau zurück.«

Wenn Hedi Noahs Leben haben könnte, sie würde es nehmen. Aber sie ist nicht wie er. Sie ist nicht wie Minna geworden, oder wie Natalia. Sie ist nicht Emil, der Engel aus der Mulackstraße, der die Schwachen beschützt. Sie ist eine schöne Frau, die ihren Körper benutzt hat, um nach oben zu kommen. Sie hasst Kinder und hat später sogar noch rechnen gelernt. Sie verliebt sich immer zur falschen Zeit in die falschen Männer und kann sich in einer Liebe verlieren – auch wenn es die Liebe zu ihr selbst ist. Und sie weiß, wann sie abtreten muss.

Aus Hedwig ist Colette geworden.

Und sie wird nicht zur Legende, wenn sie fünfzig Jahre nach ihrer letzten Filmrolle als alte Frau alleine stirbt. Aus diesem Stoff gehen keine Diven hervor.

»Versöhnen Sie sich, bevor es zu spät ist«, sagt Hedi zu Noah. »Nicht dass Sie am Ende allein sind, wenn Sie um mich weinen, Noah. Es weint sich besser zu zweit.«

Er lächelt traurig. »Man weint immer allein.«

Hedi schüttelt den Kopf. »Sie nicht.«

Bert pocht gegen die Tür, die Zeit ist um.

Noah steht auf, legt die Zeichnung vorsichtig zwischen die beschriebenen Seiten und steckt das Notizbuch in die Innentasche seines Jacketts. »Bis nächste Woche, Hedi. Ich bringe Ihnen die Abzüge und Andrucke für das Cover mit. Der Verlag schickt sie mir aus New York.«

»Ich freu mich schon.«

»Aber ich schicke auch die Zeichnung von Colette nach New York.« Noah nimmt ein Rosenblütenblatt vom Tisch, tunkt es in das Glas und reicht es Hedi. Sie nimmt und wartet, bis auch er ein Blütenblatt mit Elixier getränkt hat.

Einer von ihnen weiß, dass es das letzte Mal ist und dass der morgige Tag die Menschheit nicht erschüttern wird. Hedi wird sterben, und die Welt wird nicht um sie weinen. Aber Noah wird es tun.

»Auf die Frauen, Hedi.«

»Auf die Frauen, Noah.«

Sie saugt das Blütenblatt aus und beugt sich zu ihm. Hedi küsst Noah und das Frühstückselixier, ihre Vergangenheit und ihre Gegenwart. Sie küsst den einzigen Mann, dessen Küsse nach Ewigkeit schmecken. Aber es ist der letzte Kuss der Welt.

DANK

Schätzungen zufolge soll es in den Goldenen Zwanzigerjahren bis zu 120 000 Prostituierte in Berlin gegeben haben – die 35 000 männlichen Sexarbeiter nicht mitgezählt. Die Stadt zählte im Jahr 1925 vier Millionen Einwohner, und es heißt, die Prostitution sei nicht zu übersehen gewesen. Ich danke Audible, dass sie dafür gesorgt haben, dass diese Welt nun endlich auch nicht mehr zu überhören ist. Sie haben mir alle derben, schlüpfrigen und unmoralischen Freiheiten gelassen, die ich mir nur wünschen konnte, und sich dem Projekt auf allen Ebenen mit unfassbar viel Herzblut gewidmet. Ich danke dem Cast und der Lauscherlounge für eine fantastische Audioproduktion, der Producerin Katja Reister für wundervolle Anregungen und die Begleitung von der ersten Idee bis zum fertigen Hörspiel sowie der Regisseurin Anja Herrenbrück für das wilde, mitreißende Leben, das sie dem Skript und den Figuren eingehaucht hat.

Schreiben ohne Lektorat ist wie Schminken ohne Spiegel. Kann man machen, ist dann aber halt scheiße. Deshalb danke ich meiner Agentin Petra Eggers sowie Lena Schäfer und Bärbel Brands für Feedback zum und Redaktion des Romanmanuskripts. Es war mir ein Fest.

Za zhenshhin.

Um die ganze Welt des
GOLDMANN Verlages
kennenzulernen, besuchen Sie uns doch
im Internet unter:

www.goldmann-verlag.de

Dort können Sie
nach weiteren interessanten Büchern ***stöbern***,
Näheres über unsere ***Autoren*** erfahren,
in ***Leseproben*** blättern, alle ***Termine*** zu Lesungen und
Events finden und den ***Newsletter*** mit interessanten
Neuigkeiten, Gewinnspielen etc. abonnieren.

Ein ***Gesamtverzeichnis*** aller Goldmann Bücher finden
Sie dort ebenfalls.

Sehen Sie sich auch unsere ***Videos*** auf YouTube an und
werden Sie ein ***Facebook***-Fan des Goldmann Verlags!

www.goldmann-verlag.de
www.facebook.com/goldmannverlag

GOLDMANN
Lesen erleben